中公文庫

ゆめはるか吉屋信子

秋灯机の上の幾山河（上）

中央公論新社

目次

〔中巻目次〕

〔下巻目次〕

ゆめはるか吉屋信子

秋灯《あきともし》机の上の幾山河（上）

鬱金桜

1

吉屋信子は醜女だという人がある。

醜女とは思わないが、私はこれまで、吉屋信子の風貌（写真でみたもの）を、

〈風雪に刻まれた老大家のいかめしさ〉

として捉えていた。また、

〈狷介《けんかい》で気むずかしい、晴れるときない憂悶と苦渋に閉ざされた表情〉

という印象も受けた。それは彼女の作品の印象とは全くちがう。彼女の創作は晩年に到っていよいよ自在の境地を得、過剰な美文は姿を消し、枯淡でありながら艶冶《えんや》な照り映えで読者をたのしませるものとなった。『徳川の夫人たち』にしろ『女人平家』にしろ、そのどこにも苦渋のあとをとどめていない。憂悶のかげは全くない。

半世紀以上にわたる長い文学経歴を経て到達した、無礙《むげ》の境地である。読者は尽きぬ興

趣に翻弄されつつ夢中で読みふけるうちに、物語世界の海へわけ入り、大きい感動の波にまきこまれ、やがて終末の浜へ静かに打ちあげられる。……そういう柔媚な小説であるが、作者本人はおそらく創作の苦しみから一徹で剛直——な風貌になったのであろうか、と思っていた。

ここで告白しておくと、私は少女時代から吉屋さんの熱烈なファンであった。私は昭和三年（一九二八）生れなので、リアルタイムで、「少女の友」（実業之日本社）に載った吉屋さんの少女小説を読むのに間に合った。しかし間もなく昭和十六年の日米開戦となり、吉屋さんの小説は掲載されなくなってしまった。政府の言論・思想統制が強くなり、戦意昂揚、勤労意欲推進の文学を強制され、吉屋さんは意に染まぬものを書くよりは、と筆を折ってしまうのだ。中原淳一の挿絵も不健康で頽廃的という理由で禁止されてしまう。

吉屋さんの少女小説で育った私たち女学生は深い落胆を味わう。「少女の友」も、もはや昔の、夢々しい、たのしい雑誌ではなくなっていた。仄《ほの》かな舶来香水の香をただよわせるような、モダンで清新だった中原さんの表紙にかわって、〈戦う軍国少女〉というふうな、稲刈りする少女の、日本画風な絵になった。

吉屋さんの小説も、昭和十五年の『小さき花々』の連載が最後だったような気がする。世は軍靴のひびき、号令、怒号の嵐であった。私が旧制高等女学校に入学したのは昭和十五年だが、その翌々年ぐらいから、校内でも軍隊式作法になった。教員室へ入るときは

入口で踵をうちつけ、直立不動の姿勢をとらされ、

〈三年松組、タナベ、入りますっ！〉

と大声で呼称するのである。防空演習、救護訓練、どうかすると、

〈モタモタするなっ〉

と国民服にゲートル姿の教頭先生に、女の子でもビンタを張られたりする。

殺伐、なんてものではない時代。

私たち少女は中原さんの絵に、吉屋さんの小説に飢えていた。私はやっぱり毎月「少女の友」を取ってもらっていたが（弟は「少年倶楽部」で、妹は「セウガク○年生」を終えたあとは「少女倶楽部」であった）、もう「少女の友」に夢を托せなくなったので、古本屋へいって古い「少女の友」をさがしてきた。クラスメートたちもそうした。昭和十八年頃までは古本屋も在庫豊富だった。『紅雀《べにすずめ》』という吉屋さんの古本も買った。私たちは友人の間で、おたがい、手に入れた戦利品を回覧した。

そうしてわずかに渇きを癒やしていた。

空襲がはじまった。昭和二十年の三月から終戦前日の八月十四日に到るまでの間、大阪は恒常的に激甚な空襲を受けることになる。夜も昼も絶え間なくアメリカ機の空爆に曝された。

私は父に貰った小さな黒い革鞄（そのころ本物の革は貴重品だった。それはほんとうは

鞄ではなく、商売用のレンズのケースなのだった。私の生家は町の写真館なのである）に、大切なノートや、焼きたくない本などを詰めた。今日は空襲がありそうだという日には、学校へ携えてゆくのだが、荷物になるので家へ置くこともある。そのときは母によくよく、

〈これだけは持って出てね〉

とたのんで出かけた。よくせき心もとないときは帯芯で作った救護袋（これはいつも体に斜めにかけている）のなかに一冊二冊しのばせた。『紅雀』もそういう一冊であった。私は昭和十九年に、旧制女子専門学校に入学していたけれども、吉屋さんの小説はやっぱり好きであった。

夜間の空襲には黒鞄をしっかり抱いて防空壕へ入った。『紅雀』は私に抱かれて壕へ入ったのだ。

六月一日の空襲の日、私は学校で警報を聞き、防空壕に級友といたが、その日、黒鞄は家に置いたままだったので胸騒ぎした。私の大好きだった小説『紅雀』が焼失してしまったかと、気がかりでたまらなかった。警報解除で急いで下校すると、電車はすべて不通、大阪の町の半分は潰滅《かいめつ》してまだ燃えていた。半日がかりで徒歩で大阪市を縦断し、此花《このはな》区の家へ帰ってみると白煙がくすぶるだけで、跡形もなかった。

しかし家族は無事だった。そして黒鞄も。

母が私の言葉をおぼえていて、逃げるとき、咄嗟に持って出てくれたのだ。

焼夷弾が二発か三発、つづけざまに落ち、たちまち家は火に包まれたというのに……。『紅雀』は健在だった。パール・バックの『大地』も、林芙美子の『風琴と魚の町』も、女学生時代、私のつくった手書きの雑誌数冊、それに幼稚な小説の習作ノートも（私は吉屋さんのような小説家になりたいといつか夢みていたのだ）。

――こんなふうにして、私は（私と同時代の女たちは）吉屋さんの小説にたすけられ、支えられて、なんの楽しみもうるおいもない軍国主義の時代の嵐を凌いできたのであった。

吉屋さんは戦後もかわらず人気作家であった。大衆に愛されることは戦前と同じであった。

だから吉屋さんを知らずに（その作品世界に親昵《しんじつ》せずに）、吉屋さんを、

（近寄りがたい、いかめしい人だ）

と思うのではなかった。ファンとして長い年月のうちに、私はいろんな時代の吉屋さんの写真を見てきたので、その風貌には馴れているのであるが、やっぱり晩年のお顔は、あまりにも、

〈ゴツゴツしすぎる……〉

という気がした。ファッションには意を用いていられるが。

ところで私は昭和三十九年（一九六四）に芥川賞を受賞したあと、『私の大阪八景』を文藝春秋から出してもらった。私は思い切って吉屋さんにその本を送った。物書きの末に

連なり、大先輩の吉屋さんに拙著を捧げる日が来るなんて夢のようであった。（間に合った！）という気がして、吉屋さんのご長寿をありがたいことにもうれしいことにも思った。昭和四十一、二年……『徳川の夫人たち』を書き終えられたころだったろう。

　思いがけなく吉屋さんからお返事を頂いた。「可愛らしいご本をありがとう」という簡潔な葉書だった。吉屋さんはすでに七十歳に達しておられ、『続徳川の夫人たち』に着手されていたころである。怱忙《そうぼう》のうちにも、この老大家が、吹けば飛ぶような末輩にお返事を下さったのであった。私は舞い上ってしまった。長き眷恋《けんれん》のあこがれの人の、これが筆蹟かと、青インクの「吉屋信子」の署名を夢のような思いでみつめた（甚だドジなことに、私はその葉書をあんまり大切にしすぎて、どこかへしまいこんで、その場所をわすれてしまった）。

　この間、昔の番組の再放送で、吉屋さんの生前のお姿をテレビで見ることができた。夏川静江さんが『花物語』の一節を朗読し、吉屋さんがじっと耳傾けて聞いていられる。アナウンサーの質問（何を質問していたのかもうおぼえていないが）に、吉屋さんは自然な羞《はにか》みの表情で答えられる。思ったよりかんだかい女らしい声で、しぐさや表情がいかにも少女っぽかった。可愛いといってよい。

　吉屋さんは静止的な写真より、テレビのほうがいきいきして美しく見えることを発見した。

そう思って晩年の写真を眺め直すと、老大家のいかめしさの裏に、いいようない滋味がありそうな気もする。憂鬱と苦悶、と見たのは、休息することを知らない挑戦者の気負いが、おのずとにじみ出ている、といったていのものだろう。そういう運命なのだと達観していられるようでもある。

こんど吉屋信子の資料をいろいろ眺めているうち、感じ入ったのは、若いときの吉屋さんの美しさである。

吉屋信子は昭和三年（一九二八）、門馬千代を伴って渡欧する。その直前の写真の美しいこと。信子三十二歳、美しいさかりの年頃である。新進女流作家として売り出しかけているとき。改造社・新潮社がはじめた円本《えんぽん》（文学全集を全巻一冊一円で売るもの。大正十二年〈一九二三〉の大震災後の不況下だったが、大量生産による廉売方式は時宜に適い、爆発的に本が売れた。一円なので円本という）の印税が信子にも入ってくる。二万円という高額な印税を信子は洋行費に充て、一年間、パリを中心にドイツ・イタリア、アメリカまで巡遊する。新しい文学的刺激を受けたいためだった。

円本の余沢はほかの作家たちにも及んだが、家を新築するもの、将来にそなえる資とするもの、さまざまななかで、信子はぽんと渡欧費に擲《なげう》ってしまう。自分に投資しようと決心したのだ。

まさにそのときの写真らしく、アルバムの説明には信子自身の筆蹟で、「渡欧直前」とある。出発は九月二十五日。

写真の信子はノースリーブのドレスなので盛夏のころらしい。信子が気に入っていたという女流写真家、山沢英子が撮ったものだろうか。信子のトレードマークであるショートヘア（その頃は物々しく「断髪」という。断髪の女なんて、ほとんどいない時代だ）が意志的なその顔によく似合う。斜め右向きの半身ポートレート。信子はきっと前をみつめている。秀抜な男眉、通った鼻筋、引きしまった口元、――これはやはり仕事を持つ女の表情である。

その上に、カットされた髪の端が右頰にかかるあたり、かるくカールされていて、それが顔のアクセサリーともなり、アクセントともなっている。そのさまが可憐で、視線のきつさをいくぶんやわらげている。

首から肩にかけての線もなだらかだ。

まろやかな、むきだしの白い二の腕は、肉感的でありながらたくましい。この先何十年、幾多の佳作を生みつづけ、莫大なギャラを叩き出して、男子作家たちを瞠若《どうじゃく》たらしめた黄金の腕なのである。しかし丸々として長い腕は、信子の肉体のすこやかさを示唆するようだ。そういえば彼女は、腕と同様、脚も長い。当時の日本婦人の標準からいえば長身のほうではなかったろうか。少くとも小柄とはいえない。

彼女の姪の吉屋澤子さんが、叔母のおさがりの服は、丈が長かった、といっていられる。叔母は背が高かったので、ということだ。

写真で見ても、脚はすらりと美しい。

この写真は信子の顔のいちばん美しい角度から撮られ、いちばん美しい時代の昂揚を示していると思う。

黒い瞳は決意を秘めて、一点にそそがれる。

若々しい黒髪は右横で分けられているが、額にほどよくかかる前髪。理知的美人だ。

信子は生涯、その容姿をあげつらわれることが多かった。無署名の心ないゴシップ雀たちは、信子の文学的業績と盛名と富を妬む攻め口に、いつも容貌をもちだす（それは信子がレズビアンだという噂と無関係ではない）。——女の縹緻《きりょう》が女を評価する唯一の物指しと思いこむこの時代の日本人（いまの時代でもそういう男や女はいる）の弊風に曝されつづけた信子だ。

しかしこの写真を見て、醜貌を唱《い》う者はないだろう。

その精神的水位のたかまりを、どんなに鈍い男・女も、無意識に感じとらずにいないだろう。

この写真を見ていると、彼女の日記の一節が思い浮ぶ（昭和三年の日記は、彼女自身が失なったと思いこんでいたものらしいが、手紙類とともに発見され、残っている。いつの頃か水を冠《かむ》ったらしくインキは薄れ、判読不能のページも多いが、幸なことにこのあたりは鮮明である）。

昭和三年の「令女日記」、布張りのやや小ぶりの日記帳、六月三十日のページだ。

「渡佛決心いよいよせまる」

そして余白はあるのだがページを改め、三ページにわたって書く。この筆蹟は原稿用とおぼしい。信子の日記の字は読みづらい。明治婦人によくあるように、くにゃくにゃした変体仮名と、達筆に崩した草書体の漢字（それは書法に適ったものではあるが）を併用している。しかし、それは日記や私信、創作の下書き用の場合に限られ、原稿の字は読みやすいようだ。

タイトルはないが、詩のような感じで、

私はタンクだ
色の黒い鋼鉄製のタンクだ
なか〳〵一寸《ちょっと》はこわ《ママ》れはしないぞ
此のタンクは針金のやうな断髪を風になびかせて颯爽として人生の曠野を横切る
此の秋は欧洲を行き貫く
来年の秋はアメリカを突破する

そして又日本に居据るタンクだ
私のタンクの中にはやさしい蜜のやうなデリカな感情や溜息や愛や泪やロマンチックな思想や新鮮な匂ひや憧憬や女性的なるものへの思慕なる花束や、たくさん大事にしまつておく、この中味を傷つけ失い《ママ》たくないために私は自分をタンクで武装したのだ、
　私はタンクだ
色の黒い鋼鉄製のタンクだ
なか〳〵一寸は破れやしないぞ
　タンクは針金のやうな断髪を風になびかせて颯爽と人生の曠野を横切る
今日も明日も生命ある日のかぎりまで——

　これを読んで、この写真をみれば、ひとしお信子の気魄に搏《う》たれ、人間性への尊厳と信頼に加えて、女としての美しさを思い知らせられずにはいられないだろう。どんなに口さがない文壇雀たちも。
　ドレスは何だかやわらかものらしい、この頃のファッションでウエストをブラウジングさせているようだ。バストは張っていないのもこの時代の日本婦人の典型的体格、しかし胸腔はがっしり発達している。ドレスの胸に布の造花が飾られている。信子はおしゃれで、ファッションになみなみならぬ関心があった。日記にも「服できてうれし」とい

う文句が散見する。

ともあれ、若き日の吉屋さんが美女だったという発見は私を大いに愉快がらせた。このほかの写真で（同じ頃だが）にっこり笑っているのもある、これなどはもうチャーミングといっていい。

横光利一がその当時、信子を美人だ、と評したことが噂になり、信子はそれを伝え聞いて大層喜んだ、と千代はいう。信子の裡から光るよきものを横光はキャッチしたのか。信子は以後横光に好意をもち続けたらしい。それもほほえましいが、もう一人、信子の美を認めたのはパリで会った藤田嗣治であった。信子は藤田画伯のアトリエ付きの立派な住居に数度遊びにゆき、画伯に可愛がってもらう。アトリエの一隅には日本風のたべものの屋台（のれんまであったという）がしつらえられており、お抱えの日本料理の板前さんもいた。そこでご馳走してもらったり、した。

そういうひととき、嗣治は信子のデッサンをした。

「在巴里　為吉屋信子」

と為書《ためがき》があって、「嗣治１９２９」それにローマ字のサイン。

これが、くだんの「渡欧直前」の写真と同じ体の向き、ただ左手で顎を支えるポーズなのが、画面に動きを与える。鉛筆らしいが、強さと繊細と、双方あわせもつタッチ、しかし信子のなみならぬ志の高さは、デッサンの目の輝きにもよく捉えられており、この絵の信子も美人といっていい。さすがに嗣治は、「鋼鉄のタンク」の心意気を表現するのに成功した如くである。

だから吉屋信子は具眼の士が見れば美人だったのであり、そう思わない人も彼女と対座して会話するうち、そのユーモア（彼女は座談やスピーチの名手だったといわれる）、闊達な精神、明晰な洞察力、それらと抵抗なく同居するやさしみ、あたたかさ、無邪気さに搏たれたであろう。それを快く思ううちに、いつか吉屋さんの面ざしも快いものにみえてくる——そういう推移だったのではあるまいか。吉屋信子醜女伝説はレズビアンへの偏見で増幅されていった気もするが、一方、彼女自身の、美への過剰拘泥にも少しは関係があるかもしれぬ。

女流作家の中でも、吉屋さんほど〈美女〉に執した人は知らない。彼女の全集（朝日新聞社、昭和50〜51）には『私の見た美人たち』という一章も設けられている（『全集12』）。作中人物のヒーロー・ヒロインを美男美女に仕立てたくなるのは物書きの常であるが、吉屋信子はことにその向きが強く、美しさを描写するときは偏執狂的な熱っぽさが加わる。

読者の脳裡にはあえかに美しいヒロインが造型されてゆく。いつしか、その残像を作者自身に結ぶ。そのとき、夢幻と現実の落差から、作者が必要以上に貶《おと》しめられてしまうこともあるかもしれない。

　しかし一方で吉屋信子は鋭い直感と洞察力（作家の資質として不可欠のもの）に恵まれていたから、〈美女〉の実相も的確に察知した。『私の見た人』『私の見た美人たち』でも、美人の功名心やエゴ、我欲などを淡々と衝《つ》く。そのへんが凡百のただの〈美しいもの好き〉とちがうところである。

　ポプラ社から復刊された吉屋信子の小説集があるが（昭和52）その一つ『七本椿《ななもとつばき》』の解説に城《じょう》夏子氏が「信子先生おもしろばなし」として、ほんとに面白い話を報告している。城さんは、信子より六歳下、女学生時代に『花物語』を愛読していた。昭和初め頃には城さんは女ばかりの文芸誌「女人藝術」の編集部におり、少女小説も書いていた。この編集室へは信子もよく来たが、城さんはあまりにも気取りのない吉屋信子を見て、〈先生〉というコトバが出て来ず、年長の先輩だけれども、〈あのォ、ねえ吉屋さん〉といってしまい、そのまま四十何年、〈吉屋さん〉で通してしまった、という。

「つまり吉屋さんはそのお人柄とかムードとかが、常に女学生みたいで、聡明なくせにたいそう茶目で、可愛らしかったからである」

　と、これは『毬子』の解説。

　さて、その城さんの少女小説にもファンはあまたいてよく手紙をくれた。その中に、ひときわ字も文も上手な神戸の子がいた。写真を送ってきたので見ると、髪長く眉濃く、鼻筋気高く通り、いかにも美少女だった。宝塚の少女歌劇にいたが、今はやめました、と手紙にあったのも道理、と城さんにはうなずけた。

その美少女がある日、不意に城さんの家の小さい玄関に現われる。あの写真の少女だとすぐわかった。「わたし、狭山《さやま》みどりです」とにっこりする。紫地に椿の花を染めた袂《たもと》の長い着物がよく似合う。城さんはすぐ少女が気に入り、少女は当分、城さんの家に滞在することになった。

城さんもロマンチックで無垢《むく》なところのある人だから、この美少女にぞっこんで、みどりを連れては、挿絵画家、詩人、少女雑誌の編集室などを訪問して自慢した。誰もかれも十七歳の美少女みどりにいかれてしまい、みどりちゃんみどりちゃん、と大騒ぎだった。

そのうちみどりは、いっぺん吉屋信子先生にあいたいわといい出し、城さんはまたもや、二つ返事で連れてゆく。そのころ信子は下落合に住んでいた。

少女が好きな信子は珍客を歓迎して、ケーキよ果物よ、ともてなした。みどりはすっかり昂奮して、実は、――と身の上の秘密をうちあけた。

「パパは代々木にいるの。私、そのパパと祇園の舞妓の間に生まれたの。パパは公爵」

そういって美少女は公爵令嬢らしく、品よくほほえむ。信子はじっと耳をかたむけていた。

あこがれの信子先生にもやさしい言葉をかけてもらい、美少女は有頂天になった。誰にもちやほやされ、天下の信子先生まで可愛がって下さると「大うぬぼれ」（と城さんは表

現する)、ある日、おかしそうに笑って、「ねえ、おねえちゃま」と城さんに、

「こんな川柳できたわ。

　断髪のお信もとびだす争奪戦！

　ハハハ……」

　城さんは唖然とし、彼女の顔を「いやァな顔して眺めた」。

　断髪というヘアスタイルが珍らしくて人々には印象が強かった。世間とちがうヘアスタイルを採用するのに、とても勇気が要った一九二〇年代の日本。この少女にも吉屋さんの断髪は奇異にうつり、それを美的と受けとれずマイナスデータとしか捉えられぬらしい。世間の狭い、浅はかな若さ。

　それはともかく、城さんは少女の美貌に似気《にげ》ない、増長、不遜、陋劣《ろうれつ》な心事をおぞましく思い、「いやァな顔」になったのであろう。

　十日ぐらいして城さんは西武電車の中井駅で、ひょっこり吉屋さんに会い、共に電車を待ってあれこれ話していると、信子がいった。

「こないだの神戸の少女ね、少し怪しいと思わない？　どうも本物と思えないわ」

——信子の推察は正しかった。その少女は洋品屋の娘で、母親の手ひとつで育てられた、大変な夢想家だということが、のちにわかった。

物書きなら、このくらいの洞察は当然のことであろうが、あんなに美人好きの信子が、

きちんとカンどころを押え、見るべきは見、衝くべきは衝いていた、というところが面白い。

　吉屋信子は女流作家仲間では全くワルクチを聞かぬ人だった。それぞれ圭角の多い女もの書きたちであるが、吉屋さんはバランス感覚のとれた人なので、誰ともこだわりなくつきあい、みんなにやさしかった。よく女流作家たちを自邸に招き、千代の手料理や、またパーティのときは趣向を凝らしてもてなした。吉屋邸における会合の写真はそのときどきで、わりに残っている。信子の『自伝的女流文壇史』（中央公論社、昭和37）の口絵の、二枚目の写真は、本には説明がないが、城さんによれば昭和二十六年（一九五一）五月十日だという。新築ホヤホヤの、千代田区二番町の吉屋邸で、新築祝いをかねた女流文学者会だった。女流作家の誰も彼も若い。円地文子、村岡花子、横山美智子、小山いと子、宇野千代、中里恒子、池田みち子、壺井栄、三宅艶子、大原富枝、城夏子、森田たま、大田洋子、芝木好子、このうち洋装は池田、大原、芝木の三氏のみ、信子も着物姿である。紬《つむぎ》の着物に半幅帯、「まことに愛らしく新鮮だった」と城さんはいう（先述のポプラ社刊『七本椿』解説）。城さんは吉屋さんに敬意を表し、訪問着の着初めであった。染めたてのワインカラーの地にさくらんぼの散った着物という。写真で見る城さんはまことに愛らしい。とても四十九にみえない。信子はこの年五十五歳、『安宅《あたか》家の人々』を夏から毎日新聞へ連載するため、その構想を暖めつつあるときであった。群像の中で信子の姿はぬきんでていかつく大きく見える。しかし仲のいい女流作家たちに囲まれて心から楽しげで、いい顔で歯をみせている。

お客たちは木の香も新しい吉屋邸を隅々まで「拝見し」、華麗なオードブルや、屋台ごと入れた鮨屋の握り、酒、ビール、名菓、ニューサマーオレンジなどを頂いた、と。信子と森田たまの長唄、トラトラという三味線で伴奏するお遊びに一同はすっかりくつろいで楽しんだ。

信子は城さんのさくらんぼの着物をつくづくながめて、

「その訪問着きれいね。それ着てると城さん芸者みたい」

無邪気な城さんはうれしくなるが、すかさず信子はつづけて、

「ただし五反田《ごたんだ》あたりの。エヘ、エヘ……」

またしても足をすくわれるが、「でも腹が立たずおかしいだけ」と城さんは書いている。

信子は男性作家を含めた男性たちには論鋒するどく切りこむが、女性には限りなくやさしい人だった。吉武輝子氏は『女人吉屋信子』（文春文庫、昭和61）で、吉屋信子から直接聞いた言葉の中で、もっとも感動したものに、

「いつの時代でも、女が女にやさしくあり合わなくてはね」

をあげていられる。ちなみにいうと右の書は現在でいちばんよくまとまった、すぐれた

吉屋信子の評伝である。私はこの本にたすけられつつ、実感的な吉屋信子伝を書いてみたいと思っている。

それで思い出した。

私は私なりの吉屋さんをさぐりあてたいと思っているのだが、男たちから見た吉屋信子はどういうものなのだろう？

知人の男性、四十代。営業マン。忙しいさかりの男。これは吉屋さんの名前を聞いたことがある、という程度で終り。五十代。自営業の男、『女人平家』を「週刊朝日」で読み、『安宅家の人々』を映画で見ている。吉屋信子の小説は面白いと思う（べつにファンでもないが）、そしていわでもの感懐でしめくくった。

〈しっかし、ブスでんな〉

男性作家には〈醜男やな〉という批評など誰もいわないのに、女流はなんでそこへくるのだろう。

六十代男。一言のもとにいいすてる。

〈吉屋信子はキライじゃ〉

〈何を読んだのですか。『良人《おっと》の貞操』とか『女の友情』とか……〉

私は彼の年代に合せ、信子の第一期ブームの頃の作品を挙げたのであるが、

〈いや、読んどらん〉

　六十代氏はよけい気むずかしくいう。

〈へんですね、読まないのになんでキライとわかるんです〉

〈題からして気にくわん、夫の貞操、なんて、大体、貞操なんてコトバがいやらしい、それに女の友情とは何じゃっ〉

〈女の友情がどうかしましたか〉

〈男・排斥の精神が感じられる〉

〈は？〉

〈女だけで世の中、舞《まい》が廻るかっ〉

　世の中の舞が廻るというのは、秩序正しく社会が機能する、というような意味の、大阪弁風言い廻しである。六十代氏の論旨は飛躍し、社会問題に発展する。

〈吉屋信子は読まんでもわかる、題見ただけで〉

　六十代氏は居丈高になる。

〈良人の貞操に女の友情とは何じゃ。こら（これはという意味の大阪弁）、男要《い》らん、いう思想じゃっ〉

〈ははあ〉

〈オトコいらん、というその精神がようない。それでキライじゃっ〉

男要らん、というのはよく見てるなあ、と私は思った。暴言だがカンは鈍くない男のようだ。カンだけで生きてる男もこの世にいないではないのだ。ちなみにいうと、この六十代男は私の相棒である。

ただし、吉屋信子は、横暴・無智・無理解・粗笨《そほん》・鈍感な男は要らん、というのである。そういう男を排除して、女の自由と尊厳のために、女同士スクラムを組もうというのである。

だから吉屋信子は、女を理由なく蔑視したり偏見を持って向きあったりしない、自由な発想の男たちとは、終生よき友情を持ちつづけた。

徳田秋聲や菊池寛がそうだし、吉川英治、久米《くめ》正雄、らがそうであった。日本の近代的黎明《れいめい》は明治維新から、ということになっているが、それは国家的体質からいった区分けであって、〈黎明〉は民族の精神構造までなかなか、さしこまない。

うわべだけ近代教養を身につけた男たち、いともぞんざいなやりかたで一見インテリ風鋳型にはめられた急ごしらえの紳士が、明治の日本にぞくぞく量産された。

彼らの内部へ下りていくと、家父長意識、男権絶対思想が、梃子《てこ》でも動かぬというかんじでとぐろをまいている。内面はご一新以前の丁髷《ちょんまげ》時代に変わらないのに、うわべはネクタイや八字髭の近代紳士という、奇妙な二重構造のまま、日本の近代化は進む。

直観力に恵まれ、感受性つよい信子は早くからその矛盾に気付いていた。男きょうだいと父親にイヤというほど、男の優位性を強調され、反発と叛骨のかたまりを心で育てていたのだ。

いつのまにか、

〈男要らん〉

の思想がはぐくまれていたとしても無理はなかろう。

2

〈私はふるさとを持たない〉――吉屋信子はそういっている。

「なぜなら地方の役人を父に持った私は、新潟県庁官舎に生れると間もなく母に抱かれて、父の転任地に移り住んだ。そこから童女のころに、またもや次の土地に、そしてそれからまた遠い土地――小学校へやっと上ったと思ったら一学期でまたほかの土地……」（『吉屋信子全集』12「幻の町々」、朝日新聞社の全集によるものは現代仮名遣いになっている）

林芙美子の『放浪記』とは違うが、「多少私も放浪の傾きがある」と信子はいう。

明治二十九年（一八九六）一月十二日の雪降る夜明け、新潟市内の県庁官舎で女の子が生れた。すでに男の子四人のある一家だったので、今度ぐらいは女の子を、と思っていた母のマサも、父の雄一も喜んだ。官員さんの父は八字髭のいかめしい顔をほころばせて妻をねぎらった。父三十九歳、母三十三歳、母マサは面長な美人だった。

　いまだに古い写真が残っているが、母のそばに引き寄せられて立つ二歳くらいの信子（大きい帽子、肩かけともよだれかけともつかぬものに首を埋め、よそいきの着物姿）、その横に四人の男の子、みな学帽をかぶり、肩揚のある羽織に縞の着物、袴《はかま》というすがた、母のマサは髪をひっつめ、静かな、いちずな表情（よく明治婦人の写真で見るもの。権高《けんだか》というのではないが、匹夫《ひっぷ》もその志を奪うべからず——というような、ある種のゆるぎない信念をもつ人の表情）である。それから、もう一つ、四、五歳くらいの幼女時代の信子の写真が不鮮明ながら遺されているが、着物の上に飾り紐も華やかな〈お被布《ひふ》〉を着せられていて、やはり〈官員さんのお嬢さま〉という感じ、地方官吏といっても決して赤貧の家ではないようである。

　のちに信子はこの新潟の県庁官舎へいってみたら黒板塀のそばに松葉牡丹が咲いていたという。帰って母にそういうと、〈あなたの生れた時から、その松葉牡丹と黒板塀はあったのよ〉といわれたと。

　もちろん信子の幼時の記憶にはない。父の雄一はそのころ、新潟県警務課長だったが、信子の二歳の頃には、行政畑に転じて佐渡郡長になり、相川町相津の浅香家の持家へ移った。

　この時代は信子にはかすかな記憶があって、海の青さ、浜辺の桜貝、そして白い石の中には相川金鉱の廃石か、金の糸のような筋の入っているのがあった。隣家の若い書記が信子を可愛がって、よく海へ連れていってくれたことも。

翌明治三十二年、またもや父は新潟県北蒲原郡の群長に転勤、新発田《しばた》に移る。官舎は第十六連隊長の元官舎で、道を隔てて兵舎と練兵場があった。庭が広く厩舎《きゅうしゃ》や馬丁の住宅もあった。三つの信子は櫺子《れんじ》窓から雪を見ていた。家の近くに住む師団の大杉少佐の息子〈大杉さんの坊ちゃん〉は眉目清秀で、〈中学から幼年学校へいったはず――〉と母のマサは、後年、三角関係の傷害沙汰で新聞にのった大杉栄の写真を見て、あっといった。あの〈大杉さんの坊ちゃん〉が、なんでおそろしい無政府主義者に……と合点のゆかぬ風情だったという。

更にのち、関東大震災のどさくさで、大杉栄は甘粕《あまかす》憲兵大尉によって妻の伊藤野枝《のえ》と甥の少年もろとも殺害される。ところが甘粕大尉減刑運動というのが起り、震災後の街頭で減刑嘆願書に署名が求められた。

母のマサは、ガチガチの忠君愛国の精神の持主であったが、このときばかりは、

〈わたしはけっして署名しませんよ。大杉の坊ちゃんが可哀そうだから〉

といったという。――このマサは信子と気が合わずその軋轢《あつれき》をことごとしく伝えられるため、かなり損くじを引いているかたちだが、マサにはこういう情愛と気骨があった。

明治三十四年、父は栃木県芳賀郡の郡長となって真岡《もおか》に移ることになった。信子は五歳

になっていた。

いったい、この吉屋雄一はもともと萩、毛利藩士で藩校明倫館に学んでいる。母も萩の出身で、両親のお国自慢は幼いときから「耳にたこの出来るほど」きかされたと信子はいう。吉田松陰、伊藤博文、山県有朋、木戸孝允……「そんなにえらい人たちの輩出した同じ土地に生れて育ったくせに、どうして父はもっと立身出世した官吏にならないのだろうと私はひそかに懐疑に陥った」（『全集』12「祖先は祖先、私は私」）。

雄一は十九歳で父を亡くし、母と妹を養うため、中央政界入りをあきらめて地方官吏の道をゆくことにしたらしい。下関、松江などの警察畠をふり出しに、北陸、そして関東へと転任をつづけるのである。

中央で活躍する誰かれの話を聞くたび、雄一の胸には屈折したプライドが疼《うず》いたであろう。

明治初めの長州の熱気はたいへんなもので、若者という若者は、あげて新天地をめざし、東京へ、東京へと萩を捨てていったという。これは川柳家、井上剣花坊の夫人、信子の談である。剣花坊も信子も長州藩士の出身であった。同じ信子なのでふと思い出したというわけだが、この井上信子は剣花坊より先に同郷の軍人と結婚して萩に住んでいた。その家は東京への往還に添っていたので、毎日のように希望を抱いて東上する人々を見ているうち、信子も矢も楯もたまらぬ気持で、女ながらも雄心勃々《ゆうしんぼつぼつ》、眠ったような萩の町と、夫と、家庭を捨て、赤十字看護婦になるべく、待望の東京へ出たという。女ですら野望をそそのかされずにはいられない時代であり、環境であった。雄一にも選択肢はあったと思われるが、一点、優柔不断な部分があり、それが情《じょう》の濃さとなって、母や妹というしがらみを蹴とばして、新天地の東京に若い運命を賭けることが出来なんだのであろう。井上信子が、故郷や平穏な家庭や気のいい夫（この男は離婚して家を出た妻が東上するのを駅へ見送りにきたという）を捨て去ったようには。……

ただ雄一もマサも故郷をなつかしみ、毛利藩士の末裔《まつえい》であることを誇りにしていた。

信子が両親からよく聞いた話に、萩のお城には何代か前の祖母にあたる人が御殿女中に上《あが》っていた。この人が何かの用で、腰元の一団を率いて城下外れの淋しい野道を通っていたとき、狼が現われた。若い腰元たちは悲鳴をあげるが、この人は動ぜず、さしていた日傘をつぼめて、柄の先で狼の眉間《みけん》をハッシと突いたら、狼がコロリと参って悶絶したので、一同は難をのがれたという。野道をゆく美しい腰元たち、りりしいお女中に牙をむく狼、まるで旧幕時代の絵草紙のよう、幼い信子のあたまにはふかく彫《え》りつけられた光景であったかもしれない。

真岡での父の官舎は昔の代官屋敷で、縁先に大きな手毬桜が咲いていた。

新潟から栃木へ移るとき、両親は東京へ寄って子供たちに東京見物をさせた。信子が最初に見た東京は、新潟からの汽車が着いた上野駅である。五つの信子は母に手を引かれて上野公園を歩いた。

犬を連れた西郷さんの銅像が印象的だった。

動物園の、虎や獅子より、のっそりした象が好きで、いつまでも見ていた。博物館の鯨の骨が、白い船骨のように吊るしてあったのに、幼女はいたく感動する。九段の靖国神社（両親は古風に招魂社と教える）の裏庭の池に、金太郎が抱く鯉の口から噴水がほとばしっているのに、幼女は感に堪えず、ふんすい、というものだと教えられる。田舎そだちの幼い子供たちの感動を、両親もさぞ満足したことであろう。そのほか幼女の目にめざましかったのは、浅草の花屋敷のパノラマと、操り人形と、山雀《やまがら》の芸である。これは私の少女時代にもまだあった（戦後も鎌倉で見た、と信子は書いている）。

小さい山雀が小さい朱の太鼓橋をトントン踏んで小さい神殿をくちばしでノックする。するると神殿の扉が開いておみくじがあらわれる。それを山雀はくわえてくる……ご褒美にもらう麻実《おのみ》の一つぶ。幼女はいつまでも飽きず見ていた。

買物は寒冷紗《かんれいしゃ》の子供帽子を買ってもらったことが「いまもはっきり記憶にある」（『全集』12「上野桜木町」）。

いかめしくて、家族一同がチリチリとおそれていたという父、融通の利かない厳格な母――そう伝えられる信子の両親であるけれど、信子の幼時を語る筆はやわらかで、なつかしさにあふれている。小さい子たちに東京見物をさせようという両親の心くばりは、やはり世の常の人の親らしい慈悲にあふれているようだった。

――といって、信子の筆が滑ると、たちまち現実と空想がわかちがたく朧化《ろうか》して、潤色されていくから、注意しなければいけない。

信子は大正五年（一九一六）一月号の「新潮」に「幼き芽生より」と題する一文を載せている（『全集』12）。

幼い時から文学に夢を紡ぐようになった環境、自分に影響を与えた存在について、というのがその短いエッセーのテーマであるが、前半を再録してみると――

「私の幼き生の芽生は、あの荒海に浮ぶ佐渡の島であった。多くの子供の中の末の女の子として、どんなに家の人々に愛されたろう。時折忍びよる幼き時の思い出は、愛に満たされていた、あの頃の小さい私と、そして夢の韻《ひびき》を誘う波の音と船の帆影である。海！　奇しくも大いなる彼は閃く星と燃ゆる太陽、青き月光と共に微妙なる諧調を以て小さき私の胸を憧れ躍らせたのであった。（田辺注、信子の初期の文章は句読点を惜しむので読み辛いが、原典のまま掲げる）

父は長州萩の藩士、明倫館にての友の多くは長閥の栄えに乗じて高位顕官に時めく折を、あまりに聖く高き父の志は容れられず不平を抱きて北海の孤島の郡宰《ぐんさい》と身を隠し純朴なる島民の中に悶々の情を慰めて居たのだという。母は優しい泪もろき婦人であった。丸髷に珊瑚玉の簪《かんざし》をさして小雨そぼふる宵など三味線を忍びやかに弾くのだった。美しい絵草紙をひもといて（松山鏡）（先代萩）（三荘《さんしょう》太夫）の哀れにも、いじらしく悲しき物語を説いたのも母であった。叔母なる人は若き娘だった。暖かい柔かな愛に私を抱いた、若き叔母は都のミッションスクールの寮舎に学んでいた、休暇毎に美しいカードやお伽噺《とぎばなし》の本を、お土産に持って帰って幼き子を喜悦に浸すのだった。やや縮れたる黒髪をS巻《エスまき》にして紫矢飛白《やがすり》の被布を着たる気高い姿を乗せた船を私は浜撫子《はまなでしこ》咲く渚《なぎさ》に毎日待ち焦がれるのだった。しかし、若き叔母は私が七ツの春天国に召された。そして銀の星となって永久にみ空に輝いた。遺品の首飾マドンナの像は、いまもなお悲しみに喜びに私に力を与うるものである（後略）」

――これは全集の中でエッセーの巻に入れられているけれども、厳密にいえば創作である。門馬千代は多年、信子と生活を共にし、信子の縁辺の人々も知悉《ちしつ》しているが、ここで信子のいう「若き叔母」なる存在を否定している。強いていえば、父・雄一の妹の連れあいが、信子の生まれる前に亡くなっており、医学生時代にクリスチャンになったと、信子はあとで聞いている。どういう加減か、その人のものであった大きな聖書が信子の家に残され、〈亡くなった岸の叔父さんの形見〉と聞かされていた。家中の書籍の中で一ばん厚い大型のもので、天金が燦然《さんぜん》と輝いていた。童の信子にはもちろん読めるものではなく、もっぱらその聖書を押花づくりに利用した。厚い本のページの中へ花を入れて閉じると、幾日かたてば押花になっているのだった。

その亡き叔父の連想から〈若いやさしい叔母〉を創作したのであろうか。一読、誰でも気付くのは『花物語』そっくりの口吻《こうふん》である。大正五年といえば信子二十歳、まさに『花物語』の第一話「鈴蘭」が採用されて「少女画報」の本欄を飾った年だ。つまりこの「幼き芽生より」は『花物語』の習作、といっていいであろう。

しかしそこにあらわれる〈若い叔母〉や〈優しい泪もろき母〉は、信子の心の底にある願望をそのままあらわしているようで感慨がある。

四人の兄に、いいように顎で使われたり、〈拾い子〉などとからかわれたりしていた信子は、「暖かい柔かな愛」に飢えていたのだ。姉という存在にせず、叔母を設定したのは、姉よりもっと〈母〉なるものに近く、霊性を獲得するように思えたからであろう。

そしてまた、彼女の思い描く〈母〉のあらまほしい姿にも、微笑をさそわれながらもせつなさを禁じ得ない。

信子の母は武士の妻気質《かたぎ》の人であったらしい。毛利藩士谷村留助の長女として生れ、そのころの武家の女たちがそうであったように〈婦道〉と〈男尊女卑思想〉を躾けられて育つ。

明治維新は武士階級の精神文化と、民族の知的遺産のせいで成功したが、その精神文化はひとつ間違うと硬直した形骸化をもたらす。

どうやら母のマサは、そんなタイプであったらしい。マサは子女教育に彼女独特のポリシーを持たず、すべて自分が躾けられた通りの昔ながらの訓戒を金科玉条にして、子供たちを仕込もうとする。信子のように個性強く、その軛《くびき》からはずれよう、はずれようとする、馴致《じゅんち》しにくい奔馬は、マサの手にあまり、年ごとに摩擦は大きくなっていったであろう。二十歳といえば、信子はもう母の軛を脱して東京へ出ているが、まだ彼女は〈優しい泪もろき母〉を夢見ないではいられなんだのである。

母のマサには文学趣味はなく、芝居好きでもないから、「松山鏡」や「先代萩」「山椒太夫」を信子に語ってくれるようなことはなかった。信子はそんな母であってほしかったのだろう。

信子が母から聞かされたえらい人の名は「下田歌子」だった。家には下田歌子の『家庭教育訓話』なる絵入りの本が幾巻かあり、それが小学校に上るまでの信子に、母から与えられた最初の本だった。

〈下田さんというのはね、女でたいそう偉いひとなんだよ〉

といわれ、その名をおぼえた。歌子女史がまだ若くて宮中に召されたとき、春月の御題のもとに即座に詠じた、

「手枕は花の吹雪に埋もれてうたたね寒し春の夜の月」

という歌などを得意気に聞かせた。たぶん母は、百人一首とその歌よりほかには知らなかったのだろう、と信子はいっている。

そんな話を聞かせた母も、信子がのちに文学に身を托そうとすると、「少しも同情せずに困らせた」と信子はいう。

「お母さんなんてほんとにわけのわからない怪物ですわ」

というのが信子の感慨である。これは大正十五年（一九二六）の「憧れし作家の人々」（「文章倶楽部」10）、信子はすでに三十歳、作家として自立し、小さいながら自分の家も建てていた。マサは健在だが、信子はもはや母の桎梏《しっこく》をはなれて大空に飛翔している。それがゆとりのあることばになっている。

この母と信子の相剋は、調べるとなかなか面白いのだが、それは父と息子の確執より、母と娘というのは、どこか通い合う気息があり、絆が太いせいであろうか（それゆえにこそ、かえって愛憎が強いのかもしれないが）、しかし信子は一面では母の頑固一徹に悩まされながらも、長ずるにつれ、そのよさも洞察したものの如くである。

信子が子供時代から母にくりかえし聞かされている話の一つに、丁汝昌《ていじょしょう》のエピソードがある（マサは話題の乏しい女なので、「下手な講談のように、明治は夙《と》く去り、大正になり昭和になっても私たちによく話すのだった」（『全集』10『媼《おうな》の幻想』）。

その話は父の雄一の幼友達が日清戦争の時の旗艦・松島に乗り組んでいたときの見聞らしい。

丁汝昌は清国の北洋艦隊の提督だったが、日本の連合艦隊司令長官、伊東祐亨《すけゆき》に降《こう》を請い、軍艦兵器砲台を献ずるから、「海陸軍内外国の官員兵士人民等の生命を傷害することなく、その帰郷を許されんことを切望す」という書を送って、自分は後事を、英人マクリュウルに托し、戦艦・鎮遠号の艦室に毒を仰いで死んだという。伊東司令長官から降伏の敵将に、葡萄《ぶどう》酒、三鞭酒《シャンペン》一ダースずつと、広島産の串柿を添えて贈ったが、降伏の使者、程璧光《ていへきこう》が丁汝昌の自殺を告げて、昨日贈られた葡萄酒や串柿をそのまま松島の甲板に返しに来て、好意謝するにあまりあれど、といったと——

「まるでその場をみてきたように話すのだった」。

　この話は樋口一葉の日記の中にも触れられていて「敵将ながらも哀れなり」とあるが、若かったマサを感激させたのであろう。子供の信子は幾度もそれを聞かされ、それこそ、郷土長州の偉人の話のように、耳がたこになる感じだったが、のち微妙に変化して、その話を感慨ぶかく受けとっている。日支事変のはじまったとき、母はその話をくりかえしていい、

〈支那を馬鹿にしてはいけないよ、こんな立派な人もいるんだからね〉

　と支那の肩を持ってその理解者となった。

　日支事変どころか、戦争は、ますます拡大してそのうち敗色濃くなり、新聞には一億玉砕とか、本土決戦とかいう文字が見えるようになる。すると母はまたもや丁汝昌の話をもち出し、

〈なんたって、老大国の支那はえらいねえ。上官は身を以て部下の生命を保障して、無駄な死に方はさせなかったんだもの〉

兵士を玉砕させるなんて、日本の大将・上官は何を考えているんだろう……そう、マサは義憤にかられていいたかったのだろう。老媼の「自然な不服と反撥だったろう」と信子はいっている。信子は、大杉栄の惨死に対するマサの反応とともに、マサの批判力やまっすぐな心情を、素直に買っている。

歳月と、信子の人生的自信からであろうが、母と娘の、反目憎悪だけでは片づけられない血の濃さも考えなければいけない。

下田歌子女史とともに、幼い信子がおぼえた作家の名は巌谷《いわや》小波《さざなみ》だった。五つくらいで片仮名が読めたので（昔の幼児教育は片仮名が先だった。片仮名は平仮名よりずっと視覚的におぼえやすい）『浮かれ胡弓』という絵本を読んだ。

真岡小学校では若いやさしい女の先生、入江先生が受持となって、信子はとびたつばかり嬉しかったが、二学期には早くも転校となる。

父が下都賀《しもつが》郡の郡長となったので栃木町に移ったのだ。隣の郡なので、人力車をつらねて移転した。

栃木町の官舎は入舟町の老舗の別荘を借りたものだった。

信子は勉強好きなので、学校も好きだったが、ひとりで絵本を読んだり、ぼうっと空想にふけるのも好もしかった。それから、好きなものに、

「たそがれ」

があった。日ぐれがたの気分が、子供の信子にはなぜかしらず、身に沁みるように思われる。

信子に強い記憶がある。ある年の正月元旦、そのころは年始客がいちいちあがりこんで盃をとるから、母はいつもてんてこ舞いで、小さい信子は閑却されてしまう。着物だけはよそゆきを着せられるが、

〈汚してはいけませんよ〉

ときつく注意されるので、窮屈でならない。羽子《はね》つきもせず、ぼんやりと外を見ていた。元旦の日も早々とくれて、灯ともし頃となる。年賀の人の行き来も絶え、通りは闇にしずまる。

小さな信子は門際のからたちの垣のそばに、つくねんとひとり立っている。

天地は空漠として、闇は音を呑む。身心まで、しいんとして、

〈この世のさびしさ〉

を信子は感ずる。そんなコトバが、幼いあたまに閃《ひらめ》いたわけではないけれど、皮膚感覚で感じとったのだった。冷たい夕風が当る門松も、淋しい淋しい……というよう……。

そういえば、ものを擬人化するのも、子供の私のクセだった、と信子はのちにいっている。

本を読むのが好きな童女だったが、ことにも擬人法の絵本が楽しくて心を遊ばせてくれた。

桃太郎のお供の、犬・猿・雉子《きじ》はちゃんと着物を着ているし、浦島太郎の、鯛やひらめが美しい衣裳を着込んでいる。

そのころの絵本に、猫の奥様が肌脱ぎで鏡台で化粧をしているのがあり、猫の女中が台所で釜の下をたきつけ、猫のお嬢さんは日傘をさして歩いている。——信子はそれらが楽しく面白くてたまらなかった。そしていつか、身のまわりのものに勝手な空想で、いのちを与えていった。

とんでもない空想癖をもつこの女の子は、以前の家の額《がく》の裏に赤と白の羽子を打ちあげたままにして、引越しをしてきたのまで悔まれた。額はその家のものなので、置いてきたのだ。

あれはお座敷で羽子つきをしていたときだったっけ、くるくる廻った羽子が額の裏へとびこんでしまって、そのままだった。

（わたしを抛《ほう》って引っ越したんですね、信ちゃん）

と泣いているかもしれないと思うと、信子は輝きの強い黒い瞳に、涙をうかべた。

それから、小学校へ入って買ってもらった〈ゴム消し〉、それは、マシマロに似た、柔かな、白い粉にまぶれた切手型の大きさで、指先にしなしなと当り、新しいゴムの匂いが子供心にもエキゾチックで嬉しかった。表には象のマークがついていて、ローマ字で何か書いてあった。

そのゴム消しが、筆箱の中からどこかへ落ちてしまったのだ。信子は一日、物悲しかった。

翌朝、学校へいくと、風の烈しい日で校庭には砂埃が高く舞っていた。

信子はあのゴム消しが、

〈お嬢ちゃん！　私はここですよう。信ちゃん！〉

と呼んでいるような気がして、胸いっぱいになり、泣きたくなるのだった。その夜、灯の下で筆入を開けてしみじみ眺めると、鉛筆や筆が、仲間のゴム消しが帰らないのを寂しがっているようにみえた……。

身のまわりのものすべて、信子にはドラマといのちをもっているように思われる。ひたすら、そこから幼い物語を紡ぎはじめる……。

小さい田舎まちを横切って川が流れる。川沿いの家々の間に、白壁の土蔵があった。土蔵の陰にはお茶室のような小さい家があった。

その家の裏は、すぐ川の水際で、水苔のついた河岸の石垣の上に、初夏には紫陽花《あじさい》が咲いた。ゆうぐれ、蝙蝠《こうもり》が妖しげにとぶあたりに、夕顔の花めいて、仄白い顔の女のひとが、紫陽花の家の庭に、ぼんやり立っていた。

　河岸で遊んでいた子供たちは、

〈そら。おめかけさんよ〉

　とささやいて珍らしい人種のように見る。

　するとその女《ひと》も、さびしげにじっと子供たちをみつめた。幼い信子は、〈おめかけさん〉の顔や姿を、この町で一番美しいと、子供心に思った。

　夕御飯のとき信子は母に無邪気に訊《き》く。

〈おめかけさんって、どんなひとのこと？〉

　謹厳貞淑な母はよほど困ったろうが、こういった。

〈女のくせに、奥さんにならないで、一人で暮している、悪い人なのだよ〉

　ふうん、と信子は考えこみ（女がおくさんにならないで、一人で暮すって、そんなに悪いことなのかなあ）とよくわからない。

　信子の好奇心はいよいよ強くなる。翌日のお昼に、小さい信子は一人住いの〈悪い人〉の家を河岸からそっと覗いた。

　紫陽花の花はやっぱり美しく、むらがり咲いていた。綺麗に片付いた家の中に、きちんと化粧したおめかけさんが坐っていた。まるで美人画のように、すがすがしく、美しかった。

（どうしてあれが悪いのかしら）

その女《ひと》はその小さい家に、静かに一人で、長閑《のどか》そうに、きちんと身じまいして暮していた。

（お母さんより楽しそうにみえるわ）

そう思ったことは、何となく直観で、母にはいわないでしまったけれど……。

そういえば母はたくさんご馳走をつくり、信子たち兄妹が夢中で食べていても、いつもほんのぽっちりしか食べなかった。子供ごころにふしぎに思い、信子が聞くと

〈自分で作ると、あんまりほしくなくなるのよ……〉

といった。それは幼い信子に恐慌をもたらす。

そんなの、つまらないや……おかあさんになって、ご馳走をつくって、ひとにたべさせるだけっていうの、つまらないからやめよう。

――そういうところへ論旨が逸脱してしまうかわった童女なのである。

家の近くに聖公会があり、そこの牧師の娘たちと仲よくなった信子は、誘われて日曜学校へいき、これにもたちまち夢中になった。

家庭はクリスチャンではなかったが、母は日曜学校へ通うのを許してくれた。小学校の教室とはまたちがう面白さに、信子は夢中になった。キリストやマリア、讃美歌を知る。

それはまたカラフルな世界を知ることである。

私も幼児、日曜学校へ通ったが、三色刷に印刷したカードを出席者に配られるのがたのしみだった。吉屋信子も同じようなことをいっている。色刷りの可愛いカード（それには聖書の中の物語が描かれている）が、日本の子供たちの心をどれだけ捉えたか分らない。信子には初めてのクリスマスも楽しかった。東京から帰省した、日曜学校出身の学生たちが集って準備をしたそうである。

教会堂といっても普通の日本住宅の、二間のあいだの、仕切りの襖《ふすま》をとり払ってあり、椅子やテーブル、オルガンを並べてあるのだが、クリスマスの日は、杉の葉で作った額縁に、〈祝クリスマス〉と、白・赤の綿で字が置かれる。小さな門の両脇に大きい提灯《ちょうちん》がかかげられる。

日曜学校の生徒たちは、帰省学生の指導と演出で、クリスマス劇を演ずる。少年少女たちはたいていエンゼルにさせられる。

白いシーツで体をつつみ、両手をシーツから出す。

背中にはごわごわする厚紙の翅《はね》。

クリスマス当日は、東京から米人宣教師のフィッシャー師が来て、流暢な日本語で説教をした。

そのあと、日曜学校の生徒たちにクリスマスプレゼントが宣教師から贈られる。

無欠席の信子はまっ先に名を呼ばれる。

赤いリボンの包みの中には、小型の新約聖書と西洋人形がある。それは町の玩具店にもまだ売っていない人形だった。横たえると眼を閉じ、起こすと眼をあける人形（おそらくその眼は青かったろう）。

信子は嬉しさに息もつまりそう。やがてシーツを着せられ、エンゼルの翅をつけて舞台へ出ていくはれがましさ。

信子は後年、キリスト教に深く泥《なず》む。出世作の朝日新聞懸賞小説『地の果まで』にも、教会や牧師が登場し、キリスト教は信子の精神形成に濃く投影する。栃木のまちの、小さい日曜学校は信子のある出発点となる（『全集』12「幼き日のクリスマス」）。

そのころ父・雄一は日夜、苦闘奔走していた。

雄一の任じられた下都賀郡は、足尾銅山の鉱毒の犠牲となった谷中《やなか》村を抱え、全国の注視のまととなっている地方だったのだ。その前年、明治三十四年（一九〇一）田中正造は鉱毒問題に冷淡な議会に絶望し、政治に絶望し、議員の職を抛《なげう》ち、一介の野人として鉱毒問題に身を挺しようと一大決心をもって、議会開院式を終えて帰る明治天皇の行列に、奉書をかざしてとびこんだ。

〈お願いがございます。お願いがございますっ〉

それは破天荒なできごとだった。

3

ある人の人生を調べていて、思いがけない名前に出あって驚くことがある。個人の運命が、歴史の大きな織目の一本の糸として織り込まれる瞬間が目に見えた、といおうか――時間・空間の彩《あや》なす模様を見る思いに打たれるのはそんなときだ。

杉田久女でいえば、西郷隆盛であった。

もちろん二人のあいだに直接の交錯があったわけではない。私は漠然と、久女は東京生れの人かと思っていた。しかし調べてみると、鹿児島生れなのであった。

彼女の父は官吏で、明治十年（一八七七）、鹿児島へ赴任した。折しも西南戦争が勃発、年若い官員さんは県庁の重要書類を背負って命からがら、炎上する鹿児島の町を脱出する。桜島に逃げ、民家の床下にかくれて芋粥をもらい、山中に避難しているうち、やっと官軍勝利のニュースを聞き、碇泊中の軍艦にたどりついて命拾いをしたというのである。その翌春、単身赴任の夫を追って赤児を抱き鹿児島へやってきた妻は、一望の焼野が原、真ッ暗な中で立ちすくんだという。それが若い久女の母であった。官員夫婦はこの鹿児島に十七年住んで、久女はじめ五人の子を持った。もし西郷さんの西南戦争で、官員の父が命を落していれば、久女が地上に生れることはなかったであろう。

それにしても、清麗高雅の俳人・久女と、西南戦争とは……まったく隔絶した取り合せではないか。

吉屋信子の場合は、更に懸隔は甚しい。足尾銅山鉱毒事件と田中正造である。吉屋信子の柔媚で流麗な作品と、酸鼻な谷中村事件とはおよそかけはなれたイメージであるが、信子の父、吉屋雄一はゆくりなくも谷中村騒動の最終的時点で郡長の職に在り、官憲側として田中正造や村民の怨嗟《えんさ》憎悪のまととなっていたのだ。

信子が小学校一年の時だから、もちろん、その頃の事情は彼女の知るはずもないことであった。しかし郡長の家を訪れた田中正造爺さんに、幼女の信子は頭を撫でられたことがある、とのちに『私の見た人』「田中正造」で、書いている。

ところで私は栃木市へ取材にいったとき、「市制施行五十五周年記念、’91市勢要覧『栃木』」という大判の冊子を貰ってきた。私のような関西者は関東に馴染みが薄く、地理的感覚にも疎い。栃木・群馬・埼玉・茨城などはただ錯乱して入れまじった感じで、どれが上やら下やらもわからぬという具合である。それゆえ、興味をもって市勢要覧を眺めたのだが、栃木市の名誉市民の一人に山本有三があった。市木はとちのき、市花はさつき、というのも面白かった。

「とちぎをふりかえる」というページには栃木、つまり下野《しもつけ》の国の歴史が古い写真入りで、わかりやすい年表になっている。中世の平将門のこと、江戸時代の室《むろ》の八嶋《やしま》のこと（芭蕉が『奥の細道』で訪れている歌枕の地）、幕末の天狗党のこと、明治に入って栃木市に栃木県庁ができたこと、更に明治十六年、県令となった三島通庸《みちつね》が、栃木市に盛んな自由民権運動をきらい、県庁を宇都宮市に移転したこと……などがあげられている。

しかし栃木が生んだ、誇るべき社会運動家、人権思想家にして公害告発運動の先覚者たる田中正造（荒畑寒村にいわせれば「天下の大義人」）のタの字もここにはとどめられてはいない。明治の社会を震撼《しんかん》させた足尾銅山鉱毒事件についても一行も触れられてはいない（加波山《かばさん》事件は載っているのに）。

どうしてだろう？

私は目を皿にして二度三度、読み返したが、鉱毒事件のことも田中正造の名もついに見出すことはできなかった。自由民権運動については別の一書『栃木市の歴史』（日向野徳久、栃木市発行、昭和41）にも詳述してあるが、この本にも田中正造の名はない。鉱毒事件そのものについての記述もなく、わずかに「石灰業の発展」のくだりで、足尾銅山の古河市兵衛が鉱毒解消用の石灰を依頼したという、一、二行があるのみ。

公害問題はいまだにこの地方ではタブーらしいのだ。地元ではまだ鉱毒公害に関する怨念や不満がマグマの如く地底で燃え盛っているのかもしれない。美しいパンフレットにのせられるような、オイシイ話ではないわけだ。

私はまだ足尾銅山跡（昭和四十八年〈一九七三〉閉山）も谷中村跡（貯水池となって水底に没している）も見ていないので現在の状況を報告することはできないが、荒畑寒村の『谷中村滅亡史』（この本は明治四十年〈一九〇七〉八月、平民書房より刊行され、即日発禁になったが、昭和三十八年、実に五十余年ぶりに写真復刻で出版され、ついで昭和四十五年、新泉社から新たに出版されている。明治文献中、欠くことのできない貴重な一書）の解題を同書の末尾に宇井純氏が書いていられる（一九七〇年十月二十日の日付がある）。
「今日、荒莫たる芦原と化した谷中村に立って、六十年前の権力の悪業を思うとき、足尾の鉱毒事件は現在もなお解決していない現実を忘れてはなるまい。渡良瀬川流域の農民にとって、鉱毒はその生れる以前からの存在であり、もはや人間が適応しなければならない自然の一部と化しているのである。公害対策の決め手として実施された水質基準は、何の役にも立っていない。この言に疑いをもつ人は、足尾の谷をのぼりつめてみるがよい。そこにくりひろげた《ママ》山林の荒廃と鉱滓《こうさい》の堆積は、現在の技術では天文学的な投資額を以てしても復旧が困難であることを発見するだろう」

谷中村ここにありき、の紙碑として、寒村は『谷中村滅亡史』を書いた。しかし〈明るい環境〉〈快適な町づくり〉を謳《うた》う現在《いま》の地方自治体の体質では、田中正造も鉱毒事件も黙殺無視される仕組みになっているらしい。谷中村が水底に没し去られたのは、鉱毒事件を「世人の記憶から永久に抹殺し去らんとする政府と資産家の、共謀による組織的罪悪」

（『谷中村滅亡史』）であったが、こんにち、事件そのものが栃木の歴史から抹消されようとしているのは、私にはいかにも現代的風潮に思われる。つまり、明るい・オイシイ・口あたりのいい・耳なれのいい・肌ざわりのいい・甘い・やわらかいことだけを撰んでしるしとどめる歴史に変質されてゆく徴候かもしれない。

吉屋信子は『私の見た人』を昭和三十八年（一九六三）に七十一回に亙って朝日新聞に連載している。これは随筆に分類されているけれども正確には短い人物評伝、または印象記である。簡潔なスケッチでよく人物の核心を把握し、ほんのワンシーンであるけれどその人物の性格と運命、生涯の総括を掬《すく》いあげるようなところがあって興趣尽きない。吉屋信子がやはり一個の文学者であったことがよくうかがわれる作品群である。

その第一回に、彼女は田中正造をとりあげている。そのために、谷中村跡を信子は取材にいった。昭和三十八年かその前年のことであろう、朝日新聞社の学芸部記者に伴われ、朝からざんざと降る雨の中を藤岡町に赴く。現在は遊水池と呼ばれる元谷中村は、この藤岡町のすぐそばなのだ。

その日、信子が会うはずだった島田熊吉老人は病臥《びょうが》していて、会えなかった。島田は谷中村住民の強制立退き命令に最後まで抗し、立退き執行官吏だった郡長・吉屋雄一らが、遂に家屋を破壊しても、掘立小屋を作ってなお動かなかった硬骨の闘士であった。

しかし、熊吉の弟、宗三が信子に会った。そうして信子に告げたという。

〈お父さま（雄一）は立退き住民の心中を察してよくして下すったと兄も言っていました〉

　すでに吉屋信子はこのとき六十七歳、功成り名遂げ、しかもなお不動の人気を誇る大作家であったが、それを顧慮してのリップサービスというのではあるまい。この地方の農民の昔かたぎのやさしさからであろう。信子も、

「元谷中の人々の純朴さを知った」

　と書いている。ただそれと同時に吉屋信子は、

「谷中村事件の記録や田中正造伝のたぐいを読みあさるうちに、あの際の村民立退き絶対反対の運動方針に古風ないささかナニワ節的感傷がまざっている気もすると、つい生意気な批判が生じた。ああした村の悲惨事を避けてもっと合理的に双方処置出来なかったものであろうか？」

　といっている。信子の脳裡にはそれを書いた時点での、時勢の風潮が思い浮んだとみえる。彼女は筆を継いで、

「近ごろ、ダム工事で湖底に沈む土地では目玉の飛び出るほど高額な土地収用補償金を釣り上げるまでは、猛烈な反対を続けるリアリストが多いと聞くにつけても、田中翁も村の人々も、みな明治のあまりに素朴な感覚に生きていたと思う」

　これは全く谷中村の受難の歴史に昏《くら》い発言であろう。谷中村立退き事件の前に鉱毒事件

がある、鉱毒被害地は谷中村だけではなく、もっと拡大しているのであるが、水没させられたのは谷中村で、つまり谷中村は二重の被害にあったのであり、このときの政府の対応は、現代から見ると、暴力団まがいの悪辣さ、残忍陰険、しかも狡猾である。現代ではそれが見え、昭和三十年代の時点では見えなかったのか、それは次の町長の言葉も、同様である。このときの信子の取材に同行した藤岡町長は（信子の書いたものによれば）、次のようにいう。

「替地も補償金もちゃんともらえたのですから、それを有利に計ってもらって立退けば騒ぎはなかったのですがね」

　この町長もあまりにも物知らずというべきであろう。当時、谷中村住民に替地として与えられたのは地味不良で住むに堪えぬ荒蕪地《こうぶち》であった。同県塩谷郡、同県那須郡、あるいは寒冷の北海道へやられ、惨憺たる生活苦を強いられることになる。土地家屋の買収補償金、及び移転料はいうに足りぬ少額であった。移住者に対し県庁は「開墾地、及び開墾に要する農具、肥料、苗種、また建築費、食料一年間等は、無代にて与ふべし」といったが、その約はついに履行されず、地代も建築費も肥料も、みなことごとく、先に村民が県庁に売った土地家屋の代金から差し引いて渡されるのであった。

　吉屋信子は町長の発言について、

「町長さんは近代の理知で批判された」

と書いているが、これも信子の無智や町長の物知らずという以上に、官尊民卑思想の強い時代、近代的理性では考えられないほど明治の民度は低かったのだ（いや、ある点では現代もまだその弊は続いている。公害問題における官庁と企業の結託ぶりを見れば、いまも現代の谷中村は全国各地に見られること、「解説」における宇井純氏の指摘の通りだ）。

信子には父への身贔屓《びいき》があり、それが谷中村民への、無邪気で浅薄な批判となるのであろう。しかし先祖伝来の肥沃な土地を鉱毒に犯され、奸吏に欺かれ、官憲の暴力で追いつめられていった農民の怨嗟と憤怒を、

「ナニワ節的感傷」

といい、

「もっと合理的に双方処置出来なかったものであろうか？」

というのは、信子の、これは全く的はずれな解釈というほか、ない。ついでにいうと信子の父・雄一も、明治の官吏であるから、ずいぶん悪どいことを民衆に対してやっているのであって、「同じ素朴さで立場をちがえて苦労した役人の父」というような、ヤワなものではないのである。明治の世の官吏は強し、人民はあまりに弱し。戦後、官吏は民衆の公僕といわれ、素朴な民衆は〈公僕〉なるコトバをはじめて知って驚倒したものだ。古来、官憲は強制と弾圧の象徴であった。〈長い物には巻かれろ〉というのが民衆のお上に対する諦観であったのだ。戦後の民主主義教育によって公僕というコトバと意義が地上に存在

するのを民衆ははじめて知った。男女同権と同じくらい、あざやかな新時代の黎明《れいめい》をもたらす言葉であった。

それでいえば地方のお役所も無論、戦前、伝達の文法は必ず命令形であった。それが戦後、微妙に色変りして、文語体が口語体になり、役所用語が逐次、民間なみに砕けて来て、それにつれて命令形は姿をかえた。そのグラデーションを仔細に調べると面白いであろうが、私の目睹《もくと》したケースでは、戦後、昭和二十年代の中頃か終り頃か、阪神間のN市役所の窓口に、市民への注意事項につき、

〈……せられたい〉

という貼紙があった。その横に、多分、市民の誰かが書き加えたのであろう。〈せられたい〉の個所を抹消して、赤字で、

〈して下さい、と書かんかい〉

と語気も荒らかに書いてあった。戦後、市民感覚がそこまで成長していたのだ。

吉屋信子の、右の発言も、あまりに戦後的発想での批判というべきであろう。彼女は大鹿卓の『谷中村事件』（大日本雄弁会講談社、昭和32）を読んでいるらしいから、もしかすると同じ著者の『渡良瀬川』（中央公論社、昭和16）も目を通していたかもしれない。寒村や木下尚江その他の田中正造関係の本も渉猟しただろうから、鉱毒事件と水没事件の概要は知っていたであろう。無垢で直観力のするどい信子にしては的はずれな批判であるが、

一つには、官民の板挟みになった父への思い入れが強かったことと、もう一つ、彼女がそれを書いた昭和三十年代末には、まだ公害という言葉が市民権を得ていなかったのだ。一般市民には企業公害に対する認識がなかった。彼女のいうような水没ダム補償金と、谷中村事件とは性質を根本的に異にする。谷中村は日本の公害犠牲第一号なのだ。人間と大地の健康を奪われた農民の怨嗟は根深いのである。

信子のために弁護すれば、昭和四十年前後には、まだ国語辞典に〈公害〉という文字はなかったといわれる。戦後の急速な経済規模の拡大とともに、公害もまた一挙に拡大し、問題が噴出した。

四日市の喘息、九州の水俣病、富山のイタイイタイ病、新潟の水俣病……昭和四十五年、大阪で開かれたチッソ株式会社の株主総会に、被害者たちの掲げた黒地に〈怨〉の白抜きの旗が林立するのを、信子は見たろうか。すでに死の三年前である。

水俣病の原因はいうまでもなくチッソ水俣工場の排出するメチル水銀化合物のためである。水俣に異変が発生して数年、熊本大学水俣病研究班は昭和三十四年に至り、原因を発表する。しかしチッソも政府も認めないまま、患者は増えつづけていった。ついに政府が原因と結果との因果関係を認めたのは昭和四十三年、最初の患者発生より十五年後である。しかしチッソは刑事責任に問われたわけではない。

明治二十四年（一八九一）栃木県選出の衆議院議員・田中正造は議会で鉱毒問題を叫び、政府の怠慢と損害救済方法と、公害防止手段につき質問する。政府側は「被害の原因確実ならず」とし、「専門家の試験調査中なり」と引き伸ばし、「（鉱業人は）鉱物の流出防止の準備をなせり」と、企業を弁護する。

この態度の曖昧無責任、およそ八十年後のチッソと政府の反応に酷似しているではないか……。谷中村は現代にも存する。

六つか七つの信子は、家のからたち垣の門に立っていた。梅雨空の夕暮れだった。そのとき門へ入ってきた老人を見て、幼女はぎょっとする。その人は蓑《みの》を着て笠をかぶっていた。蓑は明治三十五、六年の頃でも、もう古風になった農村の雨具だったが、幼女はそれに驚いたのではなく、老人の雰囲気にただならぬものを受け取ったのである。風雨に曝された、たくましい面貌、顎には一束の白い鬚が、払子《ほっす》のように下っている。「ぎょろっとした目のこわいおじさんだった」と信子はいう。あわてて逃げ出そうとすると、いきなりおかっぱあたまを撫でられた。

（こわがらんでいい）

というつもりらしかったが、ふしくれだった太い指の手で、撫でるというより、つかまれた感触だった。

信子の母は簑笠すがたのこわいおじさんを平伏して迎えた。

父も、すでに役所から帰っていたが、奥から出てきた。夕ぐれの家の中はにわかにあわただしくなり、母はお酒の支度をし、女中は客の好物の青唐子《ししとう》をあぶるため、いそいで八百屋へ走らされた。

それが田中正造であった。正造は何しに吉屋家を訪れたのであろうか。私の思うに、新任の郡長に鉱毒事件紛争のよって来《きた》るところを縷々《るる》、レクチャーするためではなかったか。正造は要路の人間の替るたび、どうせ官憲サイドの人間と思わず、説き去り説き来って倦《う》まないのだった。

鉱毒事件についてくわしく述べるとたちまち一冊の本ができあがるので、要点をかいつまんでいうと、すでに明治十四年に栃木県令、藤川為親は、渡良瀬川の魚の食用販売を禁じた。渡良瀬川に異変が起ったのだ。
名物の鮎も影を見せず、鮭も遡《のぼ》らず、雑魚は白い腹をみせて浮き、河岸の漁民はたつきの道を失った。

利根川にそそぐ渡良瀬川の上流に、江戸時代からの鉱山、足尾銅山がある。維新後、この廃鉱になりかかっていた山を捨て値で買ったのが古河市兵衛だった。明治十年のこと。

再開発は成功し、産出量は増したが、廃棄される鉱毒（硫酸銅など）が渡良瀬川を汚染しはじめたのである。

(何が起ったのだ、川はどうなったのだ)

河岸の住民は不安になった。それでもまだそのときは鉱毒の恐ろしさがよくわかっていなかった。

その間に、古河は巨万の資本を投じ、設備を改め、採鉱製銅に狂奔するのみで、鉱毒被害は念頭にはないわけである。坑口には廃石鉱屑《こうせつ》が堆積残留していた。間断なく運ばれる鉱滓《こうさい》を、会社は到る処の渓谷・凹地《くぼち》に埋め、ついにはその多くを渡良瀬川に投棄する。

しかも鉱業の発達に伴い、求められる木材は、銅山付近の山林を濫伐《らんばつ》して充《あ》てる。

その上、煙突から吹きあげる毒煙は二里四方の山林を枯死せしめて、かつては老樹古木で鬱蒼としていた山々を、たちまち禿山にしてしまう。

「岩石磊々《らいらい》として、一樹半枝の目を遮るなきに至れり」(『谷中村滅亡史』)

果然、悲劇は起きた。明治二十三年(一八九〇)、渡良瀬川大洪水、沿岸に鉱毒水が氾濫する。この毒の水が土に沁みこんだら最後、あと何を植えても無駄であった。大根、人参、牛蒡《ごぼう》は、みな根から腐っていった。鉱毒に浸みた木を薪木にすると、かまどに鬼火のような青い炎が燃えた。体を水に濡らすと赤く腫れあがった。……

田中正造が、第二国会で鉱毒事件の質問書を出し、企業弾劾の第一声を放ってつめよった、相手の農商務大臣は陸奥《むつ》宗光で、陸奥は彼の次男潤吉を古河家に養子にやっている。陸奥の秘書官が原敬で、原敬はのちに古河鉱業の副社長になっている。

こういう、政財界の緊密な癒着が、田中正造の国会質問に対して、曖昧無責任な対応をとらせるのである。

明治二十九年またもや渡良瀬川に大洪水があり、この度の被害は沿岸十万町歩、被災民五十万人に及ぶ。しかし古河鉱業は依然として利益を求めるのに急で、公害処理設備には関心はないものの如くである。

渡良瀬川下流の沿岸地方では、鉱毒のため、稲は育たず井戸水は飲めず、豊富だった魚も獲れず、被災農漁民の死活問題となる。正造は議会でなおも政府の無策を追及し、農民は大挙して上京し、古河鉱業操業停止を陳情する。三十一年の大洪水で更に被災地は拡がり、被害は大きくなる。寒村によれば、

「千里の沃野むなしく蕭条《しょうじょう》たる毒原と化し、鶏犬の声絶えて白葦《はくい》黄茅《こうぼう》徒《いたず》らに茂く、凍餓《とうが》に苦しめる人民三十万、訴ふるに処なくして、旱天に向つて慟哭」

しているのであった。田中正造の痛憤の追及に対し、政府の答弁は（陸奥に代り、このときの農相は河野敏鎌である）、

「一、足尾の鉱毒が渡良瀬河岸被害の一原因たることは、試験の結果に依りて之を認めたりと雖《いえど》も、此の被害たる、公共の安寧を危殆《きたい》ならしむる如き性質を有せず。

二、既往の損害は、行政官たる者、何等の処分をなすべき職権なし。

三、将来予防のため、鉱業人は粉鉱採聚《さいしゅう》器設置の準備中なり。

四、鉱業人は、上野国《こうずけ》待矢場両堰水利土功会と契約し、自費を以て両堰水門内に沈澱場を設け、時々之を浚渫《しゅんせつ》すべき準備中なり」

政府の冷淡に被災民はいきりたつ。三十万の農民を困窮せしめて、「行政官たる者、何等の処分をなすべき職権なし」とは何という酷薄な見解であろうか。三、四の弁解は百パーセント企業寄りの庇《かば》い立てである。これについては、元足尾銅山の一事務員某の素っぱぬきの投稿がある（寒村の書によれば「六合《りくごう》雑誌」明治33・4・15発行、第二百三十二号の由）。

それによれば、鉱毒は粉鉱のみではない、と。鉱毒は人工によって流逸せしめられていると。古河鉱業は鉱滓を運ぶ設備費を惜しんで、大雨襲来を待って昼夜にかかわらず人夫を非常召集し、渡良瀬川に投入したというのである。しかも鉱毒調査に来た関係者たちを、古河鉱業サイドは、壮士を使って或いは恫喝し（これは会社側の手で、田中正造の東京に於ける鉱毒報告演説会にもしばしば、荒くれ者の壮漢を会場へなだれこませている）、或いは酒食で眩惑させ、また電話で連絡を密にして調査あるときは、凡《すべ》て鉱毒の原因となるものを掩《おお》いかくす。坑内ポンプも停止する――と投稿者は鉱山の弥縫策《びほうさく》を曝露したうえ、

「人為的にその鉱毒を流出せしめるものなれば、沿岸五万町歩の荒地と、三十万の生命は、正に古河が其《その》責任を負はざるべからざる所のものなり」

古河鉱業は世論が烈しくなったのを見て、被害者の口を封ずるため、示談の姿勢をとる。

民衆と古河を斡旋仲介したのは県知事や、郡・村長らの地方官吏であった。中央からの指し金であることは明白である。

その間も肥沃な土は死に、農民は痩せ衰え死んでいった。鉱毒地の空を飛ぶ鳥も走る犬もいない。痩せ細る子供たち、乳の出ない母親——。ついに被害民は起《た》った。明治三十三年二月十二日の夕べ。

群馬県邑楽《おうら》郡渡良瀬村、早川田の、鉱毒事務所、雲竜寺の鐘が、殷々《いんいん》として晩冬の荒原にひびきわたった。それを合図に、邑楽郡多々良、渡良瀬、大島ほか、栃木県足利郡毛野、吾妻など、下都賀郡谷中村などの人民、無慮三千。おのおの蓑笠に身を固め、

人のからだは毒に染み
孕めるものは流産し
育つも乳は不足なし
二つ三つまで育つとも
毒の障りにみな斃《たお》れ
悲惨の数は限りなく……

と〈鉱毒歌〉を唄いつつ、老いたるを扶《たす》け病人を支えつつ、雲のように集ってきた。彼

らは旧年中からひそかに謀議をこらしていたのであった。訴えて聞かれず、請うて顧みられず、ついに政府の冷酷無情に堪えかね、この上は直接、国務大臣に、被害地三十四か村、一千六十四字《あざ》の惨状を大挙して訴えようというのだった。もし不幸にして諾《き》かれなければ非常手段に訴えても、という悲壮な決意だった。忍従でお人よしの農民たちもそこまで追いつめられたのだった。

十三日の午前十時ごろ、雲竜寺を出て館林町についたときは鉱毒被災民は実に一万二千人を数えた。彼らを指揮したのは栃木県足利郡の久野村長、稲村与一、青年隊を率いるのは同県安蘇《あそ》郡界《さかい》村の助役、野口春蔵であった。号令指揮しつつ、旗鼓《きこ》堂々と進んだというから、打ちこわしや一揆の無法な烏合《うごう》の衆の騒乱ではない。

これよりさき、群馬県警察は情報によって本部を館林町に移し、栃木県警察は本部を佐野町に移していた。憲兵数百人が佐野町に待機し、更に各渡船場には警察官数十人が出張していた。

このころ正造は東京にあって鉱毒被害を訴えて廻っていた。議会へ提出する質問書を書き、賛成者を募り、大蔵・文部・内務大臣らの官邸を駈け歩いた。しかし面会は許されなかった。衆議院の定刻の振鈴がひびき渡ると正造は真先に議場へ入る。六十歳の正造は疲労していたが、声を励まして叫ぶ。

「鉱毒は人を殺し当局大臣はその請願書に面会を許さざる儀につき質問す。鉱毒流出の根源を停止せず、その河流を清めず、年々その毒を甚大ならしめ、当局諸大臣はなお《ママ》これを見ざるが如く、遂に人を殺してその悲惨の窮を訴ふるに当り、秩序ある請願人に対し地方官これを拒み、大臣これに面会を許さざる理由如何——これだけでございます」

　宿で休んでいる正造に、電報がとどく。

「被害民イマシユツパツス。ソノスウ一万余人ナリ」

　ついにきたか、と正造は思った。時の勢い、自然の流れである、と思った。

　そのころ被害地では騒擾《そうじょう》が持ち上っていた。

　被害民たちは館林警察署でひと揉めした。三名が警官らによって負傷させられたが屈せず進む。

〈おれたちは法律に違反する所はない。古河の操業停止を請願し、命と田畑を守ってもらうよう、農商務省へ訴えにいくだけだ。おれたちの墓は農商務省の門前だ。願望が成就しなけりゃ、あとへは戻らんぞ〉

　稲村与一の演説に一同は気勢をあげた。青年隊を指揮する野口は馬に跨り、「南無阿弥陀仏」と書いた白旗を項《うなじ》に挿《はさ》んで進む。

　川俣に到って、警官の全力と数百の憲兵が一行を待ちかまえていた。青年団二千五百人は川舟二艘を大八車に載せ、舟の前に斜めに切った青竹数本を剣のようにみせて曳き、警官のスクラムを突破しようとした。そこへ憲兵巡査一隊が突如として道を遮り、一行にうちかかった。靴で蹴られるもの、拳で乱打されるもの、負傷して倒れたところを捕縛されるもの、水中に投げこまれる老人、両眼に泥を塗られる病人、流血は飛び散って怪我人は路傍に呻吟し、目もあてられぬ酸鼻となった。

主だったものは殆んど捕えられ、兇徒聚《しゅう》衆《しゅう》罪として下獄させられた。

正造は議会で声を嗄《か》らして訴えつづける。騒擾の責任はいずこにあるのか。拘引するなら私を一番に拘引するがよい。秩序を踏んで請願をしてきた、無類に従順な良民に、乱暴を加え、あまつさえ兇徒聚衆というような悪名を着せるのは以てのほかである。

「良民の請願を見て兇徒と為すの儀に付《つき》、質問」の趣旨を読んだ。

正造に返ってきた、総理大臣山県有朋の名のある答弁書は次の如きものであった。

「質問の趣旨其《その》要領を得ず。依つて答弁せず。右及答弁候也」

正造にとって更に憂悶がふえた。川俣事件での拘引状を発せられたものは六十八名に及び、大半は前橋監獄に収容されている。弁護士の依頼、留守宅のこと、それより、こんどのことで残る人々の気勢がそがれはすまいかということだった。幸いに東京日日新聞は木下尚江を鉱毒地へ派遣し、連日のように鉱毒関係の記事を載せてくれた。川俣事件以来、ようやく社会に鉱毒についての関心がたかまりはじめ、現地へ調査にくる人々もふえた。

しかし正造は議会に失望していた。十年来鉱毒の悲惨を訴え続けて、なお社会を目ざめさせることはできず、政府の腰を上げさせることはできなかったのだ。

正造は明治三十四年十月、衆議院議員を辞職する。

一方、鉱毒地を視察に来た人々は、予想外の凄惨な情況に心を動かされ、社会主義者、キリスト教信者、学生たち、婦人団体の間に、被害者を救えという声があがった。三十四年の秋には東日新聞の女性記者松本英子をはじめとする五人の女、日本基督《キリスト》教婦人矯風会の面々も乗りこんだ。矢嶋楫子《かじこ》、朽木よし子、島田のぶ子、潮田千勢子らであった。永畑道子氏『華の乱』（新評論社、昭和62）によれば、英子は『鉱毒地の惨状』という詳細のルポルタージュを書いたと。「何ぞ速《すみやか》に渡良瀬河畔無告《むこく》の同胞を救はざる。――看《み》よ三十万、瀕死の民……」。

十一月二十九日の夕べ、「東京・神田の青年会館は、立錐の余地もない人、人で埋まった。足尾鉱毒の、女性による報告会が、午後五時からひらかれた」（『華の乱』）。

「村に生者の影はめったにみられず、乳も枯れはてた母子の有様に及ぶとき、会場は衝撃の声が一瞬流れて、息をひそめて皆がきき入った」（同）

次の朝、神田川で女性の水死人が揚った。

「筵《むしろ》の上に引きあげられたのは、六十歳前後、黒繻子の帯、縞縮緬《ちりめん》二枚重ねの白小袖、由緒ありげな死装束の女である」（同）。彼女は古河市兵衛の妻、ため子であった。覚悟の自殺である。ため子は青年会館での演説会を聞いた。夫の会社が起した鉱毒の惨状をまざまざと聞いた。ため子はどう思ったろうか。

「何十万というひとの恨みをおもえば、自分の命を断つほかなかった。ため子は、夜明けに家を出て、入水した」(同)

十二月の九日夜、正造は俥《くるま》を麻布宮村町へ走らせていた。萬朝報《よろずちょうほう》の記者、幸徳秋水の住居である。萬朝報は早くから鉱毒問題に同情があり、その縁で正造は幸徳とも知り合っていた。

正造は計画をうちあけた。一身を捨てる覚悟で、故郷の妻にも離縁状を書いてきたといった。天皇に直訴しようというのだ。すでに命はないものと思わねばならぬ、ついてはあなたにその文章を草して頂きたい。あなたはお若いが能文を以て知られるかただ。私の禿《とく》筆《ひつ》では意を尽くせぬ。どうか私の苦衷《くちゅう》を汲んで協力して頂きたい。

幸徳は驚く。社会主義者の彼は、この老人が枝葉のことに拘わっているという見解を抱いていた。しかし辛酸にみちた半生を送ってきた老人に否とはいえなかった。彼は引きうけた。

翌十二月十日、天皇の鹵簿《ろぼ》に、〈お願いがございますっ〉と追いすがった正造は、たちまちに警官に衿がみとられ、羽がいじめにされる。

政府は驚愕し、正造を狂者と扱って、麹町署にひと夜留めたばかりで帰した。そのニュースはたちまち新聞によって報道され、朝野に衝撃を与えた。正造に同情する声がたかまり、直訴状「謹奏表」の全文は新聞に載った。

「嗚呼《ああ》四県の地亦陛下の一家にあらずや、四県の民亦陛下の赤子にあらずや、政府当局が陛下の地と人とを把《とっ》て此《この》悲境に陥らしめて毫《ごう》も省みるなきもの、是れ臣の黙視する能はざる所なり……」

正造の捨身の行動は社会の鉱毒事件に対する蒙を啓《ひら》く契機となった。しかし鉱毒がなくなったわけではなく、補償が支払われたわけでもない。

下都賀郡の郡長として吉屋雄一が赴任してきたのは、まさに直訴事件の翌年なのである。きわめてむつかしい土地へ、雄一は配転せられたわけである。

4

明治三十八年（一九〇五）の夏、十八歳の荒畑寒村は東北地方へ社会主義伝道行商に赴く途中、栃木県下都賀郡の谷中村の地を踏んだ。寒村は谷中村についてはほとんど知る所はなかったが、足尾銅山鉱毒事件のことは新聞記事などから多少の知識を得ていた。それに田中正造が明治三十四年の暮れに、この件のため直訴の挙に出たのを知って、ひそかに同情と敬慕の念を抱いていたから、この機会に翁を訪《と》うて、「親しく謦《ママ》咳に接したいと期していい《ママ》た」（『谷中村滅亡史』）。

七月の十四日であった。青年は伝道行商の赤車を曳いて谷中村へ入り、初めて田中正造に会う。

正造は六十五歳。白髪まじりの髪を括った慈姑《くわい》あたま、風雨に曝され、積年の辛労が重く澱んだ顔であるが、眼の輝きにはなお人をたじろがせる剛毅な熱情があった。払子《ほっす》のような一束の白い顎鬚、黒袴の裾を括り、穿《は》き古して髯の出た草鞋《わらじ》、老いてはいるがまだ頑強な体躯であった。

正造は鉱毒事件について知りたいという人は誰でも喜んで迎え、案内して熱心に説き去り説き来って倦まない。ましてや訪れてきたこの十八歳の若者の純粋無垢な魂と、誠実な人柄を感じ取ったとき、どんなに正造は嬉しかったことであろう。

（こういう若者にこそ訴えたい。国家や政治のありかた、天下の大道というものを悟ってほしい。青年の正義感に期待したい）

正造は鉱毒事件のときも近辺の村々の若者を督励して、彼らが自身で奮起し運動に挺身するように育てた。官憲や古河側は、正造と村人を離間せしめるために、鉱害反対運動はすべて正造一人の使嗾《しそう》煽動によるといいふらしたが、正造は農民たち自身の持つ、父祖からの力、父祖を通じて大地から摂取する生命力を信じ、育てたかったのである。

正造は荒畑青年をみずから案内し、渡良瀬川の堤防や村内の状態を視察せしめた。その夜はともに農家に泊り、鉱毒問題の歴史、谷中村の現状など説いた。谷中村はいま第二の危急存亡の時期であった。正造が直訴した翌年、鉱毒調査会が設けられ、鉱毒予防工事が命令されたが、それとともに谷中村を潰して遊水池にする計画がもちあがったのである。

谷中村はいまわずかな金で買収されようとしている。戸数四百五十戸の村が廃村になろうとする。緊迫した状況のなか、正造は去年から谷中村に泊りこみで、農民たちと起臥《きが》をともにして谷中村買収反対の運動に奔走していた。

荒畑青年は二年前に幸徳秋水や堺利彦らがつくった平民新聞の反戦思想に感銘を受け、また社会主義思想に共鳴して、社会主義者となったばかりであった。正造と立場は違うが、大衆のために挺身せんという信条は同じだと思った。それに青年の感動したのは、谷中村の多年の経緯を説明する正造の記憶が実に明晰で鮮明で具体的であることだった。ノートを見るわけでもなく、条理整然と語りつづける。ほんとうに谷中村のことでこの人の脳裡は一杯なのだと思った。

〈谷中村の事件は実に錯綜紛糾しておるのでがす。しかもそれが連鎖して次の紛糾を生み、次々と難儀が村にふりかかるようになったのでがす〉

正造は嘆息した。

いまそれをかいつまんでのべると――。そもそも谷中村は、

「渡良瀬川がまさに大利根に注ごうとする北方に位して、周囲三里半にわたる堤塘《ていとう》が隋円《ママ》形を描いて一郭をなしていた。巴波川《うずま》、思川《おもい》の両川が堤塘の東北部に合流してその東方をめぐり、渡良瀬川は西南より蛇行の幾曲折をして東南の地点に思川を併せ、西南には広

大な赤麻沼を背負う。かく三方を水に囲繞されつつ、東は思川をへだてて茨城県古河町に接し、西は群馬県海老瀬村をひかえ、南に埼玉県川辺利島の両村に隣して、四県の境界がここに約されている地点である。堤内九百七十余町歩、堤外地を合せて千二百余町歩、戸数四百五十、人口二千七百。まだ足尾銅山の鉱毒に犯されなかったその頃は、関東無比の沃土と称された」（大鹿卓『谷中村事件』大日本雄弁会講談社、昭和32）

稲は肥料を施さなくても一反に七俵から九俵穫れ、畑地は土質軟かで雑穀をよく産した。湿地には葭《あし》や菅《すげ》が生え、沼沢には魚も多い。農民は農閑期の副業にもこと欠かなかった。農民たちは裕福だった。

　春先は雪が残っていても日向の田圃には土があらわれ、陽炎《かげろう》がたった。四月ともなれば山林にも田圃にも山かがしや縞蛇、青大将、などの蛇がたくさん出た。卯木《うつぎ》の花が咲き乱れるとほととぎすが鳴き渡った。五月の大麦・小麦の穫り入れ。燕《つばめ》がきて田植。やがて蝉、とんぼ、蝙蝠《こうもり》、稲がみのれば大豆、小豆、陸稲《おかぼ》に豌豆《えんどう》、大根、蕪菁《かぶら》に牛蒡。藪にはくぬぎ茸、えのき茸がとれ、四十雀《しじゅうから》や百舌鳥《もず》は鳴き交し、渡り鳥が飛んできた。渡良瀬川ではすずき、せいご、ぼら、鰻《うなぎ》がとれた。大寒十二月にはむじなや狐が軒端をめぐりあるく。むじなはガイガイと鳴き、狐はケインケインと鳴く。むじなたちは、家のまわりの土を掘って埋めておいた芋や人参を掘り出して食べるのであった。

豊穣な村はまた、人の心ものどかだった。若者たちは競って遊芸を習った。三味線も弾けば浄瑠璃も語った。踊りも習い、村芝居もやった。農閑期には近くの村々から乞われて筵張りの小屋がけで興行して歩いた。そのため、かつらから衣裳一式がそろっている位だった。近隣の村からうらやまれるくらいの富裕な村だった。

明治二十三年の渡良瀬川大洪水で、沿岸に鉱毒水が氾濫し、谷中村にも毒水が滔々と流れ入った。

鉱毒の沁みた土地からはもはや陽炎は立たなくなった。蛇やねずみが死に絶え、鳥影も更になく、蟬、蜻蛉、蝙蝠がやがて姿を消した。虫の声が絶え果て、川魚は見えない。ガイガイと鳴くむじなも、ケインケインと鳴く狐も居《お》らなくなった。太い竹がごっそり抜け、大根や牛蒡は立ち腐れとなった。馬の飼葉の草さえ生えない。

もともと谷中村は堅牢な堤によって守られていたから、堤さえそこなわれずにいたら、洪水からも鉱毒からも逃れられたはずである。

谷中村は古河《こが》藩士土井氏の旧領で、古来からしばしば水害に遭った。そのたび藩の武士たちも百姓と共に畚《もっこ》をかついで堤防の修築をしたという。のちに「熊沢蕃山《ばんざん》の設計にもとづいて築堤するに及んで、地勢水勢に則《のっと》った堅牢なものとなり、それは蕃山堤の名とともに明治まで遺された」（『谷中村事件』）。

明治二十四年に、とんでもないことが起った。当時の下都賀郡長、安生順四郎が、この堤防の一部を切り崩した。外へ拡げて堤内を埋立て、これを私有化しようとしたのである。

谷中の大地主、大野孫右衛門と結託しての悪事である。堤を改築したが雨期の洪水にひとたまりもなく崩れ、そのまま放置された。二十七年後に修築されたが、またもやその年の洪水に流されてしまう。

堤防の破れが谷中村に悲劇をもたらすことになった。その契機となったのが安生であって、この奸譎《かんけつ》な男によって関東のささやかな楽土は食い潰されるのである。

安生は郡長の職を退き、谷中村の地主になる。堤防決潰のため堤内の低地は水漬かりのままである。水を排除するためと称して排水器を買い入れ、自分が立替えたその費用を村民に負わせる契約をする。村民は、土地一反歩につき毎年玄米一斗一升八合の割賦《かっぷ》で満五か年に弁済するものとし、遅延したら更に一年につき一升五合の利米を加えるというもの。

しかし排水器はなんの効果ももたらさなかった。もし一村の排水を完全に行なうとすれば四百馬力を要するのに、これはわずか七十馬力の旧式の老廃物であった。安生は殆んど用に堪えない機械を廉価に購入して、四万二千円を要したと称し、愚直な村民をあざむいたのである。彼は効果のないのを見て直ちに排水工事を中止し、ただその費用のみを村民から奪い取ろうとした。

さすがに村民もこれには憤激して、安生と紛糾した。ところが県当局は排水器の効果がないことを不可抗力として、安生を庇護する。安生はかねて古河市兵衛に近づき、陸奥とも結んでいたのである。

県当局もまた、古河寄りであるのはいうまでもない。排水器はその無効であることが明らかなのに、あたかも鉱毒の除害工事のように宣伝され、中央へも報告された。

次いで明治二十九年、三十一年、またもや大洪水が起る。谷中村はそれまで鉱毒の被害は比較的軽かったのであるが、ここへ来て、最も激甚な地区となってしまった。

安生は再び奸計をめぐらす。村債十万円を起さしめて、一部は堤防の修築に当て、一部は自己の債権の弁済に当てようというもの。安生は村会議員を籠絡《ろうらく》して村債募集を村会で成立せしめる。しかし十万円を貸すようなところはない。谷中村には鉱毒が沁みて土も人も疲弊しきっていた。

ようやく奔走して日本勧業銀行から五万円を借り出したが、安生はこの金で、排水工事費に四朱の利を加算した価格で排水器を買上げさせた。村民は五万円の村債のほかに安生に対し八千八百円の債務を負うことになった。村債を起しながら、全部それは安生のふところへ入ったわけである。

安生は村民の不平をなだめるため、県庁に築堤工事を申請する。それは五万円を献金するから県からも同額を下付されたいというものであった。安生はこうして引き出した十万円の一半は修復費にあて、一半は着服しようともくろんでいた。あわよくば献金もしないですませようという腹である。しかし県会は二万円の修築費を議決した。村民はそれでも二万円の県費に力を得て堤防を修築する。ところが三十五年八月の洪水に再び切れてしまった。

〈村債が足がらみになる。——わしはそう見抜いておった。金で身動きできぬところを買収される。そうなってからではおそい。というのは三年前にすでに埼玉県側の、川辺利島両村を遊水池にする企てがある。これは村民の猛反対で引きこめられた。次は谷中村を攻めるのではないか。わしは当局の腹をそう探っておった。鉱毒は激甚にして、村債の利はかさみ、奸吏や悪党に食い荒され、人心は浮き足立っている。谷中村は危い。わしは村でたびたび、そう説いた。——しかし谷中村はその気になればまたよみがえることができる。洪水は田も畑も流したが、またよい面もある、まだ鉱毒に犯されていない土を運んできた。毒土の上に良土が堆積したのだ。堤を作り、古河鉱業が作業を停止すれば、また生き残る道もある。わしはそう説いた。その間にも谷中村に対する悪企みは当局の手で着々すすむ。災害復旧費の名目で、谷中村買収案は栃木県会を通過した〉

　正造は眼を閉じ唇をひきむすぶ。

〈何年もの洪水で収穫は何もない、しかもロシアとの戦争で物価はあがる、働きざかりの壮丁は兵隊に取られる、貧乏のどんぞこで、村が疲れきっておるのを見て、県当局、中央は一村廃村の決意を固めておった。県庁が築堤工事に派遣した官吏や人夫には工事の経験者や理論家はおらなんだ。ことごとく博徒、無頼漢、巡査上り、などであった。彼らは修復の名目で破壊を行なったのでがす〉

堤防破壊は県庁の内命であった。洪水で切れた百間余の切れ口を二百二十間に切り拡げ、高所を削って低くし、積み替えるという名目で二百五十間余の石垣を取り崩し、隣村赤麻村の石材普請場へ売り払った。その上、堤の柳も切って他に売った。

人夫は三、四十人、官吏もまた三、四十人来て、いたずらに費用を濫費した。工事の手伝いにきた村の娘や妻たちのうち容色の美しいのを見つけると官吏の天幕に引き入れて酒食の接待をさせる、果ては赤麻沼に屋根舟を浮べ、これらの女たちを相手に酒を酌み、沼尻から巴波《うずま》川をへ、思《おもい》川をさかのぼって古河町で遊蕩して帰るなどという呆れた役人まででいた。そうして築堤するとみせかけては破れ口を切り広げ、その間に要した工事費用を十一万円と称した。

しかし村民が子細に見たところ、いかに多く見積っても二万円以上には出ていない。それでは現金九万円はどこへ費消されたのか。

明治三十七年七月の洪水で、官吏らが打ち捨てた堤防の破れ口が決潰して、すさまじい濁流が村を洗った。村民の怒りをおそれて官吏らは逃げ散った。

県庁はこの災害を奇貨として、谷中村堤防は二年間にわたる工事に十一万円を投じたが流潰《りゅうかい》してしまった、これをもし完成せしむるとすれば修築費は百二十万を要し、かつ年々六万円の修理費を要すると発表した。県知事白仁武は内相から、日露戦のさなか、一県一村の堤防に莫大な金額を投じられぬ、よろしく計らえといわれ、早速買収工作にとりかかった。

県会議員を集めて酒食を饗応し、秘密会議を開いて、谷中村買収の件、ならびに爾後堤防を修築せざる件を議決する。そして決議項目には堤防建築費四十八万円と記し、谷中村買収費とはなっていなかった。廃村はかくしてあわただしく、深夜にきまった。

翌明治三十八年、県庁は、以後堤防の修築はしないと通達してくる。

村民はやむをえず、各自醵金《きょきん》して仮堤防を築く。そのため夏作は七万円余の収穫があった。麦や蕎麦や豆や葭などができた。

〈三千円足らずの費用で、七万円の収穫を上げることができた。もし政府が真に腰を据えて堤防を修理してくれたら、谷中村は生き返れるのだが……政府のしたことといえば、一村を水浸しにして田畑を荒廃させ、地価下落を待って買収しようという……これが人民の牧者《ぼくしゃ》たる者のすることか〉

今年（明治三十八年）一月二十六日、吉屋下都賀郡長は村民を藤岡町役場に召喚して、

〈もういくら騒いでもだめだから、この際従順に買収に応じたほうがよかろう。いつまでもぐずぐずしていると、土地収用法を適用するぞ〉

と脅した。村民は動揺し、早くも買収に応ずる者も出てきた。村の将来に見切りをつけてしまったのだった。買収に応じた村民は、藤岡町にできた買収事務所の事務員に収まり、次々と村民をくどき落していった。中には県の土木吏に採用された者もある。県の土木吏

たちが村民の土地物件の調査と称して村へ乗りこんできたが、その先頭に立って案内したのは、その男であった。彼らは農作物を踏みつけて歩き廻った。

　正造の信頼していた買収反対派の村民たちが、一人、また一人と脱落してゆく。買収員の出没が烈しくなった。やりくちも汚くなった。日露の役《えき》の戦死者遺族には一時金四百円が下ることになっているのに、役場は何かといい抜けて延引し、買収に応じれば一時金を下付するという。遺族は長年の不作と堤防割当て金のため、三百円の借金があった。四百円の一時金は咽喉《のど》から手が出るほど欲しいが、さりとて村を立ち退くのは忍びない、と兵士のお袋は泣いているのだった。いまや谷中村役場は、村民のための役場ではなくなっていた。村長のなり手がないので郡役所から管掌村長として鈴木豊三が乗りこんできているのである。堤を修理しようとすれば河川法に触れるといって壊されてしまう。たまりかねて請願に上京しようとすれば上野ステーションで拘束されてしまう……。

〈民を殺すは国家を殺すなり。法をないがしろにするは国家をないがしろにするなり。わしは以前、衆議院議員であったとき、「亡国に到るを知らざれば即ち亡国」と演説した。ことは谷中村ばかりの問題ではない。日本国の問題であると憂えております〉

〈しかし村の人々は田中さんを信頼してついてくる人が大部分でしょう？〉

　と寒村はいった。正造の口は重い。

〈村にはいま悪質な古道具屋なんぞが入りこんで、言葉たくみに家具を二束三文で手放さしめている、また集団移住を決心する者もぼつぼつ出はじめております。上手に立ち廻るものが賢いという風がひろがりはじめている。それをわしは心配する。五年前の川俣事件のときもそうでした。あのときは百人からの弁護士が無報酬で弁護を引き受けてくれて、義はまだ堕ちずとわしは喜んだものでしたが、被告六十八名の慰撫や留守家庭の見舞でわしは飛び廻った。それはよいが、収監者の父母らの中には、わしに恨み言をいうのもある。老いのくりごとで、もっと上手に立ち廻れば監獄へいかずにすんだものを、とわしを恨み、息子の愚痴をいう〉

正造はそれに対しては父兄の迷妄を悲しみ怒りつつも、きちんと答えた。『渡良瀬川』（大鹿卓、中央公論社、昭和16）から引いてみる。

「関東の男達ほど他国の者に馬鹿にされて平気でいる者はいないのだ。京都生まれの古河市兵衛などに、関東の真中へ大沙漠を造られながら今まで平気でいる。祖先伝来の土地を根こそぎやられながら平気の平左衛門でいる。道理のために憤ることも知らなければ、妻子のために立腹することも知らない。まるで脳味噌がないようなものだ。残念ながら関東は家庭教育が極く悪い。親がその子に狡猾に立ち廻ることや、不廉恥を教える。農民の家庭は代々それだった。だから、男という男がみんな卑屈怯懦《きょうだ》になってしまった。女はまだいくらか廉恥を知り人倫を知っている。それが関東の風俗だ。そこへゆくとあんた達の伜さんは、正義のために監獄へ入っているのだ。立派なものだ。狡猾に立廻った者などと較べものになりはしない」

この正造の言葉には悲しみや怒りというより、絶望がある。大鹿卓は金子光晴の実弟で、詩人として出発した人だけに、田中正造を詩人の直観で洞察する。

正造は川俣事件の一部の被告たちに失望していた。

川俣事件は世の心ある識者たちの関心と同情をあつめたから、被告たちは今こそ法廷で鉱毒の故郷の惨状を訴え、請願のやむを得ざる事態を説き、理不尽な官憲の暴行を堂々と指摘すべきであったのだ。

それなのに、幾月かの拘禁暮しで気力も萎えたのか、〈知らぬ存ぜぬ〉といえば罪がかるくなるように思い、〈人にすすめられて、やむなく参加した〉とか、警官に殴打されたことまで否定したりした。

〈まあ、監獄ぐらしをすると、弱気になる者もあろうし、農民の無智、ということもありますからなあ〉

事件は結局、訴訟手続きの不備を理由に、公訴そのものの無効が判決されたが――。

その夜、寒村は正造と枕を並べて眠った。正造は全くの着たきり雀、着るものは黒い綿服と黒袴、貧しさは谷中村の百姓と同じであった。

〈ああ、この人は、代議士の売名に鉱毒問題を唱《い》うのだと中傷されて、身の潔白を明かそうと歳費を辞退したのだった。それどころか、ついには議員まで辞めてしまったのだ。何たる義人だろう……）

寒村は今日廻った村の家で、正造が書いたものを見た。

「ふる雪よやみがたなくば　つもれかし
　われはふみたて　蹴《け》立てゆくべし
　　　　　　　　　　　　　　　　正造」

翌朝、寒村が庭先に出て井戸の水を汲み上げ、顔を洗っていると、畑のほうで突然、

〈この村泥棒めっ〉

と大喝する声が聞えた。

おどろいて見ると、正造が蓬髪《ほうはつ》を風になびかせ、長い杖をふりあげて追ってゆくではないか。逃げているのは、洋服姿の男、測量機械をかついだ人夫、制服の巡査などであった。彼らは谷中村買収の調査に乗りこんできた栃木県庁の吏員や護衛の巡査だったのだ。

（村泥棒！……まさしくそうなのだ）

と寒村は思った。しかも正造が杖を振って追えば、官憲も一指を触れ得ず、逃げ去るではないか。正義と気魄には官憲の犬も抗しがたいのだ。

寒村は昂奮して感動を禁じ得なかった。ただちに筆をとって一文を綴り、平民社に送った。「忘れられたる谷中村」は七月二十八日発行の「直言」第二十六号に載った。

谷中村の受難史を説き、瀦水《ちょすい》池とする不都合を説き、青年らしい熱血の文字が躍ってい

た。

「谷中村民二千余名、その三分の二は非買収派にして鋭意熱心反対運動を試みつゝありといへども、冷酷鬼の如く残忍夜叉の如き政府は憎々し気なる眼光にて冷かに打ち見やりつゝ、ヂリ〳〵と押しよせつゝあり。ああ一世の志士よ、仁人よ、憂世家よ、愛国家よ、宗教家よ、東都を去る二十里の地にかゝる阿鼻叫喚の大地獄あるを知らざるか。世より葬られ、人より忘れられたる谷中村は、今や悪魔の手に捉へられむとしつゝあるを知らざるか。ああ冷酷なる世人よ、老義人田中正造翁が痛憤の言を聞け！『日本国はいま亡びてい《ママ》ます、政府の役人共はみな冠をかぶつた盗賊です』何等悲痛の叫びぞや、かくても尚ほ諸君の目は盲ひなりや、更に村民が哀訴の声を聞け！『堤防さへ出来れば米でも麦でもよく出来るんです』何等悲哀の訴へぞや、かくても尚ほ諸君の耳は聾《ろう》せりや」

「夜黒うして潮風転《うた》た急なる渡良瀬川の堤上に立ちて、荒涼寂莫たる谷中村を望めば、闇を裂いて聞ゆる老義人が大絶叫『大泥棒が入つて居ますぞ！』」

第一回の集団移住者が那須野へ出発した。着いてみれば買収員の甘言と反対に荒涼たる原野、それに土地の農民の反対に遭い、割当ての地所をひどく減らされてしまった。去るも地獄、残るも地獄、明治三十九年の四月には谷中村を廃して藤岡町へ合併する話がもち上った。減ったとはいえ、なお百数十戸残る谷中村である。いったんは村会で否決されたが、つづいて村税の徴税令書がきた。前年の三十八倍という法外な税金だった。管掌村長の鈴木が村債の整理を急ぎ、各戸に割当てたのだ。村民を困窮させてやむなく買収に応じさせる肚づもりである。

　今では谷中村の土地は他村に売ることもできなかった。県庁が畑三円、田は二十八円、墓場は一坪一円と値をつけて新聞に広告したから売買は停止された。百人からの古道具屋が村へ入りこみ、流言をばらまき、屋敷の木から道具、鶏、舟まで捨値で売らせる。村税が払えないと財産差押えで競売になる、それよりは買収に応じて取るものは取り、村税などで免じるものは免じてもらったほうがいいと執拗な買収員の言葉についに折れて、何百年も父祖が住み馴れてきた土地を売る者も出た。正造の身辺から頼りにする者たちが続々と落ちてゆく。

　高沙《たかすな》の畑地の一郭を競売に付すから入札書を出せという掲示が出、村人を驚かせた。そこは高沙八幡の社地で部落の共有地である。村人が村長の鈴木に詰めよったが言を左右にして埒《らち》が明かない。告訴して理非を、という村民の声に正造も賛成する。弁護士を頼んで栃木裁判所へ告訴の手続きをとる。

　すると数日後、郡長の吉屋雄一があたふたと谷中村へ出張してきた。鈴木もいる。村民が集ると吉屋郡長は失態を認め、陳謝した。いかつい顔、窪んだ小さな眼、黒々した口髭、声は細くかん高い。

〈ご迷惑をかけてまことに申し訳ない。競売の公示はさっそく取り消しますから、どうかこの件は内密にして円満に解決願いたい〉

〈村長の責任はどうなるんだ〉

　と村民が叫ぶ。

〈いや、これは鈴木を派遣した私の罪、私に免じてご勘弁願いたい〉

〈気がおさまらねえ。役人は口先だけだ〉

〈いや、心からお詫びする〉

郡長は土間へ飛び下り（『谷中村事件』によれば）「洋服の膝を折って土下座した」とある。

郡長に土下座されては部下の鈴木も黙視するわけにはいかず、不承不承、真似た。弁護士が仲へ入り、郡長を引き起し、このへんで了簡したらどうだ、と村民に示唆した。

　吉屋信子が、

「父は土下座！」

　と『私の見た人』の中でいたましげに書いているのはこのときの光景のこと。

　このとき正造はいなかった。村税の不当賦課の訴願の下書をさせていたのだ。報告を聞き、

〈陳謝してことがすむものではない。官吏たるものは責任観念が生命だ。しかし郡長が罪は罪として人前であやまったのは、今の役人には珍らしい心情だ〉

しかし高沙地区としては裁判のために費用がかさみ、結局、畑地を売り払わねばならなかった。

県庁はいよいよ正造が目障りであった。残存村民がしぶとく粘って買収に応じないのは正造の指導によるものだと思っている。正造に予戒令が通達され、どこへいくにも尾行がついたのはそのときからである。

そして谷中村もまた、追い詰められていた。国税滞納処分法による強制執行を鈴木村長が先頭に立って強行する。正造は差押えにきた村長に〈泥棒〉と叫んで官吏侮辱罪で栃木警察署へ連行されたりした。

栃木県知事はしきりに更迭《こうてつ》する。みな谷中村に手を焼くのであるらしい。残った村民は遠い所まで小作に出かけたり出稼ぎしたりと生き伸びるのに必死だった。明治四十年、ついに谷中村に土地収用法が適用された。残留の強硬派十七名に、吉屋郡長がいう。

〈今日まで県当局は情理を尽くして補償に応じるよう勧めて来たが、お前がたが頑として応じないから、ここに到った。もはや問題は県の土木課の手をはなれたのだ。土地収用法が適用されては、あまりにお前がたが可哀そうだ。だからこそ、われわれも親心で穏便な解決を、と願っていたのだが、今からでも遅くはない。この際、すみやかに県の補償に応じ、一日も早く新しい土地に移って生活の落ち着きを考えたらどうか〉

村民は〈土地は手離さない、買収には応じない〉の一点張り、分署長が佩剣《はいけん》を鳴らして恫喝し、田中ら如きの煽動に乗るな、と声を怒らせても、村民は屈しなかった。吉屋郡長は割って入って、もう一度熟考したほうがいい、お前たちの身のため、妻子のためだといった。それからの買収運動は更に執拗だったが、ついに六月二十二日までに家屋を取払わぬと強制執行するという通達が出た。強制執行は更に五日延期された。

たぶんこの六月のことであろう、吉屋郡長は一か月も家に帰らず藤岡町に単身泊りこんでいる。その間に、彼の家族に異変があった。

信子の下に礼明という弟が出来ていたが、その夏、疫痢で危篤となった。

信子はその年、十一歳だった。急報で父は帰ってきたが、すでに病児は亡骸となっていた。末っ子の礼明は愛らしい子で両親の愛をあつめていたのだ。

父は白ズボンに脚絆、草鞋ばきの土足のまま座敷にかけあがった、と信子はいう。冷くなった死児を抱きあげ、うろうろと畳の上を歩き廻ったのも束の間、「小さい臥床に亡き児を戻すと、待たせてあった人力車に乗り込んでふたたび谷中村へ引返すのだった」(『吉屋信子全集』12『私の見た人』)。

母はそのまま気を失って、しばらく動かなかった。少女にはわが家の悲劇が強烈で、わすれがたかった。

しかし父の雄一は愛児を死なせた悲しみに浸っている所ではなかったのだ。六月二十九日がいよいよ谷中村最後の日、強制破壊の第一日目であった。国民新聞(明治40・7・

1）によれば（特派員は松崎天眠）六月二十九日午前八時、うす曇の空にそよとの風も吹かぬむし暑い日、「東京新聞記者」と記した白金巾《かなきん》の旗を押し立て、一行十一人の記者が俥を連ねて谷中村の堤上へ馳せつける。谷中村は世間の耳目をあつめていたのである。三国橋というところで佐野署長が一々通行人を誰何《すいか》する。

〈どこへいく、誰ですか〉と頗《すこぶ》るきびしい。記者は車上から一々名乗りをあげる。〈朝日の太田〉〈報知の西村〉〈国民の松崎〉、巡査部長がすばやく手帳に記して、〈よろしい〉と通す。この日、村内の混雑を防ぐため谷中村方面へゆく行商人や巡礼、農民はいちいち呼び止められた。

記者たちは舟では定刻に遅れるというので草鞋脚絆で堤上を走った。おびただしい巡査の白服、現場には人夫三十名が警官に率いられて集っている。栃木県警務長の植松が執行官である。第一番に破壊されるのは佐山梅吉（四五）の家。まだ説得がつづけられるが、梅吉が血走った目で拒絶する。

〈わしはここから出ねえ。年寄りも女も子供も一家六人、この梁の下で死ぬ覚悟だ〉

木下尚江が梅吉を説得した。この日、天眠のしるすところでは絣の単衣《ひとえ》に黒七子《ななこ》、紋無し筒袖の羽織、鼠色の中折れ帽をかむった尚江は、長いことこの鉱毒の地を報道しつづけ、同情があるので、今日を最後という日にも見届けにきたのだった。梅吉さん、あんたはよくやったじゃないか、ここまで男の意地をたて通せば立派だ。無念だろうが、子供や年よりのことを考えて穏便に出たほうがいい。

正造がやってきた。子供たちは村のあとつぎだ、怪我でもあってはいかぬ。がまんして家を壊させようではないか。

やっと梅吉が納得して家族を連れて外へ出る。待ち構えていた人夫が家の内へ入って手当り次第に道具や家財を抛り出す、茅屋根がめくられ、梁がむき出される。土埃がもうもうと立ち、壁が崩され柱が倒される。正造は叫びつづけていた。官吏は強盗か、堤防を破壊し、今また家を破壊する、良民を苦しめて何の役人か。暴政だ、虎より猛き暴政だ。

……

寒村は谷中村滅亡のニュースを聞き、心激してたちまち『谷中村滅亡史』を書きあげた。

「ああ谷中村は遂に滅亡したるか、二十年の久しき、政府当局の暴状を弾劾して、可憐なる村民のために尽瘁《じんすい》し来れる、老義人田中正造翁が熱誠は、空しく渡良瀬川の水泡と消え去るべきか」

「ああ然るか、真に果して然るか、或いは然らん。されども吾人は信ず、たとえ《ママ》谷中村にして滅び終るとも、田中翁にして死するとも、はたまた村民ことごとく四方に離散し去るとも、宇宙に歴史あり、人類に言語あるの間、断じて亡びず、厳として存在するの事実あることを」

寒村はその事実とは政府の力と資本家の富を以て、この小村を滅亡させた組織的罪悪だといっている。

寒村はまた、こんなエピソードもしるす。強制執行に際し、県庁ははじめ古河町で人夫を募集しようとしたが、町長は町民に向い、〈谷中村ぶちこわしの人夫に雇われるな、とはいわん、しかしもし募集に応じる者あれば、その者には立ちのき料を払うからほかの町へいってくれ、そして再び古河町へ足ぶみすることおことわりだ〉——そこで古河町からは一人も人夫に出なかったという。

「吾人は古河町長の侠気と、見識とに心服す」と寒村はいっている。

吉屋郡長は破壊の光景をどう思って見ていたであろうか。

5

田中正造は下野国《しもつけのくに》安蘇《あそ》郡小中村（現・栃木県佐野市小中町）の名主の家の生れである。

私などは、〈安蘇〉ときけば、たちまち『万葉集』巻十四の東《あずま》歌を思い、その天《あま》ざかる鄙《ひな》の歌むらの中でも殊に好もしい一首を、すぐ思い浮べるのであるが……。

「下つ毛野《けの》　安蘇の川原《かわら》よ　石踏《ふ》まず　空ゆと来ぬよ　汝《な》が心告《の》れ」

——下野の安蘇の川原、その川原の石も踏まずに宙を飛んでおれはやってきたんだ、さあ、お前の気持をいってくれ。

ひたむきに迫る直情の男、もとより歌の口吻《こうふん》には、

（な、ほんとのこと、いえったら。おれのこと、嫌いじゃないよなっ）

という押しつけがましいひびきもあるのだが、何しろ、こう正攻法でズーっと押しまくられると、それも好ましくなってしまう、という素朴な恋歌である。

（この歌に照応する歌としては、私はやはり東歌の、これは信濃の国の歌がよい。

「信濃なる　千曲《ちぐま》の川の　さざれ石も　君し踏みてば　玉と拾はむ」

――信濃の千曲川の小石も、あなたが踏んだと思うといとしいわ、玉と思って拾いましょう、わたしは。

ことなる国の歌であるけれど、相聞歌として一対を成すようで、私は千曲川の歌も好きだ）

それはともかく下野《しもつけ》男の情熱は正造にも脈打って伝えられている如くである。熱血政治家として人生の出発をした正造は、鉱毒事件、次いで谷中村事件で官憲圧力に抵抗しつづける。しかし日露戦争に踏み切った日本政府にとって足尾銅山は「軍需品の宝庫」（小池喜孝『谷中から来た人たち――足尾鉱毒移民と田中正造』、新人物往来社、昭和47）である。閉鎖するはずはない。

解決をすりかえて、政府鉱毒調査会は、次の結論を出す。

「鉱毒の主因は洪水にあり、洪水防止のためには遊水池が必要である」（同）

そのすりかえに気付いた正造は、立退き反対を谷中村民に説きつづけるが、すでに遊水池作りは国策となり、戦争準備の一端となってしまっていた。露骨な弾圧と懐柔買収によって村民はほとんど落ち、残る強硬派の残留民十六戸も、家屋を強制破壊されたのは先述した通りである。

しかし谷中村の悲劇はそれだけで終らず、下都賀郡長吉屋雄一の出る幕も、まだあるのであった。

谷中村強制破壊を見ながら吉屋郡長の胸にあったのは、次には北海道へ移民を送りこむ工作である。北海移民は谷中村事件の一環であって別個に考えることはできない。

旧谷中村の北海道移民については右にあげた『谷中から来た人たち』に詳しい。

谷中村関係の本では今まで移住先の報告はなかった。ただ『谷中村事件』（大鹿卓）に那須野へ移住した村民が寒冷荒蕪の地に泣かされ、しかも県からも国からも扶助なく、移民というより棄民に近い状態であったことが記しとどめられているばかり。

『谷中から来た人たち』の著者、小池喜孝氏は北海道在住で、それゆえに「来た人たち」と表現される。著者は、明治の民衆と官憲の戦いの三大事件、「秩父事件」「足尾鉱毒事件」「大逆事件」のそれぞれの関係者が、奇しくも北海道北見地方へ流れついていることに注目し（秩父事件の井上伝蔵は北見潜伏三十五年、足尾鉱毒事件の茂呂近助は例の請願押出しの川俣事件で捕われ、谷中村の強制買収と戦い、のち北見市の隣の佐呂間町に集団移住。その谷中村の戦いに社会主義者として加わった吉田璣《たまき》は大逆事件で官憲に追われ、網走で捕えられる）、それぞれの運命を見据え、オホーツク斜面にあるこの北見地方にこそ、権力機構はむき出しにみえる、と〈栃木から来た移民たち〉の歴史を掘りおこす。

明治四十四年（一九一一）四月七日早朝、栃木県小山町の小山駅前はごった返していた。今朝いよいよ北海道移民が出発するのである。県の指定移民だから一切の手続きは県庁役人と郡役所書記が行なう。下都賀郡書記は大貫と丸井の二人で県からは三人、このほか日本赤十字社支部から医員、看護婦らが付き添い、移民引率本部は九名で構成されている。戸数七十一戸、人数三百六十人が最終の数字だったが、最後まで農民たちは迷っていた。列車が小山駅を出発するときには更に三戸・二十七人が減ったので、吉屋郡長は気が気ではなかった。せっかく甘言で勧誘し、なだめすかして承知させた移民がこれ以上減るのを恐れていた。

「田中の爺《じ》っさま」こと正造が「北海移民は政府の奸策」と叫んで反対を表明していたから、何か行動に出るのではないかと、吉屋郡長はそれも気がかりだった。ともかく、何としてでも谷中村民を北海道の原野サロマベツに引っぱり出さなければいけないのだ。郡長の上には知事の思惑がある。知事の上には内務省の意志があった。

その前年、四十三年には大逆事件の容疑者の検挙が全国で始まっていた。社会主義者は陸続と拘引される。谷中村を支援にきた社会主義者も多い。栃木・群馬の社会主義者はほとんど根こそぎ検挙された。正造を支援してくれる人々は、あるいは収監され、あるいは尾行がつき、手足をもがれたも同然になった。

鉱毒被害民を北海道の開拓に、という案は昔からあった。正造はこれも古河の示唆による、と看破する。県庁・郡役所では躍起になって北海道拓殖予定地の説明会を設け、どん底生活に喘ぐ人々を誘う。

この北海道移住には陰の黒衣《くろご》が（内務省のほかに）一人いると、小池氏は指摘する。やはりこの地方出身で、北海タイムス記者の渡辺常治、「極端な皇室中心の国家主義者」、日露戦後の政府の北海道開拓政策にきわめて協力的で、戦後の疲弊した農村の二、三男対策に移住をすすめてまわっていた。

彼の身内の話では、移民一人についての報償に、何がしかの土地が払い下げられるからそれが目的なのだという批判もあったよしだが、すでに真実は闇の彼方に消えてしまってそれをたしかめるすべはない。

渡辺常治の移住奨励工作と、大逆事件で尖鋭的になっている警察、内務省が手をつないだとすれば——

（うるさい奴らの多い旧谷中村民を北海道へ追い払うか）

という諒解が暗黙のうちに成立しても不思議はないだろう。

吉屋郡長は鈴木農業技手を携えて明治四十四年三月二十三日、札幌に着き、実地を調査し、二十九日帰県した。下野新聞四月三日付で、「北海道移住地の状勢、頗る肥沃なる土地」として彼の談話が載っている（私はこの新聞を見ていないので、『谷中から来た人たち』に拠る）。

栃木へ帰った吉屋郡長は、

〈内地でも容易に見られぬ肥沃の地で、今日まで開発されなかったのは交通の不便な為であった。すでにその地には百戸以上の移住者もおり、仮小屋を建築中で、村役場・学校の敷地は二町五反歩と決定した〉

と報告した。

つづいて下野新聞には郡長の報告書がある。生活に窮し、北海道拓殖を勧奨せられつつある元谷中村の人々、いまは藤岡町民となっている人々は、食い入るように郡長の報告書を読んだにちがいない。

「参考の為め其状勢を記せば、左の如し。

▽収容戸数　九五戸　小画　二六〇　面積　約一一七一町五反歩

▽気候　初霜は九月下旬にして、後霜は五月下旬。又初雪は十一月上旬にして、十二月中旬に根雪となり、積雪三尺に達し、四月下旬に至り融解す。

▽土性　概して、上層五寸乃至七寸の腐植質壌土、次層二尺内外砂礫質埴土にして、下層は礫土又は岩石より成る。

▽地理及地勢　本地はサロマベツ川支流ブシュィ川、其他の細川流域に位し、地形稍狭長にして南方に開け、地勢概して平坦なり。

▽主作物、麦類、大小豆、菜豆、稲黍、蜀黍、馬鈴薯等、何れも普通の収穫あり」

（傍点、著者小池氏の付したもの。この傍点の文章が北海道移民の問題点を示唆する）

　吉屋郡長は札幌で北海タイムス記者に語っている。栃木県は北海道移住が少いが、これは寒冷の地というのに怖れたからである。しかしひとたび足を入れると他府県と大差ない。新潟などに比べると積雪もさほど怖るるに足らない。……

　吉屋郡長は札幌の寒さから推して現地のことをそういっている。しかし北海道は広い。大雪山系を境に寒さの違いは大きい。

「流氷のオホーツク海岸と札幌とでは、厳寒の気温で一〇度の差がある。サロマベツ原野では氷点下三〇度を越え、四月に雪が毎日降ったのである」（『谷中から来た人たち』）

　吉屋郡長はいかにも現地を見たように報告しているが、小池氏はこれを虚偽と断ずる。吉屋郡長は三月二十三日に札幌に着き、移住打合せに二十四日、道庁訪問、黒金拓殖部長と協議、栃木県民移住地をサロマベツと決定した。二十六日も道庁で協議している。二十九日に帰県するには二十七日夜には出発しなければならぬ。

するとサロマベツ原野の視察は二十五日から二十七日の間となるが、これは不可能である。当時の交通事情として、札幌から北見まで汽車で二日以上、そこから馬車でサロマベツまで一日かかる。計三日、往復六日の行程である。鈴木技手だけ行ったとしても不可能。

「二人は現地を調査していなかったのである」(同)

では報告書は何を引き写したのか。小池氏は道立図書館を訪ねる。明治四十四年一月号の「殖民公報」が原本だった。しかもそこにはサロマベツ区画地の地理として、

「ブシュイ川及び其他の細流区画地内を貫流し、地形稍狭長にして概して平坦なり」

——〝南方に開け〟という文章はなかった。報告書に、故意に竄入《ざんにゅう》したものであった。寒冷の地に赴く人々にとって「南方に開け」という字はいかに魅力的であったことか。

ところが北見地方をよく知る小池氏はその部分に目を疑う。

サロマベツは北方に開けて、南方は閉ざされている地域なのである。報告書では南北が反対なのだ。南、西、東とけわしい山にかこまれ、横一キロ、縦七キロのU字型の段丘地帯、北方にオホーツク海が開ける、そのため日照時間は少く、オホーツクの冷気が停滞して寒さはひどい。

現地の南にそびえて交通を遮断している八百メートルの仁頃《にころ》山がなければ……いや、吉屋郡長の報告書のように、山が北にあって、本当に南が開けていれば、それは北海の楽土になったであろう。山を越せば北見市である。北見市は北を山にさえぎられ、南に開けて

発展してきた町である。報告書は現実とは裏腹であった。

更にいえばその地には百戸以上の移住者もいる、というのは三里はなれた隣村のこと、仮小屋はこれから移住民が作るであろうところのものを指していた。

曲筆の最たるものは「頗る肥沃なる土地」という部分である。農民たち自身がその実否を知るのはしたたか悲運に翻弄されてのちである。


ともかくこうして吉屋郡長は、嘘八百でもいい絵空事でもいい、甘言でたぶらかして旧谷中村民を北海道移住に押し出したのである。もとよりその背後に警察や内務省の思惑があり、吉屋郡長一人の才覚ではないのだが。

出発する移民は結局、二百三十七人、みな着物の左衿に「栃木県移住民」と書いた白布を縫いつけていた。出発前、吉屋郡長は一行を集めて訓辞する。三月に現地を視察して移住先を決定した責任者として、土地の肥沃を語り、「故郷へ錦を飾るのでなく、北海の野に錦を飾れ」と激励する。

一行の先頭に立つのは瀬下六右衛門という、部屋村出身の地主階級の人、漢籍の素養があり、郡長の鼓舞に感激して、白扇に筆もないまま指頭に墨をつけて書く。読み下《くだ》しにしてみると、

「墳墓を去って遥かに北海に移らんとして

今日大人に別れんことを予期す
大人は郷里の為に努力し
吾も亦《また》率土《そつど》の浜《ひん》を開かんと欲す」

吉屋大人の為に指頭を以て之を書く。

しかし瀬下は、本当は迷っていたという。地主的経営が出来るなら定住してもいいと思っていたのであった。宇都宮駅には知事代理、警察部長、県庁の主だった者、宇都宮市長らが盛大に見送った。町の人々の気持には同情があった。下野新聞には「悲劇、真に悲劇」とある。移住民は涙の顔をそむけて、離れともない故郷を離れてゆくのであった。知事代理の万歳の声も空しかったであろう。

一行は艱難辛苦の末、サロマベツに向うルベシベ峠を越える。現地の様子が分らず（現地を踏査していない郡長は、指導することができなかったから、積雪対策はかいもくなかった）、人々の恰好は着物に白足袋、草履だった。駅を下りるとたちまち泥濘でルベシベ峠は二尺以上の雪。泣き出す者もいた。現地の寒さは安眠も出来ぬほど。毎日降雪があり、入植の年から不作がつづく。谷中村の辛酸はここでもまた、ついてまわった。郡長はいったい、この現地に本当に来たのか、南に開ける肥沃の地、というおいしい言葉で釣って、来てみれば北に氷海が開けているばかり、おれたちは欺されたのだ、これは移民ではなくて棄民だ……離農して出てゆく者も出はじめた。雪と熊と貧しさに脅えながら、子供や老人を抱えた家族は今さらいくところもなく、忍ばねばならなかった。その責任は誰が負うのか、郡長か、県知事か……。

吉屋雄一の人生軌跡を見ると、明治の官吏として誰もが敢行せねばならなかったであろうことをしたまで、といえるかもしれない。

雄一にも、娘の信子が期待し、漠然と信じたように人間的な感情の揺曳《ようえい》がかいまみられることがあったかもしれない。

しかし雄一ごとき、小吏の進退にも、国家権力の図式がそのままあてはまってみえるときがある。

権力構造の断面図というのは、方解石を割ったように、どこまでいっても大小の差こそあれ、方式は同じなのだ。

佐渡新聞というのがあり、その復刻版が出ている（山本修之助編、佐渡叢書刊行会、昭和56）。創刊の明治三十年から三十一年の新聞だが、ここに吉屋雄一は佐渡郡長として頻出する。ここでも吉屋郡長は憎まれ役になっている。

佐渡新聞社に伊達喜太郎という主筆がいた。東京の二六新聞にもいた腕っこきの記者で、彼の入社以来、新聞の筆鋒は鋭くなり、佐渡郡役所の腐敗をはげしく暴露攻撃した。郡吏の官金流用が発覚したが、吉屋郡長は頗る穏当主義の人物で何とか穏やかに始末をつけようと部下にその調査を命じる。部下は取調べるべき人間と某所で密談、饗応を受けつつ、その動きに甚だ不明朗なものがあるという報道である。

　この新聞は隔日刊だったそうだが、筆は飛んで吉屋郡長批判になる。八方にお世辞を使い、郡吏の腐敗も取締れない、郡議会に郡長不信任の声が高いという記事。しかももともと吉屋は新潟で警察畑にいた関係で、人を内偵させるのを好み、内偵郡長のあだなさえある、というもの。

　吉屋郡長はこれを烈しく憎み恨んで、新聞の責任者、森知幾に報復を加える。その方法が陰険であった。警察署長とひそかに協議して、森が佐渡水害の委託金を消費したと告発し、横領罪で告訴したのである。

　相川裁判所では一審で無罪の宣告をうけた森知幾だが、検事控訴で東京に収監される。しかし五か月後、東京控訴院の二審で無罪となった。

　そのころまた、新聞社の入口の投書箱に、ある夜、爆薬を仕かけられ、爆発するという事件もあり、幸い怪我人はなかったが、付近の人から危険だというので新聞社移転の要望があったりした（山本修之助著『佐渡の百年』佐渡郷土文化の会、昭和47）。これなども甚だセコイ話ではあるものの、何やらきな臭く、世上よくある怪事件をそのまま縮尺したようではないか。

　しかし吉屋雄一が画策好き、内偵好きで、〈内偵郡長〉というあだなを郡民に奉られているというのは面白かった。

身内や家族に見せない雄一の一面が知れ、信子の父の存在感が増したといってよい。谷中村に於ける恥も外聞も一片の良心もないやりくち、佐渡での権謀も、たしかに明治の典型的官僚であるけれども、それゆえにこそ、家庭で頑固な家長であったことの裏《うら》付が取れ、平仄《ひょうそく》が合う。

信子の父なる人のイメージがいきいきと顕《た》ってくる気がする。

ところで北海道サロマベツに入植した栃木村の人々は、県庁に対し、数次にわたり帰郷請願を出している。その後の経緯について私はつまびらかにしないが、なるほど八十年たってもまだなまなましい足尾鉱毒事件、谷中村事件は、市勢要覧のパンフに載せられないわけだと納得した次第。

田中正造の長逝が伝えられたのは大正二年（一九一三）だった。そのころには雄一は上都賀郡長に転任し、一家は鹿沼に移っていたが、母のマサは仏壇に線香をあげていった。

〈人のために働いた偉い人だったねえ……〉

正造翁の葉書は吉屋家に多くあったという。墨の筆蹟のそれは、１２３のナンバーを打っていちどきに五、六枚来た。封書はなく葉書ばかり、その束は関東大震災で兄の家で灰になってしまい、母を残念がらせた。

雄一郡長につきあって、つい先へ走ってしまったが、信子は小学校も一度転校している。三年生の受持の男の先生が好きであった。「水」という題で書いた作文を先生にほめられ、級友の前で朗読されたため、

（自分が本を読むだけでなく、人に読まれるようなものを書きたい）

と思ったと〈千代年譜〉にはある。年譜にあるだけの話で、ほかには載っていない（あるいは私の見落した短文があるかもしれないが）。

自分のための雑誌を初めて取って貰ったのも三年生のとき。博文館発行の「少女世界」だったという、創刊号からの読者となった。

そのほか。巌谷小波の世界お伽話《とぎばなし》『クオレ』、ベルヌの『十五少年』を愛読し、兄たちの読み残した「少年世界」「日本少年」「冒険少年」など、面白くてみな読んでしまったとこれも年譜にある。八歳といえば明治三十七年。

私は「少女世界」をまだ見ていないのだが、大正八年十月号の「少女」（時事新報社）を持っている。全ページ、ルビが振ってあるので、平仮名をおぼえた子供なら読めるはず、しかし信子の家ではかなり潤沢によみものが与えられていたらしい。

母のマサは文学趣味のない女だったが、父の雄一は老後、萩園《しゅうえん》と号して俳句をたのしんだという。京都、花《はな》の本《もと》（俳諧宗匠の称号）一世翁とも交りあり、翁の短冊があまた家

にあったとは信子の記憶である。

また絵を好み、いつのころか不明だが、梅屋《ばいおく》なる旅絵師が家に滞在していたという。信子の文才は、あるいは父ゆずりなのかもしれない。

父と信子、母と信子の関係は物の本で読むと互いに反目し、理解し合えず、孤独に閉じこもっているような解釈もあるが、信子のエッセーに出てくる父も母も家庭も、いろどりゆたかである。

私も早くから私だけの雑誌をとってもらっていたけれど、明治三十年代に小学生の娘に毎月、雑誌をとってやるというのは、やさしい親心、といっていいだろう。創刊された「少女世界」の第一巻第一号の表紙は、撫子《なでしこ》の花の咲いている中に、女の子が手に鳩をのせている画だったという。それをありありとおぼえているほど、信子は、

（自分の雑誌、そして女の子の雑誌）

というのが嬉しかったのだ。それまでは兄たちが取っている「少年世界」を、兄のいないとき盗むようにして、そっと読んでいたのだから。

「少女世界」が本屋から届くと、取る手おそしと拡げて、隅から隅まで嘗めるように読み、汚さぬよう丁寧に扱って、机の上に毎号積みあげてゆく。それが次第に高くなるのが八つ九つの信子には嬉しくてならなかった。

口絵は池田蕉園《しょうえん》、季節に合せ、〈雛の宴〉などと美しいタイトルで絵がついている。信

子はそれにも惹きつけられ、長いこと見入ってしまう。

栃木のまちには幼い女の子を喜ばせるものはない。定価十銭の、月に一冊の少女雑誌が、現代でいえば信子の映画でありレビューであり、アニメであったのだろう。短いおはなし、一枚の口絵にも、心蕩《と》ろける思いなのだった。

後年、少女小説を量産した信子だが、少女時代のことを思い出し、決して仇《あだ》やおろそかに書くまいと自戒している。

「少女時代に読んだものの見たものが、いつまでも、こんなに記憶され、影響されることを考えますと、少年少女文学というものは、人生に於いて、大きな役割をつとめているものと信じます」（『白いハンケチ』「投書時代」ダヴィッド社、昭和32）

その雑誌の編集の先生（記者）は海賀《かいが》変哲《へんてつ》とかいった人だと思う、と記憶力のよい信子はいっている。記者先生は学校の先生よりはるかに傑《えら》い、文学の神様のように思えた、と。

そのあとで、沼田笠峰《りゅうほう》になった。しかし信子が投書家になるのはまだ少し先である。

私は定価十銭の少女雑誌を毎月買い与え、信子にこんな夢を見させた父の慈悲、母の愛を思う。

父は地方官吏の会議の折、上京の土産に、いつも信子に白木屋の美しい反物を買った。信子は〈白木屋〉という名を早くからおぼえた。

忙しい父に伴われて買物をするのは珍らしかった。それでも父は信子が可愛かったのであろう、幼い日に赤いリボンを巻いた麦藁帽、少女になってから藤色のショールを買ってくれた。

「今もあざやかな思い出なり」（『吉屋信子全集』12「父の追悼断片」）

幼い信子は物心ついてから父の髪が少く、半ば禿頭であるのが悲しかった。母のマサは、

〈でもね、お父さんの若い頃はちょうど、お前の髪の毛みたいに、真黒でふさふさして櫛が立たないくらいだったのよ〉

と、信子のおかっぱあたまを撫でながらいった。父と母に囲まれて信子はのびのびと大きくなっている。信子の小説の底流となっている向日性、客観視できる作家の目を持ちながら暖かな水蒸気か靄《もや》のような雰囲気は、可愛がられて生い立った人間のものだろう。

それより難儀なのは、兄たちだった。兄たちのたたずまいはすべて、父と母の家庭教育の反映なのだが、四人の腕白たちがたった一人の妹を苛《いじ》めたり、こき使ったり、する。

小学生の信子は中学生の兄たちと雑居で、小さい机を挟んでいたが、「いつも、いじめられ泣かされていた」と信子はいう（『白いハンケチ』「廿一年前」）。

ことに年もそう離れない小さい兄は乱暴だった。

信子はおやつに貰ったビスケットの六枚を、三枚だけ食べて残りはあとの楽しみに机の抽出《ひきだし》へしまっておく。

たちまち兄にみつけられて食べられてしまう。

机の上に大事に飾っておいた人形の首はとれてしまう。その合間に、兄たちはかわるがわる用をいいつける。

〈信子。ちょっと台所から水持ってこいっ〉

〈この葉書、出してこいっ〉

「兄だちは勉強中の妹をいい気になってこき使った」(同)

〈いやっ〉

というと、「小さい兄は腕力を振るった」(同)。信子が母に訴えると、マサは信子のほうをいましめる。

〈女の子だから、おとなしくお兄ちゃんのいいつけを聞きなさい〉

と女の美徳、従順を教えこむ。理不尽な男尊女卑に対する反発は信子の心に深く彫《え》りつけられる。

そんな毎日だったので、女学校に入学した春から生れてはじめて一人部屋を与えられたときは飛び立つばかり嬉しかった。

たった三畳の部屋だったが――壁には少女雑誌の口絵をピンで留め、机の一輪ざしに庭の草花、「小波世界お伽噺」の本を小さい本棚にならべた。

机の前の座蒲団を、いつも正方形にきちんと置いておくこともできる(今までは兄たちの昼寝の枕になったりした)。

おやつのビスケット、煎餅なども、半分は夜の勉強のたのしみに、完全に保有できる。

信子はやっと少女の生活を、そこに確保できた。

栃木高女は現在は栃木女子高校になっている。

信子の入学した頃の高等女学校は四年制である。

校庭に桜の木がたくさんあり、その中の一本の桜がふしぎな色をしていた。ほかの桜は薄紅色なのに、それは黄色味、薄青味を帯びたあでやかな花びらなのだった。

しげしげと見上げていると、

〈それ、鬱金《うこん》桜っていうの〉

と背後で声。

〈えっ〉

信子はまだ子供げの失《う》せぬ直截な身ぶりですぐふりむく。

上級生のお姉さまが袂《たもと》を抱くように梢をみあげ、

〈ほら、花びらが黄みどりを帯びてるでしょう？〉

信子のおかっぱあたま、裾には揚げさえある紺サージの袴《はかま》、いかにもまだ小学生風のぬけきらぬ、新入生らしいさまを眺め、上級生はふふ、と笑う。

〈うこんもめん、って黄色く染めた布がよくあるでしょう？　鬱金桜はそれからきてるのよ〉

信子はこっくり、うなずく。

返事もできなかった。お姉さまは微笑してすうっと向うへいってしまう。

（ありがとう……っていえばよかった）

いまになって信子は後悔する。いまごろ胸がどきどきしてきた。

化粧気もないのに、つややかな白い顔。ふっと香り立つのは椿油かシャボンか、匂い袋か。ふんわり束髪にして淡紅《とき》色のリボンをむすんでいたから、三年生か、四年生のお姉さまかしら。

兄ばかりで姉のいない信子には、上級生のお姉さまはみな、なつかしい感じがする。

信子はまだ肩揚も取れない。顔も日やけして黒くて、眼ばかり強い輝きを放っている。言葉もまだなめらかに出てこない。思うこと、考えることが多すぎて胸にあふれているので、とっさに口からなだれ落ちてこない。

思うことがすぐ口へ出るには、なかなか訓練を要する。

しかしお姉さまたちはすぐ出てくるようだ。

しかもなぐさめたり、教えたり、からかったり、自在に表情も変え、言葉もよどみなくこぼれおちる。

それにしても女の園ほど、ピンからキリまでごっちゃになっているところはない。ピンは四年生のお姉さま、キリは新入生の子供。一年生と四年生ではもう、うんとちがう……。

三、四年の女生徒はもう、匂やかな娘さんだ。

木造校舎から花のように三々五々出てくると、濃い温気《うんき》に包まれて校庭中が鬱金桜の花をまいたようになる。

紫の矢絣・海老茶の袴

1

　そのかみの明治の栃木高女を偲ばせる、木造二階建校舎の写真（すでにそれは戦後の学制改革で、「栃木県立栃木女子高等学校」と改称されている）があるが、その蒼古たるおもむきは、かつて吉屋信子が通ったときとあまり変らないのではないかと思わせる。横に張られた黒い羽目板、質素な木枠のガラス窓、瓦屋根、校舎の中ほどに太い柱で以て据えられた玄関。

　私が学んだ旧制高女は大阪・西北の町はずれにあったが、これによく似たたたずまいだった。明治の終りから建てられはじめた女学校はたいていどこの地方でも似たような建築スタイルであったのだろう。

　校舎は想像がつくが、残念なことに吉屋信子の女学生時代の写真がなく、いまに残されているのはすべて卒業以後のもの（あるいはそのうち、ひょっこり出てくるかもしれないが）――それゆえ、彼女の『花物語』と、彼女の個人雑誌「黒薔薇《くろしょうび》」にある小説やエッセーによって、明治末・大正時代の女学生、ならびに信子の女学生生活を再現してみよう。

前章で、私は新入生の信子に紺サージの袴をはかせたが、これは『大正のきもの』（近藤富枝責任編集、財団法人民族衣裳文化普及協会、昭和55）の資料に拠ったのである。そこではたまたま大正八年（一九一九）の東京・三輪田高女の卒業写真によれば、袴は紺とあり（着物の礼服は黒木綿五ッ紋）、ふだんは色は自由だったという。

しかし信子の女学生小説『花物語』にはほとんど海老茶《えびちゃ》色の袴が出てくる。葡萄《ぶどう》色に茶色をかけたといおうか、ワインレッドを暗くしたような茶色である。

都会の女学生だけではなく、田舎の女学生もそうだったのではあるまいか、前述の三輪田高女は質実剛健の校風で、厳格を以て聞えたというから、袴も地味な色だったのかもしれない。

私の母は明治三十八年（一九〇五）生れ、大正十二年に岡山県立井原高女を卒業しているが、やはり海老茶の袴だったという。明治三十年頃に女学生風俗として拡まった海老茶袴は、〈海老茶式部〉の名称こそ廃《すた》れたが、ファッションの面では定着したらしい。されば関東の女学生も変らなかったろう。

靴は、『花物語』などではキッドの編上げなど穿《は》いているが、これは岡山の片田舎では五年生のクラス二十人のうち、二、三人だったと母はいう。いま八十八歳の老母の言によればふつう四年でたいていの人々は卒業するのに、母は親や兄姉に乞うて、師範学校へ入るからという口実で五年生までいった。いわば五年生は当時の女学校の進学コースであったらしい。クラスの人数はぐっと減って半分の二十人になったという。みなよく勉強する人々であったと。

しかし母は勉強、ことに数学はかいもく、にが手なので、これでは上級学校入学など到底おぼつかないと初手からあきらめたらしく、その一年たのしくあそんで、

（あんな面白い、たのしい学校生活はなかった）

と述懐している。つまり進学を口実に、最後の一年を心おきなく遊んだものとおぼしい。のんきな、といおうか、肝太い、といおうか。……

母は都会的な編上げ靴ではなく、ほかの大方の生徒と同じく、挿歯《さしば》の下駄で通学したという。

鼻緒は赤いびろうど、これが雨の日は白足袋ににじんで困った。のちに白革の鼻緒になってその心配はなくなった。ただ一里の道を歩いて通うので下駄の歯がすぐ、ちびた。学校のそばの下駄屋さんは、女学生のお得意さんでいつもいっぱいだった。そのころの女学生は一里ぐらいは平気で歩いて通学したから、誰も彼も下駄の歯をすぐだめにした。よくせき家が遠い人は寮へ入った。

校内では上草履に穿きかえる。

体操の時間はまた、体操用の草履を穿く。ゴムの運動靴なんて、まだ普及していない。着物の袖をたすきで括りあげ、袴の裾を蹴って走ったり体操をしたり、ダンスをしたり、した。

現代の女子生徒の制服も、清潔に保とうとすればそれなりの苦心を要するであろうが、昔の女学生の着物と袴もたいへんだったと母はいう。

先生がきびしく点検されるのは、襦袢の衿と足袋の汚れ、袴の襞《ひだ》であったと。白い金巾《かなきん》の半衿は、白足袋とともにいつも雪白であらねばならない。洗っては縫い付け、ほどいては洗う。縫い付けるとき、不精をしてつい手近にある黒糸で付けたりしては、お辞儀をしたとき衿足から丸見えである。

袴はたとえ色褪せても、襞だけはピッと立っていなければいけない。一年三百六十五日、袴の寝押し——蒲団の下に敷く、敷き伸《の》しである——をやすむわけにはいかない。信子も、そういう身仕舞にきびしい母の薫陶で、小さい手で袴をたたんだことであろう。髪もだんだんに伸びて、うしろでリボンを結べるくらいになった（女学生の断髪は認められていない）。

田舎の女学校なれば木綿のきものであったろうか。銘仙《めいせん》を着る人、モスリンを着る人もいたかもしれない。信子も銘仙を着たかしら、紫の矢絣《やがすり》などにあこがれて。——そして海老茶の袴の、きゅっと締めた紐の先には、銀の校章がつけられていたに違いない。

一年の一学期は夢中で過ぎた。成績簿には裁縫だけが乙で、あとはみな甲だった。裁縫は裁ちかたの図解の試験のとき、苦しまぎれにでたらめを書いたからだ。

その年の夏休み、父が県庁の人の転任を見送りにいった停車場で、女学校の校長先生と一緒になった。校長は挨拶の中で、

〈お宅のお嬢さんは出来がおよろしい〉

と挟んだと、父は帰ってから夕食のときに話した（「黒薔薇」短篇小説『裏切り者』）。

父を喜ばせただけではない、母をも喜ばせたことがある。そして母に褒められたくて仕方のない信子は、こっちのほうがずっとずっと嬉しく、忘れられない感激であった。

二年の春、文芸会があった。五月の中頃だった。信子はその日、英詩の暗誦をさせられることになった。母は他の父兄に混って学校へやってきた。

プログラムが進んで信子の番になり、彼女は講堂の正面の壇に登った。

母は前から二番目の椅子にいたからすぐ目に入った。母の隣席にいるのはやはり県庁のお役人の夫人で、官舎の奥様連の中ではいちばん若い美しい人、結婚後まもないらしくどこか女学生めいた、お嬢さまっぽい感じで、信子の好きな人《ひと》だ（夫は若い法学士あがりの理事官だった）。母と並ぶ、その明るく若々しい女性をみとめて信子は嬉しくなってしまった。

信子は大勢の人の前へ出ても、わくわくしたり物怯《お》じしたりしない子だった。皆の前で

話すことも好きで、読んだばかりのお伽話（当時はまだ童話という名称も定着していなかった）を平気で上手に話したりした。

それで、その日も、べつにどぎまぎはしなかったのだが、その若い夫人が、まともに信子を注意ぶかく見守っているので、

（そう、凝視《みつ》めちゃ、こまるわ、あたし）

というぐらいの気持だった。

しかし、すらすらと英語の詩が口をついて出た。

Twinkle, twinkle, little star;
How I wonder what you are
up above the world so high.
Like a diamond in the sky!

べつに目を白黒することもなく一節、また一節と口から出てきた。英語の先生に教わった通り、

〈この詩は英国のテーラー女史の、有名な子供のための詩でございます。

日本語に訳しますと、――

きらめけ、きらめけ、小さき星よ
汝《なれ》はいかなるものぞ
み空に高く輝きて
ダイヤモンドにさも似たり
旭日の再び輝くまでは
汝はしばしも目を閉じぬなり
きらめけ、きらめけ、小さき星よ……〉

お辞儀をして壇を下りた。

大きい拍手が起った。この拍手は下手でも上手でも贈られるのだから、信子はべつに心を動かされないで、ちらりと「少しお澄ましをした顔で」（と、信子は書いている）母のほうを見やった。

母のほうがのぼせていた。

拍手したいのだが、娘を讃えるのも憚られ、どうしていいかわからぬようすで、膝の上の小さい手提げ袋を揉みくちゃにしていた。隣席の若い美しい理事官夫人は、いつまでも白いやさしい手を叩いていた。

そしてほほえみながら母に何か言葉をかけた。

（まあ、お嬢様のお利発なこと。お上手に英語の暗誦ができましたこと！）

とでもいったのであろうか。

母はついに喜悦に堪えきれぬさまで笑みまけてしまい、まだつづいている満場の拍手に対してお礼でもいうようにお辞儀めいたしぐさであたまを下げたが、その眼はあきらかに涙ぐんでいた。

（母が喜んでくれている！　お母さんが涙ぐんで喜んでくれた！）

信子ははじめてわくわくして感動を味わった。生徒の控え室へ戻ると英語の先生が肩を叩いて、

〈上出来、上出来。大成功〉

と笑いながら声をかけたが、信子は返事もできず、廊下へ駈けて出て、階段の下のくらがりにひとり立ち、（母が喜んでくれた……）という幸福な感動に浸った。

このエピソードを信子は短篇仕立てにしているが、細部にリアリティがあるので実際の体験であろう。母のマサは読書や作文にばかり没頭している娘に不満や危惧をもち、あれこれと指図や干渉をして信子との間も、世の常の母娘《おやこ》らしい心の通い合いは薄かったかもしれぬ。

それを信子は淋しく思っていたから、母の反応は母の愛のあかしのように嬉しかったのだ。

信子が一年生のときである。

学校に新渡戸《にとべ》稲造博士が来て講演した。一年生のときといえば明治四十一年（一九〇八）、新渡戸博士は一高校長の時代である。このキリスト者にして農政学者・法学者である新渡戸はまた、人格主義教育で、日本の教育界を刷新した教育家でもあった。彼の教育理念はクエーカー教徒としての人類愛と人類平等の信仰からきているが、かねてごく若い時期から〈太平洋の橋になりたい〉という志を持っていた。日本の思想を外国に伝え、外国の思想を日本に普及したい、というのである。東西思想の長所の融合調和、それが彼の畢生《ひっせい》の念願だった。アメリカ留学中に、彼は愛と尊敬の対象となり得る女性にめぐりあう。生涯の伴侶となったメアリー・エルキントンである。

民族的偏見からも国際的視野狭窄《きょうさく》からも解放されている新渡戸には、日本の教育界の動脈硬化が心配であった。男の子も女の子も、若者は挙げて、国家主義の風潮のもとに一律に同じ鋳型に嵌められ、日本国家の要求する通りの国民として世に送り出されようとしているではないか。教育というのは、その人間の本来持てる佳《よ》き質《もの》を引き出すものであるはずなのに……。新渡戸は第一高等学校校長に就任して以来、国家主義教育の校風から、人間性をたかめ、人格陶冶《とうや》を重んずる教育へと流れを変える。彼の影響のもと、幾多の俊才が育っていった。

幸徳秋水らが刑死した大逆事件の直後、徳冨蘆花《ろか》が一高生たちに乞われて講演した（その演題も「謀叛論」というものであった）。明治維新の回天の大事業を成し遂げた先覚の志士たちは、時の権力からいえばみな謀叛人であったと蘆花は説く。彼は政府の思想弾圧や、幸徳ら被告たちへの不正裁判に憤激していた。幸徳と立場こそ違え、彼らに共感はあったから、非公開裁判、しかもあまりにもあわただしく刑の執行が行なわれたことを痛憤していた。蘆花は当時、日本の反骨的良心として若者たちに敬慕されていたが、一高に赴いての講演に、大逆事件を語らずにいられなかった。当時の他の文士はみな、この事件では沈黙していたというのに。

〈大逆罪の企てに僕は万《ばん》不同意である。しかし同時に彼ら十二名は生かして置きたかった。彼らは乱臣賊子の名を受けてもただの賊ではない、志士である、自由平等の新天新地を夢み身を献《ささ》げて人類の為に尽さんとする志士である〉

と蘆花は切々と若者らに説く。事件直後の世の中に大胆きわまる発言である。この一高での演説は『日本の歴史』22巻（隅谷三喜男、中央公論社、昭和41）にくわしい。蘆花は演説の最後をこう結ぶ。

〈諸君、幸徳君らは時の政府の謀叛人と見做されて殺された。が謀叛を恐れてはならぬ。自ら謀叛人となるを恐れてはならぬ。新しいものは常に謀叛である〉

蘆花が静かに壇を下りると、学生たちは万雷の拍手でその共感を訴えた。この演説「謀叛論」は時の校長が新渡戸だったからこそ、行なわれたのであろう、新渡戸校長はこの不敵な政府批判の責《せめ》を負うて、文部省から譴責《けんせき》処分を受けている。
それは明治四十四年の劈頭《へきとう》であったから、新渡戸が栃木高女へ講演に来た年より三年のちである。

信子は『私の見た人』の中で、「文化切手の人」として新渡戸のことを書いている（昭和二十四年〈一九四九〉から三年間、十八人の文化に功労あった人の肖像が、文化切手として発売された。西周《あまね》、森鷗外、樋口一葉、新渡戸稲造らだった。なお、昭和五十九年から発行された新五千円札の肖像にも新渡戸稲造が用いられている）。

新渡戸博士は悠然と栃木高女の講堂の壇に登った。フロックコート姿の長身、しかも威あって猛《たけ》からずという温顔。高邁な識見、仁愛にみちた人柄が、おのずと匂うような風采であった。一年生なので最前席に坐っていた信子は、博士の顔を近く仰ぎ見て、その威容と暖さに打たれた。感受性強い信子は直観で、博士の人柄の薫染《くんせん》を受けたのであろう。

（とても日本人とは思えない……）

それが幼い信子の第一印象であったらしい。しかしそれは外人ならよろしい、というものではない。信子は日曜学校の精勤な生徒だったから、毎年クリスマスには東京からくる外人宣教師フィッシャー先生の手よりご褒美を頂く。外人も見馴れているので、そういう意味で思ったのではなかった。新渡戸博士は信子の知っているどんな大人ともちがった。

地上のあらゆる蒙昧や愚劣や偏見とたたかいながら、それでも人間の神性を信じて未来に目を当てている人の温容……のちの信子ならそうも表現したであろうか。

博士は演壇に近い小さい生徒たちを見おろしながら口を開いた。

〈日本の女子教育は良妻賢母をつくるため、――といいますが、まだ少女のあなた方には良妻賢母とはどういうことかわからんと思うが……〉

博士を注目してた信子は、黒い大きい眼を輝かせ、思わず声に出して、

〈ハイ〉

といってしまった。大声ではないが周りに聞こえたので、ひめやかな笑い声が起きた。

が、博士は思わず、

〈そうでしょう〉

とうなずく。

〈あなたがたは良妻賢母になる前に、一人のよい人間とならなければいけません。教育とは、良い妻や賢い母をつくるためのものではないのです。妻や母より、まず、よき人間になるために、あなたたちは学ばなければなりません〉

その瞬間、十二歳の小さな信子の体を、鮮烈な感動が貫いた。生れてはじめて一つの真理を聞いたと思った。今まで誰もそんなことを言った人はなかった。読んだ本の中にも書かれていなかった。しかし信子は、これも直観で、博士の言葉が正しいと感じた。

〈あなたたちは将来、いかなる者になろうとも、何をしようとも、その前に、一人のよい人間になって置くことが、いちばん大切なのです〉

信子は（『私の見た人』によれば——）、

「天の神の声を聞くように恍惚とした」

だがその翌日、生徒一同は急遽《きゅうきょ》、再び講堂に集められた。教頭からの注意を申し渡されたのだ。

〈昨日の新渡戸博士は、外国婦人と結婚していられる人だから、日本の女子教育をよく知られないのです。本校はあくまで文部省の方針を守り、日本婦人は日本婦人らしく、良妻賢母を目的の教育を行なうつもりであるからして、皆さんもそのように心がけて頂きたい〉

——すると、女は〈一人のよい人間〉になるよりも、〈良妻賢母〉にさえなればいい、というの？　ワルイ人間でも、〈良妻賢母〉でさえあればいいの？　女って、良妻賢母のための道具なの？……生意気な少女である信子は次々と疑問が湧く。しかし信子はその教頭先生より、昨日の新渡戸博士のほうが、はるかに人間として立派だというカンを捨てることができなかった。博士の講演の感動はすこしも色褪せず、少女の胸に著《しる》くとどめられた。

このときから十七年後、信子は個人雑誌「黒薔薇」に、『或る愚《おろか》しき者の話』という長編小説を連載しているが、ヒロインの女学校教師・章子《あきこ》に、日本の女学校教育の弊害を痛罵させている。

ヒロインの章子は（この名に信子は愛執したらしく、『花物語』にも『屋根裏の二處女』にも頻用している。しかも作者の分身を思わせる設定の登場人物に限られていることにも注目したい）田舎町の女学校に赴任した二十二歳の独身女教師である。この長篇小説は「黒薔薇」全八冊にわたって連載されているが、後年の信子の文学的テーマがことごとく提示されている。

男性優越社会への憤懣と反抗。

そして近代的自我と魂にめざめた女性が同時代の男性に、自分たちと同じような精神的水位の高さを求めて得られぬとき、その絶望は同性相愛の道程を取りやすいこと。信子はそれを「第二の路」と呼んでいる。第一の路は信子のいう〝Sexual connection〟を交せる男女相愛の道程だという（「第三の路」も、信子は示唆する。「相愛の人を得ずして寂しいながらも何か力いっぱいの仕事をして生きてゆく人達」という）。

「各々その路を一心に辿つて、それによつて己れを生かしきり、善《よ》く美しく成長させて、宇宙へ何か献《ささ》げものをしたい気持で歩めばいゝのだ」

しかしそれにしても日本の女の子らに加えられる圧力はいたましく、教育という名の暴虐ではないかと、信子は新任女教師・滝川章子に怒らせている。

章子の奉職した女学校では校長が、女子もスパルタ式に鍛えねばならぬという立場から、遠足にも弁当以外、一切の食物を持参すること禁止、などという。克己《こっき》心養成の為、というのである。全校一致、違反者がなかったと自慢する校長に章子はついいってしまう。

「いつたい、お菓子を、お菓子を食べさせないなんて、食べさせないなんて、そ、そんな馬鹿な話があるもんですか、遠足は快楽の為に行なはれるんです、野原の中に山の上に、嬉々として、たまさかの一日《いちんち》を遊ぶ、いはゞ外国風に言へばピクニックつてもんでせう、娯楽が目的の行為の中に、何んの必要があつて、その最大の興味を削いで何が有難いんでせう、私には意義がわからないんです、たゞ頭から馬鹿らしくて馬鹿らしくて、恐ろしく馬鹿らしい……」

　校長は女のくせに何を生意気なという憤りと反感を露骨に見せて、これは女性に古来より欠けている克己心の養成の為だという。章子は反論する。女性が克己心に欠けているということは、西洋女性は知らず、日本女性には決してない、現在のように不自由・不幸・不満足な地位に女性が押しこめられたのは、あまりに昔の女性が克己心を持ちすぎたからなのだ。無智な克己心が、こんにちの悲しむべき女性の因襲と災禍を招いたのだ。これからの女子教育は若い少女たちに、無智有害な克己心を捨てさせることである。「楽しかるべき野遊びの一日に、甘いお菓子一つ持たせないといふ非自然の規律を定めたとて、何んの益がありませう、それもチブス患者の快復期の食欲への克己養成としての準備をほどこすと申すなら、まだしも存在の理由がございますが、しかし女学校の生徒がことごとく、将来、女性なるがゆえ《ママ》にチブスに罹ると申すわけもございません……」。

また校長は学課の時間を削って女生徒にマッサージなどを習わせる、本校卒業生が結婚後、姑と円滑にやっていけるためといい、参観の知人夫人などに、ひとつお試しを、といったりする。——可哀そうに小さい女の子たちはまるで彼の傀儡《かいらい》であり道具であるにすぎない、と章子は思う。とりわけ若い女教師を憤激させたのは校長が全国校長会議で演説するため、全校生徒のMenses（校長は日本語を使った）の統計調査を取って表を作れと命じたことである。生徒のMensesが学習に及ぼす影響状態等を報告するためという。

章子は心が暗くなり、死んでもこんな統計など協力してやるものかと思う。校長に催促されて章子は、〈私はあんなこと、したくないんです〉といった。校長は不意を打たれ、少し間をおいて〈なぜです〉という。自分に不従順な女教師にはじめて出会って面くらったのである。章子はきっとしていう。

〈あれは気弱い少女たちをスポイルすると思いますから〉

職員室がしいんとした。校長は上ずった声で、

〈滝川さん、あとでちょっと僕のところまで来てもらいましょう〉

校長室へ呼びつけるのが部下への示威だと思っているのか。章子はおちついていう。

〈あの、何かご意見を承《うけたま》わるのでしたら、どうぞただ今、ここでご遠慮なくおっしゃっ

て頂きますわ〉

語尾の〈わ〉に、現代女性らしい明るく軽く自由な気分をこめた。昔風な人々は〈わ〉というハヤリ言葉を貶《おと》しめるが、開明的な大正女性は〈わ〉のおかげで、ゆとりと活発さを失なわずに生きられるんだ、と章子は思う。

結局、このときは老練の婆さん先生が、章子の代りに統計調査を買って出て、事なきを得たが、章子はつくづく呆れる。この女学生教育の体質的欠陥は、校長が男に限られているからだと章子は（信子自身）思う。

このあたりの女学生教育批判はかなりナマの形で出ているので見過し難い。

（「黒薔薇」という雑誌は現在入手し難く、一般読者の目に触れる機会は殆んどない。私の手もとにあるのも殆んどページを切り取られたり、綴じが破損して脱落しており資料とならないのが多いが、幸いに合巻の前巻が残されているので、読み辿れるのである）

「何んにもわかつてゐない、ほんたうに小さい女の子の指先一本の感じさへわからない粗雑な心の、年とつた男のひとたちが、かうして女の子の教育の主権者であるかぎり、女性の教育機関は禍《わざわ》ひ多いものである。そんな浅薄な皮相な、生ま半可《はんか》な生理的の問題をとりたてゝ騒ぐ前に、なぜ小さい處女たちのあのかよわい魂の問題について苦しんで一度だつて考へてやらうとはしないのだらう。いつたい文部省といふところはさうした無形への努力は大きらひで、ぢきにお上で刷つた赤黄いろい罫紙に、細かな文字を丹念に書き入れた精密な調査とか統計表とかいふものが大好きなのである。それにつけこんで、所謂《いわゆる》、覇気満々とした男の人が勝手に考へついては、調査とか統計とかをする。

（中略）

全国の女学校の校長が、かくて男性に限られてゐる限り、日本の女の子の教育は永遠に呪はれてあるだらう。女の先生の運命は又それと比例して実に悲惨だ。何十年勤務しようとも、彼女は校長はおろか教頭にも教務主任にもなるを許されぬ。たゞ男の校長及び教頭輩の部下に、老女教員として小使《こづかい》に毛の生えたやうな仕事をするよりほか仕方がない。女の子の魂を知らない男の、荒々しい手で支配されてゐる官立の女学校の中の空気の、あの白け切つたちぐはぐな感じ。――

生徒は知らず〳〵に卑屈と屈従とをその若々しい柔かい魂に浸み込ませ、男性の乱暴な利己的方便主義の前に神経を遅鈍に麻痺させてしまひ、大事な自己を守る確固たる観念を失ひ、女性として生れた自分の運命への、祝福と貴びを以て生き切つて行かうとする強さを、永久に持つ機会を失つてしまふ。そのはずである、校長も男性、教頭も男性、勢力ある先生は皆男性、そして女の先生は皆、その人たちの頤使《いし》に甘んずるより仕方のない弱い不能力者――やはり女は駄目ね――かうして若き日に於て彼女らは、自分の性への自信を失ひ、のびてゆく力は一生忘れてしまふ。そして知らず〳〵に女の先生を軽んずる気持になつてゆく。恐ろしい彼女らの、かはいさうな同性幻滅の感じが、彼女らの一生について歩き、正しい太陽の光の女性であることを知らずに居なければならぬ、さうした女性の手でこの世の中がどう善く進み得るだらう。いくらでも男の魔の手に誘惑されるだらう、私生児の母の嘆きも見るだらう、ちよつとのことですぐ、猫イラズも飲むだらう、そのはずである、彼らは自己に対して何らの自負も持ち得ず、男性の優越の事実を学校で見習つて来たからである」（田辺注、句読点は読み易いよう、筆者が適宜に入れた）

信子のペン先は火を噴き、その目には痛憤の涙が宿るかと思われるばかりである。この文章のあとで信子はミッションスクールを讃えている。そこでは女性校長や女性の先生が少女たちを指導する。「女の子の教育だから女の大人が支配し、主脳者となるのが当然なのだ」「女性的に力強く優美に、明るく調へられた空気の中で、少女は真に、女性の持ち得る力と光を、その育ちゆく魂の途上に於て、見出し確認する事が出来るだらう」――妻を性的家事従事者としか見ない男は別として、「妻を家事以外に、一生の心の上の相談相手とし、力ある伴侶としたいと望む人は、下品な男の校長たちの主宰した女学校の卒業生など、ゆめ娶り給ふなかれ」。

――信子の、女学生教育批判の萌芽は、遠く女学校一年生のときの、新渡戸博士の講演に対する学校側の姑息な偽善教育に発しているのだ。

とはいえ、私は、吉屋信子の文才を誘発し、育てたのは、栃木高女時代の四年間だったと思う。信子には相応の経済力と地位のある父が居り、家事を見る母が控えていて、生活に何の心配もなく（そういえば致命的な経済不如意を、信子は生涯知らない人ではなかったかと思われるが）父母に庇護されて、学生生活を充分たのしんでいたらしい。何しろ来る日も来る日も時間のありあまる学生の人生ゆえ、思うまま読書も出来、空想にも遊べた。文章を書くたのしみも日々に募り、毎月取ってもらっている「少女世界」に投書を欠かさなくなった。ここへ作文が何度も当選すると、栴檀《せんだん》章というメダルを貰えるのである。全国の少女がそこへ投書する。栴檀章を受けると、盛装してメダルを勲章のように胸に付け（信子は「金鵄《きんし》勲章のように」といっている。昭和十一年〈一九三六〉の文章である）、写真をとる。それが「少女世界」の口絵に出る。少女信子の当面の課題である。投書少女の常連も出来、そのファンや応援者も現われる。実際に会っていなくても誌上では馴染みの投書仲間である。葉書投書の読者欄には、六号活字で、

〈××高女の△子様、お振《ふる》い遊ばせ〉

というようなのがしばしば見られた。投書少女の間では、この〈お振い遊ばせ〉が流行語になった。同時に、投書文のスタイルが作られて、〈ふと空を見上ぐれば、夕月仄《ほの》かに、――ゆえもなく泪《なみだ》さしぐまれて〉などという美文調が風靡し、投書少女はおしなべて夕月だの夕星《ゆうずつ》だの、夕雲だのにわけもなく泪ぐんだものだった。信子は忙しいのである。夕月を眺めて涙ぐまなければいけないし、チョコレートも食べたい。信子はコレクション癖のある信

子は、チョコレートの銀紙をていねいに残しておく。ただし他人《ひと》の食べたのは入れないのは無論である。食べるときは、はじめからそう心がけてていねいに銀紙をひらく。それを本か雑誌の上にのせて、筆の軸で表面を二三度、くるくると廻すと皺は伸びて平らになる、それを何枚も重ねて美しい小箱に入れている。チョコレートを入れておく缶を手にとってなかを覗き、

（もひとつ食べようかしら、止そうかしら、食べれば缶の中のチョコは一つ減るし……でも銀紙は一枚ふえるし……）

と大いにジレンマに陥ってしまう。西日の当る三畳の信子だけの勉強部屋は、信子の夢を紡ぐ宮殿だった。小窓に据えた机の上で信子は勉強もし、本も読み（今は兄の本棚から抜いてきた木下尚江の『良人《おっと》の自白』に夢中である）、投書の原稿も書く。この間、巌谷《いわや》小波《さざなみ》選の俳句、「田植」の題に応じて、

「二村《ふたむら》をつないで余《あま》る菅の笠」

を投稿したら選外佳作になって嬉しかった。

まあどんなに、父母や兄たちに見せ廻ったことか。その雑誌もタカラモノになった。信子にはたくさんタカラモノがある、父や兄たちの着るメリヤスシャツの空箱が幾つも出る、それを貰って、いろいろのものをきちんと分類して入れてある。小さくて使えなくなった消しゴム、日曜学校の綺麗なカード（これはたまってゆく）、短くて捨てないといけなく

なった鉛筆、弟が手をもいでしまった人形、千代紙、青写真、おはじき、色染めの麦藁、使った歯ブラシ、インキの空瓶（これはきれいに洗って順々にしまっておく）、糊の瓶。これも空くと洗って収める。弟が、魚釣りにいくときみみずを入れるのに一つ頂戴といった。信子は顔色を変えてふるえた。〈いやよ、あたしの可愛い瓶に、みみずなんて。……みみずなんて……〉

　春、栃木のまちにも桜は多い。お花見客を相手に、公園の茶店ではゆで卵やところてんが売られる。信子はところてんが食べたくてたまらない。酢醤油の罎の口に青杉がさしてある。粗末な藍の皿に盛られるところてん、それへ酢醤油をちょいとたらして、塗箸ですする町の子らを信子はうらやむが、食べることはできない。母に、〈衛生に悪いから食べてはいけません〉と禁じられているからだ。（大人になったらうんと食べてやるわ）と信子は思う。大人になったら……大人になったら。……

　兄の本棚に『一葉全集』がある、桐の葉が一枚、大きく描いてある本だった。夢中で読んだが、あまりその味わいは汲みとれなかった。兄がいった。

〈大人になったら、もっとよくわかるよ。この女の人はね、あんまり頭を使ったから、二十五で死んじまったんだよ〉

　本の口絵に出ている、日本髪の女の人を信子はみつめる。少し目を釣って口元をきりっと引きしめた女史の肖像に、子供心にも深い感傷をおぼえる。……しかし大人になるより前に、信子はただいま忙しい。書きたいこと、読みたい本、学校のだれかれとの友情、仲たがい、遠足、運動会、文芸会などの行事。信子の小さい人生は充実してはちきれそうだ。

2

「ほゝづきや一人はほしき妹かな」

少女雑誌へ信子はこの句を投稿して、これも採用された。

信子の年譜には載っていないが、三つ違いの妹・貞子が生れていると、のちに信子は「文章倶楽部」（大正15・10）に書いている。それまでは四人の兄の末っ子、女の子としては一人っ子だった。妹に母のおっぱいを奪われたのがねたましくて、母の乳房をなかなか離さず母を困らせたということだ。「自分にもその記憶があります」といっている。しかし貞子は赤児のまま翌年病歿する。感受性の強い信子は、幼いなりに、妹を苛めたことを後悔する。二年たってまた信子の下が生れた。貞子が生れかわってきたと思って喜んだら、男の子だったので「悲しかった」と信子はいっている。

信子の身辺は男臭熱《いき》れ——というコトバがあるならば——でむんむんしていたわけである。成長ざかりの男の子が四人もひしめいていては、みやびな、あえかな色合など家庭に求むべくもないであろう。変声期の怒号、応酬、野放図な哄笑、どたばたと粗放な挙措《きょそ》、少年の日向臭い、泥臭い体臭、家中にけものめいた、男の子の臭いがしみついていたろう。目に入る色は黒やグレイや白、紺、耳に聞えるのは、いがらっぽい濁《だ》み声、喧嘩でもおこると物すさまじく家鳴《やな》り鳴動する。もしそれ、父でも在宅していて、一声、雷を落されると、明治の息子どもは粛然として水を打ったようになったであろうが。――

せめて母なる人が、温柔で女の色香にあふれていれば、まだしも色合はちがったかもしれないが、何といっても母のマサは萩の武家出身である。幕末の長州藩は攘夷の急先鋒で、海岸の防塁築造には女たちも手伝ったという意気さかんなお国ぶりだ。長藩武家婦人たちの、女の心意気をあらわす「男なら」の俗謡も思い出される。〽尊王攘夷と聞くからは、女ながらも武士の妻　まさかの時にはしめだすき……その女台場《おなごだいば》の記憶を残す人で、マサはあったと、これはのちに門馬千代がいっている。

女性的な、嫋々《じょうじょう》たるやさしみは、家庭内では求むべくもなかったかもしれない。

信子は小学生の頃から兄たちのおかげで目に入るのは男の子ばかり、遊び友達も男の子で、ちっとも〈男珍らしく〉なかったといっている〈「話」昭和12・5、文藝春秋社〉（このときは宇野千代、林芙美子という気心の知れた女流作家仲間での座談会なので、信子もうちとけてしゃべっている）。

戦争ごっこを男の子とすると、きまって男の子が大将で、信子は少尉にさせられる。少尉ならまだいいほうで時には輜重《しちょう》輸卒《ゆそつ》にさせられる。物を運ばされるので信子は腹をたてて喧嘩する。

（男の子って、やっぱり女の子をバカにしたり苛めたり、したいんだわ）

四人の兄の下で育つ信子はそう思う。だから男・女に限らず、デリケートでやさしい人が好きだった。五つくらいのときには、いつも診て頂く近くの〈お医者さん〉が大好きだった。明治の田舎まちのこととて、人々はみなたいてい着物、洋服の人もあるがちぐはぐな身につかないものをまとったりしている時代。

けれどもそのお医者さんはきちんと洋服を着ている。

金時計を持っている。そして、信子の言いかたによれば「それはそれは優しい」のである。小さい信子の寝ている枕元へ坐り、

〈またお風邪ですか？〉

〈お腹《なか》こわしましたか？〉

金時計をパチンと音させて開く。信子はその音も大好きだ。なんといい音だろうと思う。お医者さんは片手で信子の脈を診る。その手つきもやさしい。信子はお医者さんの薄髭を見上げる。五つの童女であるから恋というのではないけれど、何かしら物なつかしく慕わしく、そのお医者さんが好きでたまらなかった。柔和なものいい、態度、女こどもと見くださないヒューマニティ、それこそ教養というもののように考えられたのであろう（むろん、当時の信子はそんな言葉を知らなかったであろうけれど）。

女学校へ入って信子は一驚する。家庭の兄たちの、がさつな、荒くれの雰囲気はどこにもない（いや、女学校の中にも仔細にみれば、がさつな女学生、荒くれ少女、お転婆、お俠《きゃん》もいるのだが）。ひるがえる紫のたもと、大きいリボン、海老茶《えびちゃ》の袴《はかま》、音楽室から湧き起る美しい女声コーラス……そして美しい上級生のお姉さま。同級生にもすてきな人がいた。

男臭ふんぷんの世界からみれば、

（ああ……）

と吐息をつきそうな美しい人も。

学校では朝礼のあと、それぞれ級ごとに廊下を渡って教室へ入る。体操の時間の生徒たちはそのまま残っている。最後に一ばん上級生、信子の学校では四年生たちが静かに通りすぎる。信子たち新入生のつぶらな瞳の前を――。

上級生たちはすでにおちついた淑女の雰囲気で、どこか寂しいようなやさしみにみちている。その中で信子はすぐれて美しい人をみつける。柔かいふさふさした黒髪を、あっさり大きく三つに編んで結んでいる。品のいい額に、少しほつれ毛がかかるのも清らかだ。

中高な細おもてにやさしい眉、かるく結ばれた紅い唇は何の思いを秘めるのか、かすかに顫《ふる》えるよう。

すらりとした背丈、あまりに細い首。白衿に紫の銘仙のお対《つい》。胸もとはほんのり、なよらかにふくらみ、細腰に袴もきりりと。

(まあ。夢みたいに美しいお姉さま)

信子はうっとりと見送る。姉のいない信子はあんな姉がいたら……と心も空にあこがれるようだった(後年の信子の女性尊重思想を、母との軋轢《あつれき》からとのみ解釈する見方もあるが、男兄弟に囲まれて育った信子の欠乏感を見落すわけにはいかない)。

いつか、その美しい人の名を信子は聞き出す(『花物語』の「忘れな草」では、信子は水島さんという名を与えている)。

水島さん……お名は何とおっしゃるのかしら……しつこく訊《き》いて、秘めた思いを知られてはと恥じらってそれなりになる。しかし姓だけでも知ったのが嬉しい。

あるときお裁縫室の当番で、信子は裁板《たちいた》の上に小さい銀色の鏝《こて》を一つ発見する。細い柄には〈ちえ〉と朱筆で書かれていた。

〈まあ可愛い鏝ね〉

と入学して早速仲よしになった葛城《かつらぎ》さんにいうと、

〈それは袋物のお細工に使う鏝よ〉

それでは上級生のかたの忘れ物ね、先生にお届けしましょう、と鏝を片手に出ようとすると、ドアが開いて水島さんが入ってきた。あちこち捜す風だったが、信子たちを見て、にこやかに微笑みつつ、綺麗な声でいう。

〈あの、小さな鏝がここにございませんでして?〉

はっとして信子はものもいえず鏝を水島さんにさし出す。

〈あらそれですの、ありがとう〉

かるく礼をして受け取り、水島さんは去った。信子は震えてものもいえない。水島ちえ――なんとなつかしい、美しい名。……

四年生の割烹の時間は水曜の午後である。

割烹室は寮の食堂の隣にある。その日、信子は食堂へよく水を飲みにゆく。水曜に限って咽喉がかわくというのではない、硝子《ガラス》窓越しに、白エプロンのやさしい人の姿が仄かにみえるから。……

割烹の時間は長くかかる。信子も何とはなしにそぞろ、水島さんの帰りを待ちたい気がして、ぐずぐずしている。寄宿舎の電灯にぽっと桃色のタングステンの灯がゆらめく。太平山《おおひらやま》の彼方の空に夕月が浮かぶ。あんまりおそくなるので信子はやっと下校する。うしろから水島さんがいらっしゃらないかしら、などとはかないことを期待しつつ。……

やがて校庭のぐるりに植わった桜も、ひともと花の色のちがう淡黄の鬱金《うこん》桜も散って、セルの単衣《ひとえ》に若葉の風の薫る頃になると、もう休み時間には少女たちはじっとしていられない。活発な信子は仲よしの葛城さんと校庭の花壇に飛ぶ蝶を、袂《たもと》をひるがえして捕りあつめたりする。緋の振りを重ねた袂は捕虫網代りというお転婆さんである。

〈逃げるといけないから、これに包みましょうよ〉

葛城さんはピンクのハンケチを拡げる。一時間の昼休みの間にずいぶん捕った。そっとハンケチに包み、鐘の音とともに午後の教室へ、生徒たちは向う。潮のように流れこむ昇降口で、あやうく人波につぶされないよう、蝶々の包みを大切に二人で守って、いたずらの楽しみに、

〈く、くく……〉〈ふ、ふふふ……〉

と忍び笑いを交しながら体操室へ入る。第二鈴が鳴るまでに整列して、先生のおいでを待たねばならない。いつとなく騒がしさは静まる。そのときを見はからって、信子は葛城さんとそっとうなずき交し、ハンケチを押し開く。たちまち黄蝶、白蝶、揚羽蝶が高く低く舞い散り、少女たちの唇からおどろきと賛嘆の声が洩れる。蝶は亜鈴の球に、球竿のキューにしばし羽根をやすめ、ついで開け放たれた四方の窓から大空へ昇ってゆく。

〈まあ、どなたのいたずら……〉

〈でも綺麗……〉

少女たちはいっせいに窓を仰ぐ。

信子はテニスも好きだ。しかしラケットの先からしばしばボールはとんでもない方へ飛ぶ。そのときも、球のゆくえを目で追っていた信子は、校庭の遠く彼方を、上級生が三、

四人、クローバーを踏みつつそぞろ歩いているのをみとめた。その中の一人は水島さんであった。水島さんはクローバーの青草の上をすべってきた白い球をみとめ、つと手をのべて拾いあげると、微笑みながら、コートにぼんやり立っている信子に投げてくれた。セルの水色の袂に、赤い友禅の振りがひるがえった。

信子はラケットをはたと地に投げ、わが袂をかざして球をふんわりと受けとめる。

あんなに憧れ、慕っている人の球をなんで心ないラケットで受けられようか。袂のかげで信子は球に頬ずりしたい気持であった。

それでいて水島さんに面と向って好きということはいえない。下級生と上級生、仲よし同士の人はいて、ひそかに下駄箱に小さい封筒をさし入れて、美文の手紙を通わせたり、リボンの色をお揃いにしたり、パラソルの飾り紐の色を同じにしたり……ということをやっているけれども、信子は心は早熟《ませ》ているのに強い羞《はにか》みやで、水島さんには打ちあけられない。そのくせ廊下でふと会ったりすると、そぞろに胸とどろいて正面も見ることができない。……またそのくせ、一日見ぬ日は空虚でやるせない。もとより上級生のこと、学年が違えば何日会えなくても当り前なのであるが。……

葛城さんはやはり四年の、大槻三千子さんという人が好きだといっていた。大槻さんはスポーツ少女で、きりっとした美少女だった。バスケットボールの選手で、思いっきり短くはいた袴から黒いストッキングの恰好いい足をみせて右手に捧げたボールをバスケットへ差しのべようとする。水際だって巧みなシュートのポーズ、練習を見守っている生徒たちは、みな大槻さんにみとれていた。信子は葛城さんと、それぞれの好もしい人への思いを打ちあう。それもまた、ひそかな喜びだった。

　この葛城さん自身も美少女で、信子は美しいもの好きだから、色の白いふっくらした葛城さんが大好きだった。紫矢絣の銘仙が色白な頬によく似合って海老茶の袴の下からのぞく足首はきゅっとしまり、白足袋に赤い鼻緒の草履の可憐なこと。黒髪はうしろ束ねて、赤いリボンで括られている。町の富裕な商家の子で、信子の文章が好きであった。「少女世界」の口絵に、いつか信子の栴檀章をつけた写真が載る、と信じている。おっとりと人のいい少女だった。クラスの中にはさまざまの人がいる。身なりも貧しげで勉強いちずの津田さん、勉強も出来、身なりも派手で、美人で人づきあいのいい、クラスのスターのような竹森さん、少女ながらに早や性格や生きかたの原型が出来あがりつつあるようであった。

　信子は級友や上級生をじっとみつめつづける。さまざまの物語を一人一人が持っていそうな気がする。水島さんを白薔薇《ばら》の君とすれば、おっとりして人のいい美少女の葛城さんは鈴蘭の君かしら。クラスのスターのような竹森さんは緋牡丹の君かしら、……字や言葉の好きな信子は、現実の存在にも、自分なりの命名をせずにいられない。……

さきに信子の女学生時代の写真はないといったが、思いがけなく足もとの、『吉屋信子全集』（朝日新聞社）の月報の中に一枚載せられていた。明治四十三年（一九一〇）の夏、というから信子は数え十五歳女学校三年生である。母・祖母、弟と写真にうつっている。この祖母と母は瓜二つのごとくみえるので、マサの実母であろう。どちらも額の広い美人で二人は椅子に掛けている。母は麻らしい白い単衣、祖母は夏羽織に白い扇子を半開きにしている。祖母の右手に立つ少年は白絣に袴、麦藁帽子を右手に持っている。信子より六歳下の義明であろう。

さて信子は母と祖母の背後に立っている。

二人のちょうどまんなか、白地に格子縞のような柄の着物、袴をはき、白かピンクらしい大きなリボンが後頭部にある。眼元が父似でやや奥目であるが、ぱっちりした眼が個性的で美しい。少女らしく頬はふっくらして、着物の肩揚も可憐に、可愛い少女であったらしい。しかし可憐の容姿とはことかわり、投稿で鍛えた信子は学校の作文にも気鋭の才気を見せる。校友会誌には毎年、選ばれて載せられている。一年生の時の作文は、課題に応じたものらしく、同様趣旨のものが二つ載っているが、信子のほうが委細を尽くし、用語も正確簡潔である。

「　転宅を報ずる文

本科第一学年一の組　吉屋信子

日ましに暑く相成り候て　昨日などはネルも脱ぎたき程に候ひしが　皆様には御変りなく候か
扨《さて》　御承知のこれまでの住居は町はず《ママ》れにて不便に候上　むさぐるしく候ひしかば　よき家候はゞ転ぜんものとは存じつゝも　忙しきまゝに打過ぎ居り候ところ　幸ひ此度表記の処　空家と相成候故　少々普請いたし昨二日　一同こゝに引移り申候　この度は以上とちがひ　居心もよろしく候上　後には錦着山及び　永野の清流を控へ居り　夏むきには至極適当と存ぜられ候まゝ　御休みなどにはちと御来遊下されたく待上候　先は御知らせまで

かしこ」

（「栃木高女校友会誌」第2号、明治41）

十二歳の少女はすでに文脈の骨格を手に入れている。手紙文の練習をさせられたようであるが、ネル・空家・普請・錦着山・永野の清流（錦着山も永野川も栃木の実在の山川）なる単語を要領よくちりばめ、よくある範例文から一歩出ている。信子は手紙文もうまく、後年、婦人雑誌などから付録で出る手紙文実例集などに乞われて執筆している。人間の心づかいというものに大きい人生的評価を与えた人なので、それがそのまま出る手紙文をゆるがせにできなかったのであろう。

信子が取ってもらっている雑誌は「少女世界」だけではなかった。「演藝画報」もある。この本は信子にとっての演劇教育機関であった。のち昭和十八年（一九四三）にこの雑誌は大東亜戦下の統制で廃刊されるが、創刊以来の編集者安部豊の告別の辞、

「本誌もこの号にていよいよ三十七年の歴史を閉じて終刊になるを思えば実に身を切らるるような悲愴哀惜の感深し」（『全集』に拠るので新仮名）

を信子は胸つまらせて読んだ。少女のころこの雑誌はどれだけ信子に演劇開眼させ、舞台への憧れをかきたててくれたことであろう。

父の赴任地はつねに田舎町だったから、東京の歌舞伎や新劇の舞台を観ることは叶わなかった。小学生のとき、父の役所の書記の妻が、東京育ちの粋な小母さんで、子供がないせいか、信子を可愛がってくれて、よく自分の家へ連れていった。

その小さい家の床の間に大事そうに幾冊も積み重ねてあった大判の雑誌が「演藝画報」だった。

〈東京じゃいつも芝居を観ていたんですが、ここへ来たもんだからこの雑誌を見て代用にしているんですよ〉

信子の見たことのない歌舞伎の舞台写真が載っていた。夢中になって読みふける信子に小母さんは「はからずも小さき同志を得たるごとく喜んで」（『私の見た人』）ありったけの二十冊近い「演藝画報」を包んで家まで持ってきて貸してくれた。そのころの雑誌は総ル

ビだったから「天衣紛上野初花《くもにまごううえののはつはな》」も読めた。

　信子は家でもその雑誌を取ってもらおうと、

〈郡書記の家で買う雑誌を、うちで買わないのははずかしい〉

　と主張して父母を苦笑させ、成功した。「演藝画報」は明治四十年（一九〇七）一月が創刊である。おかげで信子は関東の野に育ちながら、毎月の東京・関西の演劇、歌舞伎や新派、あるいは小山内薫の自由劇場試演などの脚本や荒筋を読んで演劇通になった。お芝居に活字から入ったわけである。俳優の楽屋話やエピソード、消息なども知り、それはなまの舞台を観るよりも強烈に信子に印象された。

　だから栃木の町に、まだ青年だった頃の菊五郎や三津五郎の旅興行があったとき、はじめて見たのに信子は、その芸風や性格まで飲みこんだつもりになっていた。もう自分ではいっぱしの芝居通の心組みなのであった。

　好奇心のさかんな信子が芝居のほかにファンになったのは相撲である。もちろん国技館の相撲を見る機会には恵まれない。新聞記事だけで相撲ファンになったのだった。

　というのはテレビもラジオもないその頃、朝日新聞は岡本一平を起用して、本場所がはじまると、毎日、国技館風景をスケッチさせて連載した。一平は文章も品よく暢達《ちょうたつ》である。彼のスケッチもポンチ絵から脱しマンガの気韻をたかめたもの、信子はその文と画が毎日、待ち遠しかった。

芝居を「演藝画報」の写真と活字で親しんだように、相撲も、新聞の絵と活字で面白さを知った。やはり文学少女らしい入りかたである。後年信子はほんものの国技館の桝席へ何度も坐ったが、十代の日に岡本一平画伯の画と文に強い感動を受けたほどではなかったといっている。信子には活字から知る現実のほうがずっと現実的だったのだ。

力士の名をおぼえたのも新聞紙上で、毎日の取組と星を眺め、一平のスケッチで想像した。夏場所のある日、当時の有名な横綱が白縮緬《ちりめん》に鯉の滝のぼりを染めた浴衣姿で、ご贔屓《ひいき》客の桝席へ挨拶にいっている姿のスケッチなどあった。

春場所では、当時人気第一の新進・鳳《おおとり》を、その少年時代に可愛がった老人が、盲目となった姿で訪れ、「鳳の裸を撫でまわしてそのめざましい出世を涙をこぼして喜ぶという感動の一場面」が大きな絵になって信子もそれに涙ぐんだりした（『全集』12「たそがれの絵」）。

一平画伯によって信子は、鳳はふっくらして背中の色が白いとか、古豪・太刀山は色浅黒く愛嬌乏しい感じとか、見たこともない力士たちを自分のあたまに思い浮べるのであった。歌舞伎に相撲に読書に投稿——信子は夏休みの間もすることがいっぱいあって忙しい。

〈秋口あたりからそろそろ、お針の稽古にでも通ったらどう〉

と母のマサにいわれて信子は愕然とする。

〈だって学校でもお裁縫の時間はあるもの〉

〈学校で習うくらいでは、とても身につきませんよ〉

〈でも宿題が毎日多いのよ、とても学生の間は通えないわ〉

信子は必死に抗議する。裁縫とくれば次はお琴、茶の湯、と際限なくお稽古ごとを強いられそう、信子には苦痛以外の何ものでもない。何かと言いまぎらわしながら、あいかわらず机に向って読書にうちこむ。

夏休みに小杉天外の『コブシ』を夢中になって読んだ。木下尚江の『良人《おっと》の自白』にも感激したが、『コブシ』は更にロマンチックだった。

『良人の自白』は清純な理想主義者の青年を描き、それが現代の日本人ばなれした良心的な男なので信子は惹かれたのだった。

天外の作品は大衆小説にはちがいないけれども、骨太で強面《こわもて》のツボを押え、木下尚江の『コブシ』はいっそう小説としての目鼻立ちがくっきりしていて面白い（コブシというのは辛夷ではなく、拳のことである）。

小説にある、小説以外の「志」みたいなものは感じられないが、ずいぶん印象的な小説に仕上っている。それにこの小説には宇都宮や鹿沼や日光、足尾、栃木という地名が出るのでそれも女学生の信子にはたのしかったのであろう。

主人公の新庄政男は東京の高商の学生である。彼をとりまく金と色の世界。政男を慕う清純な娘もいるが、彼は一族の幼な馴染みでいまは外交官の侯爵夫人となった多賀子にこだわっている。多賀子も夫の侯爵とは心が離れ、初恋の政男を忘れていない。ヨーロッパ帰りの侯爵夫人は〈境遇が違ったって、子供の時の記憶にふたつありませんわ〉といいつつ、〈口さきじゃどんなにもごまかせますから音楽でお話しましょう〉とピアノを弾く。

「政男は、身も魂も此の響音《ひびき》の浪に渦込《まきこま》れて、風薫る南欧の夕、空しく故郷の天《そら》を眺めて、恋しき幼な友達を懐《おも》ふ哀な多賀子の態《さま》までが、今目の前に見ゆる如く感じた。あゝ、多賀子は我が恋を楽に奏するのである。其寄《そのよせ》ては返す波と聞えるのは、船路遥けく東西に離《はなれ》たるふたりの間《なか》か？　厳しく鎖《とざ》したる門扉《もんぴ》の響《ひび》きか。これぞ侯爵夫人と一書生と、身分の隔りたる世の状態《さま》を悲《かなし》むにはあらぬか」

　信子は陶然とする。ヨーロッパ帰りの侯爵夫人……裾の長い夜会服を着て美しい胸をあらわし、円い腕をのべて大琴《ピアノ》を弾く夫人……（そのころの栃木高女にはまだピアノはなかった）。初恋の人。それを世のしきたりはへだててしまった。

　侯爵は夫人と学生の仲を疑って交際をやめよと命じる。多賀子は自分には何のやましいこともない、疑うなら会ってみよ、会って政男の品性を自分で観察せよ、と政男に引き合わせる。青年は侯爵のかんばしからぬ素行も経歴も、外交官としての無能ぶりも耳にしている。しかし現実に外交官にも華族にも会ったことのない青年は、威圧されて窮屈を感じ、赤くなったり言葉に詰まったりしている。侯爵はゆったりと振舞い、愛嬌ある言葉でたかぶらない。煙草をすすめたりしつつ、卒業論文はどの方面を、などと問う。政男は赤くなって、〈はっ……植民に関して少し……〉と現職の外交官に対して、若輩の浅い知識を恥じる風である。そのさまはいかにもういういしいのだが、侯爵は聞くなり、先輩らしく参考書は何かという。むろん洋書の参考書である。政男は、

〈参考書といいましても私なんぞには……読書力もありませんし、時間もありませんから……〉

と、あくまで謙虚に恥じ入る。

侯爵は滔々と植民事業について説き、私の説はロンドンの大書店が出版するといったとほらを吹く。聞いている多賀子は侯爵のみえすいた嘘や自慢が片腹いたく、それを真率に感心したり、顔を赤くしている政男が、気の毒にも可愛くもあり、胸が痛んだ。それで侯爵の言葉を遮《さえぎ》って政男と自分との交際に疑わしい点はないと認めたかと迫る。侯爵は狼狽し、

〈冗談だよ、さっきの言葉は。政男君、ちょっと席をはずしてくれないか。これは家庭内の話だから〉

〈私はよその者ですから行けといわれれば行きますが、しかし私の一身に関したことですから、このままにしては行かれません。私の名誉に関します。聞き捨てなりません〉

政男は侯爵の疑いを知って硬化する。

〈冗談なら謝りなさい。取り消しなさい、それがいやならここで僕と決闘しなさい！〉

椅子を蹴って起った。侯爵は臆病になり、〈家庭内の冗談ですよ、取り消せといわれるなら取り消しますよ、まあお坐りなさい、交際のはじめにこんなことで別れるのは遺憾じゃありませんか。〉

〈いや、私はあなたと交際は望みません！〉

政男は夫人にだけ首を動かして挨拶すると部屋を力強く出る。侯爵はあっけにとられ、夫人は燃える目であとを見送ったが不意に席を立ち、廊下の階段を下りようとする政男を〈新庄さん！〉と呼びとめる。夫人は風のごとく駈け寄った。……と思う間もなく白い両腕は政男の頸《くび》を抱き熱い顔が顔を押した。〈あなたってほんとに……〉「と囁く声と共に、二人の影は壁に重なッた。強き接吻《キッス》が鳴つた」

……

節度を保っていた二人の仲はこれを契機として不幸へ転落してゆくのだが、信子は巌谷大四との対談で（「風景」昭和40・4）、「少女時代感動したのは小杉天外の『コブシ』です」といっている。

「欧州帰りの外交官の夫人がコロン、コロンとピアノを弾くとか、結婚前の初恋の青年にめぐりあったりする場面がなかなかハイカラなので私はうっとりしてしまった」……

ついでに面白い発見があった。信子は慈姑《くわい》が好きだと書いている（東京新聞「たべものの話は尽きず」昭和33・1・1）。子供の頃に母がお正月料理の一つに慈姑をたくさん煮た。

それを他の兄弟たちと二つ三つずつとりわけてもらうのだが、どうもその数が少くて不満だった。大きくなったら、鉢いっぱいの慈姑を食べたい、と思った。剽軽《ひょうきん》な柄がちょんとついている、あれを指でつまんで食べるのが好きだったという。

『コブシ』の主人公の青年、政男も、慈姑好きなのである。黄金《きん》色のきんとんに似た慈姑が、子供の頃から好きで、あんまりいたずらすると慈姑をあげませんよ、といわれるとすぐおとなしくなった、と小説の中でいわれている。信子の慈姑好きは、あるいはそんなところから、いつか影響を受けたのかもしれない。

『コブシ』みたいに面白く、女学生生活のことを書いた小説はないものかしら……と、信子は空想したりする。

二学期、秋晴れの十月には校庭で運動会が開かれる。信子は競走の選手にえらばれる。源平をあらわす紅白のたすきに、双つの袂を「胡蝶の翅《はね》のように背に負うて」袴は、これは思い切って裾短かにはく。黒のストッキングを長く見せて選手は並ぶ。そのとき葛城さんが応援の声をあげていたが、ふと見るとさかんに目顔で知らせている。決勝点に運動会委員の四年生たちが到着順の旗をささげて並んでいる。みな、胸にピンクのリボンをつけているのは委員のしるしだ。

その一人に、信子の憧れの、白薔薇の君、水島さんを発見して信子の胸は高鳴る。しかも水島さんが持つ旗には黒々と「1」とあるではないか。葛城さんはそれを知らせたかったのだ。（ようし、一位になって、水島さんの旗を自分のものにするわ！）

信子はきっと唇をかみしめる。眉の下の黒い大きな眼がひたと水島さんをみつめる。銃口から紫の薄煙が昇り、轟音とともに選手は地を蹴った。喚声も声援も信子にはもう聞えない。泳ぐように決勝点へ倒れこんだ信子を抱きとめて、

〈おめでとう、もう大丈夫、第一着《ファースト》！〉

美しいひとはにっこり囁き、息はずませたままの信子の肩を抱いて場内の表彰台へみちびく。まだ夢見心地のまま、信子は水島さんの暖い手を肩に感じている。……

（わたし忘れないわ、このこと。……いつかきっと書くわ、この幸せを）

信子は決心する。

しかしそれでも、水島さんに〈好きです〉とのひとことはいえない。

ふと気付くといまは提灯《ちょうちん》競争だった。ほおずき提灯の、蠟燭《ろうそく》の火をともして消さないように走ってゆく。大槻三千子さんともう一人が組んで提灯の一つを拾い上げたが、気が焦るのか、マッチの火が風に吹き消されて中々つかないようす。そのとき見物席からつーっと矢のように走り出したのは、〈お姉さまのピンチ〉にいてもたってもいられなくなったらしい葛城さんだった。友禅の袂を紅のたすきにたくしあげたかいがいしい姿で走りよって、

〈お姉さま早く遊ばせ〉

やっとマッチの火を蠟燭にうつして、大槻さんたちはありがとう、と走ってゆく。

〈あら、飛び入りの加勢はずるいわ……〉

〈やっぱりねえ、葛城さんったら……〉

などと女学校の校庭は、わんわんという騒ぎで、万国旗はひるがえり、三年生の奏するマーチはひときわ高鳴る。……

3

二度めの鬱金桜を見る日は悲しい。信子の好きな上級生の水島さんが卒業してゆく。廊下のゆきずりに見て胸とどろかせて顔を染める信子に、水島さんはやさしい微笑みをあるかなきかというほど頰にのぼらせる。

（ああ、あの運動会で一着になったひとね）

と認めたしるしに、黙礼してくれるのに、信子はお返しのお辞儀も満足にできない。ただのぼせて、あとでぼうっとたたずむばかり。

現実では言葉に出てこないのに、信子の癖として文字ばかりめまぐるしくあたまの中をかけめぐる。「少女世界」に投書するとしたら、こんなふうに書けばいいかしら。……

「ただまぼろしのごとくせまる君の御姿《みすがた》、あまりに近く我が前に……かそけくも仄かにきこゆる君が優しき息のそこはかとなく……」

　卒業式の日が来てしまった。

　フロックコートの校長が講堂の演壇で反り身になって、大日本帝国の女子は婦徳を涵養《かんよう》し、やまとなでしこの柔和をよく保ちつつも、やがては国家の干城《かんじょう》を生み育てるのであるから、良妻賢母であらねばならぬと訓辞しているあいだ、信子は水島さんの美しい姿がもう見られないのだと思うと、胸がせきあげてくるのであった。

　講堂の中は黒一色だった。生徒たちは在校生も卒業生もひとしく黒木綿五ッ紋の礼服に海老茶の袴である。式次第がすすみ、卒業証書授与（その中に水島さんの名も読みあげられる。信子はどっと涙があふれる）、在校生の送辞、卒業生の答辞、来賓の祝辞……オルガンの音につれて在校生は歌う。「蛍の光」だ。

ほたるの光　窓の雪
書《ふみ》よむ月日　重ねつつ
いつしか年も　すぎの戸を
明けてぞ　けさは　別れゆく

とまるも行くも　限りとて
かたみに思う　千萬《ちよろず》の
心のはしを　一言《ひとこと》に
幸《さき》くとばかり　歌うなり……

波のようにすすり泣きの声がたかまる。卒業生たちが起立して、こんどは「仰げば尊し」になる。

仰げば　尊し　わが師の恩
教えの庭にも　はや　幾年
思えば　いと疾《と》し　この年月
今こそ　別れめ　いざさらば……

二番目の歌詞はほとんど少女たちの嗚咽にかき消される。「蛍の光」はまだ、別れの曲といっても軽快なメロディとリズムであった。しかし「仰げば尊し」はあまりにもしみじみと胸にせまってくる。少女たちはもはや人生の楽園を逐われたことを本能的に知っている。師友に別れることは少女の日との袂別《べいべつ》でもあるのだった。

信子は水島さんに別れの贈り物をしたかった。だが何を捧げても、あの佳《よ》きひとにはふさわしくない気がする。もしふさわしいとすれば、たとえば、兄の持っている雑誌で読んだ、ドイツの、ライン河のかたわらに咲くという忘れな草。図版では小さなうす紫の花だった。Forget me not……忘れな草の一束でもあれば、そっと水島さんの机の中にしのばせたものを。

　この田舎まちに菜の花やたんぽぽはあるけれど、忘れな草は求むべくもない。手づくりの造花……そんな器用なことのできる信子ではない。信子は絶望する。そして空想の中でその花束を水島さんに捧げる。そのときのことを「少女世界」に投書してみよう。もし載ったら、信子の文章が大好きな葛城さんがどんなに喜ぶだろう。葛城さんも慕っている大槻さんに卒業されて悲しんでいるのだから。……

　水島さんになまの忘れな草の一束を人知れず捧げたい。うす紫の花だから、紅のリボンで結ぼう。その茎と根は、水を含んだスポンジで包もうか。別れのそのときまで萎《しぼ》まぬようにと。水島さんは机をあける。忘れな草を発見して、まあ、とあの美しい瞳をみはり、口もとに笑みをうかべるだろう。

　信子はあたまの中で早や、すらすらと文章を組み立て、按じる。

「——さても心憎き仕業よと、水島さんは、その花の贈主の誰なるか、いかなる心をこめしものかは、知る由はなかったけれども、あまりゆかしさに、そと取り上げて美しき黒髪にかざした、やがては返らぬ少女《おとめ》の日の永久の思い出にと、その君が手筐《てばこ》の底に秘められようものを……

あわれ、ゆかしき花よ、Forget-me-not のあえかなる呼び名のもとに、情け濃《こま》やかなる涙を誘うてやまぬは彼《か》のラインの流れの河畔に咲きにし、その花のかたみに伝えし優しき匂いゆえか、あわれ、この花」(『花物語』「忘れな草」)

信子は式服で目を泣き腫らしたまま、下校する。途中までは葛城さんといっしょだ。葛城さんの家は本通りの、大きな商家の並ぶなかでもひときわ大きい店構えの、肥料屋さんだ。帳場格子があって大福帳が外からみえるところに吊ってある。小僧さんや番頭さん、客がいつも出入りして店頭は賑わしい。小さいときから官舎住いで、それも転住の多かった父について、あちこちと流浪した信子は、こんなお店に生れ育った友だちがうらやましい。

それにお店というもの自体が好きだ。信子の家はどの地でも一応の官吏らしく、門があり庭がある大きい家で、多人数の同朋《きょうだい》と育つという人生だったが、

(お役人のうちなんてつまんない。こんなお店の子だったら、どんなにいいかしら)

と信子は想像する。小間物屋、呉服屋、薬屋、菓子屋、どれも面白そうだ。信子はいちど葛城さんの店のなかへはいったことがある。土間から広い台所に通ると、内井戸があっ

て大きなかまどが築かれていた。そこでは盥《たらい》ほどの大きさの鉄鍋に何かぐつぐつと煮たてられ、いい匂いがたちこめていた。たくさんの人数の賄いはたいへんなことらしく、女中さんたちが忙しそうだったが、何ともいきいきした威勢よい気分がみちあふれ、楽しそうで信子はうらやましかった。

〈十一月の恵比寿講のときはたいへんよ、お得意さんたちを招いて、一年一度の大振舞いをするの、それはもうたいへんな騒ぎで、いやになるくらいよ〉

と葛城さんは眉をしかめてみせたが、信子はそれすら、うらやましい、面白そうな暮しに思える。

葛城さんは店の横の脇門から入る。そこは敷石がずっと奥まで敷いてあり、その両側に玉すだれが植えられている。脇門で葛城さんと、〈さよなら〉を言い交すとき、お互いの泣き腫れた目を指し合って、信子たちはくすくす笑う。

葛城さんの店の二軒どなりが薬屋、この店も信子は好きだ。店内の柱や軒にかけられたいろんな商品の看板がまず、たのしい。さまざまな意匠の絵や字。壁の三方を埋める、無数の抽出《ひきだし》をもつ簞笥。その中にはこまごました薬が入っているのだろう。ガラスの戸棚の中には肝油の瓶が並んでいる。宝丹《ほうたん》・仁丹・清心丹などというのは店頭に積み上げられ、ゼムという香料剤はガラスの壺にある。歯磨きや化粧水は、客が手に取りやすいように棚に積まれている。……こんな店で、店番をしながら本を読んでいる〈薬屋の娘〉にもなっ

てみたいな、と、信子は思う。そして、

（あら、本を読むのだったら、本屋の娘がいいじゃない？　店中の本が読めるわ）

巴波川《うずま》がほそい流れに分れるところ、川に沿うて大きな料亭がある。ここはクラスの竹森さんのうちだ。

　ここも信子には興味しんしん、

（面白そうだなあ、こんなところで育ってみたいなあ）

と思ううちだ（官吏の家にくらべれば、どのお店も面白そうにみえる）。――いつもしっとりと水の打たれた門口、塀のそばの柳、いそがしげな女中さんたちの姿。夜に入ればにぎやかに灯が点じられ、歌声や三味線の音も洩れる。この料亭は芸者置屋もかねている。あるとき竹森さんと一緒に学校から帰る道、ふだん着の芸者さんたち数人とゆきあい、彼女らははなやかな声で、

〈あら、やっちゃんおかえり〉

と竹森さんにいった。信子はそれもうらやましかった。竹森さん自身、美人で花やいだ雰囲気のある人だが（信子はひそかに〈緋牡丹の君〉とあだなをつけている）、それは竹森さんのおうちの商売のせいかもしれない。

　竹森さんといえば、今年のかるた会は面白かった。山中さんという級長のおうちにクラスメートの誰かれが招かれた。山中さんのおうちは商売はしていない。地主さんだという

ことだが暗くて大きい家で、奥庭に白壁の蔵が二つ三つ、あった。

その大広間、金屏風もくすんだような古いお屋敷、少女たちは晴着に、ま新しいリボンを髪に飾って集った。信子も藤紫に花車の友禅の着物を着せてもらい、赤い繻珍《しゅちん》の半幅帯、半衿は赤い地に白菊の繡《ぬ》いのあるもので、とびきり花やかだったが、なにしろ着物に肩揚があるというあどけなさ。それはほかの少女たちもそうだった。

紅白に分れてかるたとりをたのしみ、そのあとはそれぞれの陣営から名手を一人ずつ選んで一騎うちをさせようというのである。座は少女たちの歓声で沸きかえった。

――この百人一首のかるたとりは、明治や大正、そして昭和の戦前までは庶民の大きな娯楽で、正月のあそびの最大なるものだった。むかしの子供は小学生のときに百人一首を諳《そら》んじてしまう。読み手は声を張って朗誦するので、ずいぶん座がにぎわったものである。

私は小学生のころ通っていた勉強塾の先生に教わった。正月が近づくと、先生は学習のあと机を壁際に片づけさせ、百人一首の札を持ち出される。読みかた取りかたからはじまり、おいおい段取りを心得るようになると、〈ふ・さ・ほ・せ・む・す・め〉のテクニックも教えられる。つまり、右の音がまず出る歌は百首中一首のみなので、その音を聞いただけで取ることができるのだ。〈ふ〉とはじまるのは二十二番の「吹くからに……」の文《ふん》屋康秀《やのやすひで》の歌だけだから〈ふ〉と読まれるが早いか「むべ山風を嵐といふらん」の下の句の札を掠めとることができる。

〈さ〉は七十番の良暹《りょうぜん》法師の、「さびしさに宿を立ち出でてながむれば　いづくも同じ秋の夕暮」――それゆえ、〈さ〉の声をきいたとたん、練達の取り手はすばやく「いづくも同じ……」の札を取るわけだ。札の並べかたも工夫でき、ゲームとしても中々面白いものだ。

――さて山中さんのおうちで催されるかるた会、名手として一方から選ばれたのは竹森さんだった。得意そうな竹森さんはいよいよ美しくみえる。

美しいひとの好きな信子は竹森さんを見るのが快い。今日は友禅の御所解《ど》き模様、梅や菊がいっぱい散った縮緬、半衿は赤地に梅、髪は唐人髷《とうじんまげ》ふうに結い、花かんざしやビラビラかんざしをさしていて、女学生というより、半玉か雛妓《おしゃく》みたいにあでやかだった。竹森さんも、

〈こんな恰好、してみたかったの〉

と自慢らしかったが、粋で可愛くってお俠《きゃん》な感じで、信子は度肝をぬかれてしまった。

片方は津田さん。これも思いがけぬことだったが、がり勉屋さんと噂され、人づきあいのわるい、物静かなこの少女が、かるたの名手であったとは。

ふだんから貧しげな（しかし清潔で袴の襞《ひだ》もきちんと折目正しい）身装《みな》りのこの人は、お正月もかわらぬたたずまい。幾度も水をくぐったとおぼしい紫の矢絣に、袴は海老茶色がさめて朽葉色になっているのを穿《は》き、髪には、こればかりは新しいらしい、白いリボン。

寂しげな清楚な面立ち。

みんなに押されて前へ出てきたのが、いかにも面映《おもは》ゆげだった。

こんなに対照的な二人があろうかと信子は思う。少女ながら婀娜《あだ》っぽく着飾った竹森さん。教室にいる姿そのままの素朴なたたずまいの津田さん。

源平に分れた少女たちは、それぞれの代表選手を応援するが、思いなしか、クラス一の人気者である竹森さんへの声援のほうがかしましい。元来、津田さんは地味で目立たぬ人だし、こんな晴れがましい目にあうのなら、今日のお招きに応じなければよかった……と後悔しているように、信子にはみえた。

竹森さんのほうは、

〈えーっ、あたし自信ないわ〉

といいながら、取巻きの少女たちに目くばせして、実は自信満々でにっこりする。読み手はこの家にお出入りの小間物屋さんという、丸髷のおばさん。この人、竹森さんのうちの芸者置屋にも出入りしてご贔屓にあずかっているそうで、札を切りながら、

〈竹森さんのお嬢ちゃん、お勝ちなさいましよ。お嬢ちゃんは敏《さと》くって物覚えもおよろしいんですから、こういうこと、そりゃあ、お強いんですものね〉

と露骨な追従笑いをする。

信子は気に入らない。なに、あれは、と丸髷おばさんをにらみつける。と、すずしい声

が、打てばひびくように入った。

〈津田さん負けないで〉

今日のあるじ役の山中さんだった。亭主役らしく、双方のバランスをとるような気づかいが感じられる。

勝負がはじまった。津田さんはすばやく、けれどあくまでしとやかに札をとってゆく。津田さんの技《わざ》の巧みさとしとやかさに信子は目を奪われる。一方の竹森さんはその美しさで信子を酔わせた。

左手で長い袂を押え、右手で札を飛ばすたたずまいの美しさ、札を押えたときの、思わず洩れる笑みの愛くるしさ、手もとの札をあざやかに津田さんに抜かれて、

〈もう……いやっ〉

と袂を噛んでくやしがるときの、いちずな表情のあどけなさ。戦況が次第に津田さんに有利となり、竹森さんは声ばかり大げさにきゃァきゃァとはりあげるけれども、しまいにのぼせて、何が何やらわからぬようになったらしい、いじらしさ。――信子は千変万化する竹森さんの魅力に、目をはなせなくなってしまう。

津田さんの手もとには、はや札は三枚しかなく、竹森さんは十数枚のこった。それをちらと見やった丸髷おばさん、声をあらためて読みあげるが、なぜか竹森さんの手もとの札ばかりだ。

竹森さんは、頽勢《たいせい》挽回と〈ハイッ〉〈ハイッ〉と勢よく札を取る。信子が丸髷おばさんを見ると、彼女はどうやら、津田さんの手もとの札が読み札にくると、巧みに後へ繰り入れ、竹森さんのを先に読んでいるらしい。

おやおや、フェアじゃないわ、何よ、それは、と信子がむっとしたとき、すずやかな声が読み手の歌を遮った。

〈読む役を、あたしに代らせて頂戴〉

やわらかだが、きりっとした語調。山中さんだ。

このひとは、お母さまの好みか、しぼの深い縮緬の、無地の淡紅《とき》色の着物に、黒い繻珍の半幅帯を立矢に結んでいる。半衿は赤の絞り。髪は長いお下げにして、まるでお蔵から出してきた古い市松人形のようだが、ふしぎな気品のある人だった。かねて級長としてみんなの信頼をあつめているが、級長だからというより、どことなく大人っぽい、たよりたくなるような雰囲気がある。

丸髷おばさんはその威に打たれ、かつ、このうちの、亭主役のお嬢さんのいう言葉になんでさからえよう。すごすごと読み札を山中さんに手渡して退く。

山中さんは綺麗な指で札を繰ると声を張った。

〈法性寺《ほっしょうじ》入道前関白《さきのかんぱく》太政《だじょう》大臣……〉

わたの原、……と続けるまでもなかった。ハイ、と津田さんは札を取る。

〈祐子《ゆうし》内親王家《ないしんのうけの》紀《き》伊……〉

音に聞く……と読みあげるまでもなく、津田さんは札を取る。あとは作者名は読みあげぬけれど、はじめの五音を口にしたとたん、〈ハイ〉〈ハイ〉と津田さんが飛ばしていった。かるたはラスト近くになるほど力量の差があらわれる。津田さんの圧勝となった。すごいすごい、津田さんにそんな特技があるなんて、とほめそやされて、津田さんは消えも入りたそうだった。

信子はそんな津田さんも好もしいが、山中さんの大人びた取りまわしにも感心する。同い年なのになんと、心の練れた人だろうと思う。信子は本をよく読むけれども、とても現実では山中さんのように人間関係を捌《さば》けないだろう。なんてすてきな、尊敬すべき人。

それでもやっぱり魅力的なのは竹森さんだった。

かるたで負けて恥をかいたというふうに、ぷうとむくれている。取巻きの少女たちが何やかやと話しかけるが、ご機嫌はなおらないらしい。ふくれているときの竹森さんも可愛かった。

山中さんがまた、すずしい声でいった。

〈ハンカチ落し、しましょうよ〉

少女たちは歓声をあげる。

〈でもお座敷だから……叱られない？　どたばたしては〉

〈大丈夫、広いんですもの、ここは〉

山中さんは笑って白いハンカチを振ってみせる。これは運動場の片隅や寮の庭でやる遊びで、数人が輪になってしゃがみ、鬼はその輪の外を走りつつ、誰かの背後にハンカチを落す。落されたらすぐ気付いて今度は自分が鬼になり、走らなければいけない。幼稚な子供っぽい遊びだけれども、信子たち女学生の間で甚だ人気のあるゲームなのである。それというのも、鬼になってハンカチを持たされた人は、それとなく、〈思いびと〉のうしろに落す、という暗黙のならわしがあるからだった。

思いびとだから、かえって落さなかったり、あるいはわざと人目をくらまして隣の人に落したり……そういう心理的かけひきのスリルを楽しめるからだ。

山中さんの、少女ながら世故《せこ》たけた配慮で、かるたでふくれていた竹森さんの顔に笑いがもどり、みんなでジャンケンをする。こういうとき、いちばん大きな声ではしゃぐのは、いつまでもねんね気分の抜けない子供っぽい葛城さん。

信子は珍らしいことに、最初《はな》っから鬼を引きあててしまった。

白いハンカチを持たされ、いつものように全速力で走れないお座敷なので、とっとと信子は足袋をすべらせる。数人の少女たちは誰からともなく、

汽笛一声新橋を

はやわが汽車は離れたり
愛宕の山に入りのこる
月を旅路の友として

（大和田建樹作詞）

を唱い出し、〈鬼〉を焦らせる。歌のリズムは鬼をせかせるごとく、次第に早くする。信子も足をはやめる。誰に落そう？　いつもの仲よしの葛城さん？　市松人形のように品良く美しい、しかも大人っぽい、すてきな山中さん？　それとも……

（ああ、でも。やっぱり好き、綺麗なひと好きっ。かわいいもん）

信子はそっと竹森さんの後ろに落す。ハンカチ落しというあそびのスリルはもう一つあった。落された人は、もしそれ、自分も落した人を憎からず思っていれば、またお返しに相手の後ろに落すのだった。

気配ですぐふりかえった竹森さんは笑いながら〈汽笛一声〉の唄声に乗って輪の外を走りめぐり、取巻き少女の一人の後ろにハンカチを落した。

信子は家に帰った。

〈見て。お母さん、この目〉

とすぐ母に訴える。母は女中さんと一緒に昼食の支度に忙しい。七つの弟の義明は母の袂をにぎり、母についてまわっている。

〈目にごみでも入ったの？〉

〈ちがうわよ、泣いたの。「蛍の光」を唱うときも「仰げば尊し」のときも泣いてしまったの。目が腫れてしまった……〉

母には水島さんのことは話せない。話してもわかってもらえないし、恥かしい。それより、さっき心に浮んだあの文章を、忘れないうちに書きとめておこうと思う。信子は、ちょっと、と思いながら、つい机の前に腰おちつけ、硯の墨を磨る。……少女雑誌への投書は半紙である。罫《けい》を引いた下敷の紙は墨で汚れているが、これは信子にとって大切なものだ。いつか、泉鏡花が、自分で罫を引いた下敷の紙を、誤って原稿といっしょに出版社へ渡してしまい、あとで気付いて大あわてで取り返したという話を読んで、信子は自分と同じだと嬉しくなった。――このごろ信子は鏡花に凝りはじめているので。

〈早く着更えて御飯おあがり〉

母に叱られて、いそいで筆を置き、信子は食事をする部屋へゆく。兄たちの末席に連って箸をとる。豆腐の味噌汁に目刺し、菜の花の辛子和え、それから常備菜としていつも出ている牛蒡《ごぼう》のきんぴらや、うちで漬けた梅干、粗食のようであるけれど、信子には大好きなおかずだ。みんなおいしい。

なま魚より干物のお魚のほうが好きな信子だから、目刺しは大好物、しかし気をつけなければいけない。油断すると兄たちの箸が信子の皿へも伸びてくる。

信子は漬物《おこうこ》が大好きだ。これも家で漬けた大根（何しろ家族の人数が多いので、母は一年中、何樽もいろんな漬物を漬ける）、――よく干した大根を漬けこむ、これがまことにおいしい。それから古菜漬け。これを刻んだものも、大根同様、大鉢に山盛りに出ている。

信子は大よろこびで、しっかり御飯をかえて食べる。食欲は兄たちに負けない。

兄たちがお碗をかえるときは女中さんや母が給仕するが、信子は女の子だから、自分でお櫃《ひつ》からよそう。男だけ大事にして、と、かなり前から不平等に気がつき、男も自分でよそえばいいのに、と不満だが、食事をしているときは、そういうことを考えるさえ面倒だ。

信子は一月生れだから満十三歳、育ちざかりでおなかの空きざかりだ。

〈今日、お故郷《くに》から送ってきてね〉

と母がいう。

〈おいしいあれ〉

〈えっ、雲丹《うに》?!〉

思わず信子は叫ぶ。

〈ちがいますよ、夏みかんの皮の砂糖漬け。あとで、おやつにあげますよ〉

両親の故郷は萩なので、親類が上京すると手みやげにしたり時々送ってくれるのが、夏蜜柑の皮の砂糖漬で、信子はこのお菓子も好きだが、雲丹がじつは大好きなのだ。しかし

〈子供の食べるものではない〉といわれて食べさせてもらえない。

両親は山と海の幸に恵まれた萩の味覚を恋しがった人たちだった。なかでも雲丹を恋しがった。海に遠い関東の野に住んで新鮮な生ま雲丹などとても手に入らないので、ふだんは瓶づめの防腐剤入りの練り雲丹でがまんしていた。しかし夏になるとわざわざ生ま雲丹をとり寄せ、大きなガラス瓶のなかに入れて惜しんで食べる。父の雄一は食パンにもバターより雲丹を塗ったりした。そうして両親と大きい兄たちだけが、その、とろりとした赤いものを熱い御飯にかけて食べることができるのだった。

信子も、それを食べてみたくてたまらなかった。

〈子供はこんなものを食べるものじゃありません。おなかをこわしますよ〉

そういわれると、よけい食べたくなった。両親の見解は、子供の衛生・健康上のためというより、子供風情が雲丹を食べるべきでないという「固定観念に執着して」のことだろう、とのちに信子はいっている（『白いハンケチ』）。

――これは私も信子の両親に賛成で、雲丹のように貴重な美味は、長い人生の辛酸を経てきた人間へ、神が与え給うたご褒美である。甘いとも辛いともいいようのない、あの深遠な味わいの海の幸は、まだ開拓されていない幼い味覚には味わいつくせないであろう。味覚はその人間の人生やハートの大小、深浅に見合うところがあり、それを無意識に両親は知って、信子を戒めたのかもしれない。ところがある夏、信子の叔父が、両親の大好物たる生ま雲丹を入れた大瓶を提げて、はるばる汽車に乗ってやってきた。父たちは喜んで（雲丹にか叔父にか、それははかりがたい）迎え、晩餐がはじまった。

信子はかねて、皆が珍重する雲丹を食べてみたいと思っていたが、ついにその好機が訪れたのである。叔父や両親が歓談している隙をねらって、蓋のあいている瓶に箸をつっこみ、ひとすくいした。赤黒いどろっとしたそれを、自分の御飯の上にのせ、いそいで口中に頬ばった。

はじめて生ま雲丹を食べたのだ。禁断の味へのあこがれが、長年の間に増幅していたせいか、その味は幼女の舌に戦慄的な美味に思われた。奇妙で神秘的な味。

信子は勇気を得て、更にふた箸目の雲丹をすくって御飯にのせようとしたが、ぽとりと卓上におとしてしまった。

母がめざとくみつけて、〈まあ、おまえ、雲丹をたべたりして〉と「小さい娘が一大罪悪を犯したように驚きの声をあげた」。

父は叱った。〈馬鹿、子供がこんなものを食べて、何が味がわかるか〉

信子はひるまずに言い返す。

〈とてもおいしかった！〉

叔父が、

〈こんな小さい子供が雲丹を食べるとは珍らしいなあ〉

以来、一族のあいだで、信ちゃんは雲丹好きの、かわった子、ということになった。

気の小さい、平凡な、人の手前を気にしてばかりいる母は、それが苦になるらしく、〈子供のくせに人の前で雲丹なんか食べると笑われますよ〉とくどくど信子を叱った。なんで子供が食べたら笑われなければならないのか、信子には納得できなくて不満だった。

(大人になったら、思うさま、雲丹を食べてやるわ)

と信子は思っている。

信子の机の抽出には、雑誌の口絵を見て自分で描いた表紙の、ノートがある。

信子はひそかに、それを、

〈大人になったら帳〉

と呼んでいる。尤《もっと》もノートの表紙には、

〈忘れな草　日記〉

と美しく書いてある。大人になったらしようと思うことを書きつけているのだ。大人になったとき忘れてはいけないと思って、〈忘れな草　日記〉などと名付けているが。……たべもの、旅行、衣服、仕事、などの中に、〈たべもの〉はむろん、雲丹、それに衛生に悪いと禁じられている町の、ところてん。

〈旅行〉は信州高遠。

絵島の墓。

「少女世界」に巌谷小波が書いていた。小波は童話のおじさんと呼ばれ、童話の講演に全国をたえず廻っていて、その紀行文が「少女世界」に毎月載る。信子の愛読する連載だ。

小波は信州を旅してその紀行文を綴り、

「高遠にて、絵島の墓に詣ず」という前書で、

「墓訪へば櫛かと紛ふ落葉かな」

信子にはひどく幽婉な句に思えた。

絵島とはどんな女のひとだろうと思った。小波おじさんは、そのことについての説明はしていない。しかし信子はあちこちの本を漁って、やっと絵島の生涯の輪廓を知る。将軍家継の生母月光院の侍女として大奥に権勢をふるい、役者の生島新五郎と浮名をたてられてその罪で信州高遠へ流罪となり、二十八年間を過してその町に葬られたというのだ。

信子は絵島にはてしない思慕を抱き、好きでたまらなくなった。何を思い、何を考えて二十八年間の流謫《るたく》に耐えたのであろう。いさぎよく江戸のことを口にもせず、筆にも残さなかったという。

（いつか大人になったら、高遠の絵島の墓へ詣ろう）

〈大人になったら帳〉は、ひそかに埋められてゆく。……むろん、遠い将来、信子が絵島

を書く日があろうとは考えもせず。

4

信子は三年生になった。明治四十三年（一九一〇）で、まだ十四歳である。めきめきと身長は伸びたが、もちろんまだ着物の肩揚は取れない。あいかわらず読書欲はさかんで、投書も欠かさない。というより、信子のただいまの人生の核は学校生活よりむしろ投書である。

「『少女界』編集局御中」

「『少女世界』編集局御中」

などと宛名を書いた封書（開き封で二銭切手を貼ってある）、それを大切そうに手にして町角のポストへ入れにいく。ポトンと音がしてたしかに入ったのはわかっているのに、もしや誤まって地面に滑り落ちはしなかったかと、念のためにポストのぐるりの地面を見廻ったり、する。それほどの思いをこめて書きあげた原稿なのであった。

その熱意のせいかどうか、信子の投書はたびたび採り上げられて入選した（後年信子は投書少女だった時代を回想して述懐している。「見も知らぬ地方の女学生の投書を読んで認めて下すった、たくさんの選者の方たちに、いつも変らぬ感謝の念を捧げている」〈『白いハンケチ』「投書時代」〉。

学校生活もいよいよ面白い。ただちょっと残念なのはテニスをやりすぎて右肩が脱臼して、医師《せんせい》に、これは習慣になるから気をつけるようにといわれ、ラケットと縁を切らなければならなかった。それでいっそう読書に、書きものに精出すことになってしまった。

新学年になると教室の雰囲気ががらりとかわる。明るくそわそわして弾む心、新しい小さい一年生がうようよふえ、上級生たちは、あの子が可愛い、いえ、あの子よ、などと例年のように大騒ぎする。校友会の委員がきまる。信子は今年は文芸部委員、しかし信子に割りあてられたのは校内の一隅に設けられた図書室の整理係りである。

図書室といっても名ばかり、生徒に魅力的な本は一冊もない。何とか女史の少女訓話、家事の参考書、〈日本婦女礼式大全〉だの、〈模範家庭訓話〉だの、〈国民の常識〉だの、徳冨蘆花《ろか》の『自然と人生』、童話では巌谷小波先生の『世界お伽噺』の全冊——何だか形式的に設けてある、という図書室、生徒たちはあまり寄りつかないから至って閑散、放課後や休み時間はみな桜咲く校庭で、テニスやバスケットに興じている。

そういう図書室で、信子は「乱雑になり勝ちの本の配列を正し、分類したり番号をつけたり、目録を綴じたり、紛失をふせいだり、書棚の硝子戸をふいたり」（『花物語』「スイートピー」）という仕事をしているのである。好きなスポーツを禁じられた身には、スポーツに興じている友達のすがたを見るのが淋しく、信子はひとりぼっちで図書室にこもっているほうがいい。

〈教室がかはりて見ゆる桜かな〉

などとそっと口ずさみながら信子は家から持ってきた泉鏡花を開いて読みふける。このまえ葛城さんが、〈いとこに貸してもらったの〉といって雑誌「文藝倶楽部」をまた貸ししてくれた。その中に泉鏡花の『爪びき』があった。

まあ何という文章……信子は陶酔してしまった。こんな世界、こんな美しい文章があることを知らなかった。

いままでで感激した小説は小杉天外の『コブシ』、それに木下尚江の『良人の自白』、兄の本棚から持ち出して読んだのが、『コブシ』の筋立てと情景の面白さ、『良人の自白』の燃えるような理想主義……少女の信子の稚《おさな》いなりに漠然と社会主義思想を知ったのもこの本だった。地主と小作人の間の問題も、少女の胸に哀れ深く沁みた。主人公の美青年をとりまく、さまざまな女たちとの運命の交錯。ことに青年の子を身籠って自刃する美しく薄幸な夫人は信子にとって忘れられない登場人物だった。

「私の胸中に今でも最初の〈久遠《くおん》の女性〉の幻像として残されてあります」

とのちに信子はいっている（「文章倶楽部」「憧れし作家の人々」大正15・10）。

徳冨蘆花にも惹かれた。これも兄のところから持ち出した『不如帰《ほととぎす》』、自分の三畳の部屋で、夢中で読み耽った。本にかがみこみ、猫背のポーズになっているのも忘れ、一日で

読み終えた。けれども蘆花の名がはっきりと少女信子の胸に刻《こく》されたのは『黒潮』からだった。

蘆花の『寄生木《やどりぎ》』は、三兄の忠明が冬休みに帰省の折、信子にお土産にくれたものだった。忠明は中学校（旧制）を卒業して仙台の第二高等学校に進んでいる。そこの明善寮から信子に送った手紙にも、

〈『寄生木』の主人公の歩いた街の秋はふけて……〉

などと書いてあった。兄たちの中でいちばん本を読むのも忠明で、それだけに信子の作文や俳句もよくほめてくれるのだった。

『寄生木』のモデル、小笠原善平中尉は「墓木朽《く》つ可《べ》し、名滅《めっ》せしむ可からず」、自己を残さねばと強烈な自我の衝動にかられて蘆花に自伝のノートを送ってくる。旭川聯隊の週番士官室で書かれた若い士官の手記は、やはり強烈な蘆花の自我にひびきあい、彼の創作意欲を刺激する。中尉の自殺を機に、残されたノートと郷里岩手県山口村の取材をもとにまとめたのが『寄生木』である。

一葉の全集も『たけくらべ』以来、信子はあれこれ読んだ。『一葉全集』と『黒潮』と『良人の自白』、――「この三つは私に文学への憧れを芽生えさせた最初のものでした」（同）と信子はいう。それから好きなものは、女の子のくせに冒険小説の押川春浪《しゅんろう》。

文武堂や博文館発行の小型本『海底軍艦』『新造軍艦』『新日本島』『武侠の日本』『東洋

武侠団』……これらは本の奥付を見ると、おそろしいばかり版を重ねている。明治少年たちに熱狂的に愛読されたのだ。どの兄の持ちものかわからない、代々、兄たちが愛読してきたのであろう。冒険小説という名称は押川春浪の作品から定着したのである。

　これらの小説群の大きいテーマの一つに、明治十九年の軍艦「畝傍《うねび》」失踪事件がある。実際にあった事件で、フランスに発注した最新鋭戦艦の畝傍は、十月十九日フランスのハーブル港を出帆し、十二月三日、シンガポールで石炭と飲料水を補給、日本へ向った。予定では十二月十二日横浜入港のはずであったが、月末になっても年があけても、三本マスト、二本煙突、三六一五トンの戦艦はついに姿を見せなかった。〈畝傍〉には日本海軍側の回航員として六名の士官・水兵、フランス海軍七十八名が乗り組んでいたのだが、艦もろとも消息を絶ったのである。一年たって海軍省は艦の亡没と乗組員の死歿をみとめ告示する。日本中は驚き痛恨する。近づく清国との戦火を想定して、急ぎ造らせた日本海軍の希望の星とでもいうべき、新鋭艦だったのだ。しかも当時の貧しい日本の財政状態からすれば、まさに血の出るような製造費を捻出してやっと建造した艦である。それが日本へ晴れの姿を披露することもなく、忽然と消えてしまった。その失踪ぶりがあまりに劇的だったので、日本は朝野あげて驚倒したのである。さまざまな怪聞が流れた。南洋の小島で見かけたという噂もあれば海賊船に奪われたのだ、あるいは台風にやられたのだ、と憶測が飛び交った。

春浪はこの事件を効果的に使い、ロシアの東洋政策によって人知れず襲撃せられたもの、という筋立てである。修理のため南海の孤島へ艦が着くとそこには海賊の残した莫大な財宝があった。一方西郷隆盛がまだ生存しているという噂も活かして、ロシアに幽閉された老英雄を救出する武侠団の人々を活躍させる。波乱万丈のあらすじ、類型的ながらキビキビと躍動する文章。山中峯太郎の祖型であることがよくわかる。

豪傑、風雲児、侠客ら入り乱れて活躍する中に、美人の団員もいる、けなげにスパイとして敵のふところへもぐりこむ。それも信子の空想をそそる。美しき女間諜ホーセ嬢は敵に捕えられ、秘密を白状しないので熱鉄を頬に押し当てられようとする。

「火花散る其《その》尖端は、花より美しく雪より白き、ホーセ嬢の頬に将《まさ》に触れんとした。その一刹那《せつな》である、此《この》秘密室は地盤より覆《くつが》へるが如き音諸共《もろとも》、床《ゆか》板一間四方ほど微塵に砕けて飛び、猛然として兇暴中将（田辺注、敵の親玉である）の眼前に現はれた一大猛漢がある。之《こ》れ別人で無い、蛮勇侠客段原剣東次《だんばらけんとうじ》！」（『東洋武侠団』）

この段原は〈荒風《あらかぜ》〉という名の獅子をしたがえ、この獅子が訓練されたドーベルマンのごとく、段原の命令をよく聞いて悪人や敵役を襲う、という胸のすくように痛快な物語。

「自分もああいう冒険がしてみたいと空想したりしました」（「文章倶楽部」）

と信子のいうのは、さながら山中峯太郎の冒険小説に陶酔していた少女時代の私と同じである（私も山中峯太郎の『亜細亜の曙』なんぞに感激して、少女スパイとなって、本郷義昭のもとで働き、お国のために尽したいと考えていた）。

その一方で鏡花の『爪びき』にたちまち魅了されるのだから信子の感受性の幅は広い。ただ、どういう風に、どういうところに恍惚としたのかは信子は書きとどめていない。しかし信子のうちのロマンチックな資質が鏡花の浪漫性に触発され、あるいは増幅されて一挙に噴出した、というようなものかもしれない。鏡花の作品の、とめどなく奔騰する豊饒な言葉、活殺自在の会話、美しくやさしく、しかもおそろしい気配さえただよう女人たちのイメージ、魔界の淫風が吹きあげて、この世のものならぬ世界に読者は感電し、感応するという、鏡花を読む読者におとずれる、あの妖しいおののき。……少女の信子は直観で鏡花を把握したにちがいない。

のちの吉屋信子文学からいえば彼女は現実次元の、平明な写実主義で以て大衆文学の新しい面を開拓したのだが、しかし言霊《ことだま》の幸《さき》わう国の文人として言語的技巧に恵まれた作家の一人だった。流麗で光彩にみちた言葉の一つ一つがイメージをかきたて、興趣の渦をまきおこす、といった技巧に卓越していた。中期以後は文章から過剰装飾が消えて、近代的な簡潔描写になったが。

（信子は宮城音彌との対談でいっている〈「中央公論」「ひとびとの哲学」昭和25・1〉。

「私の過去の作品は七五調のサワリが多いんです。（中略）もしそういうものをお感じになったら、それは私が若いときに詩や歌をやっていたものですから、そういうふうになっ

たのです」。ここでも泉鏡花の影響をうけた、といっている）

　信子が鏡花に魅されたということを、のちに先輩女流作家の長谷川時雨《しぐれ》に打ちあけると、この、日本橋生れでちゃきちゃきの江戸っ子である時雨は闊達に笑ってこともなげに宣言した。

「ああ、誰もいちどは鏡花につかまるものよ。でもねえ、その先生の江戸ッ子崇拝は、そう言っちゃあ失礼だけれど、つまり田舎者の感ちがいなのよ。江戸ッ子ってのは鏡花の考えるような、むやみとむかしの伝統にしがみついちゃいませんよ。江戸ッ子は新しいものに飛びつくものよ、舶来の唐桟《とうざん》はありがたがるし、ぎやまん細工は手に入れたがるし、そりゃあ新しいもの好きなのが特徴よ。わたしンちも明治の初めは父が文明開化をとり入れてたいへんだったのよ、おかげでわたしも毛糸編の洋服なんか着せられた覚えがあるのよ」（『自伝的女流文壇史』）

　しかし信子が鏡花に親昵《しんじつ》したのは二つの点であろう。一つはいうまでもなく浪漫主義的な作風の共通。一つは女人尊重の余香である。鏡花は幼くして母に死別している。母の顔を知らない鏡花が、作品に見果てぬ母への祈りを描き続けたとしても当然の気がするけれど、信子も、美しくやさしい同性へのあこがれが作品の低音部につねに鳴りつづけていたのだ。

　信子は母にねだって、春陽堂発行の『湯島詣』と『歌行燈』を、

「買ったよろこびは今でも忘れません」

といっている（「文章倶楽部」「憧れし作家の人々」）。

――『爪びき』は三味線にまつわる美しい女たちの物語である。会話が活きているかわり、極端に地の文を惜しんでいるので、劇画を見るようにわかりにくいところがあるのだが――女の一人、お君が病いで腹部切開という手術を受けないといけない、情人《おとこ》の新吉は居ても立ってもいられない、手術は朝の九時から。……しかし病院へは行けない男の気の弱さ。家へも帰りたくなし、お君の親友の、気のやさしいお俊のうちへついふらふらと足が向く。お俊は芸者だが三味線の名手なのにめったに弾かない、いつか堅気の女房になることを夢みている、しおらしい女。ゆうべから病院に泊りこんでお君の世話をしてくれているはず。るすの家には母親と出戻りの姉しかいないとわかっていながら新吉は、身のふりかたのすべもなく、つい、お俊の家の格子戸をあけると、

『あゝ、兄さん。』

思いがけなくお俊はいたのだ。

『私、待って居たんですわ。』

と茶の室《ま》に通す。

對《さし》向ひに蒲団を直して、

『さあ、お当んなさいまし、お寒い事ねえ。私、あの何なんですよ。手術の済むまで病院に居ませうと思つたんですけれど、お君さんが、あの、兄さんは屹《きつ》と病院には来得《こら》れやしない。……屹とお前さんの許《とこ》へ行くに違ひないから、私に帰つて居て、而《そう》して手術の時間の経《た》つ間、何《ど》うにか気の紛《まぎ》れるやうに世話をして下さいつて然《そ》う言ふの。ですけれど、来《い》らつしやるか来らつしやらないか、私には分らないでせう。其《それ》でも屹とだつて、お君さんが――当りましたわねえ。皆さんが大勢で、可《い》い元気でお見えなさいましたし、女の方《かた》たちもまだ残つておいでですから、兎《と》に角《かく》私は最些《もちつ》と先に帰りました。』

『何《ど》うもいろ〳〵。』

とばかり、最《も》う我ながら胸がせまる。」

新吉は愛するお君の手術が心配で、かえってそばにもいられないほど、気に病《や》んでいる。みっともないと人にも笑われ、自分でも思うけれど、お君がどっと寝付いて担架でかつぎこまれたとあればあきらめもつく、しかし一応はふだんのまま、腹部を切開、……ということになれば。……お俊はいう、

「『無理はありませんわ、心配ですわね、私も実は……』

と、又時計を仰いだ。火鉢にかけた手が震へて、

『十時よ。』

『では、最《も》う手術場だ。』と吐息《といき》を吐《つ》く。

『何《ど》うしませう、一寸《ちょいと》……あゝ、私がこんなぢや、兄さんに尚《な》ほ心配させる。約束が違つてお君さんに済まないわね、……兄さん。』

と轟く胸を圧《お》すやうに火鉢に凭《もた》れて顔を見た。

『一銚子《いっぽん》つけませうか。』

新吉は月に二三度づゝ上京する毎《ごと》に、泊りがけの時は、何時《いつ》も此処《ここ》に宿《やど》つた。湯呑《ゆのみ》も一個《ひとつ》極《きま》つたくらゐで。寝巻姿《ねまきすがた》の扱帯《しごき》の態《なり》で、切《きれ》をかへた枕を、袖を抱いて持つて来てくれるまで馴染んでも、此の人の口からまだ一度も酒を飲めとは言はなかつたに。

新吉は此の二三時間、毒も一思ひであつたらう。

『願へますか。酒がありますか。』

『えゝ、昨日が命日で、お爺《とっ》さんのおみきに取つたのが、……あゝ、お待ちなさいよ、悪いわねえ。』

『六十三……お君なんざ、あやかりものだ、結構ですとも。』

『何もございませんけれど、』

『咽喉へ通るもんですか、野郎連には内證《ないしょ》ですがね。』

膳が据《すわ》ると、小取廻《ことりまわし》に、背後《うしろ》の茶棚の鉢から、八《や》ツがしらの煮たものが出て、綺麗に小皿に取分けられた。割箸をさつくり割つて、そゝげをすつと扱《しご》いてつけなどするのに、膝《ひざ》を一寸《ちょっと》摺《ず》らしたばかり、沢山《たんと》身体《からだ》も動かさない、人柄《ひとがら》なものである……

海苔《のり》をあぶつて、鶏卵《たまご》を割つた。

銅壺《どうこ》の銚子に手を触《さわ》つて、

『些《ちっ》とお早いやうですが、まあ、一つ、』

新吉はぐつと呷《あお》つた。

『お俊ちやん。』

『あい、』

『胸を抉つて腸に染《し》むやうです。』」

お俊はうつかり時計を見てしまう。手術の時間を。

「『十時半に成つたわね、あゝ、不可《いけな》い、私がこれぢや……兄さん、兄さん。』

『えゝ、』

『今度は兄さんが時計を見て居るの。さあ、お酌しませう、お重ねなさいな、而《そう》して済みませんが、兄さん、其《そ》の障子を開けて下さいませんか、そんな底でも些《ちっ》とは紛《まぎ》れませう。閉込《しめこ》んで陰気が籠るから、二人で時計ばかり見るんですもの。』

庭には萩が枯れて居た。」（『泉鏡花全集』）

鏡花は明治三十年代の中頃、文壇に自然主義の跳梁した時代、不遇だった。芥川龍之介のいうところによれば、当時鏡花は、

「隻手《せきしゅ》羅曼《ロマン》主義の頽瀾《たいらん》を支へ、孤節《こせつ》紅葉山人の衣鉢《いはつ》を守る」（「鏡花全集目録開口」、現在では『芥川龍之介全集』第十二巻〈岩波書店、平成8〉で全文を読むことができる）

というふうだった。しかし時勢はかわった。

大正に入って反自然主義の新風が吹いたとき、鏡花は新時代の若者たちからその夢幻美を、神秘性を讃美される。関東の野に育つ田舎乙女の信子はそれより一足はやく、鏡花に幻惑されている。『爪びき』のお俊が簡単な肴に一本つける取廻しの、なんと粋で心にくいこと、女のやさしさも匂うような。……そして『歌行燈』『照葉狂言』『高野聖』……

信子はことに鏡花の作品の結びが好きだ。

『照葉狂言』は、

「姉上が楓のために陥りたまひしと聞く、其境遇に報い参らす。」

『高野聖』はこうであった。

「ちら〳〵と雪の降るなかを次第に高く坂道を上る聖の姿、恰《あたか》も雲に駕《が》して行くやうに見えたのである。」

『歌行燈』は終章に到って緊迫度を増し純度をたかめ、息もつがせない。

『やあ、大事な処、倒れるな。』

と源三郎すつと座を立ち、よろめく三重の背《せな》を支へた、老《おい》の腕《かいな》に女浪《めなみ》の袖、此の後見《こうけん》の大磐石《ばんじゃく》に、みるの緑の黒髪かけて、颯《さっ》と翳《かざ》すや舞扇は、銀地に、其の、雲も恋人の影も立添ふ、光を放つて、灯《ともしび》を白めて舞ふのである。

舞ひも舞うた、謡ひも謡ふ。はた雪叟《せっそう》が自得《じとく》の秘曲に、桑名の海も、トトと大鼓《おおかわ》の拍子を添へ、川浪近くタタと鳴つて、太鼓《たいこ》の響《ひびき》に汀を打てば、多度山《たどさん》の霜の頂《いただき》、月の御在所《ございしょ》ケ嶽《たけ》の影、鎌ケ嶽、冠《かむり》ケ嶽も冠着て、客座に並ぶ気勢《けはい》あり。」……（『泉鏡花全集』）

信子はその余韻の中に恍惚とする。多くのものを彼女は鏡花から享《う》けたが、何より美しいことばの生命感と脈搏を、肌で会得した、ということではなかろうか。

そんな世界を知ってしまった少女に、大人たちのあたまの、まあなんと古臭く堅いこと。この図書館にある本は概してつまらぬけれど、ことにつまらぬのは、嘉悦孝子女史とかいう「教育家」の『少女訓話』である。少女というのにひかれて信子は目を通してみたが中身はひどいものだった。

「少女も十四五になると、妙に考へこむ様になります。本や雑誌や小説を読んで悲しかつたり寂しい物思ひをします、それをふせぐには、家庭にあつては父兄が家事の手伝ひをたくさんいゝつけて、考へる暇を与へぬ様に注意し、学校ではたくさんの宿題や予習を課して、ぼんやり考へる時の無い様にしてやらねばなりません……」

信子は呆れてしまう。十四五の少女の物思いは、人生で誰でも通過する自然の道である。

（我思うが故に、我存す、とデカルトもいっているわ。人間がものを思うようになったら、それは魂が深んでゆく成長期になったということじゃない？　いい年になって悲哀も悩みも物思いもない、なんて馬鹿だわ。その物思いを善導して見守ってくれるのが両親や先生の教育じゃないの……それなのに、なあに、この婆さんのいうこと。朝から晩まで牛馬のように働かせて、ものを思うひまのないようにせよって、なんてこと、これは危険思想だわ、こんなおそろしい考えをもっている年寄りを、現代の女子教育の長老だなんて世間はちやほやしてるんだから、ああ、いやになっちゃう……）

ただ一人、図書館の隅でそんなことを思いながら本のページをひるがえしているとドアが開いた。見廻りの先生かしら？　と思った。

〈休み時間にはちょっと外へ出て運動しなさい〉と叱られるかな？　と思って、顔を伏せていると、おとなしやかに近づいたその人は、

〈あの、読みたい本を本棚から取ってもいいかしら〉

という。顔をあげるとクラスの津田さんだ。がり勉屋さんが、休み時間にも勉強に来たのかと信子は思い、どうぞ、というと、珍らしや津田さんは童話の棚の前に立ち、小波先生のお伽噺の本を引き抜いていた。

信子の視線に気付いて、

〈あの、弟にね、これを写してやりたいの〉

と恥じらいながらいう。

（写す？）

と信子は不審だった。お伽噺の本なら本屋にいけば売っているのに。……津田さんは赤くなり、

〈あの、妙にお思いでしょうね、でもわたし、お小遣いの余分はほとんどないので、こんな本は買えないの、それでノートに写してやろうと思って……〉

〈弟さん、おいくつ？〉

〈尋常《じんじょう》二年生なの。本が好きな子なの〉

と津田さんは嬉しそうにいった。

いままであまり話したことのない人だけれど、何となく信子は口がほぐれて、

〈あたしも六つ下の弟がいるわ、泣きみそで甘ったれよ〉

などと話していた。

〈実は妹が欲しかったわ、あたし〉

〈そお？　でも吉屋さんにはお兄さまがたくさんいらっしゃるのでしょう？　うらやましいわ。うちは弟ひとりきり、それも遠くにいるの〉

それから、津田さんはぽつぽつと自分の身の上を話した。父が事業に失敗して死に、母は再婚して遠いところへいってしまった、弟は田舎の伯父の家に引き取られ、自分はこの町で米屋をしている叔父のもとへ、と、たった二人の姉弟が離れ離れになった。弟は姉を慕って泣くのだけれども、津田さんにはどうしてやりようもなかった。この町の叔父が、子供の守りもし、家事を手伝うなら女学校へあげてやる、といってくれたからだった。

〈家へ帰ると台所の用事、店番、子守りと忙しくて、予習復習をするひまもないの。……それで勉強できるのは学校にいるあいだだけ。……〉

自分の気楽な境遇とは大ちがいだと、信子はしゅんとする。

〈あの、これは夢だけど……〉

と津田さんはうすい肩をすぼめ、大それたことを、といわれるのを恐れるように、すこしはにかむ。

〈わたし、どうかして女子師範に入りたいわ。学校の先生になって独立して、弟と二人で暮すことができれば、と思っているの。弟に相応の教育を受けさせてやりたいし。伯父の家は貧しくはないんだけど、子供が多いから、弟まで面倒を見てもらえないと思うの。

——気の弱い、おとなしい子なので、大勢のいとこたちに苛《いじ》められてるのじゃないかと思うといつも気になって。……玩具《おもちゃ》も絵本も何一つ、わたし買ってやれなくて、それで、お伽噺の本を写して、お手製の絵本を作って送ってやろうと思ったの。今までにも作ってやったけど、とても弟は喜んで、抱いて寝るのよ。お姉ちゃんの本だ、っていって粗末なノートに、下手な挿絵の手づくりの絵本を、何だかとても高価《たか》いものみたいに大切にして……〉

津田さんはおかしそうだが、信子は思い入れの強いたちゆえ、涙ぐみそうになった。

〈早く弟さんと二人で独立できればいいわねえ……〉

と思わず、心から声援しないではいられない。

〈ええ、それにはまず女子師範に合格しなきゃ。そのまえに、叔父たちが承知してくれるかどうか……〉

それは自分もだ、と信子は気付く。女学校を卒業したら兄たちのように東京の学校へ行きたいけれど、父や母が許してくれるかどうか。津田さんはしずかに話している。

〈弟はねえ。「水師営《すいしえい》の会見」の歌が大好きで、それは上手に、終りまで歌えるの。わたしが夏休み冬休みに帰って、またこちらへ戻るときには、弟は駅まで一里の野道を歩きながら「旅順開城約なりて……」を精いっぱいの声で歌って送ってくれるのよ。わたしが汽車へ乗ると、その歌声が泣き声にかわって、弟は泣きべそをかいて、顔じゅうを涙だらけにして、お姉ちゃーんって、汽車を追いかけてくるの、いつまでもいつまでも……〉

信子はたまらず涙を拭いてしまう。津田さんはちょっと瞼を赤くしていたけれど、涙は見せない。

〈あら、わたし、こんな話、誰にもしたことがないのに、つい、話してしまったわ。……吉屋さんだから。——だって、あなたは、ほんとに親身に聞いて下さったから〉

それは、（泣いて下さったから）と同義語だった。津田さんは深い声でささやいた。

〈ありがとう〉

それは（あなたはいい人ね）と同義語のように信子には思え、まだ涙の残る眼元で信子は照れて、にっと笑った。

津田さんはしっとりした人柄なので、いい人ね、と信子のことをいってくれたが、もちろん信子のべつの面を見てとる人もいるわけである。

初夏、学校では遠足がある。三年生は町からいつも眺めている山の一つへ登る。途中から長い長い石段になった。登りきったところは神社で、昼食はその裏の公園で三々五々とることになっている。信子らは〈六根清浄《ろっこんしょうじょう》〉とたわむれながら石段を登ってゆく。石段を登る遠足なんて楽しくも何ともありゃしない、と不満な信子はどうしても皆からおくれ勝ちになる。

竹森さんもぶうぶう組の一人だった。

〈なんてこんなことしなきゃならないの？　くたびれて足が引きつりそう〉

〈上りきると景色がいいらしいわよ〉と信子。

〈景色なんか、つまらないじゃない。来るんじゃなかった〉

わがままな竹森さんはつんけんして頰をふくらませ、石段の途中で立ちどまり、袂《たもと》で顔を煽いでいた。とうとうあたりは信子と竹森さん二人きりになってしまう。はるか上のほうで点々と海老茶色がこぼれているのは、もう登りきった人たちか。にぎやかな歓声が木々の繁みから降ってくる。

怒り顔の竹森さんも可愛かった。頰はさながら桃の果《み》の、薄皮をつるりと剝《む》いたようだ。ほんのり桃色でみずみずしくて、つやがある。汗ばんで上気しているのも美しい。——と、それとなし見とれている信子に、竹森さんが不意にやわらかくまつわりついてきた。

〈眼が廻るわ、わたし……〉

信子はあわてて竹森さんを支える。

〈大丈夫よ、あたしにつかまってて。しっかり〉

〈あたし、子供のときからこう。……高いところへのぼると……ああ、だめ、眩暈《めまい》しそう〉

〈大丈夫だって〉

信子は足もとを踏みしめ、竹森さんの匂やかな、柔かいからだをしっかりと抱きしめてゆっくり一段ずつあがる。うれしいのか、目くるめく思いでいるのか、よくわからない。竹森さんに頼られているという感激でいっぱい。わがままで剣突《けんつく》なこの美少女が、いまはたよたよといじらしく、信子に頼りきって、おぼつかなげに足を運ぶ。信子が支えきれず手を放したら、あるいは石段をふみはずしたら……その不安からか、竹森さんを抱きしめている恍惚からか、信子は息苦しいほど動悸が速くなる。戦慄がからだ中を走る。石段の上は霞が棚引き、葉桜がよく繁り、世界に竹森さんと二人きりのよう。それでも一歩ずつ足を踏みしめあがって、やっと視界に境内の石畳と社殿が見えたときはほっとした。

神社の裏手の公園に早くも皆集っているらしい、登りきって狛犬《こまいぬ》に竹森さんを寄りかからせたとき、信子はひどく疲労しきっていたけど、何だかたかぶっていた。

〈ありがとう〉

という竹森さんの声も耳にはいらぬふうを装い、

〈大丈夫ね、じゃ、あたしもあっちへいくわ〉

わざと思いきりよく、ぱっと離れた。竹森さんに何度も礼をいわせ、気持の負担にさせない心づかいのつもりで。

弁当を食べてから信子は社殿のぐるりをめぐってみた。歴史に関心のある信子は神社やお寺のたたずまいが好ましく、そのいわれやゆかりを知りたい気が強い。

すると葉桜の陰で少女たちの声がする。

〈竹森さん、石段のところで何をしてたの、ちっともあがって来ないんだもの〉

と竹森さんの取巻きというのか崇拝者グループというのか、クラスメートの声がする。

〈あたし高いところはにがてなの〉

これは竹森さんの声だ。

〈吉屋さんがうろちょろしてたわね〉

〈困ったわよ、あのひと、何だかだといいながら、あたしの手をはなさないんだもの。しかたないから、眼が廻るわ、なんていってると、大丈夫よ、とか何とか……〉

〈彼女いよいよ感激してチャンスとばかりあこがれの竹森さんにぴったりつきまとってたってわけね〉

あとは笑い声で聞えない。

ふうん。

こんなあしらわれかたもあるのか。

信子は怒るより感心する。いろんな見かた、あしらわれかた、むくわれかた、受けとられかたの多様さに感じ入る。四十人ばかりのクラスだけれど、信子には尽きせぬ興趣の社会だ。

その日、髪も足もとも埃だらけになって帰ってみると、信子の小さい机の上に小包が来ていた。「少女世界」の編集局からだ。

「栴檀《せんだん》賞」のメダルが入っていた。

（やった、やった、とうとう貰ったわ！）

「少女世界」に何度当選して作文を載せてもらったことだろう。もうそろそろと思っていた。さあ、お正月みたいに盛装して、メダルを金鵄《きんし》勲章のように胸につけて写真をとらなければならない。それを雑誌の口絵に出してくれるのだ。幾度も夢に見た目標だ。投書少女の最高目標だ。深い満足感でうっとりする。

その代り、このメダルをもらったら、もうあとのたのしみがない。

（少女の投書雑誌でなく、今度は男のひとたちが投書する雑誌に割りこんでみよう）

そう思い、信子はやっとわが手にした栴檀賞のメダルを眺める。

5

信子の女学校三年というとしは、ちょっとしたうれしい出来ごとつづきだった。「少女世界」から栴檀賞を貰ったのとほぼ、時を同じくして、「少女界」の懸賞に応募した『鳴らずの太鼓』が一等に当選して賞金の十円を貰ったのだ。

「少女世界」でも「少女界」でも投書が活字になる喜びは知ったが、賞金ははじめてだった。

少女にとって十円という金額がどれほど大きい、値打ちのあるものだったか、信子は書きのこしていないが、その一、二年あとぐらいから投書をはじめた「文章世界」や「新潮」では投書が入選すると五円の図書券が送られる。当時の文芸書は定価一円五十銭ぐらいで立派な装幀のものが求められたというから、十円は使いでがあったろう。

この明治四十三年（一九一〇）に大阪朝日新聞では新聞一万号記念文芸を募集したがその一等賞金は、論文が千円、小説二千円、史伝千円、喜劇千円、お伽譚《ものがたり》百円、新体詩百円、……などであった。少女雑誌のお伽話懸賞なら十円の賞金は妥当なところであろうが、少女の身には破格の大金である。

大阪ではこの翌年、明治四十四年に株式仲買商岩本栄之助が大阪市に、中之島公会堂建設費として百万円の寄付を申し出、世人を驚倒感激せしめている。米一石《こく》（一五〇キロ）十七円三十五銭の時代である。

『鳴らずの太鼓』は巌谷小波のお伽話ふうな物語だが、十四歳の少女にしては構成がかっちりしており、人々の同情をそそる孝行娘と悪役のからみもうまく作られ、のちのなみなみならぬストーリイテラーの片鱗をみせている。

「今は昔、南の暖かい国に、紅梅《こうばい》村という小さな村がございました、この村に一つの不思議がございました、それは乙姫山《おとひめやま》という山がございまして、その山の上に小さな社《やしろ》があります。中《うち》には御本体もなく、ただ一つの大きな太鼓《たいこ》が朱塗《しゅぬり》の桴《ばち》と共にあるだけでございます。不思議なのはこの太鼓であります、いくらたたいても音が出ません、木でも板でもたたけばカンとかトンとか鳴ります。犬だって猫だってワンとかニャンとかいうのに。しかも音を出すべきものが鳴らないとは不思議です、皮でも破れているのかというに、古いことは古くともなかなかりっぱな太鼓でした、ある時この村に角力《すもう》がかかりました、そのとき大関の力士がきっとならして見せると力みかえって人々の止めるのもきかず、庄屋百姓達を集めて『さあ見るがえいだ、三国一の関取天下の力士苔ケ谷《こけがたに》の腕前を！』と足拍子入れて、エイとばかり桴ふりあげて太鼓めがけてうちつけましたが、これはいかなことドンともテンとも言わばこそ、かえって力士の腕が、うなりました、さあこれではならぬとまたもや打って二度三度まで打ちましたがもう力はつきて汗はだらだら青い顔になりました、……」

すでに冒頭から読者を引っぱってゆくではないか。

小波に親しみ、天外・尚江・鏡花・一葉になずんだ信子は、ついに自分で物語を語り出したのである。まだととのわぬ初鶯の笹鳴きではあるけれども、軽快にさえずりはじめたといっていい。苦境の孝行娘お小夜が打つと太鼓はとうとう鳴り、山吹色の小判がこぼれ落ちて一家はたすかる、めでたしめでたし、という話のはこびにも、緩急のコツがおのずとそなわっており、幼稚とはいえない。

――ところで信子の面白いところは、こういう柔かいものも一方でらくらくと物しながら、片方ではこの当時の型にはまった学校作文をやすやすと書きおおせていることで、端《たん》倪《げい》すべからざる少女なのである。

このとし——明治四十三年の九月に東宮（のちの大正天皇）が日光のご用邸から栃木県の足利町や佐野町・栃木町へ行啓《ぎょうけい》のことがあった。この地方の「奨学勧業の台慮」（「栃木高女校友会誌」第4号）によるものらしく、足利の織物を台覧され、佐野や栃木の学校へ行啓されている。栃木では県立栃木中学校、郡立栃木農学校、同栃木高等女学校であった。

栃木高女では一年生の数学、三年生の手芸、四年生の体操の授業をご覧になった。栃木町では各戸国旗を掲げ、道路を清め、お成りと同時に花火を打ちあげ、にぎやかな奉迎ぶり、殿下は菊花のご紋章のある人力車に召されて栃木高女の校門をくぐられた。

奉迎の少女たちに笑みを含んで挙手のご答礼をされたそうである。カーキ色のご軍服（陸軍中将のそれだった、と少女たちは作文に書いている）、お胸にはご勲章。東宮殿下はこのときおん年三十一、ご成婚後、すでに第一皇孫の親王も得られている。

栃木高女のこの日の献上品は、学校要覧や学校の全景写真とともに、生徒の成績品、作文と習字と手芸品であった。

その作文には信子も選ばれて入っている。信子の作文は一年生時代から毎年校友会誌に載るほどなので、このときも洩れていないのは当然だ。

それぞれ三百字から四百字ぐらいのもの、在校生十八篇、卒業生三篇、これらは四部に分けて緞子《どんす》の布で表装され、献上の栄に浴することになった。

これが明治の女学生の紋切型の空疎な美文でちっとも面白くないもの、信子とて例外ではない。「桜」とか「残暑見舞」「洪水の有様を報ず」「菊」などという題に並んで、信子に与えられたのは「初秋」という題である。

「　初秋

本科第三学年一組　吉屋信子

夏去り秋来る、誰か感慨無からむや、稲は青く田に並べり、天高く馬の嘶《いななき》ひゞきて読書に候《こう》よし、吾等勉《つと》めなむ哉《かな》、あゝ初秋そも吾に何をか教ふる、晨《あさ》置く露だに厭ふ女郎花《おみなえし》、優しう咲ける大和撫子《なでしこ》、さては小川に影うつして笑める小萩もいと美し、朝顔の枯れたるははや土に埋もれぬ、目もあやなるコスモスの紅に白に或《あるい》は薄紅に、垣根を飾りて風にゆらめく趣味いかに多からずや

真昼、日は花やかに縁を照《てら》せり、庭の銀杏葉の茂れるが扇の要《かなめ》のとけてはら〳〵とちる日も程近し、赤とんぼの力なう飛ぶに、あはれうらぶれのな（田辺注、汝《な》か？）よいづこへか行くと見る間に、彼はさゝがに（田辺注、蜘蛛）の網に捕られぬ、逝く夏のあはれいかに深からずや

夕、ほのかに匂ふ月見草、三日の櫛月、青白う森のかげより昇れば、月宮の合唱叢《くさむら》より起る、楽の一曲或は高く或は低く、金鈴をふるが如く銀板を叩くが如し、げにやさびしき初秋の夕、逝く時の早きを示して我が怠《おこたり》を警《いまし》むるよと空打仰ぐ折しも、夜の桐葉音な

くおちてはたと筧《かけい》の水を打ちぬ、いかに静けき夕ならずや」

（田辺注、句読点ならびにルビ——現代仮名遣いによる——は適当に筆者が振った。原文の趣きをそこなうかもしれないが、あまりに蒼古たる文体で現代人には読みづらいから）


　当時の明治乙女は競ってこんな美文を綴っていたのであるが、読書量からいえば群を抜く信子のことだから、ボキャブラリイも豊かに、古典文芸の常套語にも精通し、苦もなくこのくらいの文章は綴ったであろう。一緒に選ばれた他の生徒の文章を読むと（「皇太子殿下行啓記念号」栃木県下都賀《しもつが》郡立栃木高等女学校校友会、明治43・12・24）みな大同小異で、無個性な美文のオンパレードだ。


　ともあれ、信子の作文が献上品の一部となり、台覧の栄に浴したことは信子の父母を喜ばせた。——それは単純に信子の栄誉を晴れがましく思っただけではない。

のちの信子の個人雑誌「黒薔薇《くろしょうび》」の六号（交蘭社、大正14・6）に掲載された短篇『裏切り者』には、この時のことが書かれ、それについてふしぎな示唆がある。

『裏切り者』はよくできた短篇である。ヒロインの女学生・章子《あきこ》（信子は自分の分身とおぼしいヒロインにはきまって章子という名を与えていることは先述した）は父の赴任先の町に住み、そこの女学校へ進学する。両親はそのことに少し抵抗があった。というのは、章子の姉が先にそこへ入ったのだが、姉は卒業間際「或るそそつかしい恋愛をして学校を退学せねばならなかった」からだ。そのことで両親は世間や学校に対し面目を失い、命の縮む思いをした。章子はそのときの両親の悲しみや怒りや惑乱を見、せめて自分はその償いをせねばと肝に銘じて身をつつしんでいる。

　そんなところへ東京から美しい驕慢な少女が転校してくる。章子は彼女に惹きつけられる。たまたま事件が起り、学校の理不尽な仕打ちに憤慨した生徒たちは転校生の少女の煽動で同盟休校をもくろむ。誘われた章子は、少女に心惹かれ、また権力への反抗という悲壮なロマンチシズムにあこがれながらも、両親に与える打撃と悲しみを思い、同調しなかった。それが『裏切り者』のあらすじであるが、その中で、ヒロインの章子は、「三年の春、高貴な方が学校に台臨された時、章子の作文が優秀成績品の代表の一つとして」献上されることとなった、とある。それも「『秋風に賦す』こんな題だつた」。この部分は殆んど実体験である。小説ではその名誉が父にとっても母にとっても、「とりわけ母には過ぎた日の学校への恥を取り返す大きな慰めに思ひこんでゐたらしかつた」。

　二年生のとき文芸会で英詩の暗誦をしたとき、母が喜んで涙ぐんでくれた、そのときは無邪気に感動したが、いま思えば、あれも過去の姉の不始末の肩身狭さが償なわれた嬉しさだったのだ、とヒロインは気付く。そして少し憂鬱になる。――

　このあたりが、信子の実人生に透かして、〝ふしぎな示唆〟という所以《ゆえん》である。信子に姉はいないが兄が四人いる。信子の女学生時代、兄たちはそれぞれ東京に遊学していた。しかし蛍雪の功成ったのは結局、四人のうち、三番目の忠明だけだった。信子の男きょうだい五人のうち、三兄・忠明をのぞくほかの四人はみな、それぞれ自分の好むところに進み、両親の期待から逸脱していった。

官吏の父は、息子たちにも堅実地道な人生と社会的成功を期待していたであろう。雄一の育った時代と地方環境は、とりわけ雄一にそういう夢を思い描かせるのであったが、息子たちにはそれぞれの夢があり、選択があった。父の雄一と母のマサには、挫折したとみえたろうが、彼らと価値観が違ったというだけだ。

しかし雄一とマサにしてみれば、その気持をはかりかね、苦しんだに違いない。

王朝小説や史伝の古語に「面《おもて》おこし」というのがある。面目をほどこす、名誉となる、というような意味である。この反語は「面伏《ぶ》せ」——王朝古語は具体的でいい——得意のときは顔を上げ、失意には顔を伏せるという状態をそのまま指しているのだが、『大鏡』にも、「この殿の御《おん》おもておこし給ふは、皇后宮におはしましき」などとある。藤原済時《なりとき》という貴族には数人の子女があったが、あまりぱっとした出来のいいのはいないけれども、唯一人、長女が三条帝に入内《じゅだい》して皇后となり、その所生の皇子が東宮に立っている。人柄もしっかりして弟妹や皇子の面倒もよく見たらしく、父の済時にしてみれば、この娘こそ、「面おこし」の存在だったというのである。王朝の親も子になやむ点は同じだが、ことにこの済時という人は見栄っぱりで、世間の評判を気にしたという（王朝人士はたいていそうなのだが）。

雄一やマサにとっての「面おこし」は忠明だったかもしれない。彼が仙台二高から東京帝大に進んだことは雄一たちを元気づけた。それでいえば〈お宅のお嬢さんは出来がおよろしい〉と学校関係者にいわれ（雄一は下都賀郡長だから、郡立の学校関係者と交渉が多い）、作文献上の栄も担った信子もまた、両親にとっては「面おこし」の子であったろう。

長兄の貞一は、末弟の義明と同じく画家志望だったらしい。竹久夢二とも交際があり、東京で画業に精進していたようだ。吉屋えい子さん（信子の四兄・孝明の娘）の『風を見ていたひと　回想の吉屋信子』（朝日新聞社、平成4）によれば貞一は二科展にも出品したが、画家としては志を果せなかった、とえい子さんは書いている。信子の日記、昭和十一年（一九三六）九月六日のくだりに、

「金借りに来る兄のあり残暑かな」

という句が書きつけてあるが、この兄が貞一かどうかは分らない。ただ前後に貞一の借金申込みの記事があるので、吉武輝子氏の『女人吉屋信子』には貞一のことであろうとし、

「信子にとっては、負担の大きすぎる兄であったのだろう」

とある。

しかし、ここでちょっと留意したいのは信子をめぐって二つの立場があることだ。一つは門馬千代、一つは信子の肉親。千代対吉屋一族の、暗黙の拮抗である。千代側からみる

と兄弟はみな「負担が大きすぎる」となってしまうが、千代側の証言を決して鵜《う》呑《の》みにできないと思う。えい子さんから見た貞一伯父は大正初期のプロレタリア運動に影響されたか、ユートピア社会を夢見る正義派で熱血漢の絵描き、どこかのんきで牧歌的な人だったという。この伯父の素質の中の佳《よ》きものをえい子さんは賞《め》でて、こんなエピソードをしるす。えい子さんが高校生のとき、貞一の二人の息子が遊びに来た。足に障害のある弟を、大学生の兄が背負って駅の階段を昇降するのだった。まだ障害者に偏見の多い時代だったから「それはたいへんに勇気のいることだった」——ところが兄弟はまったく屈託なく明朗だった。弟は車の運転免許をとりたい、いや飛行機の操縦もやってみたいと意欲満々だった。えい子さんはこんなに積極的で明るい兄弟に育てた伯父夫婦に感心してしまう。

　えい子さんの父・孝明は、えい子さんによれば東京農大の応用化学科を卒業したということになっている。神奈川県庁から戦争中は疎開先の東北で教職についていた。これからは女の時代だから職業を身につけるようにと娘たちにいいきかせていたという。娘たちは歯科医や教師、そしてえい子さんは陶芸家、妹の敬子さんは画家、とそれぞれの道を進んでいった。えい子さんが描く父・孝明は六人の子供たちにやさしく、それでもいざというときには家長らしく頼もしい存在だった。

　信子の弟の義明は、母マサの溺愛のせいで〈人生の落後者〉だったというのが信子研究家たちの定説になっているが、これもえい子さんにいわせると、たしかに意志薄弱で酒に溺れ、ハンサムなので女性関係にも問題があり、家族を困らせはしたが、偏見がなく、他人を傷つけたり支配しようとしたりしない人だったという。向上心がないぶん、「男の見栄を振りかざすこともなく」ありのままに人をみた。だから憎めない人柄だったという。

信子はそんな弟のたたずまいに、男権主義者の男とはちがう、べつのタイプの男を見てそれはそれで好もしく思い、人生が展開する思いだっただろう。

雄一からみれば忠明をのぞいて不肖の子ばかりだったかもしれないが、息子たちはそれぞれにわが道をゆき、生きたということだ。

ただ兄たちが自分の道を往ったので、信子は羽目をはずすことのできない立場を知り、少し憂鬱だった。〈面おこし〉の子らしく、両親を苦しめることはできないと思う。

「小役人の娘らしく、心の根本に小胆な伝統観念」（『裏切り者』）をもつ信子は、両親の期待に副《そ》わねばならぬと思う（のちには母の手綱をふり切り、どんな兄たちより奔放に駈け り去ってゆくのであるが……）。

それにしても、こうしてみてくると、吉屋一族には芸術的な血が流れていたのは疑いがない。そしてその才華は女性に花開いた。信子といい、えい子さんといい、敬子さんといい。……そのルーツは、やはり、絵を好んだといわれる雄一の素質であったろうか。

信子に『異母兄と牡丹の苗——或る家《いえ》うちの話——』という小説がある（「婦人倶楽部」昭和3・10〜11）。女性雑誌向きらしく家庭内のあれこれを書き、読者の関心をそそりそうな内容であるが、ヒロインの視座が定まって、人物描写に生彩があるので、普遍的な共感を呼び、むしろこれは私小説的な純文学といってよい。

　ここでもヒロインの名は章子である。

　章子には兄二人、弟一人のきょうだいがある。長兄は父の先妻の遺児で、中学時代、学校に反抗して停学をくらったりして父に疎《うと》まれている。母はこの義理の息子に遠慮がちだった。異母兄は入試にも失敗し、秋田の鉱山にいる伯父にあずけられ、鉱山で働くようになる……（こういうところにも、ちらちらと現実が透けていて、信子の次兄・道明は大正中頃、秋田の尾去沢《おさりざわ》鉱山で働いていたことがある）。

　章子の家族は異母兄と没交渉に暮していたが父が亡くなり、電報をうつ。異母兄は伯父と共に、妻子を携え、いそいで東京へやってくる。

　この章子は絵の学校へやってもらい、のちにはどうやら絵で身を立てられるようになっている。次兄は結婚し、章子はその嫂《あによめ》に親しみを感じている。美しく都会的に洗練された人で、三つの息子も可愛い。

　しかし初めて会った異母兄の妻、ならびにしばらくぶりの異母兄には違和感が強い。父の葬式というのに雀をねらって空気銃を射ったりする無神経で鈍感な異母兄のたたずまい、訛《なま》りの強い言葉で、とんちんかんに緊張している田舎者の嫂、愚鈍そうな兄の子供、それらを迎える章子たちの圧迫感がよく書けている。葬式前後の描写の巧さは、事実の持つ強みだろう。

次兄は異母兄とちがって学業も優秀で、いまは医師になっている。父の臨終の脈をとり、父にも母にも自慢の息子だった（こういうあたりも、三兄・忠明の面影が髣髴《ほうふつ》とするではないか）。

葬いの家によく起きやすいいざこざ（それは伯父が、異母兄を長男として立てようとする心くばりから起る）ののち、章子たちと気持はかけはなれたまま異母兄一家は引き上げるが、ある年、異母兄が、新築した章子のアトリエを訪れる。古びたオーバー、泥だらけのゴム長靴。彼は殺風景なアトリエのまわりの空地をみて牡丹の苗を送ってやろうと帰ってゆく。

そして何か月もたって忘れたころ苗は送られてくる。章子はそのとき「あの生い立ちの不幸だった異母兄」と思ってしまう。異母兄一家への暖い共感が胸に浮ぶのである。

冒頭にこの異母兄の少年時代の叙述がある。

中学校で退学になるところを父の骨折りでやっと長い停学にしてもらった兄は、家に引きこもらされている。官舎住いなので停学の息子がぶらぶらしている姿を近所に見られるのを父は恥じたからだ。

異母兄は毎日、家の中で竹を割って削り、目白の籠をつくっていた。

章子が食事の時、その縁側へ兄を、こう呼びにゆくならわしだった。

「兄さん、御飯」

「うん」

口重く、こう返事して立ち上り、紺飛白《こんがすり》の膝の上にいっぱい散った花鰹《はながつお》のような竹の削りかすをぱたぱたとはたいて、大股に歩いて、茶の間の食卓の向うへ黙って据《すわ》り、箸をとった、母は異母兄には、父のように小言なぞをけっして言わず、ただ必要な事柄だけ言葉を遠慮ぶかくかけていた。

「もう少しあがらんか」

母が給仕の盆を出すと、異母兄ははにかんだように無言で首を振り、飯粒のついている茶碗を慌ててふせてしまうのだった。

「若い者はもうちっと食がいかんでは……」

母は手持無沙汰のように、出した盆を膝に落す——異母兄は一人で茶をつぎ、一口二口飲んでから残りを口に含み、がぶがぶと口をゆすぐようにして、そのままごくりと飲み込んでしまって、すっと食卓を離れて縁側へすぐ出てまた竹を削るのだった。

章子は子供の頃、なんでも人真似をしたかった、その模倣性で、或る日の食後異母兄が食卓をいつものようにさっさと離れた後、章子は自分も茶碗に茶をつぎ、口にいっぱい含んで、がぶがぶとうがいの真似をして飲み込もうとした、母はすぐにそれをとがめた、眉をさっとひそめて、

「汚いねえ、およし、そんな下品なことをするもんじゃあないよ」

　と叱った。

「だって、大きい兄さんもしてよ」

　と章子は不平に思って言い返した。

その瞬間、母の顔に或る感情をおしかくす努力が動いた。

「女の子は、してはいけないんだよ」

と、やや間をおいてから、こう言って、ちらと障子越しに縁側の方へ眼をくばった。

縁先では、しゅっ、しゅっ、と竹を削る音が聞えていた。(『吉屋信子全集』2)

　異母兄の環境と人生を象徴するエピソードで、あわれぶかい。ヒロインの章子は共感と同情から、しみじみとした気分になり、異母兄夫婦にあてて、古風な候文の礼状をあらたまって書くのである。きょうだいの数が多いので(その時代では五、六人というのはごく普通の数であったが)さまざまな確執や齟齬《そご》もあったかもしれない。信子はそれもみな消化しつくして作品のこやしにしている。経済的不如意は知らなかった少女時代だけれども、

人生経験はいつか知らず、信子のうちにゆたかにたくわえられてゆく。

四年生になった信子は、もう「少女界」や「少女世界」への興味を失い、当時文学青年たちがさかんに投書していた「文章世界」や「新潮」に投書をはじめた。

葛城さんは信子の文章が「少女世界」で読まれなくなったのを残念がっていた。おっとりしてまだあどけない少女らしさの消えぬ葛城さんは、なおも「少女世界」のファンだった。しかし信子は少女雑誌にあきたりなくなっていた。

「文章世界」はそのころ早稲田派の新進作家だった加能作次郎が選者で、信子の投稿をよく採用してくれた。

「新潮」は中村武羅夫《むらお》、加藤武雄が選者だった。二人とも作家活動に入っていた。こちらのほうも信子はよく採られた。

最初に入選したのは「文章世界」のほうで、賞品は五円の図書券である。現代のデパートの商品券と同じく、その出版社の刊行する単行本を注文することができる。「文章世界」なら博文館発行の本を、「新潮」なら新潮社のを、というふうだ。一円五十銭の本を注文して図書券を送ると、券の裏に計算して〈残高三円五十銭〉と記載して送り返してくれるのだから、地方にいる読書家にとっては親切な方法であり、

「まだそのあとずいぶん買えるような気がして楽しかった」（『白いハンケチ』「投書時代」）

と、信子はいっている。信子は新潮社の図書券で翻訳小説を幾冊も購い、読みふけった。その図書券を得たことを、信子は嬉しくて、

「鬼の首でも取ったよう」

だったといっている。（『文壇大家花形の自叙伝』「投書時代」講談社、「現代」昭和11・10）

新潮社には図書切手でピエル・ロティの『お菊さん』を送ってもらったのが最初だった。これに力を得ていよいよ投書に精を出した。欲張って短文・散文・詩にも投書したが、和歌だけはどうしても出来なかった（日記には書きつけているが）。俳句は少女雑誌時代は投書もし、また晩年、虚子門の一人となって好句をのこしているが、この時代は、

「やはり一番自信のあるのは散文でした」（『吉屋信子全集』12「投書時代」）

短篇小説の投書欄もあったが、さすがに大人びた小説が並んでいて、どうやってこんな風に書けばいいのか、女学校四年生、十五歳の少女には歯も立たなかった。そのころ信子の好んだのは鏡花に並行して谷崎潤一郎である（「文章倶楽部」「憧れし作家の人々」）。雑誌「スバル」に出た谷崎の『信西《しせい》』は、「ちょっと気持を引かれながらも、そんなに大さわぎは出来なかったのに、『刺青』を読んでにわかにのぼせてしまいました」。

——『信西』は平治の乱の信西入道を主人公とした一幕物の戯曲で、平板な印象だが、『刺青』は短篇ながらきりっと緊まって、本来の谷崎の資性を暗示する妖しい魅力がある。女の足に寄せるフェティシズム、嗜虐の秘薬、女の悪性《あくしょう》な歓び。谷崎文学のエッセンス

がコンパクトに詰っているといった短篇である。

　それを読んで「のぼせた」という十五の少女の信子の文学的早熟ぶりが面白い。しかも『刺青』は明治四十三年十一月号の「新思潮」に載ったもの、『信西』は四十四年一月号の「スバル」、「スバル」は兄が読んでいた、と信子はいっているが、雑誌が出てすぐ、田舎乙女は読みふけっているのであった。谷崎の『羹《あつもの》』も友達同士で騒いだというが、これは女学校卒業後の明治四十五年七月から十一月（大正に改元している）まで東京日日新聞（のちの毎日新聞）に載ったもの、一高生徒の生活と恋愛というテーマだが、やたら若い学生のむさくるしい体臭や動物電気のような火照り、汗くさい欲望なんかが臭ってくるような小説で、女学生やその卒業生には刺激が強烈だったのかもしれない。

　信子は明治四十五年に女学校を卒業する。四年制である。上級学校へ進学したいと、父母に嘆願するが、断固反対したのは母だった。

〈女の子はこれ以上勉強しなくてもいいよ〉

〈兄さんたちは東京へいったのに。あたしも東京の学校で勉強したい……〉

　文学を勉強したい。信子はいつか、そう決心しはじめていた。

　一人娘を愛している父は信子の哀訴にすこし心を動かされながらも、女の子が文学をやるなんぞということは彼の社会認識とは背馳《はいち》するので、やはり許すことはできなかった。

〈男の子なら、かまわんがなあ……〉

という嘆息は、父の信子に対する愛情から出たものであろう。父は信子の失望をなだめるように、東京へ信子を伴い、松坂屋で丸帯二本を買ってくれた。

（丸帯！）

父の情けが嬉しくないことはないけれど、正装の晴れの日にしか締めない丸帯を求めるというのは、信子の嫁ぎゆく日を期待してのことではないか。信子は親の見当ちがいの期待に落胆してしまう。

嫁ぎゆくのはむしろ、葛城さんであった。

葛城さんは大きい商家の娘として、早くから縁談をきめられ、女学校卒業をまちかねて一年ほど裁縫やお琴、茶の湯を稽古させられ、嫁ぎゆくという。相手は県下の多額納税者の富家の息子、葛城さんは何にも知らなんだけれど、四年の秋の運動会に、それとなし相手とその家族が葛城さんを見に来たという。そのことはあらかじめ、校長はじめ学校の職員にも知らされており、それとなく葛城さんは来賓接待係をわりあてられ、〈接待係〉の青いリボンを銘仙の紫矢絣の着物の胸につけ、〈葛城たみの〉と名をしるした白リボンを、つつましく海老茶の袴の紐につけて、来賓席へ出たのだった。

それがお見合の席であろうとは無邪気な葛城さんは夢にも思わず、かいがいしく来賓にお茶とビスケットを配ってまわった。——数日後、こんどは高島田に結った姿を見てみたいとて相手の家から申しこみがあり、これも葛城さんは何にも知らず、母親に命じられる

まま髪結さんに結ってもらった高島田を、

〈なんだかきまりわるいわ〉

とういういしく羞《はにか》みながら写真をとられ、それは先方へもたらされて、いかめしい親族会議の席へ持ちこまれ、やっと婚約がととのったようであった。

〈いやだわ、あたしのちっとも知らないうちに。——お嫁なんか、いきたくない〉

と、まだあどけなさの抜けきらぬ葛城さんは涙ぐむ。

〈それって、まるで大人の陰謀じゃありませんか〉


信子はたけりたってしまう。女の知らぬところで、男や大人によってきめられてしまう運命。高島田の姿をみたいから、なんて要望もあんまり傍若無人ではないか、お嫁にもらってやる、といわんばかりの仕打ちではないかと信子は憤ろしくなるが、葛城さんの運命を、友人にすぎない信子がどう変えられるものではないのだ。

それぞれの娘にもいろんな運命があった。

級長の山中さんは上京して、日本女子大英文科に進学、信子の羨望を買う。


津田さんは念願通り、女子師範に進学出来ることになったが、津田さんが生きる希望にしていた幼い弟は田舎の伯父のもとでにわかに疫痢で亡くなったのだった。たった二日を病んで。……

〈伯父が、すまなんだ、とわたしに詫びてくれたけれど、わたし、これからどうやって生きたらいいのか、弟の小さい体を抱いて泣いたわ。弟と手をつないで歩いた野道に出て、わたしは一人で泣きながら〝旅順開城約なりて〟と歌ってたの。……村の人は、かわいそうに、弟を亡くして気がおかしくなったと噂していたわ……でもわたし思い返して立ち直ったのよ。これからは広い世の中の子供たちを弟にして、心から愛して教えてゆきたいって。……わたし、いい先生になりたい、と思うの。がんばるわ〉

信子は津田さんと手をとりあって涙した。

驕慢な美少女だった竹森さんは、卒業の夏ごろからふっと町に姿を見せなくなった。東京の学生と恋愛して駈落ちしたという噂がひそやかに流れた。――それも信子にはめざましく、竹森さんに心寄せずにいられなかった。あの美しい人がいちずに恋したらそんなこともあろうかと思うのだった。

「ちりぢりに友は大人となりにけり」　浅井五葉

ちょうどそのころ大阪の青年たちの間でさかんだった川柳の、そんな句を、信子は知るよしもなかったけれど。――

何より信子自身、つらい運命に直面していた。卒業後はもう、いや応なく習いごとにゆかされるのだ。母のマサは嫁入り前の娘の修得すべきわざとして、きびしく娘に強いた。裁縫、琴、茶の湯。……

「苦痛甚だしく誠に断腸の思ひ、投書が唯一の楽しみ、救ひとなる」

と信子はのちに「文章倶楽部」(「自筆年譜」大正15・10)に書いている。

「読書に耽けるを母上好み給はず悲し」

とも。

その合間にも信子の思いはふくらんでゆく。津田さんの可憐な弟の話、竹森さんの駈落ち、葛城さんの嫁入り、山中さんの東京遊学、そして田舎まちでくすぶって花嫁修業を強いられつつ、抑えかねる鬱勃たるエネルギーをもてあましている自分のこと。……

(書くわ、この娘たちのこと。いろんな花々のような娘たちの、とりどりの運命を。いつか書くわ。娘たちの思い、乙女たちの佳《よ》きこころ、愛と、怨み悲しみ。いつか、書くわ、その種々相を。きっと。……)

信子はそう思っていた。そうして紫の矢絣と海老茶の袴に別れを告げる。

東京漂泊

1

明治四十五年（一九一二）七月三十日に大正改元となったが、信子は明治が終焉したことの感慨も、明治天皇をお送りすることになった悲しみも書いてはいない。それはまあ、そうあろうことで、十六歳の信子にとってははるかに前途が長く、過去には関心がなかったのであろう。

この年、父の雄一は上都賀《かみつが》郡長に転任したので、十二月に一家は鹿沼に移った。

私は先般、読者の方からお手紙を頂戴した。鹿沼市の方で、鹿沼市立図書館に関係していられるが、図書館報ともいうべきパンフに、吉屋さんのことが載っていたとて、送って下さったのだった。連載中の「アサヒグラフ」をお読み頂いたらしかった。

それは鹿沼時代の吉屋信子を知る老婦人の、聞き書きであった（その老婦人はお手紙を下さった方の母上――平成四年〈一九九二〉に九十四歳で他界なさったよし――の知人であり、だから正確にいえば、「また聞き」の情報なのであるが）。

それが、鹿沼市立図書館の機関誌「あなたのとしょかん」（昭和55・3）に、「ある足跡――鹿沼と吉屋信子」として掲げられている。

微笑ましい信子の娘時代がしのばれるので紹介する。書名はY・Sとのみ。

「『鹿沼裁縫伝習所』――このものものしい名前は、明治から大正にかけて、今宮町はのちの鈴木医院（戦後一時近藤医院）のところにあった裁縫塾《おはりや》で、『石川裁縫所』とも『大谷裁縫所』ともいいました」

そこへ通っていたのが〈母上の知人〉であった。昭和五十四年（一九七九）に八十四歳で亡くなっていられるというから、大正元年（一九一二）ごろは十七歳か、信子と同年輩、鹿沼のまちの少女たちはその年頃、揃って裁縫《おはり》を習ったのであろう。

信子さんは普通の娘さんとちっとも変らなかったと老婦人は述懐する。ある日、桃割れに結ってきて、お師匠さんに、

〈よくお似合いですね〉

とほめられていたと。桃割れというのは未婚の娘の髪型で、後頭部でふっくらと輪をつくり、桃の実の割れたような結いかたである。十五、六、七の娘の髪型だ。それより小さい女の子はお煙草盆《たばこぼん》に結う。娘ざかりの十八ぐらいからは結綿《ゆいわた》や島田、結婚すると丸髷というように、年齢や境遇によって、日本髪はスタイルを変化させるのである。後年の信子

が断髪したとき世間の抵抗が強かったのは、こうしたぬきがたいヘアスタイルの伝統があったからだ。

　それはともかく、〈桃割れ〉という言葉だけで、当時の人は、まだひらききらぬ蕾《つぼみ》の乙女、というイメージを受けるのだった。私たちは断髪の信子を写真で見て、昔からそうなのだとつい、思ってしまうが、やはり年相応のクラシックなヘアスタイルを強いられたこともあったのであろう。そういえば姪の吉屋えい子さんが、〈信子叔母の日本髪に結った若い日の写真をみたことがある。叔母らしくなく無表情だった〉と本の中でいわれていたのを思い出す。きっと母のマサに強いられて、結わされたのに違いない。気に染まぬことだったろうが、さからわないで、母のいうことを諾《き》くやさしみも信子にあった。

　この裁縫塾へはそんな少女たちが集るので、まあどんなに、娘々した花やかな雰囲気であったろう。田舎まちの鄙《ひな》びた乙女はみな桃割れに結い、愛らしくしゃべり交していたろう。

　お昼食《ひる》はうちへ帰って頂くらしい。

　信子のうちは吾妻町（いまの銀座一丁目）の京屋呉服店の離れ――そこが郡長宅だった――、けれどいつも午後からのお稽古にはおくれてやってきて、

〈おそくなってすみません……〉

といいながら、お針仕事にとりかかった。

また北村という本屋さんが町にあるが、信子はそこでは立ち読みの熱心な常連で、夜など小僧が店を閉めかねて困ったという。……狭い町のこと、郡長さんのお嬢さんとみな知っており、無下《むげ》にもあしらわれず……というようなことだったのか。

雄一の上都賀郡長時代は「ある足跡」にあるように、「まるで三年足らず」だった。退官して、日本赤十字支部主事として宇都宮に転じたのは「大正三年の冬」だったと吉屋信子は「自筆年譜」にいう〈「文章倶楽部」大正15・10〉（これは〈千代年譜〉の大正四年宇都宮転居とは少しの相違がある。〈千代年譜〉には時に年代のズレなども発見されるので今後の研究で加筆訂正の要が出てくるかもしれない。それから私の感じでいえば、やや主観的匂いが濃いので、信子と環境に対し、これからの研究者に先入観を与えるおそれなしとしない）。

やがて信子も裁縫塾に通えなくなる。

上京するのである。栃木高女の同級生が鹿沼にもいた。その人にあてて書いた信子のたよりを、桃割れのお針メイトは見せてもらう。

葉書だった。

〈親ニソムイテ上京シマシタ。文学ノ道ヘト、志シタタメデス……〉

質朴な田舎むすめは目をみはる。

まず、全文、片仮名であるのが奇異でめざましい。このころの娘はみな水茎の跡うるわしく、くにゃくにゃした続け字（明治の女学生は小野鵞堂《がどう》流をよくする）なのに。……

それに文学の道へ、とは。

それでも、このお針メイトは信子のことを生涯忘れられなかった。ほんのひととき、人生で袖をふれ合ったのみの人をいつまでもおぼえていた。信子がのちに高名な作家になったから。……

そしていまにして、思いあたる。
あの鹿沼での時代がいちばん信子にとって苦しい切ない、やりきれない時代だったのではなかろうか、と。平凡なお針メイトだった彼女にしてみれば、何とはなしに過ぎた、仄《ほの》甘い娘時代だったけれど、信子には志す道を親に反対され、青春のエネルギーのはけ場のない鬱屈をもてあましていた〈閉ざされた時代〉だったのではないか。思い出すさえ侘びしい……。それゆえに、鹿沼のことは一度も信子の筆に書かれることはなく終ったのではないか、と、そのかみの、お針メイトは想像している。

たしかに、在住が短かったせいもあるが鹿沼のことは信子は書いていない。次に移った宇都宮は、大正九年に一家で上京するまで五年住んだ土地で（信子はその間家を離れたりしたが）、小説の舞台にもし、エッセーにも書いている。投稿にも〈宇都宮市小幡町〉と幾度となく書いた。あいかわらず「新潮」や博文館の「文章世界」へは投稿を続け、よく載るようになり、すでに常連だった。

　そのころ信子があこがれたのは田村俊子である。大正二年の「中央公論」四月号に発表された田村俊子の『木乃伊《ミイラ》の口紅』は好評で一躍、文壇の流行作家であった。デビュー作は大阪朝日新聞の懸賞小説一等当選の『あきらめ』であるが、もともと露伴に師事した人で、文学的経歴は長い。信子よりちょうどひとまわりの年上、大正はじめころの活躍がもっとも花々しかった。

　信子は羨望を抑えられない。同じ女流であることといい、そのゆたかな才能といい。

……

『木乃伊の口紅』は、信子はまずタイトルに意表をつかれ、俊子の才気を感じた。ヒロインを〈放縦な血を盛った重い〉体をもつ女としてつき放しながら作者はその陳腐な女のうちにめざめている近代的自我を鋭く見すえる。重苦しい、重層的な文体だが、作者の力あまった高潮時の作品のこととて、読後感はみずみずと、ゆたかだ。

（いつか、こんなふうに。「新潮」や「中央公論」なんぞといった檜舞台へ出てみたい）

　信子は負けじ魂に燃えあがる。そうして、人しれず創作を書きためていった。それも裁縫《おはり》やお琴の稽古の合間なので、学生時代よりもっと時間は少なかった。本屋で立ち読みの常連なのも、家で本に向っていると母にうるさくいわれるのが一因かもしれない。……

　自然主義文学派の『木乃伊の口紅』や『あきらめ』に感心しながら、信子が書き継いでいたのは、やはり鏡花風な耽美と悲傷の世界だった。

信子に大正十四年交蘭社刊の短篇集『古き哀愁』および大正十五年刊の『返へ《ママ》らぬ日』がある。〈千代年譜〉では二つとも「感想集」となっているが正確には短篇集である。その『古き哀愁』のはしがきに、信子は、これらは、

「わが越しかたに描きたる小説の手習草紙なり」

といっている。彼女の習作時代の作品だというのだ。

「おぼつかなくも幼な気に辿《たど》りし筆のあやのお《ママ》かしさよ、されどもまた返らぬ日のわが姿、わが胸、わが溜息、わが嘆き憧《あこが》れ悩み、はた涙のこもれると思へば捨てがたくなつかしきまゝ、書斎の一隅に秘めおきけるを、書肆《しょし》の主《あるじ》が、ねもごろなるすゝめに、そゝのかされて顔うちあかめつゝも今一巻に編みて世に出すお《ママ》こがましさ、さても気強きひとなるかなと、そしり給ふ人もおはすべし……」

――書肆のあるじ、交蘭社はその前年、『花物語』を出版しており、また信子の個人雑誌「黒薔薇《くろしょうび》」も刊行したところだ。

『古き哀愁』という本のタイトルになった短篇の舞台は東京だけれども、さながら、鹿沼時代の信子を思わせる境遇が出てくる。

「それは、私が女学校を出てから、まもなく、同窓会の幹事会を母校で開くから来るやう

にとの、通知の葉書を受けた日だつた。

一の組の幹事は私で、二の組の幹事は豊子さんだつたから、豊子さんといつしよに学校へ行く方が万事都合がよからうと私も思ふし、母も、『酒巻《さかまき》さんと、ごいつしよにおゆき』と言ふので、豊子さんを誘はうと思つた。(中略)

私はその頃、学校をやうやく終《お》へたばかりで、これといふ仕事もなく、たゞ、家《うち》で婆やから裁縫をちび／＼習つたり、一週間に三度ほど琴の師匠へ通ふだけだつたから、いくらか退屈で、もの足りない日ばかり送つて居《い》た。

学校にゐた時は、朝夕顔を合せて居《い》たことゝて、べつだん何んとも思はなかつた級のお友達の誰でもがしきりになつかしまれてきたりした。さういふ日々の単調を破る、かうした友の家《うち》を訪問するといふ事は、私にとつて、どんなに嬉しかつたらう。

ことに豊子さんは私の大好きなひとだつた。豊子さんは、私も好きなひとに思つたし、母も一番、私のお友達の中では豊子さんを、ほめた」

豊子さんは美しいひとだった。医者だった父の死後、母と弟と三人でひっそり暮していた。姉が一人あり、青森に嫁いでいるが、母は姉のお産を手伝いにゆく。豊子さんは弟と二人で留守宅を守る。二人が本の貸し借りをするところも面白い。豊子さんは小さな赤い表紙の手ずれした洋書綴りの本を〝私〟に渡して、〈これを読んでごらんなさい、私いくども読み返しては泣いたの〉という。

〝私〟は、

〈泣く本は大好き〉

といって手巾《はんけち》に包むのである。いかにも大正初めの娘たちらしい会話だ。豊子さんがある日曜日、遊びに来た。

「母は、豊子さんはおとなしくて好《よ》い娘だと、至つてお気に入りだから私の部屋まで出て来て娘たちの話の中に入る。

豊子さんは心持かたくなつて相手をしてゐる。

『お姉さまが、お産をなさいますさうで。――』

『はい。もう来月くらゐが産月《うみづき》ださうでございます』

『あゝ、さやうですか、あの、なんですの、お母さまは、まだ彼方《あちら》に。――』

『はい、気にかゝるから、お産のをはるまで滞在いたすと申してよこしましたの』

『おや〳〵、では、まあお留守はご姉弟だけで、お骨折でいらつしやるでしよ《ママ》うねえ』

『いゝえ、あのなんですか、――』

『ほんと《ママ》うに感心でいらつしやいますよ、あなた、とても家《うち》のこれなぞは一日だつて、満足に留守番なぞは、させられませんですよ』

『いやな、お母さん』

私が、かう言ひ出して、豊子さんと母との会話を折ってしまった」

信子と母のマサとのたたずまいを髣髴《ほうふつ》させるではないか。やがて豊子さんの姉は難産で死ぬ。豊子さんは姉ののこした忘れがたみの幼児のために、姉の後添いとして義兄に嫁がせられる。〈母に泣いて拝まれたから〉と、豊子さんは白い頬にほろほろと涙をこぼす。

〈でも私は辛かったの……〉

〝私〟はきっと唇をかみしめる。

〈自己棄却《アブデケーション》〉

とつぶやく。「犠牲、そう《ママ》した美しい名のもとに、自分の柔弱な意志をかくして、仮面をかぶる、弱く醜い女性の群――私どもは此の様な哀れな群ばかり見せつけられて居た」。

しかし豊子さんはちがうらしい。与えられた運命に従って強く生きようと決心しているらしい。自我を消して服従するのでなく、大きい苦しみや愛の芽生えを自覚して、人生の大事業に挑戦しようとしているのだった。「幼いボヤボヤした私」には、どう慰めていいか、励ましていいかわからない。

〈なんともおっしゃって下さらないのね〉

と豊子さんに恨まれたとて、「あんまり心の成長していない幼い私」にはいうべき言葉もない。ついに思い切って目をつぶっていってしまう。

〈あなたは――ほんとうに――気高い〉

豊子さんは絶句し、〈私が気高いって？〉

たもとで顔を掩《おお》って子供のように泣き出してしまう。張りつめていた気が均衡を失ったのであろう。しかし豊子さんは〝私〟より一足はやく現実世界へ踏みこんでいったのだ。

……

――初期の習作集は、あまり世上には知られていない。この『古き哀愁』も、短篇小説というには、とりとめないものだ。しかしあきらかに信子の文学的核はすでに見て取れる。

夢見る乙女を強いて現実へ拉し去るのは、結婚という人生の陥穽《かんせい》であること。乙女が自我を育て、自己完成をめざし個性を確立してのち、異性とめぐりあい、結ばれる、女の人生はそういうものであらまほしいのに、否応なくねじ伏せるようなやりかたで、乙女たちは社会慣習のまえに屈伏させられる。

『返へらぬ日』は中篇であるが、魂の相寄る若い娘二人、その仲を割くのは、片方に押しつけられる結婚である。世俗では祝福されるべき結婚が、魂の結びつきを重視する女たちにとっては死ぬより辛いことになってしまう。信子は女と結婚の関係について目を離さない。それを彼女の文学的核の第一とすれば二つめは、女同士の愛である。

『古き哀愁』の中に、『五月と桐の花』という小品がある。末尾に、「二・六・五」とあるのは大正二年の作か。日付があるのは信子ファンには嬉しい。これは鹿沼時代の作、ということになり、投書を別にすれば『花物語』より早い作品で、珍らしい。信子十七歳。

女学生の話。N子はセルの単衣《ひとえ》に着更えた朝、磨きぬいた編上げの靴で、シュッシュッと玄関の三和土《たたき》の上をすべってみる。……「うれしきは／あはれ五月／桐の花／桐のはな／うす紫に咲くゆゑに／その花ほのかに匂ふゆえ《ママ》／きみを恋しと思ふゆえ《ママ》／……」という序詩にあるが、五月のさわやかさに、セルの単衣はまことに好もしいものだ。

お得意な気持で校門をくぐって、〈お早う〉とダンスの足取りで教室へ入る。めざすひとの姿は見えぬ。カーテンを引きしぼり、まぶしい朝の光がきらきら当る窓際の机の蓋を開《あ》ける。赤い硯箱（硯、というのが明治女学生の学用品らしくていい！）とノートペーパーがぐるぐる巻いて隅にある、きちんとした机。まだ登校してないのか、と軽い失望をおぼえて廊下へ出たとたん、当のS子とばったり、

〈おそいのね！〉

〈ええ、寝坊しちゃって〉

ポッと赤く染まった瞼の美しいS子。今まで待ちこがれたのが楽しく、くすぐったいN子。一時間目は、死ぬことの次ぐらいに嫌いな代数だ。……と思いながらふとグラウンドを見ると青草の中に白い小さなもの、

〈あっ、私、ハンケチなくしたの。きっとあれだわ〉

N子はドアの外へ走り出る。同じくついて出たS子が階段の上から、

〈あった？〉

N子はにっこりしてハンケチをふる。

〈ああ、いい匂い……〉

とS子がいうので嬉しくなったら〈そら、あれよ〉S子の指すのは桐の花だった。薄紫の花がお神楽《かぐら》の鈴のようにかたまって咲いている。二人して、桐の木のそばへ寄りふりあおいでいるうち、いつか授業ははじまって――。原文で紹介しよう。

「オルガンの音が教室の窓から流れる。……

見上げる三年の室の窓へはもう数学の先生の黒い洋服が見える。

(どうしよう……)

二人はぢつと、よりすがる。

肌のぬくみ。ふつくらとふくらんだ乳房がふうわ《ママ》りと触《さわ》り合ふほど……

(エスするの？)

二人は仕方がなさそ《ママ》うに微笑したとは云へ、何処《どこ》から湧き上る嬉しさを目で言ひ合す。

梢のもとに、そうつと息をこらして頰摺《ほほずり》していだき合ふ二人に、甘い花の香は乱れた黒

髪に、セルの袖に群青《ぐんじょう》の袴に、まつはつては消えまつはつては漂よふ」

この二、三年あとから書きはじめた『花物語』とまた系統がちがう。この雰囲気はむしろ彼女の純文学的作品『ミス・Rと私』に近い。信子は谷崎の小説に親しみ、文学的視野を広くしている。

異性愛の世界は書き尽されている。しかし同性愛の論理と風土文化は誰も試みていない。

(私なら書けるかもしれない……)

……文学的気負いに使嗾《しそう》されて信子はペンを走らせる。『五月と桐の花』は、甘くすがすがしい匂いの小品となっている。

もう一つ、この時期にみとめられる文学的核は、一見、弱々しいタイプの男、〈女のような男〉――その代りデリカシイに富み、心のひだの深い男――に精神的市民権を与えることである。明治以来、二度の戦勝を経験して軍事大国に駈けのぼろうとする日本は、芬々《ふんぷん》たる男臭にみちた社会だった。武張《ぶば》った倨傲な、尊大な、手荒な、酷烈な、――そうでなければ鈍重、粗野、不作法、偏狭な男たちが横行している。信子は蛮カラも高圧的な男もきらいだ。〈男らしい〉という言葉でアバウトに括られる男の美徳にはあまり関心はない、それより、外見にはなよなよして非力で、いわゆる〈男らしく〉なくても、内は純粋で真率で、デリケートな思いやりのある、女を男より低く見たりしない、とらわれぬ見方のできる男がいい。

信子はすでに習作時代から、〈かよわい男〉を描いている。『簪《かんざし》』という小品が『古き哀愁』の中にある。鈴吉という、「おとなしくてやさしい」男である。病んで脈をとられた医者に、「これでも、お主《ぬし》は男か」といわれたほどかぼそく柔かい手、しかし鈴吉は片思いの恋にみずから毒芥子《けし》を仰いではかなくなる純情の男である。

出世作となったはじめての長篇小説『地の果まで』にも、麟一《りんいち》というやさしい青年が登場する。「十七、八」で、「色の白い眼の大きく澄んでいる美しい青年」である（これには信子の弟・義明の投影が感じられる）。三人きょうだいの末っ子という設定。長姉はいう、

「麟ちゃんは、あんなに気が弱くて生優《なまやさ》しいから案じられるよ」

次姉は弟びいきである。「心配なことはないわ、男は優しいからって、今の世になんで悪いことがあるものですか、それよりも今までのように男子が乱暴で婦人を虫螻《むしけら》同然に思っているのを、誇《ほこ》りになんかされてはたまらないんですもの」

大正八年、二十三歳の信子は力こめて、そう訴えている。しかしその芽はすでに十六、七の頃から萌している。

田村俊子の小説のほか、たのしみにしたのは與謝野晶子の小説だったと、信子はいう。大正二年（一九一三）に晶子の長篇『明るみへ』が東京朝日新聞に連載されたのだ。朝

日の文芸欄を主宰していた夏目漱石が『行人』連載中に倒れ、中勘助の『銀の匙』が代りに連載された。それが完結したあと、晶子が登用されたのである。漱石の推輓《すいばん》によるものという。

晶子ファンであった信子は、晶子の小説を飛びつく思いで読んだ。すでに晶子による『源氏物語』の現代語訳第一巻も刊行されていたし、晶子の評論も犀利《さいり》で、信子は傾倒していた。宮中の〈歌会始〉の入選歌を陳腐きわまりないと「手ひどく指摘してはばからない晶子だった」。権威の象徴のような御歌所の当時の寄人《よりゅうど》、井上通泰、阪正臣などを、「あまりに固陋《ころう》なりと痛撃」する、「さっそうたるこの與謝野晶子を私は心から畏敬した」と信子は『私の見た人』で書いている。

晶子のロマンチックな歌に親炙《しんしゃ》していたのはもちろんであるが、またもう一つ、晶子に親近感をおぼえたのは、晶子の、「類型的な美人の観念に当てはまらぬ強烈な容貌」ではないか、晶子はうたう。——

「美しさ足らざることを禍《わざわい》と思へる母のいつきてしわれ」

いつく、は傅《いつ》く、大切に育てる、というような意味であろう、晶子の母は町家そだちのやさしい人で、晶子が鉄幹のもとへ駈落ちしたときも、あとからそっと夜具や着物を送ってやったり、している。

信子の母、マサは、発現の方法はちがうけれども、あれこれと信子に干渉するのも、可愛く思えばこそ、であったろう。

私淑する晶子の、はじめての長篇小説というので信子は勇み立って、毎朝の朝日新聞を待ちかねて読んだ。これは大正二年六月五日から九月十七日まで百回にわたり連載されたものだ。

しかし、これは小説として成功したといいがたい。

晶子と、夫の寛をめぐる肉親・門弟・知友たちの交渉を、ただ平板にだらだらと書いてあるだけで、もしそれ明治文学研究者がモデル的興味から読めば関心を持つかもしれないが、ふつうレベルの読者には煩瑣《はんさ》で退屈なものにみえるであろう。十七歳の信子も、

「がっかりさせられた」(『私の見た人』)

といっている。

「ぜひ感服したいと毎日頭の痛くなるほど丁寧に読み続けたが、読めば読むほどなんだかへんな気がする。十七歳の文学少女の私はついに生意気千万にも『晶子先生は小説なんて書かなければいいのに……』と悲しかった。けれど晶子崇拝熱は変らずつづいた」(同)

崇拝する人はもう一人、竹久夢二だ。夢二の小画集『春の巻』は明治四十二年(一九〇九)に発刊されて大評判だった。信子も夢二の絵に夢見心地になった。雑誌「少女の友」に連載される絵物語を待ちかね、「女学世界」や「少女世界」の口絵や挿絵の娘にあこがれた。着想も非凡で、女たちのポーズが限りなく変化に富み、美しかった。信子はいう、

「顔の半分が目のような大きな大きな目。その手がまたばかに大きい。この人体のアンバランスの描き方が不思議な魅力を備えていた」夢二式美女は全国を席捲して、夢二の人気はいよいよ高まる。

信子も女学生のころから好きで、卒業してもちっとも変らず、それどころか夢二の絵への理解はいよいよ深くなる気がした。大きな目に憂愁をたたえた美女は、近代の浮世絵だと思った。「そこにあふれる抒情と感傷、そしてデカダンの時代感覚」にこもる「日本的情緒の匂い」（同）

夢二は詩人でもあり歌人でもある。文章も、そして絵にそえられる夢二自身の筆跡も好もしかった。

あるとき珍らしく、水彩の風景画が口絵に出た。奈良郊外の崩れかかった築地のほとりに群がり咲く葉鶏頭。夢二は風景画もよかった。それに、添えられた文章も、信子を魅了した。

「ぼくがこの写生をしていると時雨が降った。絵具がにじむと困ると思うと、うしろからそっと傘をさしかける手があった。振り返るとそれは袴姿の奈良女高師の生徒だった」

――信子はうっとり空想する。傘をさしかけた女生徒も美しいひとだったろうが、夢二はどんなに美しい男であろうか、と思うのだった。こんなにたおやかな絵や詩をかく人だもの。……いつか会えるときがあったら。……

〈千代年譜〉には、信子は兄忠明のすすめで、鹿沼からほど近い日光小学校の代用教員として家を離れた、とあるが、それはほんの短期間だったらしく（ある資料には一か月とある）すぐ家に帰っている。しかし短時日にせよ、学校教師の経験が、のちに「黒薔薇」に発表した『或る愚《おろか》しき者の話』に反映しているのかもしれない。しかしこの小学校奉職のことについては信子自身は語っていない。

秋に、四兄孝明が陸軍に入隊する。年が近いので幼時からよく喧嘩した兄だが（信子はよく打《ぶ》たれたことをおぼえている）、餞《はなむ》けに一句、贈った。

「太刀帯びん門出の人や菊の花」

田舎宗匠めいた月並俳句だが、やはり後年、俳句を好んだ信子らしい。

『白いハンケチ』の「投書時代」に、

「女学校を出て暫くして私は『文章世界』の投書をやめた。投書家でなく、ほんとうの作家になりたいと思った」

とある。

信子の所蔵していた資料の中に、表紙の表裏ともちぎれて失われた「文章世界」八月号がある。扉によって誌名と月号は分るが、大正何年かは不明、しかし信子の投稿からみて大正四年ではないか。信子はこの号に、詩と散文と書翰《しょかん》文、短文、なんと四つに投稿し、それぞれ掲載されているのである。選者は三木露風、西村渚山《しょざん》、前田晁《あきら》、加能作次郎らであった。

　このうちの書翰文に注意したい。

　信子の「白筆年譜」によれば、「大正四年の春、上京して女子大英文科二年の補欠試験を受けて落第、悄然として帰郷」とある。〈千代年譜〉では、当時東京帝大生となっていた忠明が、〈信子の才能をのばしてやって下さい〉と父に懇願したという。

　信用のある忠明の説得に、ついに父も折れて、信子を東京へやることに同意してくれた。母のマサはそれでも頑なに反対しただろうが、父の言葉にあえて異をたてられない。信子は活路を開きたいと思った。大正四年、信子はもう十九だった。肩揚もとれ、大人の女だった。何とかして生きたかった。

　この頃の信子の写真の顔には、鬱屈がかすみのようにかかっている。唇は拗ねたように引きむすばれ、目付きには不逞なものがある。

　信子はもう、万年投稿少女でいる自分が哀れになった。もうポストに投稿を入れる気もしなくなった。思えば長い投稿生活だった。

　投稿をやめるときめてしまえば、やはり一抹の淋しさがあった。信子は「文章世界」と「新潮」の選者に訣別の手紙を送り、今までの厚意を謝した。それらの選者からは簡単ながら返事が来て、そのやさしさは信子を涙ぐませた。文学少女の一片の感傷にすぎない手紙に、返事などくるはずはないと思っていたのに。……そのころは国全体が人の心ものどかだったのか、投書家と選者の間には師弟の情に似た感情がおのずと育てられていたのか。女子大の英文科編入試験には落ちたが、信子はひるまなかった。英語だけでも勉強したいと思い、ともかく上京をしようと決心する。兄・忠明の下宿に身を寄せることになり、ついに母も不承不承、信子の遊学をみとめる。

「文章世界」八月号の書翰文、「姉さま」となっているが、これはむろん、架空の対象にあてて信子は決心を書き送っているのである。

「あなたの幼い妹の旅立ちの日は近づきました。カレンダーを日毎にはがす度に胸が躍ります。28・29・30、この数に示された日を名残りに、青葉の深みゆきしこの月は再び返らじと……」

それは六月のことであった。七月になれば信子は上京する。

ある朝、信子は小さな厨の釜を銀色にぴかぴかするまで磨く。小窓の下の小机と本棚にも別れを告げて。母は毎夜、黙って娘の行李《こうり》を調べていた。持たせる着物、こまごました身のまわり品。寂しげな面輪《おもわ》を見ると、信子の心は痛むけれども、しかしもう、あとへ引けないのだ。

それにもう一つ。信子は竹久夢二に呼ばれ、上京を促されていた。あの夢二から自筆の手紙をもらったのだ。ああ夢二。あの絵のように美しい男だろうか。……

2

東京！　東京！　東京！

信子はいま東京にいるのだ。あんなにあこがれ、眷恋《けんれん》しつづけた東京に。

少女の日、信子は机の抽出《ひきだし》にひそかにあるノートを入れていた。物持ちのいい、身辺の物に愛着の強い信子はそれをいまも持っている。もっともそれは、他のタカラモノ――日曜学校のカードや千代紙、おはじき、インキの空瓶――などといっしょに、きちんと紙箱におさめて宇都宮の家に置いてきたけれども。……

それは、

〈大人になったら帳〉

というのだ。ノートの表紙には〈忘れな草　日記〉と書いたけれども、内実は、大人になったら、あれもしたい、これもしてみたいと思っていたことを、思いつくたび書きつけたものである。たべもの、旅行、おしゃれ……そんなはかないあこがれの上に、はるかに切実な、執拗な宿望があった。

〈東京へいきたい！〉

東京で自分の人生を試したい、ということだった。父の職業柄、辺陬《へんすう》の地や草深い田舎町をめぐりあるいて育ち、信子は都会にあこがれる子になっていた。

（東京で住みたい――）

子供のころは、東京にあこがれるあまり、東京へお嫁にいきたかった（「話」〈文藝春秋社、昭和7・5〉の女流作家座談会で、信子は「私は東京へお嫁にいくのが理想だったわ」と話している。林芙美子が「あら！ 私もよ」と同調すると信子は「田舎の子はやっぱり東京を憧れるのねえ」というが、前後の発言から推察すると、林芙美子は東京のお金持へ嫁入りたいという願望を少女期に持っていたらしい。放浪窮迫のうちに人となった芙美子らしい願望であるのもほほえましいが、信子はただ東京そのものが好もしかったのだろう）。

年を加えるにつれ、信子の憧憬ははっきりした形をとった。東京で小説家になること。

その手はじめに、雑誌の婦人記者になりたかった。

どの雑誌にしよう……信子は考え、「婦人之友」ならと閃《ひらめ》いた。婦人雑誌はすでにあれこれ出ているけれど、「婦人之友」とその主宰者羽仁もと子氏の雰囲気に、信子は精神的で高邁なものを感じ取っていたからである。まだ世間的には西も東もわからぬ田舎女学生だったけれど。

（羽仁もと子先生に手紙を書こう。そして「婦人記者」にして下さいと、お願いしよう）

　そう思うと、もう半分、宿題を達した気がして小おどりしつつ、母にいってみた。たちまち母の大反対にあう。

〈とんでもないよ、女が働くなんてそんな、みっともない……世間態もありますよ〉

〈学校の先生だって婦人記者だって、産婆さんだって速記者だって、みな女のひとが働いてるじゃないの。現代《いま》はそんな時代よ〉

〈それは、それぞれの家の事情あってのことだよ。うちでは娘を働かせるほど困ってはいませんよ。お父さんのお名にもかかわります〉

　お母さんの頑固、世間知らず、無智、時代おくれ……どんなにいってみても母のマサは一歩もひかない。マサのあたまには、良家の娘は花嫁修業をして嫁にいくもの、という図式が頑として出来あがっているのだ。

　婦人記者の夢は消えてしまったが、上京へのやるせないあこがれは、やっとのことで実現したのだ。

　信子は宇都宮駅を母に見送られて出発し、上野駅で兄の忠明の出迎えを受ける（信子がながく家をあけるとき、母は必ず駅まで見送っている。それは信子の日記——私の見たのは大正八年〈一九一九〉以後のもの——にもたえず出てくる。何といっても信子は箱入り娘なのであった）。

　信子は大塚宮仲町の植木屋の離れに荷物の行李を解く。兄とともに下宿するのである。

いままでにも東京へしばしば来ていた。

父に連れられて買物にも来たし、観劇にも上京した。宇都宮は東京からさして遠くないし、兄たちが東京で下宿しているのも幸いして、いい足場になったであろう。前記の座談会で信子は島村抱月と松井須磨子の芸術座が好きで、「モンナ・ヴァンナ」にのぼせた、といい、「カチューシャ」には夢中になった、といっている。ひょっとしたら、大正三年三月の帝国劇場での初演「復活」を見たかもしれない。東洋一とはやされた豪華な白亜の殿堂、全館椅子席というハイカラな本格的劇場で、須磨子の唄う、

カチューシャかわいや　別れのつらさ……　　（作詞　島村抱月・相馬御風）

に熱中して聞き入り、「東京」をわがものにしたという気で、心をたかぶらせたかもしれない。

ああ、しかし、

（たまに来るのと、住むのとは違う、違う、違うんだわ！）

と信子は心で叫ばないではいられない。家をはなれ、父母の膝下をはなれ、自由に吸う「東京」の空気は旨い。去年、大正三年の暮れ、十二月十八日にできた東京駅のすばらしさ。七年かけて作られたそれは、ルネッサンス式の鉄骨赤煉瓦の、威あってしかも美しい、

泰西名画のような名建築だ。お濠端《ほりばた》からはその全偉容が見わたせる。何という巨大で、しかも気品あるたてものだろう。信子は広い構内を夢見心地でさまよう。八角塔内の高い丸天井、広い待合室には明るい雑貨店や公衆電話が並び、二階には食堂がある（駅の三階はホテルの客室、そして駅正面の御車寄《みくるまよせ》は高貴の方の御休憩所、乗車口となっているので、庶民にはうかがい知れないけれど）。近代建築の粋をあつめた、というようなたてものの中をあるいて信子は思う。

（都会《まち》だわ、これが。現代なんだわ。……ここからはじまるんだわ……）

なにが？

信子にもわからない。ただ、予感だけがあって胸は息ぐるしいまでふくらむ。

（なにかがはじまるんだわ……）

去年、十二月十八日の東京駅開業式は、折から青島《チンタオ》攻略から凱旋してきた司令官神尾中将の入京の日と重なり（この日に合せ、開業式をくり上げたものらしい）、空前の人出となった。

去年の夏にはヨーロッパで戦端が開かれ、日本も参戦しているが、国民の気分はまだのんびりしていて、むしろ、今年大正四年の十一月に行なわれるはずの天皇即位式に関心があるくらいだった。それでもドイツ軍を破って青島を落し凱旋、という景気のよさと、新東京駅落成というお祝い気分が相乗効果をあげて、東京市民を熱狂させた。

この神尾中将の娘は有島武郎に嫁している。小さい孫たちが、新しい東京駅のホーム、まだペンキの匂いがただようようなところで出迎えの顕官名士にまじり、日の丸の旗を打ち振って、〈お祖父ちゃん、万歳〉と叫んでいたという。いかめしい将軍も、チラリと愛孫たちをみやり、さすがに莞爾《かんじ》として笑みを浮べた——というような新聞記事を信子は読んだものだ。

東京駅のイルミネーション、銀座の電飾、夜の東京もよいけれど、昼の眺めも好きだ。銀座の柳は根を張って緑の影が濃い。根元にはいろいろな草花が植えられている。撒水車が水を撒いてゆく。歩道にしぶく七色の虹。畳敷きの三越呉服店の、花やかな着物売場を覗いてまわるのも信子は好きだが、銀座の〈カフェ・ヨーロッパ〉へ、兄に連れられておずおずと入り、珈琲《コーヒー》をたのしんだときめきも忘れられない。

それに神田須田町のにぎわい。

市電の乗換ターミナルなので、たべもの屋、煙草屋、小間物屋など軒を並べ、人々の雑踏のあいだを俥、荷車が割りこみ、当今《いま》、東京一の盛り場といわれるだけあって、めまぐるしいばかり。

それにしても信子がこの大都会で目睹《もくと》した風物の中で、もっともショックを受けたのはラッシュ時の路面電車だ。

混雑ぶりではない。男たちの傍若無人なマナーの悪さに目をみはってしまったのだ。夕方の須田町など停留所はたいへんな人だかり、来る電車がいいかげん満員なのでいくらも乗りこめない、それへ、戦争のような騒ぎで人々はわれ勝ちに乗りこむ。そんなことができるのは屈強の男ばかりである。それも、立派な三つ揃いの洋服など着て、これ見よがしに厚い洋書を小脇に抱えた紳士、あるいは浅草あたりへゆくらしい学生の一団――いずれも筋骨たくましい男の群ればかりが、女や老人、子供を押しのけて乗りこむ。

（なに、これは？）

　信子は憤然とする。

（来る電車、来る電車、乗るのは男たちばかりじゃないの）

　信子の見るところ、男らは大和魂ここにありとばかり突貫し、肉弾で他者をはねとばし、自分たちの体力の優越を誇示するのだ。信子は一見インテリ風な青年紳士や学生連を憎悪し侮蔑する。まるで無智な野獣ではないか。堂々とした体軀で、かよわい老婦を突きとばして平然と乗り組む、その粗雑野蛮な神経。

（ああ、いや――日本の男というもの）

　信子は信じられない光景に絶望する。女たちや子供、老人はいつまでたっても電車に乗れず、悲しいあきらめに生気を失った顔で、うらめしく電車を見あげるばかりだ。

（この男たちの、母親も妻も、〈女〉なんだということを忘れているのかしら？　思いやりの、ひとかけらもないのかしら？）

新しい教育を受けて新しい文明を担うはずの若者たちまで、父祖伝来の野蛮な力を誇示して平気なのだ。

ことにも不快なのは兵隊や将校たちの、ある者だった。手なれた器械体操を応用するごとく、運転台の鉄棒に手をかけて、ひらりと飛び乗る。その拍子に信子は、いやというほど重い靴で肩を蹴られたことがある。ある時などやっぱり彼らの泥靴に一撃されたらしい職人が、くやしまぎれにどなっていた。

〈馬鹿野郎――兵隊さんがなんだ！〉

飛び乗った兵隊の一群は、というと、口笛を吹きながら、乗りおくれ取り残されて、しょんぼりする女子供を見おろして面白そうに笑っていた。――

これが雨の日なら状況は一層ひどい。たくましい大和魂の所持者たちは、赤ん坊を背負った女や、傘をすぼめて袴の裾を濡らし、三、四台乗りおくれてくたびれきった女学生をはねとばして突進する。乗れないときは、むりやりステップに片足かけてぶらさがる。

……

――のちに信子は、〈東京の電車に見る日本男児たちの野卑な獣性について〉さかんに初期の小説で弾劾している。『花物語』の「あやめ」、『屋根裏の二處女』、『地の果まで』。

……

東京に来たときのいつものならわしで、信子は東京在住の投書仲間の文学少女グループと会った。このころの投書仲間はちょうど学校のクラスメートのように特別の心の交流があって、信頼も友情も生れるのだった。

『私の見た人』に、信子は竹久夢二の項を設けているが、そこでは、文学少女グループの二、三人に、夢二の店港屋へ連れていってもらったと書いている。

〈千代年譜〉には、港屋へ兄忠明と訪れたとあり、夢二に関する限り謎は多く、検討の余地があるが、ともかく夢二から信子あての手紙が五通（私が入手し得たコピーは三通なので、あとは『夢二書簡』に拠る）、信子から夢二あて一通が現存する。

信子はこの夢二の手紙については口を緘《かん》して語らない。書きたくない、書けば夢二を傷つける、というようなおもんぱかりがあったのかもしれない。

夢二は長兄貞一の画家仲間であったらしくそんなことから貞一は、妹を話題にしたのであろう。夢二は「文章世界」で信子の作品を読んだことがあるといったらしい。また何かの雑誌に、信子の作品に挿絵を描くこともあったのかもしれず、信子はかねてあこがれる夢二と思いがけなくうすい縁が生じたのに力を得て、自分の少女小説をどこかへ――推薦といわぬまでも、口を利いてもらえぬだろうか、と手紙を出したのかもしれぬ。信子は実際に未知の人に逢いにいったりするのは勇気がないが、手紙では果敢だった。文章の力と才能に恃《たの》むところがあったから。――

　またその標的は、婦人之友社から新発行される「新少女」であったのかもしれない。大正四年秋の新聞に「新少女」の広告が載っているが、夢二や河井酔茗《すいめい》、窪田空穂《うつぼ》、村山元子らが読み物の筆者で、ほかに実用記事「少女料理お汁粉のこしらへ方」「少女家事クリスマスの用意」などという目次の、可憐な少女雑誌である。

　夢二の手紙、コピーなので便箋封筒の美は味わえないが、筆蹟は絵に添えた文字で見る通りのもの、いったい夢二の書は、画家の人によくあるように、書道的達筆というより、絵画的に美しく、絵の一部のような快い字で、リズム感がある。変体仮名を混え、女性的にみえるが線はつよく、瀟洒《しょうしゃ》なおもむき。

「一雨ごとに青葉のみどりが黒ずむ《ママ》でゆきます。お手紙をいたゞいてもう随分時がたつたやうにおもひます。御返事をかくひまがなかつたのではないのですが、静かに紙をのべる心持になれる日が今日までなかつたのでした。私自身のうへ（田辺注、上）のことは申上る必要もありませんが、とにかく私にとつてかなりたいへんな事だつたのです。それになにもかもひとりのことをひとりでせねばならないので引越しをしてやう〳〵忙しいけれど今はやゝ静かになれました。

　そんなことを理由にするにはまだあなたにすまないやうにおもひます。

河井君からも御返事をしたことゝ、おもひますが『新少女』はちよつとぐわんこ（頑固）なところがあつて外来のものはあまりのせないのです。と言ふよりは、やはり雑誌といふものは記者と個人的の関係があつたり、地理的の感情から出来る場合が多いのでどうしても個人を知つてゐる事やなにか発表するうへにいろんな便宜があるやうにおもはれます。『新少女』の外の少女ものでしたら或はいたゞくかもしれません。さう言つてはお返しするにわるいやうな気がしてとにかくお手紙をお返しいたします。

いつぞやお兄様がお見えのときちよつとお話しましたが、港やからも雑誌を一つ出したいとかね〳〵企てゝゐますが　私が外のことで忙しくてまだその緒につきませんが近く出すつもりでゐます。そして店も公開して時々絵の展覧会やあつまりをしたい考へです。はじめてのおたよりにたいへん失礼ですが。この方《ほう》を何かあなたに手伝つていたゞけないでせうか。

自分のことばかり申しました。兄様は此頃どちらにおいでゝすか、あつい日に福島の町〻をふたりで歩きまわ《ママ》つてからもうやがて一年になります。『文章世界』であなたのお作を拝見するたびに、兄様をとほしてあなたを想像してゐました。あなたのお手紙とおもひ合して　私には一つのまぼろしを作ることが出来るやうになりました。『しろうと人形師』を出版なさる時にはあの絵は画きなほさせて下さい。あのときの私と今の私がひどくかはつたやうに　あなたに対する――あの作に対する心持もだいぶ違つてきたことを感じます。もしよかつたら、あゝいふ種類のものあつめてお出しになつてはどうですか。何かしら私に出来や《ママ》うかとおもひます。とりとめもない事を書いてしまひました。

さよう《ママ》なら

六月十三日夜　　夢

信子様　御許」

長い手紙で（便箋五枚）、懇切丁寧な文面である。であるが、当らず触らずの婉曲なことわり状で、右の手紙にはなんの確約もない。ただ小さな縁から何かを頼んできた無名の少女作家の心を傷つけないよう配慮しつつ、実現の可能性もあやふやな将来の企画を匂わせて、とりあえず義理を果した、というところであろう。

しかし突然こんな手紙をもらった信子は舞いあがってしまう。まだ世慣れぬ、人擦れしない信子には、この美しいやさしい手紙がどんなに嬉しかったことか。田舎乙女の、箱入り娘の信子には、夢二の手紙のうらにあるものなど察し得ようはずはない。「文章世界」で信子の作品を読んでくれたというのがまず嬉しく、以前に描いた挿絵を、描き直させてくれという謙虚な申し出も、当代の大家の口上としては勿体なく、信子はただ感激であったろう。

素直な信子はすぐさま礼状を書き、夢二の絵のファンであること、いつかは上京して文学を学びたいと思っていることなど、……それこそ、こまごまとくわしく書いたにちがいない。夢二の絵の、夢幻的な愛の世界、純粋な恋のやるせない吐息――それらをそのまま、夢二の人柄と重ね合せて、この人こそ心をうちわって話せる人とたのんで、思いのたけを書き綴ったのであろう。

　夢みる乙女こそ、信子のほうだった。

　人を信じやすい、疑うことを知らぬ無垢《むく》な魂こそ、信子のほうであった。


「風がひとり街の巷を走るなり　かぜに追《おわ》れていそぐ心か」　夢二（自画像に添えて）

竹久夢二、明治十七年（一八八四）岡山県邑久《おく》郡本庄村（現・瀬戸内市邑久町）の生れ、家業は造り酒屋だったというが、夢二の生れたころは酒の販売だけをしていた。今、夢二記念館になっているその生家は、のどかな山村の間の、小ぢんまりした農家で、さして大きくはない。夢二の本名は茂次郎《もじろう》、のちのモダンな、ハイカラな画風を思うと、いかにも土臭い、ほほえましい名だ。

　少年時代にはすでに家運は傾いていた。一家は九州へ移転する。夢二は叔父を頼って神戸中学に入学したものの、一年足らずで中退、十八の年に思い立って上京を決行する。詩が好きだったし、画を描くことにも夢があったが父に早稲田実業学校をすすめられて入学する。送金される学費では生活できず、夢二少年は苦しいアルバイトを重ねた。その時期、彼は学業よりも絵に惹かれてゆく。浪漫的な藤島武二に傾倒して、のち夢二と名乗った。

卒業の頃にはコマ絵（カット風な挿絵）があちこちの雑誌に売れたり、入選したりした。投書家からの出発であったが、夢二の新鮮な風趣はたちまち人々の心を捉え、新聞・雑誌のカットや挿絵で人気は高まってゆく。

夢二にはひところ、コマ絵を買ってくれた平民社の人々、荒畑寒村や、早稲田の文科生で平民社社員の岡栄次郎たちと、水とパンだけの貧しい日々を過しながら、そんなことを意に介さず、社会主義が実現するユートピアを夢みて議論をたたかわしていた時代がある。貧しい苦学生の夢二に、その体験は権力への反逆精神と、稚《おさな》いながら社会主義への心情的共感――というより正義感、ヒューマニズムを育てた。

夢二の絵の、物やさしいセンチメンタリズム、夢幻境の駘蕩《たいとう》、あでやかな空虚、その底音部にはかすかに〈野に在る人〉の反逆のメロディが流れているように思われる。それが夢二の絵を見る人に感知される。

更に夢二の絵にかたちを与えたのは、岸たまきとの結婚だった。たまきは眼の大きな、才気ある美女だった。夢二より二歳の年長で、夫に死別して上京し、早稲田鶴巻町で絵葉書屋を開いていた。夢二はその店「つるや」へ、自分の描いた肉筆絵葉書を売り込みにゆき、たちまち、たまきに惹かれてしまう。

いま残るたまきの写真を見ると、たしかに目鼻立ちのくっきりした大柄な美女だが、いかにも利かん気の、勝気そうな女だ。唇はつねにせせら笑うがごとく、あるいは拗ねるごとく引き結ばれ、眉はきっぱりとけざやかだ。まるで維新時代の美剣士が女装しているような……夢二の絵の、初期のころに意地悪な表情の女の絵があるが（それも夢二にかかると美しいのであるが）、それはある瞬間のたまきがモデルなのかもしれない。

　とまれ夢二は美女のたまきを得て、運命が飛躍する。夢二の描く美人画は人々に熱狂して迎えられ、首都ばかりでなく、日本の津々浦々に花ふぶきのように舞い散る。時代も夢二の伴走者《アシスタント・ランナー》になった。西欧の新しい文化の波が日本を洗う。雑誌「白樺」が創刊され、銀座には文士たちのたまり場になった〈カフェ・プランタン〉が開店する。平塚らいてうの「青鞜《せいとう》」が創刊されたのも、帝国劇場が落成したのも明治四十四年。大正は夢二の青春期とともにはじまろうとしていた。

　しかし明治四十年、数え年二十四歳で結婚したたまきとは二年で別れている。派手好きな性格で男たちにもてるたまきと嫉妬深い夢二は、おだやかな生活を築くことができない。それでいて夢二は浮気心のやみがたい性質《さが》でもあった。愛と憎悪が二人を引き裂き、また結びつけ、別居と同棲をくりかえした。たまきと銚子へ旅行し、たまきをモデルに美しい絵をのこしながら、一方、夢二はそこで、彼のいわゆる〈お島さん〉に逢い、恋におちる（夢二は愛する女の名を、自分流に名付けることが多い）。そのお島さんに失恋してできた詩が「宵待草」だった。

まてどくらせどこぬ人を
宵待草のやるせなさ
今宵は月もでぬさうな

多忠亮《おおのただすけ》の作曲は大正七年の九月で、あっという間に日本中にひろまって愛唱されるようになる。夢二の全盛時代は大正に入ってはじまろうとしていた。

別居と同棲をくりかえしつつ、夢二はやはり、姉さんタイプのたまきから離れられないらしく、大正に入ってたまきのもとへ帰っている。すでに二男を挙げていた。

大正三年の十月、日本橋区呉服町二番地に夢二の店「港屋」を開店する。別れてもたまきの身がたつように、との夢二の計画であったのだろう。細野正信『竹久夢二』（保育社、昭和47）によれば港屋は間口二間、奥行二間ぐらい、呉服橋から南へ三、四軒左側にあったという。店は小さいが気持よく、夢二と友人の画家、恩地孝四郎の繊細な感覚で飾られていた、と。

前の街路樹には小鳥籠をさげた。これは夢二らしいアイデアだ。しかも夢二の示唆によるものだろう、店にはたまき夫人が、老舗の内儀《おかみ》らしく眉を落し、丸髷も美しく、「絵のように」坐っていたという。

挨拶状もよかった。

「下街の歩道にも秋がまゐりました。港屋は、いきな木版絵や、かあ《ママ》いい木版画や、カードや、絵本や、詩集や、その他日本の娘さんたちに向きさうな絵日傘や、人形や、千代紙や、半襟などを商ふ店でございます。女の手ひとつでする仕事ゆゑ不行届がちながら、街が片影になりましたらお散歩かた〴〵お遊びにいらして下さいまし　吉日　外濠線呉服橋詰　港屋事　岸たまき」

――こういう挨拶状をもらったら、私もすぐ出かけたくなるであろう。夢二という男は本能的に女心を把《と》ることが巧い。いま港屋の写真を『竹久夢二写真館「女」』（栗田勇編著、新潮社、昭和58）で見ることができる。二階建て、二階の窓の前に「港屋」と看板をあげ、軒には横のれん、「港屋絵草紙店」、店の前の大提灯《ちょうちん》にもそう描かれている。両脇の小さいショーウインドーには夢二の絵の掛軸や人形がある。

正面ケースに手をついてこちらを見ているのはたまきだ。暗い店内に白く浮きあがる美しい顔と手。

本当にこの店のなかへ吸いこまれそうな気持にさせられてしまう。夢二の描いた絵が手拭い、半襟、封筒便箋になり、版画もある。夢二の絵が好きなものにとっては嬉しい店だ。港屋はまたたくうちに東京名物のナンバーワンとなった。店先には、夢二の絵からぬけ出したような美しいたまきがいる。人気はたかまるばかりだった。

店の二階に、たまきと夢二は住んでいたのだが、またもや夢二は自由にあこがれて神田区千代田町に借家を借りて住む。港屋へはときおり通い、商品の補充もしたが、めったに港屋で夢二に逢うことはなかったと、自称弟子の東郷青児はいっている。逢うのはたまき夫人ばかりで、そのかわりたまきは、そうしてやってくる若い芸術家の卵たちと親しくなった。

それにしても港屋の人気はたいへんなものだった。商品は飛ぶように売れ、しかも夢二はあれこれといそがしく、港屋のことばかりにかかずらわっていられないので商品はすぐ品切れになる。たまきは困って東郷青児に相談すると、夢二先生の代作をやってあげましょうとニセモノを描いた。客は気付かず、港屋はあいかわらず繁昌する。

実は夢二はそのころ新しい愛人、笠井彦乃に出あっていたのだ。日本橋の紙問屋の一人娘で、女子美術学校日本画科の画学生だった。夢二のファンで、港屋へたえず来ていた。

夢二より十一歳の年下、写真でみると、あどけないふっくらした頰の下町むすめである。写真にとられる表情は、世間擦れせぬ、ぎごちないところがある。夢二のモデルとして、いちばんそれらしいのは、さらにのちに出逢うお葉であろうが、清純で憂愁をたたえた夢二の女に、彦乃のおもかげを見ることができる。あどけない、おぼこな彦乃であった。

夢二は大正四年の四月には千代田町から落合に転居している。信子への手紙に「引越しをして」とあるのはそのことであろう。

しかもそのまえ、夢二はたまきと東郷青児の仲を疑って、その年の二月、富山の泊温泉の海岸で、たまきに斬りつけたりしている。夢二の手紙に「私にとつてかなりたいへんな事」というのはそれであろう。

惨憺たる関係で自身も傷つきながら、夢二は彦乃と愛しあう関係に入ってしまった。それが五月のことであった。彦乃の父がゆるすわけがなかった。堰《せ》かれるといよいよ二人の恋は燃える。

なつかしき娘とばかり思ひしを
いつか悲しき恋人となる

手にまけば恨《うらみ》はながし
かいだけば命みぢ《ママ》かし
きみが黒髪。

青麦の青きをわけて
はるばると
逢ひにくる子とおもへばかなしも。（夢二）

彦乃と思うように逢えぬいらだちが、ふと夢二に、新しいイメージをかきたてさせたのか。

夢二は信子の手紙（多分に熱狂的な礼状）に目をさまよわせ、空想を走らせたのか。この手紙の娘、逢ってみようか。

信子の手紙に夢二はすぐ返事をする（『夢二書簡』に拠る）。

「仔《くゎ》しいお手紙をただ今拝見しました。お手紙を拝見するまでもなく私はとうからあなたをば　知つてゐたやうにおもつてゐます。お顔も見たことはないけれども心持では知りきつてゐるやうにおもはれます。
東京にゐられる兄君にもどうぞ港やの店の方へ来て逢つていただきたいとおもひます。もし出来ればあなたも東京へいらして御ふたりで逢つて下さいませんか。
我儘のだん〳〵増長してくる心やすだてをお許し下さい　　夢

信子様御許へ」

この消印は六月二十二日で、次の万年筆で書いたらしい手紙も二十二日である。二度目の手紙はあわただしげなペンのあとである。

「信子様
たゞ今兄様が店へおいでになりました。お目にかゝることが出来てたいへん好都合で厶《ござ》いました。雑誌は九月から出すはこびになるでせう。しかし店の方はいまゝであまり私の仕事に理解のない女の人たちにまかせてゐたもので、私の店へきて下さる種類のお客様とは調子がとれず、おもしろくなかつた際ですし、あなたにもかたわ《ママ》ら店のこともやつていたゞければ店はきつと気持よくやれるとおもひます。

兄様にもお話はしましたが私の方もいまちよ《ママ》うど夏のゆかたや夏帯や花火の木版画をならべてゐる時ですから一日もはやく気持の好い店をしたいので厶います。あなたのお宿のことも、もし福島の兄さんがおいでにならば店の二階におふたりでゐて下さつても好いのです。しかし、私も一日でもはやく来て下さることを望むでゐますゆゑ、明日にいらしても責任のもてるところへお置きすることはいつでも出来ます。とにかくはやくお目にかゝりたいと存じます。　　夢二」

港屋の二階にはたまきが住んでいるのに夢二はこんなことを書いている。しかしこの手紙を受けとった信子は、心おどって、港屋で働く自分を、東京で、夢二の身辺で働く自分を、どんなに楽しく想像しただろうか。

3

『夢二書簡』によれば、夢二はなおも連日のように信子に便りを書いている。

「この間兄様が上京の折お話したことのてんまつはお聞きになつた事と存じます。それで実はその御返事をまつてゐるのですが私の方からはもう申上げることもありませんゆえ《ママ》さしひかへてゐました。あなたへ私は何を申上げて好いか知りません。とにかく兄様の御返事が頂けるものならき丶たいし、下さらないものならばしかたがないやうです。ともあれあなたのお心もちはよくわかつてゐるやうにおもひます。

何事も御無理のないやうに御両親さまへもくれ〴〵もよろしく

夢二

のぶ子様」

(この手紙のコピーは、私は持たないが) こんなに度重なる催促を受けては信子の若い心は弾まないではいられなかったろう。

信子は夢二の手紙を落手するなり、返事をしたためる。

信子の手紙で、彼女の両親が上京を許した事情がわかる。〈兄〉なる人(貞一?)が夢二のことをいって両親を説得したらしい。

信子は下書きをして清書したような、流麗な毛筆の字を巻紙に書いている。のちに徳富蘇峰へ出している手紙と同じようにていねいな運筆、目上や先輩への敬意を充分、文面と筆蹟ににじませて、信子は恭謙である。

それ以上に、夢二宛のは、ちょっと気取って彼の筆蹟を真似たようなところが仄見えるのも、傾倒ぶりを思わせる。

「たびたび身にあまるおことばを戴きましてまことに嬉しゆう存じます

けふ兄からながいてがみがまゐりました

父へも母へも先生のお手許へ妹をやられる様にとすゝめてございました　いま少しまへ私の上京のことは両親から許されました

かうして円満に私は旅立つ事が出来ます。あまりに多き望《のぞみ》を先生がかけてゐらつしやるまぼろし（私の）をうらぎることの杞憂に悩んではをりますけれども。

身もたましひも先生のお仕事に捧げて御手働《ママ》ひ致すことをお誓ひいたします。東京へからしてまゐります日は来月五日までの間と思召して下さいませ。

その日よりは必ず早くのぼります。一寸した事のやうでもはゝ（田辺注、母）なぞは大へんな事におもふ《ママ》てをりますし　旅立つ前にせめて心の上になりとも用意を致し度いと思い《ママ》ますゆえ《ママ》

どうしても急いでの御用が厶《ござ》いますならともかくも　よろしくばその日までお待ち下さいませ

　この事の御へんじのみに

かしこ

信子

夢二先生　まゐる」

この消印の日付は大正四年（一九一五）六月二十三日。宛名の夢二の住所は東京市外高田村雑司ヶ谷大原である。翌日この手紙を受け取った夢二はすぐ返事をしたためる。

「二十三日出のお手紙を今しがた拝見しました。御両親も御承諾下さつたそう《ママ》で、このうへは御上京のときをまつており《ママ》ます。道は近けれどあなたにははつの旅、母上の御心添へも心やりもさこそ、御無理とは存じませぬ。わたしの我侭にかぎりはありません、どうぞ無理のないやうにしてきて下さい。仔《くゎ》しいことはいづれお目にかゝつて申上ます。どうぞ御両親様へもよろしくおつたへ下さい。

夢二

信子様」

二十四日付のこの手紙のあと、信子に何があったのか。

七月五日までには上京するといったのに、まだ彼女は宇都宮にいる。夢二は何度か手紙を出したらしい。七月八日の消印。

「先程の手紙を見て下さつたことゝおもひます。また我侭をいふやうですが思ひたつと矢も楯もたまらぬ性分から一日でもはやくきて戴けたら好いとおもひます。大凡《よ》そいつ来ていたゞけるでせうか。すべての準備はおいでのまへにしておきたいとおもひます。　夢二

信子様

　御返事は雑司ヶ谷の方へお願ひします」

　この手紙以後の信子と夢二の往復書簡は発見されていない。ただこのあとに信子が出した手紙の封書だけが残されており、それは八月八日付で、信子のアドレスは「芝区高輪南町　毛利邸内林方」とある。事態はどう進展したのか。

　そして信子はのち五十年近くたって、『私の見た人』の中に竹久夢二とはじめて会った日のことを書く。

　そこでは二人の間に熱っぽい書簡が取り交されていたことは、曖気《おくび》にも出していない。『私の見た人』は昭和三十八年（一九六三）二月五日――十五日、同三月十九日――七月七日にわたって朝日新聞に連載されている。すでに夢二は昭和九年に永眠しており、信子との交流は誰知らぬ秘密になっている。夢二が「一日でもはやくきて戴けたら」といい、信子が「身もたましひも先生のお仕事に捧げて御手伝ひ致すことをお誓ひ」しますと応じたことは永遠の闇の奥に消えてしまった。

　されば私たちもそしらぬふうで、信子の話すままの、夢二との初対面を聞いてみよう。

　信子が上京後まもなく、投稿仲間の文学少女グループが、港屋へ連れていってあげるといった。彼女らは夢二ファンでもあり、夢二とも会っていて、しかも港屋でよく買物をするお顧客《とくい》さまでもあった。

そのころ信子は大望を抱いていた。それは彼女の少女小説の原稿を夢二に見てもらい、出来たら夢二が絵画部主任となっている婦人之友社発行の「新少女」に採用してほしい、出来たら夢二先生の挿絵で――という夢を見ていたのだった。しかしその「大望」は友達には打ちあけず、

「ともかくいちど夢二を見てから考えることとして」（『私の見た人』）

ついていった。

とても暑い日だった。

はじめて見る港屋は小さい可愛い店だった。

「港屋の波に千鳥の提灯に　灯《ひ》をいるゝ頃ぞ　われ遠く来ぬ」　夢二

店頭の「波に千鳥」を描いた大提灯は看板代りで「港屋絵草紙店」とあった。

店に夢二はいなかった。店番の年増女はたまき夫人ではなく雇われているひとだったが、少女たちはその人ともお馴染みらしかった。〈もう先生がいらっしゃるころですよ〉といわれて待つことにした。

まもなく炎天の街路を歩いて店へ入ってきた男がある。黄色い上布《じょうふ》の着物に素足に下駄。そのころの男はたいてい帽子をかぶったものだが、彼は無帽で長髪だった。それがいかにも画家ふうだったが。……

肩幅広く、がっしりした体つき。大きな顔は色黒で、目はぎょろりと、総体にたくましい。信子は直観で夢二だと知った。

抒情画家ではあるが、決してかぼそい優男ではなかった。

友達の少女たちは信子を昔の投書家仲間で、いまも文学雑誌に投書しているといった。

〈「文章世界」であなたの、読んだよ〉

と夢二はいい、信子を感激させた。

〈ぼくも昔は「中学世界」のコマ絵に投書していたからね。いまでも投書欄読む習慣があるね〉

少女たちは苺の氷水を振舞われた。夢二は真先にサクサクと音立てて匙を口に運ぶ。少女たちをリラックスさせようというつもりか、

〈昨日は婦人之友社のテニスコートでテニスをしたよ。暑かったが、汗を流したあとは愉快だね。きみたちもテニス、する？〉

少女たちは学校にいるときはしたけれど……などと、無邪気におしゃべりを交している。信子は自分の「大望」をどういうふうに打ちあければいいか、思いあぐねて氷水が溶けていくのをみつめていた。夢二はふいにいう。

〈ぼくたちのいまやってる「新少女」という雑誌はね、今までの実感的な少女雑誌とはまるでちがったやりかたでゆきたいんだ。大いに闘うつもりだよ〉

信子は愕然とする。〈実感的〉？ 今までの少女雑誌は卑俗低劣という意味かしら。何にしろ、高い理想を掲げる編集方針らしい。信子はおびえ、気臆れする。もう、「大望」については口に上らせることができなくなった。

そこへ出版社の人が訪れたので、少女たちは帰ることにした。

〈またいらっしゃい〉

夢二はお愛想をいってくれたが、信子はそれきりになった。

「夢二を見た。それでもうたくさんだった」

この文章にはリアリティがあり、これだけ読めば納得させられる。しかしここには手紙の往返にあふれていた熱い心の交流は口を拭って触れられていない。夢二の側の対応も、あの手紙を書いた人とは思えない。

私はここには何か、事実の掩蔽《えんぺい》が存すると思う。

夢二と信子はたがいに初めて見て、反発嫌忌《けんき》を感じたのかもしれない。

筆をとれば老練だが、まだ世間を知らず、男性経験にも乏しい信子は、許容範囲が狭い。

信子の裡なる〈男〉は物語の中にある、そして絵に描かれた男だった。夢二は好みではなかった。

王朝物語に『更級《さらしな》日記』というのがある。十一世紀の平安朝に生きた中級貴族の女の回想記であるが、この短い手記がいまも人に愛されるのは、少女時代のヒロインの可憐さによってである。

書き手の名はわからない。父は菅原孝標《すがわらのたかすえ》、あの道真《みちざね》五世の子孫である。母は藤原倫寧《ともやす》の女《むすめ》というから、有名な『蜻蛉《かげろう》日記』の作者の異母妹にあたる。文学的名門の家系である。

名前がわからないのだから、〈さらしな姫〉と名付けよう。さらしなは夢見がちな少女だった。そのころ世にはやった『源氏物語』を愛読してすっかり陶酔してしまう。夜昼とじこもって読みふける楽しさ、后《きさい》の位にも代えられぬと思う。現実も忘れて読みふけり、

（あたしは今はまだ若すぎるから器量もよくないわ。年ごろになればもっと美しくなるにちがいない。そうしたら光源氏の君に愛された夕顔や、宇治の薫大将に愛された浮舟《うきふね》のように、すてきな貴公子に求愛されるんだわ、そして、そして、……）

と夢を見つづけていた。その夢は年月のうちに粉々に砕けていった。現実には光源氏も薫大将もいなかった。人生はさらしなにとって失意の連続であった。恋するチャンスもなく、わびしく女ざかりは過ぎてゆく。老いた両親を抱え、遅い結婚をして、その夫にも先立たれる。晩年の彼女の感懐としては、「いまは、むかしのよしなし心もくやしかりけり」というものであった。

（ああ、少女《こども》のころはなんてたわいもない夢を見ていたんでしょう……どこに光源氏がいらっしゃるの、薫大将なんて、夢まぼろしの世界なんだわ。それとも知らず、あたしはま

ぼろしの彼らに愛されることを夢みていた……）

さらしなは自嘲する。しかしその中には一抹の甘い感傷もある。リアルタイムで、『源氏物語』を恋愛小説として読んだ一少女の、老いての述懐である。

しかし物語に読みふけって夢を追っていた少女の姿は千年たったいまも、『赤毛のアン』や『若草物語』の娘たちのように、人々の心を打ち、郷愁を誘う。

信子はいうなら〈更級少女《おとめ》〉だった。いつまでも夢を見つづけ、そして〈さらしな〉よりつよいところは、夢を肥大させて現実をねじ伏せようという意欲を無意識に育てていたのだ。

その信子から見た夢二は、認識からはみ出た男だった。目のぎょろりとしたところも、色黒な面も。それ以上に夢二の雰囲気には信子を毛嫌いさせるものがある。一べつで女を値ぶみするが、そこには女の人格に対する斟酌《しんしゃく》などなくて、男のエゴと欲望が突出している。それが美しい絵を描く力となるのかもしれないが、夢二からはどこか凄惨な背徳と愛欲の淫風が吹きつけてくる。

林えり子氏の『愛せしこの身なれど――竹久夢二と妻他万喜《たまき》』（集英社文庫、平成1）によれば、夢二は、

「色黒の頰骨の張った顔付きはどこかしら陰気な影がさしていた」

とある。大正四年の夏、夢二はまだ三十一の若さだが、すでに人生の（というのは、女

の）修羅場をくぐった、すさんだ窶《やつ》れと無頼が窺《うかが》え、それは〈更級少女〉の信子とは相容れないものだったろう。

しかし一方、そういう夢二が二十歳《はたち》の笠井彦乃には魅力なのだった。右の本には、夢二が画家らしいハイカラ好み——たとえば、「黒の背広に青ビロードの細いネクタイを蝶結びにし、樺《かば》いろの半外套《がいとう》をまとい、当時の舶来品の小豆《あずき》色のスパッツと呼ばれる靴ゲートルをはいて、手には古風な山高帽を持って街角に立つ夢二」——にかかわらず、「何処か物憂げで、虚脱感を感じさせる雰囲気を漂わせていた。この奇妙にちぐはぐな夢二という男に、彦乃は惹《ひ》かれていった」。

彦乃と夢二に共鳴し合うものが、信子には感じられなかった、ということにすぎない。夢二のほうでもまた、信子を一目見て期待はずれの失望を味わったかもしれない。夢二は好みの女に固執する。女の個性や自我など問題ではないのだ。妻のたまきみたいに眼の大きな、姿のすらりと細い美しい女。夢二の名声にあこがれ彼の才能を賞讃し、彼の愛を渇望する女。一目見て魅了されるような情趣のある、大きい眼にしっとりと哀愁を湛えた女。それを夢みて、夢二は恋を追いかける。

その柳腰が物語《ロマン》を挑発し、耽溺《たんでき》を使嗾《しそう》するような、あえかな女。男の手がかかるのを待つような撫で肩、男の息を感じやすい項《うなじ》、ほそい首すじ、襟足のほつれ毛。……見果てぬ夢を追って、夢二はたまきから彦乃、お島、お葉を彷徨し、彼女らを絵にとどめてゆく。

信子の文才に眩惑されて夢二は会ったのかもしれないが、彼が見たのは骨っぽい体軀の、健康な田舎娘だった。良家の娘らしくよそいきの明石の単衣《ひとえ》に、絽《ろ》の長襦袢、夏帯を締めて行儀いい物腰。上気して頬をほてらせている、色黒な娘。

背はかなりたかいが、いかつい怒り肩。

いきいきした黒瞳《め》はいかにも利発らしいが、あまりにも夢二の好みとちがいすぎる。

夢二は憑きものが落ちたように、急速に信子に対する興味を失う。……

さきの信子の『私の見た人』の中で、注意すべき個所が二個所ある。初対面の状況にはいささか潤色が含まれていると見るべきだろうけど、信子は思わずぽろりと本心を漏らしている。

あれほど上京を慫慂《しょうよう》されたのだから、東京でおちつけば何はともあれ、取るものも取りあえず夢二に連絡を取り、会うべきであろうに、信子は書く。

「ともかくいちど夢二を見てから考えることにして付いていった」

更に夢二の前から去るとき——

「『またいらっしゃい』と私たちに愛想を言われたが、それきり私は行くこともなかった。夢二を見た。それでもうたくさんだった」

その後二人の運命はすれ違いつづける。信子は文運上り、夢二は反対にそのころを頂点に人気は次第に衰退してゆく。夢二は庶民に愛された現代《いま》様浮世絵師で、その人気は草の根が張るように強いものだったけれど、時代の空気は変る。大衆の嗜好は新しい刺激を貪《どん》婪《らん》に求めて、変化してゆくのだった。

当時の文芸雑誌「新潮」の名編集長といわれた中村武羅夫は『誰だ？ 花園を荒す者は！』（日本図書センター、平成2、初版は新潮社、昭和5）の中で「作家・人間」の項に吉屋信子のことを書いている。

「女の人の容貌のことなど言ふと、怒られるかも知れないけれども、吉屋さんは、決して美しい方とは言へないだらう。骨組みは、女性的であるよりも、寧ろ男性的といつてもいいやうに、がつちりしてゐるし、色は黒いし――でも、いつでも溌剌《はつらつ》として、元気のいいお嬢さんだつた。

なか〳〵の不平家であり、慷慨《こうがい》家で、談話を交へてゐると愉快だ。少し甲高《かんだか》な、響きのいい聲で、遠慮なく人を罵倒したり、皮肉を言つたりする。吉屋さんの気持は、僕にも能く分る。

美しくはないが、そして身體《からだ》附きなぞも骨つぽい感じだが、さすがに教養のある婦人のことだから、どこか智的に洗練された魅力がある。

黒い瞳と、快活な笑顔とは、十分、異性を魅了するに足るだけの力があると思ふ」

明治文士の面魂《つらだましい》をもつ中村は直観で信子の本質を看破し、魅力を感じているらしい。これは昭和五年（一九三〇）一月の日付のある文章なので、信子が文壇に地位を得たのも見届けており、その成功は、

「もちろん吉屋さんの恵まれた才能に依ることではあらうが、一つは彼女の勝気――強情――負けじ魂の賜《たまもの》だらうと思つてゐる」

と、讃辞を呈している。気骨ある中村は、また女の気骨をも愛したのである。だから信子にはのちに男性の友人も多く出来ている。久米正雄、菊池寛、吉川英治……決して男性嫌いではなく、男たちの持てる佳《よ》きものを賞美し、自分もまた愛されたのだった。

その中でもわけて仲良しの男友達といえば無論、三兄の忠明であろう。私は夢二と信子の齟齬《そご》を捌いたのは、忠明ではないかと推察している。そのころ夢二の艶名は世に知れ渡っていたし、忠明としてはそんな漁色漢に妹を託するわけにいかないという危惧があったろう。

そこへ信子の、夢二に対する第一印象がよくないとなれば、当然、夢二の事業を手伝うという計画は立ち消えになったであろう。貞一や両親、夢二への連絡などは、面倒見のいい忠明が受け持ったのかもしれない。

「黒い瞳と、快活な笑顔」を持つ十九歳の娘、信子は、夢二に失望落胆したことより、彼

を契機にして上京できた喜びのほうがずっと大きかった。見たいこと、聞きたいこと、知りたいことがいっぱい、ある。まず何より、女子を入学させない日本の最高学府、東京帝国大学のことを、その学生である兄から聞きたい。

（男だったら、……お父さんもわたしを帝大にやってくれていただろうに）

　と思う信子は、女であるがために入学できない悔しさとあこがれが失《う》せない（『私の雑記帳』〈実業之日本社、昭和12〉に、信子は「男だったら」というエッセーを書いている。「帝大に進む。〈京都でもよろし〉文学部で考古学を研究するか、又は建築学、これも古い建築歴史の研究を選ぶ。そしたら、卒業論文には、法隆寺か夢殿の建築に就て書かう」）。

　忠明は帝大を見たがる信子を本郷へ案内する。正門をはいれば公孫樹《いちょう》の並木が両側に美事な枝を張って並んでいた。

〈四千の赤門の学生がここをくぐるんだ。この並木は前の総長が植えたのだけどね、ただいたずらに無意義に並んでいるんじゃない、これは二本の並行線を表わしたもので、この二本の並行線は即ち無限大で交ることを表現している。この交るところに真理の神が座していて、学生はそこへ到達せんと並行線の中に吸われていくわけさ〉

〈むずかしくってわからないわ〉

　信子は笑ってしまう。

〈学生の冗談だよ。そういえば〉

　忠明も、何にでも好奇心をもつ妹との会話が愉《たの》しかった。

〈このまえ、時事だったか、新聞に面白い投稿があった。大学生活をからかっているんだ。まず、赤門を入ると、ここに赤門独特の生活が始まるというんだ。人情・非人情、富貴と貧賤、統治者と被治者、それらはみな赤門外の言葉で、赤門の内へ一歩入れば四民平等、人間のあらゆる冠詞を取り去って、華族も平民も一天万乗《ばんじょう》の君も、十三間《げん》長屋の裏店《うらだな》に住む労働者も等しく人間としての取り扱いを受けるんだ、という認識。これは正論だな〉

〈平民のパラダイスね〉

〈そうそう、ただしその代りに、赤門の裡に在るのはロジックの世界だというのさ。森羅万象もこのロジックで説明せねばならない。説明しきれぬときは詩で唱う。ロジックと詩の合間に学生はときどき、哲学の煙草をふかさねばならんことになっている〉

〈なにそれ？　どういう意味？〉

　信子の黒い瞳はまるくみひらかれる。

〈つまりだな〉忠明はにやにやする。仲間たちが新入生らを煙に巻く口吻《こうふん》を思い出したのだ。

〈一と二を加えると三になる、と答えるのは俗世間の答えだね。しかし赤門の裡では、というより大学では、一と二を加えると何ゆえに四とならないか、と疑わなければならないんだ。いったい、この弁当箱は実在しているものか、又は本来空《くう》なるものかと疑ってみなければならない。実在するという説明ができればたいしたもんだ。二本の並行線は無限大に於て交るといわなければ大学生としての資格はない――というんだ〉

〈へーえ。大学って偉いところなのねえ〉

信子は正直に感心する。

〈――っていうよりか、あたり前のことをむつかしく、わかりきったことをわかりにくくというところなのねえ〉

〈そういうことさ〉

忠明は破顔する。彼は頭のいい妹のいきいきした心はずみを愛していた。友人と話すように妹にも話せるのだった。

その赤門も見た。十一代将軍徳川家斉の姫が前田侯に嫁いだときに建てられたという赤塗のご守殿門は、信子が見た絵葉書通りだった。

〈Red gate of Tokyo Imperial University……と絵葉書にあったところだわ……〉

全国の秀才青年が雲のようにむらがっているのだ。でもわたしだって負けないわ、と信子は勇気をかきたてられる。

東京見物ばかりに日を送っているわけではなく、信子はお針やお琴の稽古から解放されたのを幸い、時間を自由に使って本を読んだり、原稿を書いたり、した。母から縁談を押しつけられたり、結婚を強いられたりしないのも信子の心を明るくし、軽くしていた。毎日、ゆたかに想が湧いて、やわらかい心地で童話の筆をとることができた。『文鳥と絲車』『幼い音楽師』など童話ができると、児童雑誌の「良友」に送った。編集者は浜田広介、水谷まさるで、ともに大学生の青年編集者である。

博文館発行の「幼年世界」にも送った。

その一方、かねて投稿時代から親昵《しんじつ》感をもっていた新潮社の中村武羅夫に会ってみようと思った。その頃は地方から上京した若者が、これと目ざす先輩や名士を頼って面会し、門下生となる、あわよくば書生に置いてもらうことが叶う、というチャンスも間々《まま》あった。

信子は忠明に相談してみた。

〈いいじゃないか、いろんな人に会うのも書くことの肥《こや》しだよ〉

忠明は信子がものを書くことをむしろすすめていた。

〈肥しといえば――そうだな、夢二さんがさまざまな女性遍歴をくりかえすのも、彼の芸術の肥しなんだろうな〉

忠明は理科系の学生だけれども、本好きな青年なので発想は柔軟だった。

信子は思った（以前に「新潮」や「文章世界」の選者に、もう投稿はやめます、今まで有難うございました、と手紙を出したらお返事が来たじゃないの、中村武羅夫先生からも頂いたっけ……そのお礼だけでも申上げよう。べつに門下生や書生になるんじゃなく）。

信子は『自伝的女流文壇史』に、「勇気を奮って訪問した」と書いている。初対面の人には人見知りして、たやすく打ちとけられない乙女だったのだ。

信子はこのとき、新築したばかりの新潮社ではなく、中村の自宅を訪ねている。新潮社からほど近い、牛込区天神町の、銀行裏の二階家を、中村は借りていた。三十歳になったばかり、長身で堂々とした体つきの男だった。精悍な風貌、鉄縁眼鏡を透して――こういうのを眼光炯々《けいけい》というのだろうか、人を射るような眼。信子が思わずすくんでいると、

〈よく来ましたね、そうですか、あなたが吉屋さんですか。練達の文章にはいつも感心していましたよ〉

と鄭重《ていちょう》な言葉づかいで、こだわりない、さっぱりした態度だった。朴訥な好漢で、信子は好意を持った。この人は明治四十一年（一九〇八）に新潮社に入社し、訪問記者として名を挙げた。作家・評論家の談話を引き出し要領よく核心をつかみ、読んで面白い訪問記事原稿を書く。才能をみとめられて編集者となり、一方、文学修業をしている最中だった。才能と筆力の他に、人間的なある種の魅力があって、仕事で知己になった名士たちにも愛されていたけれど、人々が愛したのは中村の裡にある骨太な文学青年魂とでもいうものであろう。後年は大衆小説を書いて流行作家になったが、北海道・岩見沢から文学志望を抱いて上京し、小栗風葉門下に入ったときから、それは一貫してかわっていない。

信子は口ごもりつつ、いつかは小説家になりたいという望みを打ちあけると、中村はいった。

〈ぼくにも投書時代があったです、少年時代から文学者たらんと決意して十五年たっていますが、いまだに思うものは書けんです。文学は一生、気長くやらんと……〉

信子は心細くなる。これから十五年辛抱しても思うものが書けないとなれば、どうしたらよかろう。……まず何か生活の基盤を作ってから文学修業に励むべきであろうか。中村が新潮社の編集者という衣食の道を得たように。

しかしわたしに何ができるだろう。生計《たつき》の道なんて……タイピストという職業もできたというけれど、そしてそれは高給だと聞くけれど、今から習って間に合うものかしら、教師《せんせい》は、高等師範の試験に落っこっちゃったし、三越の売り子？……

あわただしく思いめぐらしている信子に、中村は親切だった。

〈女の文筆家にも会ってみるといいですよ。すぐこの裏に、生田春月さんと奥さんの花世さんがいるから紹介します。花世さんは昔、「女子文壇」というのに投稿していた人で、いわばあなたのお仲間ですよ。善良で親切な人ですから会ってみたらどうですか〉

中村は信子を連れ、すぐ裏手の、廂《ひさし》を接するばかりに近い小さい家に案内した。狭い二間と台所だけの家で、玄関がなくて縁から出入りする。中村は、うちの茶の間の窓を開けると春月の家の縁は目と鼻の先で、たびたび窓と縁とで話をするといった。

春月夫妻はいた。春月はこのとき二十三歳、青年詩人として出発しはじめたばかりだった。信子の『自伝的女流文壇史』に、「すでに詩集も刊行されていた」とあるのは誤りで、春月の第一詩集『霊魂の秋』はこの二年あとである。青白い細面に釣りあがった憂鬱そうな眼、寡黙で厭世的な感じを受ける詩人だった。春月は袴をはいて外出し、中村も辞した。

　花世夫人は去年、春月と同棲しはじめたばかり、春月より四歳年上の、野暮ったい醜女だったが、中村武羅夫のいった通り、善意にみちた婦人で、初対面の信子を歓待してしゃべりつづけてくれた。

　初めての訪問で長居を憚られて信子が辞去しようとすると、花世は徳島訛《なま》りの口調で、

〈今夜、岡本かの子さんが見えられるはずですから、あなたも会《お》うてゆかれたらいいと思いますよ。かの子さんはお嬢さんの頃、やはり「女子文壇」へ投書してらして、わたしとは投書家仲間というわけ、いまはほら、朝日新聞に絵を描かれる一平さんの奥さまで、歌人ですよ〉

　信子はあっと思う。かの子に、ではない。信子はかの子の歌をまだ知らぬ。小説を読むのに夢中で、歌のほうは不案内、わずかに與謝野晶子の歌集を持っているだけだった。

　それより岡本一平の絵に親しんでいた。田舎女学生のころから。……それは漫画というものではなく、もっと格調たかい、新種の芸術だという印象を、信子は受けて、敬愛していた。その一平の奥さん。……信子はぜひ会いたいと、腰をおちつけてしまう。

4

路地の奥の、低地にある小さい家は、外より早く家うちが暗くなった。花世が立って電灯のスイッチを入れたとき、縁の外に足音が軽くひびいて、障子に影がさした。

〈あ、見えられたわ〉

花世は岡本一平夫人のかの子を迎えるため、縁に出た。

やがてそのひとが姿をあらわした。

このときの衝撃を、信子は五十年ちかくたったのち、『自伝的女流文壇史』の「逞しき童女〈岡本かの子と私〉」に書いている。この文章は瀬戸内晴美氏の『かの子撩乱』（講談社文庫、昭和46）にも引用されており、かの子の姿を活写したものとして有名だが、ここでは信子の文章を藉《か》りつつ、私たちももろともに、〈かの子〉に会ってみよう。

一目、そのひとを見たとき、信子は烈しいショックを受けた。
はじめて見たタイプの女性だった。どことなしエキセントリックな美しさ、体から発する玄妙なオーラといおうか。……（もちろん信子はそんな言葉を知らないが、ふしぎな霊波を魂に感じとっている）

髪は耳かくしに結っていた。ふっくらとまん丸い顔にその髪型は似合っている。化粧は濃い。白粉はあくまで白く、唇は丹花《たんか》のごとく朱い。しかもその濃艶な化粧にも負けず、更にそのひとの印象を強めているのは、二つの大きな丸い眼だった。

（濡れた大粒の黒真珠みたい、……陳腐な形容だけど、そうとしかいいよう、ないわ）

信子はそう思う。眼の強いかがやきをみつめているとわけもなく心が吸われる気がし、顔中、眼ばかりのような気になる。

美しいひと好きの信子は、いままでにも好もしい美人をたくさん見、それぞれ賞《め》でてきた。しかしこんな雰囲気の美人ははじめてだった。童女がそのまま大人になったような、無垢な感じ。それでいてこの世のものならぬ世界に身をおいているような、縹渺《ひょうびょう》たる天界を浮游しているような、ふしぎなひと。……

花世は信子を紹介した。信子ははにかむ。無名の投書少女、女学生あがりの文学少女の名をかの子夫人に告げたとて何になろう。身の縮む思いでいるのに、かの子は信子の名を聞くと、その大きな眼に光をあつめた。じっと信子をみつめて、

〈吉屋信子さんてあなたなの？　わたくし、「文章世界」や「新潮」の投書欄で、あなたのお書きになったものを、ずいぶん前から愛読していますのよ〉

信子は耳を疑う。嬉しさのあまり震えがきた。信子は涙ぐみそうになりながら礼の言葉を述べようとすると、かの子はそんなことにかまわず、言い継いだ。あまり他の思惑や反応を斟酌《しんしゃく》せぬ、鷹揚《おうよう》な人らしい。

〈わたくしはね、もう有名になった方の作品を読むより、投書欄の若いひとたちの、いっしょうけんめいに……〉

かの子は〈いっしょうけんめいに〉を殊に力を入れ、大きな眼を爛々《らんらん》と光らせ、迫力こめていう。

〈いっしょうけんめいに、書かれた投書の文章がほんとうに好き！〉

信子は舞いあがってしまう。かの子夫人の大きな黒眼が信子に迫り、そのとき信子に天啓のごとく、あたまにひらめいた考えがある。

（小説家になる。石にかじりついても！）

――あの、はかない投書のかずかず……それなりに信子本人にとってはいっしょうけんめいに書いたものだったが、それをこの、稀有《けう》な婦人が愛読してくれたというではないか、いつか、満天下の人々が信子の小説を愛読してくれるような小説家になろう！

決心がそのとき、きまった。いままで弱気の悲観主義者になったり、かと思うと自信を得たり、どっちつかずであやふやなまま、それでも心の中にしぶとくくすぶりつづけていた〈小説家になりたい〉という執念が、このときのかの子の一言で、どっと炎を噴いた。

信子の心中に一大転機が訪れたとも知らぬ花世は、人の善さにみちた振舞いで、鮨をとり寄せたり、やれお菓子を林檎《りんご》を、と起ったり坐ったりして女客たちをもてなすのだった。

この家で飼われる仔猫がかの子の膝に這い寄ってきた。かの子はハンドバッグから深紅の手帛《ハンカチ》を取り出し、仔猫の首に巻いて結ぶ。——信子はうっとりとそれを見る。

（まるで絵のような眺めだわ——）

完全にかの子の玄妙な雰囲気に呑みこまれてしまい、陶酔状態になっていたにちがいない。

その夜、かの子は花世に（ということはそばにいる信子もともに、ということである）語ったのは越《こ》しかたの悩みだった。いったい、かの子が花世とつきあうようになった、そもそものきっかけは、「女子文壇」の投書時代にどちらも出色の投稿者で、その名を認め合っていたこともあるが、大正四年（一九一五）五月号の「青鞜」に載った花世の随想「苦痛にむかひて」という一文を読んで、かの子が感激したからだという（『かの子撩乱』）。

——あなたなら、あたしの今の苦しみをわかってくれると思う。

かの子はそういって初対面の花世に「いきなり、堰をきったように、洗いざらい自分の心の秘密をぶちまけだした」（同）。

夫の一平の放蕩で心身ともに傷ついて深甚な神経衰弱になったこと、そのうちかの子にも美青年の恋人が出来、一平の容認のもとに家へ住ませたこと、奇妙な三角関係の中で三人三様に苦しんでいること。……せまい小家で人の耳を気にしつつ聞くような話ではなかった。花世はかの子を連れ出し、蕎麦屋の二階へいった。ここでもかの子はひとりでしゃべり、自分で話に熱中する。長い時間がたって蕎麦屋にも居辛くなって外へ連れ出し、なるべく人影のない通りを択んで花世は歩いた。それでもかの子の話は終らない。この日、延べ七時間、かの子は憑かれたようにしゃべりつづけたという。

一平が自分からすすんで、〈そんなに好きなら家へ連れてきたらいいじゃないか〉といった〈H青年〉だったが、実現すると一平は思いがけぬ嫉妬で悩まされた。「当時、一平は、酒毒と放蕩で、肉体的に、殆んど不能に近くなっていて、性欲の強いかの子がとうてい一平では満足を得られなくなっていたこと」それからH青年の「結核体質者特有の性欲の強さが、はじめてかの子を肉体的に満足させたこと」(同)――道を歩きながら聞く話ではなかった。しかしかの子がH青年に対する恋は、決していいかげんなものじゃない、と苦しんでいうので花世もいじらしくなって聞き役になってやったのである。

かの子をして花世に、いまの苦しさを告白したいという衝動を与えた、「苦痛にむかひて」という花世の文章を読むと、かの子の奇矯な振舞いも理解される。花世は「青鞜」誌上で、弟に食べさせるため貞操を捨てた自分を語った。これは「安田皐月《さつき》、伊藤野枝らとの間に『食べることと貞操』論争を巻き起した」(尾形明子『女人芸術の世界――長谷川時雨とその周辺』ドメス出版、昭和55)。

安田皐月は「単に食べる為なら虫も生きて居る」「人間を女を自分を葬り去つて何処に道徳があらう」(「青鞜」大正3・11)と反駁した。花世はそのあと「苦痛にむかひて」の中で、

「あの男に身をまかしたのは私を襲つてゐた性慾のためであつた。さうしてパンのためではなかつた。精神がその男を愛せず私の肉体が精神を裏切つてその男を愛してゐた。そして私がそれを少しも知らなかつたのにすぎない」「私の生活を支配する猛獣のやうな生慾《ママ》を見出した」「この猛獣のやうな生慾《ママ》の力が私の純潔を奪つたのである」パンのために処女を棄てたというのはかるい羞恥でいえた。しかし性欲のために、とは恥かしくていえなかった。「羞恥の情が私を盲目にしたのである」そしてパンのためだったと嘘をいった。

——大胆、赤裸々な自己剔抉《てっけつ》である。

花世の、エッセーというより感想文は、ぎくしゃくしたりモタモタしているが、正直である。

かの子は花世のそれを読んで、恃《たの》むに足る同性、と信頼を寄せたのであろう（その「青鞜」は大正四年五月の特別号なので、信子が訪れるちょっと前に、かの子・花世の初対面があったらしい）。

したがって、まだ長い往来というわけでないかの子は、この夜もいうべきことがいっぱいあった。もともと、あまり他人に会釈することのないかの子だから、年わかい信子が、これも黒々とした大きい眼をまん丸くみはってかの子の話に聞き入っていたとて、そんなことを顧慮するはずはなかった。

——一平先生はそんなに放蕩なさるかたなのかしら。信子はびっくりする。

岡本一平は明治四十五年（一九一二）、正宗白鳥の朝日新聞連載小説『生霊』に挿絵を描き、好評を得て、東京朝日の正式の社員として迎えられ、生活が安定する。コマ絵――一枚のスケッチに、社会の種々相を描き、気鋭の短文をそれに付ける、という仕事もはじまった。一平のユニークなセンスの絵と短文は時好に投じた。漱石の激賞を受けたこともあって、一躍、一平は流行《はやり》っ子になってゆく。美貌に恵まれ、都会《まち》っ子のダンディズムを生れながらに持ち、天性の〈兄貴分〉かたぎ、慕い寄るものが多かった。そこへ年に似気《にげ》ない高収入がなだれこんだのだ。一平は放埒に身を持ち崩しはじめる。恋い焦がれてやっと得た恋女房のかの子であったが、家へ納《い》れてみると世俗的なとりまわしが全くできない。一平の不満といらだちが夫婦の間に溝をつくる。その間に生じたかの子の迷いと恋。H青年こと、堀切重夫との、ぬきさしならぬ恋。早稲田の学生だった堀切重夫もまた、夫と恋人同居という奇怪な三角関係に悩み、三人が三人とも苦しんで（いや、もう一人、幼い太郎がいた。幼いなりに家の中の不穏な空気に敏感で、堀切重夫に幼稚な敵意を示すのだった）――その苦しみが何一つ解決をもたらさない。

世間知らずの信子にはきっと、何もかも驚倒するような話であったろう。

〈人間にはそれはそれは、苦しいことがあるのよ〉

二つの大きな瞳がじっと信子にあてられると、信子の体はぼうと発熱してしまう。

岡本かの子このとき二十六歳、花世は二十七歳、十九歳の信子より一世代上の先輩たちである。かの子はまた、四つの太郎のことも語った。一平が家を顧みないのでかの子と太郎は食べるにも事欠く日がつづいたことがある。神奈川の二子村の豪家、大貫《おおぬき》家の長女として贅沢に育てられたかの子だが、世俗的才覚がないので、食べるものがなければじっと空腹に耐えているしか、ないのだった。泣きやめない太郎をもてあましながら、

〈あーあ、いまに二人で巴里にいきましょうね、シャンゼリゼーで馬車に乗りましょうね〉

　とつぶやいて子守唄がわりにした、という。

巴里。シャンゼリゼー……信子の心は震う。いまにあたしにも行けるときが来るだろうか。

夜は更けた。信子は帰らねばならない。またと会いがたいこの夫人に別れねばならない。

心残りだけれど、思いきって、お先に、と帰ろうとすると、かの子は、

〈わたくしもご一緒に〉

と連れ立って辞去した。神楽坂をたどりながら、かの子は信子に語りつづける。「新潮」にこんな題のを、あなたは書いていらしたわね、「文章世界」にはこんなのを。……あげく、

〈きっといい小説が書けるひとよ、あなたは〉

信子は息苦しいまで感激してしまう。それでなくてさえ、ついさっき、石にかじりつい

ても小説家になる、と発奮したところなのに。

〈人間はね……〉

かの子はおごそかにいった。それはまるで神の託宣のように荘重にひびいた。

「たとえ女でも何事にも志は高くどこまでも高く持つものよ、わたくしは満身創痍《そうい》を受けても高く高く——もがいて苦しんでそれを抱き締めていたいの」（『自伝的女流文壇史』）

……こういうオーバーな宣言を照れも含羞もなく口にできるところに、かの子のユニークな個性があるのだが、ここで注意すべきは信子の反応であろう。信子は反発するどころか、感動してひそかに自分を省み、恥じて頰を赤らめるのである。暗い舗道ゆえ、誰にも見咎《みとが》められはしなかったけれども。……

（あたしは、高く、高く、どころか、低く、低く、だわ。安全第一主義で、自分を傷つけるまいとして、ついつい志を低く矯《た》めてしまっている……）

とうとう牛込見附の電車の停留所へ来てしまった。電車に二人が並んで坐ると、

〈生田さんへはたびたびいらっしゃるの？〉

〈いいえ、今日はじめて〉

〈わたくしのうちへもいらっしゃいよね〉

青山北町のかの子の家への道順まで教えられ、やがてかの子は乗換えのため赤坂見附で降りていった。

電車が動き出すと、突然、前の席からつかつかと一人の老紳士が信子の前にすすみ出、口早に問うた。
〈失礼ですが、さっき降りられた御婦人はどういう方ですか。じつに不思議な別嬪《べっぴん》ですなあ！〉

信子はその後、かの子の家を訪れていない。
「見かけによらぬはにかみや」と信子は自分でいっているが、それより、はじめて会ったときのかの子の、鮮烈な印象を大事に守りたかったからだった。
ただ、かの子のことをもっと知りたくて、あれこれ読んだりした。多摩川近くの大きな旧家に育ち、実兄は谷崎潤一郎とも親交あった、東大出の文学士・大貫晶川《しょうせん》であること、敬愛するその兄は二十五の若さで死んだこと、一平との相剋……すでに『かろきねたみ』（大正1）という第一歌集を出していることなど。
「泣くことの楽しくなりぬみづからにあまゆるくせのいつかつきけむ
　ともすればかろきねたみのきざし来る日かなかなしくものなど縫はん
　唇を打ちふるはして黙《もだ》したるかはゆき人をかき抱《いだ》かまし」　かの子
かの子の心の苦しみが歌によって癒されるといった雰囲気である。そういえば――と信子は思う。あの夜も、かの子は苦しみの解決を宗教に求めたいと手さぐりしている、というようなこともいった。キリストか、仏さまか、まだそれは迷いのなかだけれども……というような話だった。

かの子の全身から発する魅惑は、美しき求道《ぐどう》者の気魄だったのかもしれない。信子はいま気がつく。……

生田花世のことについてちょっと触れたい。

花世は明治二十一年、徳島県板野郡松島村（現・上板町）の生れ、旧姓は西崎である。父は村長で、彼女を徳島高女に進学させてくれたが、亡くなったのちは生家は貧窮する。花世は卒業後、県下の小学校に勤めながら、長曽我部菊子の名で「女子文壇」に投稿していた。

「女子文壇」は東京京橋区大鋸町の女子文壇社から発行された月刊の女性文芸雑誌だった。誌面の大方が投稿で埋まっており、編集主宰は詩人の河井酔茗、投稿の選者はやはり詩人の横瀬夜《や》雨《う》。

「この女性専門の文芸誌の投稿が入選して活字になる魅力は、その明治の頃いかに若い人々に強いよろこびであったか」

と信子は『ある女人像』「今井邦子」（『全集』11所収）の中でいっている。後年、信子は先輩の〈お姉さま〉たちの生きかたを精力的に辿って、評伝という分野でもいい仕事を残したが、それによって埋もれていた女流の業績や文化が解明されたのは信子の功である。

信子は「女子文壇」の投稿仲間の〈女の友情〉を心こめて書いている。この雑誌によく投稿して、美文や詩に入選し、賞金賞品を貰った仲間に、花世やかの子をはじめ、信濃の今井邦子、太田喜志子（のちの若山喜志子）福島の服部貞子《ていこ》（のちの作家水野仙子《せんこ》）東京の永代美知代（田山花袋《かたい》門下で「蒲団」のモデル）それにやはり東京の杉浦翠子、加藤やす子（のちの三宅やす子）らがいる。彼女らは互いに文通し、未見ながら友情を育てていた。故郷の諏訪で意に染まぬ結婚を強いられた今井邦子はついに家出を決行し、上京して河合酔茗を頼ってゆく。酔茗も貧しいが、女書生のようなかたちで邦子を寄食させる。上京した邦子はまっ先に投稿仲間のお貞さんこと、ペンネーム水野仙子に会いたかった。しかし東京馴れぬ邦子は代々木初台の仙子の家までたずねてゆけない。仙子のほうから永代未知代を伴って原宿の酔茗宅へ来てくれた。玄関へ出た邦子を、お貞さんと美知代はひと目でそれと知り、笑い声を立て、

〈あら、まだ肩揚なんかしている〉

といった。邦子は二十歳だった。はじめて会ったのに三人は旧知のようにうちとけ、お貞さんは邦子を初台の家に連れていって、心ゆくまでご馳走をふるまった。そのころお貞さんの水野仙子は田山花袋門下で、花袋主宰の「文章世界」に短篇小説を発表し、新聞学芸欄の創作月評で認められるようになっていた。それも今井邦子の血を騒がせ、上京を思

い立たせる契機となった。将来は運任せ、しかし信濃の一隅で旧家の嫁として忍従の人生を送るよりは、文芸に賭けたいと、邦子は決心したのだった。風呂敷包み一つを持って、酔茗の家へ駈けこみ、〈先生。わたしいよいよ、出て来ましたの〉といった。しかし故郷の父が危篤という電報で邦子はいったん、帰郷しなければならなかった。

徳島の西崎花世は邦子の家出に刺激され、これも上京を決行した。花世は自分ひとり高等女学校へあげてもらったので、数多い弟や妹を養育する義務を感じていたが、それ以上に文芸への情熱を抑えることができなかった。東京でこそ、自分の可能性をためすことができると思った。今井邦子の場合とちがい、花世は母に愛され、花世も慕っていた。〈辛いことがあればいつでも帰っておいで〉と母はいってくれた。弟たちはいたいけな年頃なのに工場の職工に、商店の丁稚に、職人の小僧に、それぞれ出されている。花世はどうかして東京で身を立て、弟たちの行末も見届けたかった。

上京して頼るところは酔茗しかなかった。当時の投稿雑誌の選者と投稿者の関係は、師弟の感情に近いものがあったとはいえ、貧しい詩人のうちへつぎつぎに頼ってくる娘を抱えて、酔茗も大変だったろう。

一方、郷里へ連れ戻された邦子は、花世が上京したと聞き、矢も楯もたまらず再度の家出を決行する。母の目を盗んでの脱出行、やはり風呂敷包み一つしか持ち出せなかった。粉雪の降る朝、旅費の七円をしっかとふところにおさめて家をあとにする。その金は「女子文壇」の入選の賞金を貯めたものだった。東京までの汽車賃は一円八十銭。

途中、寄り道して、太田喜志子の家をたずねる。喜志子は邦子の上京を励まし、愛蔵する與謝野晶子の歌集を贈り、喜志子の母は鰤《ぶり》の雑煮をふるまって鹿島立ちを祝ってくれた。更に、わが家の鶏がいま生んだばかりという寒卵《かんたまご》二つと新しい手拭いを餞別にくれた。その包み紙には〈志〉とあった。邦子は反《そ》りのあわぬ生みの母よりも、友人の母にあたたかい情けを感じた。

汽車は雪の碓氷トンネルをぬけ上野に着く。ホームに出迎えていたのは花世だった。

お互い文通はしていても顔を見るのははじめてだからわからない。列車からいちばん最後に降りますから、と邦子は花世に打合せの手紙を出したのだが、上気してしまってまだ乗客が降り切らぬうちにホームへ立った。

花世はすぐわかった。青地の縮緬《ちりめん》に紅葉を散らした被布《ひふ》姿、色白のおもてに聡明そうな眼――こんな綺麗な人を見たことがない、と花世は思った。

花世は小さい醜婦だと自分で書いている。なみの人より三寸ばかり低く、不美人で野暮ったいと思いこんでいた。けれども善良であった。家出してきた邦子を暖く出迎え、ひとまず自分の下宿している青山善光寺前の青松館の二階四畳半に、その日から同居させる。

「こうした〈女子文壇〉投書家グループの友愛のあたたかさは、まったく明治の文学志望の若い女性の団結力の強さを示して驚異である」

と信子はいっている（『ある女人像』）。

次の今井邦子の言葉は、信子が「大正十五年二月号のある婦人雑誌」から引用した「女子文壇の投書家」なる一文の一節である。

「現在の時代は娘さんが音楽、絵画、文学等で身を立てるにしても、親のよき理解による幸福な援助を受けられるようになられたのも、明治時代の私たちが茨《いばら》の道を血と涙で開いたからです。そして女が一人で自活するということに対して世間の男性の無理解さを凌《しの》いでここまで来たと思う時、一つの目標を持つ女の強さということを沁々《しみじみ》と感じるのです」（同）

邦子の文章は文脈のはっきりせぬ、まずいものだが、意図はわかる。

邦子は投稿仲間の女友達の友情によってともかく東京に身をおくことを得、中央新聞の婦人記者に採用され、ようやく生活が安定した。

花世も徳島で小学校の先生をしていた関係から、日暮里の小学校の先生の口をみつけた。しかしその後もいくつもの職を遍歴してこれも薄給ながら婦人記者となっている。たがいに夜具や着物を融通し合い、一つ鍋をつついて貧しいながら支えあって生きてきた女たち。強いネットワークだったが、若い彼女らには恋愛や結婚という運命が待っていた。永代美知代は別居中の夫のもとへ復し、水野仙子は同門の自然主義作家と、邦子も職場の記者と結婚する。

花世は、自分では結婚できると思っていなかった（彼女は写真で見ると、それほど醜婦には写っていないが）。しかし「男を抽象的に所有」したいと思っていた。

「多くの女の愛が形而下の生活に生きる時、私は私の愛の形而上の生活に生きる事を思ふ」（「青鞜」「恋愛及《および》生活難に対して」大正3・1）。花世は自分はいま別居結婚をしている、と考えたりする。「その夫が誰れであるか、また誰れでなくてはならないかは私の必要ではない。その夫が誰れであつてもそれは私のこの自覚の心持には何のあづかるところがない」花世は今までの道をふりかえる。

「私は私を眺めて血に濡れてゐる女を見た、泥にまみれて来る姿を見た。あの弱い女がよくあれだけの忍ぶ事をした。よく耐へた女であつた、よく切り抜けて来た女であつた。この女のあはれな隠忍の生活が惨憺《みじめママ》にあつた。この女の戦ひがどれほど性質《たち》悪い戦であつたか。この女の生命《いのち》がけがこの女の生命の花を唯一輪だけ開かせる事をした、この女はまだその次の一輪の花を咲かせる為にまた血まみれになるであらう。この女の悦楽が次の苦悶に歩いてゆかうとする。この女は神から去つて、鬼とならうとする。

　鬼となれ。（それが自然であるかぎりは）」（同）

　花世は自活して十年になるが、なお貧しくて下駄も買えなかった。丁稚をしている弟が姉を思って、体を拘束される労働の中から走ってきて、五十銭を姉に与え、何かお食べよ、といういじらしさであった。少しばかりの金に釣られてコトブキ亭という料理屋の女中を二十五日間つとめたが、ひどい重労働でかえって目を痛めてしまった。

要するに花世は、生活難に苦しみ、愛に飢え、文学ひとつにすがって生きている。

「私は私のものを云ふ事や、私がものを書く事が、私の生命のほとばしりであるやうに感ずる。私の内省の生活が今笑つて空を仰いでゐる。私の心が豊麗に熟《う》れて来たのである。私は私に対して、この小さな女に対して尊敬の念を思ふ」（同）

――小柄で田舎のおばさん然とした花世の内なる世界は、そういうものだった。

その「恋愛及生活難に対して」という文章に異常に感動した青年がいた。伯耆《ほうき》の出身で、文芸評論家の生田長江を同郷の先輩として頼って上京し、長江の紹介で新潮社の仕事をしていた生田春月である。「文章講義録」の文章添削をやって生計をたてていた、とやはり新潮社の中村武羅夫はいっている。

その中村があるとき春月を下宿屋へたずねてゆくと、着物を着かえた春月が、「えらい意気込み」で二階からかけ下りてくるのにバッタリ出逢った。どこかへ行くのか、と聞くと、

〈これから、嫁を貰いにいくところだ〉

〈何だって〉

驚く中村に春月はいつもしんねりむっつりの暗い彼とは打ってかわって口早に説明した。

「青鞜」に、心打たれる文章を書いた女がいる、貧しく醜いという、「弱い女がよくあれだ

けの忍ぶ事をした」と書いているところ、ぼくは涙なくして読むことが出来なかった。ぼくも貧しい中を十年生きてきたから。こういう女こそ妻にしたいんだ、というのである。

〈その女に今まで会ったことがあるのか〉

中村が呆れて問うと、春月青年は昂然と、

〈いや、ない。これからいってはじめて会うんだ〉

春月は青鞜社と関係がなかったので、筆者の西崎花世の身許を調べる手がかりがなく、生田長江に聞いてみた。「女子文壇」の訪問記者として来たことがあるという。長江はその婦人記者の、いかにも苦労してきたらしい謙抑《けんよく》な挙措《きょそ》と、柔かい感じをおぼえていた。「女子文壇」ということから春月は早速河井酔茗をたずね、花世と結婚したいと唐突に告げた。酔茗と夫人は花世を招いて話を取りついだ。二人は酔茗の家で会った。――中村はこのときの春月を見たわけである。

春月は二十三、花世は二十七だった。

その夜――大正三年の二月七日、外は大雪だった。花世はうつむいて顔があげられなかった。あんまり目を伏せていたので肩が凝り、やっと顔をあげて春月を見た。春月はその視線を少しはにかんで受けとめた。若い男、栄養不良のような青白い頬、無頓着な身装《みな》り、神経質そうな眼――しかし誠実な人柄、というのは花世にも見てとれた。

〈ぼくは才子じゃありません。でも誠実と熱情を持っています。ぼくはあなたの文章に人格を感じ、共感します。ぼくはあなたの精神を見た。それは美しいものでした。だからぼくは人としてのあなたを敬い、女としてのあなたを愛したいのです〉

花世は胸が乱れた。青年の言葉に偽りはないと思った。美しくない女、積年の苦労で血みどろになった女。しかし春月はあなたのような人を待っていた、二人で慰めあい導きあって、少しでも高いところへ行こう、というのである。

その夜、花世は大雪の中を歩いて帰った。五銭持っていたので電車に乗れたのだが、歩きたかったのだ。坂の途中で下駄の鼻緒は切れ、傘が破れて、足袋はだしで歩いた。それでも寒いとは感じなかった。

花世と春月の結婚は、酔茗にも長江にも祝福され、故郷の母からも「私大いに安心いたし候。あなたに何ぞあげたきと思へど親甲斐もなきありさま、どうかどうか、かんにんして下さい。あなたに拾圓送りたいと思ふ《ママ》てくめんしてをります」という手紙がきた（「青鞜」大正3・5――「結婚」西崎花世）。

新居は中村によれば弁天町のさるお寺の境内から路地を入った二タ間ばかりの小さな長屋の一戸で、「墓地や、藪や、杉林などに囲まれたやうな、陰気くさい家だつた」（中村武羅夫『明治大正の文学者』留女書店、昭和24）。

木枯吹く暗い夜、新婚の酒盛りに招かれたのは、中村と水守亀之助（まだ文学活動をしていないが文学青年の一人だった）と加藤武雄（早くから投書少年の逸材として人々に知られ、この頃には新潮社の社員として「新潮」編集に従っている。去年、佐藤義亮の媒酌で結婚したばかりだ。後年、大衆小説で流行作家となる）の三人で、机の傍の畳の上に、赤土の焜炉《こんろ》を据え、小さな新しいフライパンをかけてすき焼きをした。西洋皿に葱や肉を盛り、これも畳の上へ置いた。一升徳利を持ち出して、若き詩人、生田春月の新婚を祝し、盃をあげた。外は木枯が吹きすさんでいたが、酒宴はにぎやかで、友の情けは暖かった。

〈誰だ、不美人だなんて失礼なことをいうのは。花世さんは美人じゃないか〉

と加藤がいい、花世は、まあ……とはにかんで、はじめて世の常の新妻めいた艶《えん》な花やぎを目もとにのぼらせた。

信子は花世の人生軌跡をいつとなく聞き知り、女流文学者たちの苦闘の人生や、文学にこだわる強い意志を教えられた。岡本かの子、生田花世、それに「中央公論」で絶えずその作品を見てあこがれていた野上弥生子――上京するなり、早速、赤い帯を締めて会いにいった――らに会ったことは、どれだけ信子を奮い立たせたかわからない（この年、野上弥生子は三十歳である。信子が野上と会ってどんな感想を持ったかは奇妙なことに書きのこしていないが、二度三度訪問した、といっているから親昵もし、また、玄関払いを食わせられることもなかったのであろう）。

信子は勇気が湧き出る。自分を「女ドン・キホーテ」と呼びながら恐れずに進むことを決意する。弾丸は装塡《そうてん》された。引金を引くばかりだ。

翌大正五年の夏。二十歳の信子は「少女画報」の編集者、和田古江から手紙をもらった。それは、この間投稿した『花物語』の第一篇「鈴蘭」を採用する上に、これからしばらく毎月、このテーマで寄稿するようにというものだった。

ついに原稿依頼がきたのだ。

〈兄さん、兄さん、見て！　見て！〉

信子は忠明の部屋に、手紙をふりかざして走り込む。

〈毎月、書いて下さいって！〉

——「天にものぼる気持だった」と半世紀たったのちの、信子はいっている。

5

『花物語』の前にも信子は博文館発行の「幼年世界」という児童雑誌に童話を送り、『文鳥と絲車』（大正4・3）、『幼い音楽師』（同12）とつづけて採用されて若干の原稿料を得ている。もとよりそれは自活できるほどの報酬ではなかったけれど、信子を元気づけた。兄の忠明も励まし甲斐があったとばかりに、喜んでくれた。

信子の童話はいま読むと純でケレン味がない。やさしい手ざわりといっていい。

しかし信子はもっと突っこんだ心理描写、そして華麗な美文を操りたい意欲を抑えることができない。美しいものへのあこがれ、それも美しい女たちへの渇望。少女の日の、とりとめない憂愁、歓び、夢に夢みるようだった日々。女学生時代のまっただ中では、まだそれは表現できなかった。

しかしその時代から早くも四、五年経った。いまようやく信子は成熟して、過去、それもごく近い過去をいとしんで眺めることができた。

信子は花にちなむ物語によって少女たちの種々相を描こうと思いつく。

信子は元来この花シリーズを七つの短篇にまとめるつもりだったらしい。最初の「鈴蘭」の冒頭に信子の意図が示唆されている（まさか、このシリーズが喜び迎えられて三巻の小説集になろうとはその時点で思いも染めなかったであろう）。

「初夏《はつなつ》のゆふべ。

七人の美しい同じ年頃の少女が或る邸の洋館の一室に集ふ《ママ》て、なつかしい物語にふけりました」

信子の習作時代の作品を集めた『返へらぬ日』の中に『七彩《なないろ》物語』がある。ここでは「紫の君」「水色の君」「セピヤの君」などと色をテーマにそれぞれにふさわしい物語を編んでいる。何かをモチーフにして小さい物語を蒐めるという趣向は、かなり前から信子が暖めていたものらしく、その着想が満を持して放たれたのが『花物語』なのだった。

それから女性讃美、美しい女性への憧憬の表現も、すでに習作時代に筆ならしをして洗練されつつあった。標題作の『返へらぬ日』は東京のカソリックの女学校における二人の美少女の友愛である。

弥生《やよい》とかつみ。とりわけ才弾けた美しいかつみは「同じ性へのやむことなき祈願に似たる、思慕と燃ゆるが如き恋情」を持つ子だった。上海うまれの上海育ち、赤ん坊時代から洋服を着せられ、靴と帽子《ボンネ》を離さぬハイカラな暮しのかつみが祖国の学校へ転入し、日本娘の典型のような優雅な弥生を学友の中に見出して強く惹かれる。ついに思いつめて二人きりの露台《バルコニー》で愛を告白する。しかし弥生の返事はない。絶望したかつみはいっそ欄干《てすり》からひらりと身をひるがえして石甃《だたみ》に身を砕いてしまおう、と思う。欄干にしがみついたかつみの手に、弥生の手がそっと。

「熱き血潮の通ふ掌《たなぞこ》二つの触感、胸せまるまでに強く強く握りしめられて、その耳もとに紅い花のやうな唇は思ひ濃き言葉を囁《ささ》やくのだつた。

『……私《あたし》もなの、もうせんから……此の春こゝへ移つていらつした時から、……この学校へ上つてから私の魅《ひ》かされたひとは貴女《あなた》ひとりつきりよ……』

——呼ぶ声あり同じく答ふる声あり、（きみを想ふ）（われも又恋ふ）と山彦に似し恋のうれしさ」

この本の扉に「かかる日を過ぐせる人びとへさゝぐ　信子」とあるが、この作品を書いた年月は不明、しかし文体は『花物語』と通じる雰囲気があるので、その一、二年前ごろではなかろうか。章題も「夕化粧」「青葉病《やまい》」となかなかの佳題で、信子の字のセンスが磨かれつつあることを思わせる。

二人は放課後の鐘を待ちかねてこっそり会う。寮の門限も忘れて二人でそぞろ歩く。

「いつか、ふたりは橋を渡り終つて、木立の深い小さい公園の木蔭のベンチにならんでゐた。黄昏《たそがれ》の夕闇はさす汐のやうに、ひた〳〵とふたりを包んで来る。――ともすればふたりとも黙り勝ちだつた、青葉病の身ゆゑか――心おもたく唇もるる言葉もたゆたひ勝ちなのであらう。

『あのね――わたし男だつたらよかつたと思ふの……』

かつみが不意にこんなことを言つた。

『まあ、なあぜ?』

弥生がびつくりしてしまつたらしく、眼を見張るやうにした。

『だつて、もしも私が男だつたら、美しい貴女を守る勇ましい雄々しい騎士《ナイト》になれるんだもの、わたし男になりたいわ。恋する女性の前に膝まづいたり、接吻したり、誘惑したり競争者《ライバル》に打ち勝つたり、怖ろしいほど熱情的な男になつてみたいの、そして自分の欲しいと思ふものを何でも摑《つか》みたいの、野蛮に、獣のやうに、強く――』

　かつみのその言葉は切ない熱を帯びてゐた。

『いいえ、あなたが男だつたら、あたしはいやよ、なくなつた母さんが口癖のやうに小さい私《あたし》に言つてきかせたの。〈男はもういやいや、たくさんだ、弥生《やあ》さん、男つてみんな汚いけだものだよ、やつぱり女のほうがきれいだねえ〉つて』

　弥生はそう答える。

　この弥生の母は狭斜《きょうしゃ》の巷の歌姫だった人で弥生は妾腹の娘という設定である。信子はここでナマな男性批判をしているが、弥生のセリフには切実感もリアリティもないので、これはいかにも信子の習作らしい。弥生は続ける。

『ねえ、かつみさん、あたしはたゞ、かつみさんそのものゝ、あなたが好きなの。あなたを愛して愛して愛しぬいてゆきたいの……かつみさん、ふたりはあの伝習的《コンベンショナル》な凡庸な自然への反逆の烽火《のろし》をあげる子達《こたち》になりたくない？』

　かう言つた弥生の声よ、その瞳よ、しかく燃えしを、かつみは今まで見たことがなかつた。

『……』

　答ふる声もなく、かつみは息をのんで胸をおさへた、鼓動の脈烈しく響くよ……。

『かつみさん』

　かく呼びて、ふたゝびその答へをうながせし時、かつみは答《こたえ》に代へて、いきなり弥生の真白きうなじに双手を強く巻きて！

　あはれ夕月よ、しばし曇れかし、地に接吻《くちづ》くる子はおもはゆし矣《い》！」

　いまは死語になった「矣」まで動員して信子は文体を飾っているが、すでにここで同性を愛すという「反逆の烽火」をあげてはばからない。

　この「男になりたい」欲について信子は「改造」（大正15・6）に短文を書いている。徳田秋聲の家で男性作家たちと歓談していたとき、信子が男に生れたかった、というと、男たちは、

〈男って大変なんだぜ〉

　という。

〈じゃあ、あなたたち女に生れたいと思う？〉

　と信子が聞くと、

〈一日ぐらいならいいが、一生はごめんだね〉

〈なぜ？〉

〈だって、きみ、やっぱり男は我儘ができていいものさ〉

へーえ、作家が男のワガママをちゃんと認めてるのは殊勝ね、と信子は嗤《わら》うが、くやしいことはくやしい。小さい頃から〈女の子はおてんばをしてはいけない〉と制約が多く、兄たちが遊んでいるのに〈女の子だからお手伝いしなさい〉といわれ……

「あの時母が私に自由を与へ、もつと読書の時間を与へたら、私は今頃利口になつてゐたのに……女の子だからと女学校だけで十分とされてゐるのに、頭の悪い不勉強な男の子が、大学のなんのと親の学資を使つて遊べるのを思ふと、やつぱり羨やましい上を通り越して、その不公平に義憤の感が湧く。だから私は小さい頃から男になりたかつた。そして男に生れたら、冒険がしたかつた、赤い帆の密漁船、オーロラ輝く北洋を漂つて海の果まで波風と戦つてゆく！　さう思つて胸轟かした、江田島の海軍兵学校や越中島の商船学校に入れる男の幸ひな運命を思ふと泣きたくなつた、それはわが十二三歳の夢なりき」

　このころ信子は押川春浪に影響されていたからだろう。

「十六七歳の頃、学校の上級生に美しい〳〵ひとがゐて、その人を憧れ慕ふあまり自分が男になりたかつた。そしてその人の騎士となり、膝まづいて愛を乞ひ、競争者に打ち勝つて、その佳き人の良人になりたかつたもの。しかし、遂に私はやはり男ではなかつたから、仕方がない、それで小説をかく者になつてしまつた、小説の中でゝも、せめて美しい久遠《くおん》の女性と恋をしたいと願つて。しかし、それもむづかしい、何故なら、女性は男性の前には誰でも久遠の女性めきし貴き善きものを示し得る、だが同性の前では、久遠の競争者となり、油断できざる裏切者とのみなるのだから、女性である間、真の女性を知る事も出来ない。

おゝ呪はれしわが女性よ！（自らの女性といふ意味也《なり》）黒髪長きも何の為、われに甲斐なし、だからかんしやく起し切つちまつたの、母上許させ給へ」

ユーモラスに書いているが、信子の手きびしい〈女性批判〉がうかがえて興ふかい。信子は女性崇拝者ではあるが、一面、人間ウォッチャーでもあって、つまるところ、〈素性ただしい〉というような硬骨の文学者なのである。

もう一つ、これは「文藝春秋」（昭和5・1）に載った「日記の恋（？）」というエッセー。信子が一方的に恋した男性二人について告白している。一人はその美男ぶりほど、おつむがよくなくて興ざめし、一人は悪筆で文章に品なく、読んで寒気がしてにわかに恋慕の心が失《う》せたという趣旨のもの。

そのマクラに、〈女が女を好きになる〉ことについて触れている。

「いつたいぜんたい、私といふ女は——と言つても別に変つた女でもなく、たゞむやみと小説を書くことが好きでならない女に過ぎないのですが、小さい時から美しい女のひとが大好きでなりませんでした。小学一年生の時受持の若い女の先生をずゐ《ママ》ぶん好きでした。

まるで女神のやうにその先生を崇めてゐました。少しでも教室でほめられるやうに勉強しましたから私はいつも優等生でした。それから女学校に入学すると上級の綺麗なひとをたいへん好きになり、毎日日記にその人の着物の柄やパラソルの色まで書いて大さわぎしました。馬鹿らしいやうですが、後年そのおかげで花物語五巻をあらはして文学生活の機縁を作つたのですから、女が女のひとを好きになつて憧れるのも必ずしも『此処に無駄あり』とは限りません、御利益大なるものと存じます。しかしこんな事は私一人にかぎつた事ではなく、誰方《どなた》でも少女時代は有り勝ちの心理だと思ひます、たゞ私のはたいへんに熱心で烈しかつただけのことでせう。そんならアブノーマルかと言ふにけつしてさうではございません、断じて——たゞ私が六人も兄弟がありながら姉も妹も一人もなく、女の子は私一人で、家庭的に寂しく、自然、女性的な感じへの憧憬が深く要求されてゐたのでございませう」

それから発育がおくれた、おくてだったと信子は自分で回想する。七つの年まで母に叱られながら、母の乳房を吸うのをやめない「味噌歯だつた私ですから」。

「何しろそんな風でかなり大きくなつてもまだ男の方《かた》よりはむしろ女のひとの方が好きになる癖がありましたやうで」

『花物語』のはじめの「鈴蘭」（ここは複刻版に拠って紹介する）。語り手の少女の母は、東北のある町の女学校で音楽教師をしていた。「授業が毎日の午後に終りますと、母はそのピアノの蓋をして鍵をかけ、銀の鍵を自分の袴の紐に結びつけて、家へ帰るのでした」

あるときから、生徒の帰った後、人っ子一人いるはずのない講堂から妙なるピアノの音が鳴りひびくようになる。母はピアノの鍵を誰にも貸していなかった。

母は、不思議なピアノの音をたしかめるべく、娘の〈私〉を連れて、夕方、忍びやかに女学校の庭へはいり、講堂の外壁に身をひそめた。

「それは夏の日でしたから、庭のポプラやアカシアの青葉が仄かな新月に黒い影を落して、水を打つたやうに校庭は静でした。私は母の手に抱きよせられて息をこらしてゐました。あゝ、その時、講堂の中で、静にピアノの蓋があく音がしました。そして、やがて、コロン……コロン……と、水晶の玉を珊瑚の欄干から、振り落すやうないみじくも床しい楽曲の譜は窓からもれ出でました、それを聞いた時母の顔色は颯《さつ》と変りました。その楽曲は海杳《はるか》な伊太利《イタリー》の楽壇に名高い曲だつたのです。やがてピアノの調《しらべ》はやみました。小窓が音もなく開《あ》くと見る中《うち》に、すらつと抜け出た影、黄金の髪ブロンドの瞳！　月光に夢のやうに浮き出た一人の外国少女の俤《おもかげ》！　私は思はず、『あつ』と声をあげやう《ママ》としました。母はあはてゝ私を抱きしめて注意しました。かの外国の少女は思はぬ物蔭に人の姿をみとめたので吃驚《びっくり》したらしく一寸立ち止りましたが、やがて夕闇の空の彼方に儚《はか》なく消えゆく様に姿を見失ひました」——母はそのことを誰にも告げなかった。校長から、そのピアノは以前、宣教師として当地に来ていたアダム・ミリヤ夫人の病死後、記念として学校へ寄附されたものであることを聞いたので。ピアノは翌日の夕もいつもより高く哀れ深く鳴った――。

その翌朝、母はピアノの蓋の上に香りも床しい鈴蘭の一房がおかれているのを見る。花の根もとには赤いリボンで結ばれた一つの銀の鍵、そして薄桃色の封筒。鵞《が》ペンの跡も匂い高く、きれいなイタリア語で、

「感謝をさゝぐ。

昨夜われを見逃したまへる君に。

亡きアダム、ミリヤの子。オルテノ」

としるされてあった。「母はその時鈴蘭の花に心からの接吻をして涙ぐみました」。その少女は故国に帰るため、町を去ったのだった。

「『伊太利……。いまはあの戦ひの巷にふみにぢ《ママ》られた詩の国の空――に、優しきかのピアノの合鍵の主オルテノ嬢を、私は今もなほ偲びます――』

ふさ子さんのお話はかくて終りました。息をこらして聞《きゝ》と《ママ》れて居た他の少女たちは、ほつと一度に吐息をつきました。花瓦斯《はながす》の光が静に燃ゆるばかりで、誰ひとり言葉を出すものもなく、たがひに若い憧がれに潤んだ黒い瞳《め》を見かはすばかりでございました」

少女好みのトーンで、「月見草」「白萩」「野菊」「山茶花」「水仙」「名も無き花」とつづ

く。とりたててのストーリイはないが、どの作にも印象的なシーンがあってイメージは豊富である。「白萩」の、山中の庵に住むうら若い尼僧。「野菊」の、友禅の袂《たもと》に白い兎を抱く少女。「山茶花」の、山茶花にかこまれた湖のなか、綺麗な袖をひるがえして小舟を漕ぐ少女。ちりめんの衣裳に、金糸の帯を祇園の舞妓のようにだらりに結んで。櫂を動かすたびに千羽鶴の前簪《かんざし》の銀ビラがさらさらとゆらぐ。……

「水仙」は中国の廃宮のたそがれをさまよいあるく、そのかみの清《しん》朝のさる大官の姫。

「名も無き花」は白鳩の脚に紫の絹糸を結びつける病む少女。

「夜は更けました。七人《ななたり》の少女が、かたみに語りあひし七つの花の物語は、かくして終りました。あはれ、この地上に咲ける七つの花よ、汝《な》が物語のヒロインの優しき袂に永久に匂へとこそ！」

　信子はこの七本の花シリーズをいちどきに「少女画報」に送ったのではないかというのが私の推察である。『七彩物語』のラストが「？色」になっているごとく、『花物語』も「名も無き花」で締めくくるつもりだったのではないか。

「少女画報」編集長・和田古江は信子の才能をみとめ、ただちに採用した。そればかりでなく、七本のあとも引き続き花シリーズで連載を乞うた。信子ワールドの豊潤な魅力とあふれる覇気を洞察したのであろう。編集者として目利きの人であったといわなければならない。

信子が七本をいちどきに書いたと私が推察するのは、この七本のトーンと、そのあとの作品（「鬱金《うこん》桜」以後）とは一線を画するものがあるからだ。七本は古《ふる》物語でいう「草子《そうし》地《じ》」の如く、語り手の語りで綴られてゆく。お伽話から小説へ移行中というおもむきである。

しかしそこを経た後あざやかな脱皮をとげる。お伽話から近代小説に飛躍するのだ。信子は小説を書こうと志したのだ。作品は一作ごとに投書臭を脱し、熱気を孕んでゆく。内側から湧きあがる哄笑を追いかけようと、上質の焦燥にそそのかされて、信子は書きに書く。

「鈴蘭」は「少女画報」の大正五年七月号に載った。『全集』月報3の解説で「異常な好評であった」と巌谷大四氏は書かれている。大阪の少女から作者の信子あてに手紙がきたのもそのあらわれであろう。信子にとってははじめてのファンレターだったが、恥かしくて返事は出さずじまいだった。

七月号から毎号一本ずつ載り、その間に信子は次々と書き溜めていったのではなかろうか。まだプロとはいえない信子にとって、ひと月に一本を書き継いでゆくのは大ごとである。三回分か四回分のプールがなくては叶わぬであろう。

そんなとき、信子をめげさせるようなことがおこった。「中央公論」の九月号（大正5）

に、『貧しき人々の群』という小説が掲載されたのだ。作者は十八歳の中条百合子、花々しいデビューだった。天才少女が忽然と登場したという印象を与え、当時の文学青年たちを、大げさにいえば震撼させた。日本女子大英文科予科に在学中で、父はロンドンのケンブリッジ大学に留学した建築設計の工学博士、中条精一郎である。母の葭江《よしえ》夫人が娘の原稿を持って坪内逍遥をたずねて「閲覧を乞い」（と、信子は書いている）その結果、当時の「中央公論」の名編集者、滝田樗陰《ちょいん》に紹介された。

　樗陰は一読して採用掲載をきめた。天才少女が彗星《すいせい》のごとく現われたその経路も世間に伝わって、いっそう人々の関心をあつめた。

　室生犀星も中条百合子のデビューに衝撃を受けた一人だった。

「百合子がまだ十八歳だときいて私は内心びっくり仰天して終日憂鬱であった。これを鼻先でふんふんあしらうまでには、すくなくとも三日間はうんざりしていた。けれども三日後には中条百合子というのは工学博士のお嬢さんだから『中央公論』が載せたのだ。こんなのは本物ではないと私は中条百合子の名前が至る所で話されるたびに、われわれは何もきわ物を読むために時間つぶしをしている者でないと、ふんふん鼻であしらえるようになった」（『青春放浪』）

　犀星はこのとき二十八だったから、十歳も年下の天才文学少女の出現はこたえたであろう。そのころはすでに詩人としての地歩を占めていたが、小説にも意欲をもちはじめていた。犀星が新進作家として文壇に登場し、次々に「中央公論」に作品を発表するのは、この三年後である。

信子は百合子より三歳上だ。「少女画報」から原稿を依頼されたといって有頂天になっているが、「少女画報」と「中央公論」ではえらい違いだ、と信子は思った。

(だって、工学博士のお嬢さんなんだもの、かなわないわ)

と信子はひがんでしまった。それに評判高いその中篇小説『貧しき人々の群』を読んでその手堅い作風にも感心した。

――十八歳の作品、という乳臭味は全くない。百合子は祖母が住む東北の田舎へ毎年行っていた。福島県安積《あさか》郡桑野村開成山《かいせいざん》(現・郡山市開成山)、祖父が主導して開拓した農村である。そこが小説の舞台で、地主のお嬢さんである「私」は農民に善意を抱きながら、農村と農民の現実の前にその善意は通じない。……

(オトナの読む社会小説になってるわ。――それに比べて、あたしは少女小説しか書けない……)

信子はひるんでしまう。あんなに好きだった美文も、いまは興が乗らず、すっかりおちこんでしまった。百合子の作品の主人公は稚《おさな》いながら自我を育て思索を深める社会性がある。それが読者の共感をよぶのだ。大人が読んで納得できるのだ。

(こんなこと書けやしないわ、あたしには)

信子は自信を失う。『花物語』は毎月連載され、読者に喜び迎えられて、編集部からも、
〈確実に人気が高まっていますよ。次々と書き継いで下さいよ〉
と励まされるのに、いったんおちこんだ信子の気持はなかなか、立ち直らない。
忠明は妹を笑わせようと、
〈シュークリームでも食べたらどうだい〉
といったりする。信子は女学生時代にシュークリームを食べて以来、これが大の好物になり、富士山ほど積んで食べられる身分に出世したいと思っていた。最初の稿料で早速、勇んで買ってきたが、二つ三つ食べると、もう見るのもいやになって、忠明に笑われた。それ以来、兄妹の間で〈シュークリームを食べる〉というのは、たのしい冗談になっていた。
信子は忠明のやさしさに、
〈うふふん〉
と笑ってみせたものの、心は晴れない。
大正五年の秋も深まった。信子はある夜、本郷の日本基督《キリスト》教青年会館へ沢田廉吉のピアノリサイタルを聴きにいった。終って出てみると蕭々《しょうしょう》たる秋雨だった。人々はたてものから出られず、正面玄関でうらめしく空を見上げるばかり。現代と違ってタクシーが走っているわけではなく、暮しには不自由なことの多い時代である。信子も濡れるのを覚悟で、

電車の停留所まで走ろうと思いきめたときだった。

一台の人力車が会堂正面下に誰かを迎えるごとく着いた。すると玄関先にひしめく人々の中から、袴に振袖の、女学生風な娘がついと出てきて、軽快に階段を下り、俥に向った。

信子はあっと思った。

娘の白いまるい顔、ことにも目立つのは白く輝やく、なめらかな額である。おでこの大きな聡明そうな顔、それは何度も新聞や雑誌の写真でみた十八歳の天才文学少女、中条百合子嬢そのひとではないか。信子はきっとそうだ、と確信した。

百合子嬢らしき娘は、雨に侘びわずらう人々をあとに颯爽と車の蹴込《けこみ》に足をかけて幌《ほろ》のなかにおさまり、うやうやしく迎えた車夫はすぐさま梶棒をあげて雨中の街路を走り去った。

ひと足おくれて信子も着物の裾をからげて雨のなかを走り出した。迎えの俥に乗る人、濡れながら走る人、それぞれだと思った。

信子はこの頃まだ断髪していない。黒く剛《こわ》い髪を束髪に結っている。そのあたまの上に白いハンケチの大判のものをかぶり、雨の中を走ってゆく。なぜか知らず、たかぶった気持のままに。

それぞれの廻り合せ、いろいろな才能。さまざまあって、いいじゃないか、という気持だった。

百合子嬢は百合子嬢、私は私、という気がした。

「少女画報」は「少女画報」、「中央公論」は「中央公論」ではないか。〈えらい違い〉とは何をさしていうのか。信子の小説は少女たちに喜び迎えられているという。しかし信子の書くものに媚びはない。

少女たちの意を迎えようと小細工をしたのではない。自分が読みたかったけれど、いままで誰もが書いてくれなかったから、自分が書くのだ、そういう気持で書いてきた。少女の思いのままを詩《うた》いたい、その情熱がほかの少女たちにも伝わるのだ。

その夜、信子はたかぶってなかなか寝つかれなかった。起き出して、綿入れの袢纏《はんてん》を羽織って机の前に坐った。この縞銘仙の綿入れ袢纏は母が、よく着古した着物の、痛んでいないところをくりまわして仕立て、送ってくれたものだった。もう夜は寒かろうという親心だった。

埋めていた火鉢の火をさぐってかき出す。五徳にかけた鉄瓶はもう冷《ひ》えていたけれど、信子は電灯台《スタンド》を引き寄せ、ノートを拡げる。

万年筆をとりあげて思いつくことを書いてゆく。

花の名のいろいろ。

まず思い浮ぶのは田舎まちの女学校の庭に咲いていた鬱金桜。仄かな薄黄色の花びらを指して、名を教えてくれた上級生のお姉さま。

今も忘れぬ、美しい水島さん。忘れな草。……水島さんに抱きとられて決勝点へ走りこみ、〈おめでとう、もう大丈夫、第一着《ファースト》！〉と水島さんにいわれたときの昂揚感。いつか、きっと書くわ、この幸わせを……と思ったことを信子はもちろん、よくおぼえている。

そうだわ。

あれも、これも、書かなければ。

級長の山中さんの家でのかるた会。美しくてお俠《きゃん》でわがままだった美少女の竹森さん。幼い弟のために必死に勉強して念願の女子師範に進学できたのに、その弟を死なせてしまった津田さん。津田さんは、けなげにいったではないか。

〈これからは広い世の中の子供たちを弟にして、心から愛して教えてゆきたい。わたし、いい先生になりたい、と思うの。がんばるわ〉

親友だった葛城さんは、富裕なうちの娘だったばっかりに、学校を出るなり、嫁入りさせられてしまう。男とちがって女たちは、親と夫の指で書く円周から外へ出られず、女同士の友情を育てることもできない。しかし女の胸には感情の滴《しずく》がしたたってやむことはない。少女たちの夢や昂ぶりを、私でなくては、

（誰が書けるだろう！）

信子はそう思った。

久しぶりに意欲が全身にみなぎった。

そうだ、東京のまちのたそがれを。田舎の山野のあけがたを。少女、娘の心で捉えた自然のいみじきめでたさも書きたい。都会は雨さえなつかしい。好きな東京の雨。今夜の秋雨もたかぶる心には心地よかったが、初夏の小雨もいい。「白い絹糸の、経《たて》と緯《よこ》を織りつづける燻銀《いぶしぎん》の梭《おさ》の行き交ふ」ような雨（『花物語』「あやめ」）。そっと傘をさしかけてくれる美しい人がいたら。……その傘はあやめの色。

そうだ、『花物語』にあやめは欠かすまい。山梔子《くちなし》。コスモス。白菊。紅梅白梅、フリージア。白芙蓉、ダーリア。……

津田さんとその幼い弟の、悲しい物語を象徴する花は、何にあてよう。

小さい弟が野道を姉と歩きながら、精いっぱい声を張りあげて〈旅順開城約成りて、敵の将軍ステッセル、乃木大将と会見の、所はいずこ水師営《すいしえい》……〉と歌ったという。……親のない姉と弟、別れがたい心を無理に思いきって津田さんが汽車に乗ると、弟は泣きべそをかいて、顔じゅうを涙だらけにして、

（お姉ちゃーんって、汽車を追いかけてくるの、いつまでもいつまでも……）

津田さんの話に、信子もたまらず涙ぐんでしまったではないか。あの物語にふさわしいのは……古代紫の鄙《ひな》びた釣鐘草ではなかろうか。

山中さんの家でのかるた会の思い出は寒牡丹になぞらえて。——

学校での遠足、竹森さんとのやりとり、ああ、あれも書かなければ。

これも書かなければ。

信子のなめらかな若い頰に涙が流れる。それはすがすがしい快い涙だ。ふたたび身に戻ってきた自信と活力。少女や、わかい女の情感を、女学生生活のくさぐさの哀歓を、信子でなくて誰が書けるというのか。

ストーリイやシーンが次から次と信子にむらがり湧く。――忘れぬうちにと信子は万年筆をノートに走らせる。寒さも忘れていた。

6

『花物語』の初版は大正九年（一九二〇）二月、洛陽堂から第一集第二集同時に刊行されている。五巻五十二篇、「少女画報」連載は大正五年から十三年まで続いた。出版元はのち交蘭社から実業之日本社とかわるが、昭和五十二年（一九七七）にポプラ社から、昭和六十年にも国書刊行会から刊行されており、半世紀を超えるベストセラーである。

その初版の洛陽堂版が、ほるぷ出版から『名著複刻　日本児童文学館第二集』として出ている。

濃緑色の表紙に鈴蘭をデザインした瀟洒《しょうしゃ》なもの、文庫本型の、少女がいとしみそうな袖珍本というおもむき。

扉に信子は書いている。（複刻版による）

返らぬ少女の日の
ゆめに咲きし花の
かず〳〵を、いと
しき君達へおくる

昭和十四年に実業之日本社から再刊されたとき、信子は「はしがき」に再び右の序文を掲げ、つづいてこうしるした。

「この短かい言葉の、序文を、私は花物語第一巻を、世に送り出す時、その巻頭にしるした。

花物語は、その第一巻に続いて、第二巻、第三、第四、第五巻までも、書きつづけられつつ、世に送られたので。

それから、ながい年月が流れた。

そして、今日まで、この物語が、多くの少女の瞳に、読まれて来たということは、私自身意外なほどに、嬉しく胸をうたれずには、いられない。

思えば、私にとって（返らぬ少女の日）が、生涯に二度と戻らぬ如く、この物語集も、私には、二度と持ちがたい（思い出）の、大切な著書になった。

私が今日の日のごとく、（女の小説家）として、世に立つことになった、その大きな原因は、この『花物語』のゆえだった。

いわば、この著書こそは、私にとって、生涯への出発点、わが文筆生活の、なつかしき、（揺籃《ようらん》）だったとは。

私の文学への曙は、この物語から明け初めたのであろうに。

そして、この著書のなかの、一頁ごとにこそ、私の一心に今日まで、歩みつづけて来た、文学への、小さな幼ない足跡が、過去の日記に、はさまれた花片の一つ一つのように、残されている。

あわれ、かくもなつかしき大事な花物語よ！（おまえは、ふたたび、改刷の新しき活字を盛って、世の少女の人の手に甘えて、ゆけるのか！）

おまえを愛し、おまえを忘れぬ著者の、私の瞼の裏には、なにか、しっとりと、涙がにじむようなのを、おまえは知っているのね。

その、わたくしの心を、よく知るおまえは、いまの、うら若い少女のひとに、わらわれぬよう、しっかりと、ありし日の物語を伝えておくれ！

昭和十四年　新春　　吉屋信子」

（田辺注、『吉屋信子全集』1〈朝日新聞社刊〉に拠ったので、新仮名遣いになっている）

——信子は『花物語』の文学的生命の永遠性を信じたが、半世紀以上にもわたって世に流布し、いまなお手にする読者があるとは思わなかったであろう。信子特有の美文もかえって現代では鏡花ばりの魅力的なアクセントになり、作品に生気を与えている。信子より以前《まえ》の女流作家にも美文をよくする人はいたものの、それらはたいてい一葉の亜流で、一葉という月のまえには星屑のように色褪せてしまった。

しかし信子は新時代の子だ。西欧文明の美味しい空気を存分に吸い、女性讃美の蜜を唇に塗って、男社会の偏見や矛盾や不条理を撃ちつつ、美文を哄笑するのだ。おのずから文章に生命感あふれ、脈動がたかまるのは当然であろう。

さて『花物語』が少女たちに喜び迎えられた理由の、もっとも手近なものは、

〈一つ、少女が主人公であること〉

だろう。それまでにもお伽話や少女小説で少女が主人公である作品は多い。それらとどうちがうかといえば、

〈主人公が近代的知性と感性を有する少女であること〉

だった。明治政府の女子教育は、男子学生に比してはるかにスローモーな進展ぶりであったものの（初代文部大臣・森有礼は女子教育の振興を唱えたことで有名だが、それは国

家主義の立場からで、良妻賢母を女子教育の指導理念とするのは彼からはじまった）、それでも女子の中等教育充実の機運は次第にたかまり、明治末には教員養成の師範学校、高等師範学校も設置充実されるようになった。つまり、女学生たちが世の中に一挙に殖えたのだ。

彼女らは男子なみの高等教育（大学・高校）への進学機会こそ、与えられないけれども、また、高等女学校教育は少女たちに、家政を司り、淑徳貞節たることのみを教えこむけれども、彼女らはうわべはそれに従いながら、抑えかねる鬱勃《うつぼつ》たるエネルギーをもてあましていた。新しい時代の波動を敏感な肌に感じ、よくきく鼻で、社会の陋習《ろうしゅう》や旧弊をさぐりあてた。――そういう女学生で世の中はみちみちているというのに、彼女らの心に適う文学作品はなかったのだ。書き手、送り手に、新時代の女学校生活を経験し、その機微を知る作家はいなかったのだから。

そこへ信子は現われた。泰西詩人の詩に酔うことも知り、洋楽に親しみ、外国語の響きをなつかしむ。キリスト教に親昵《しんじつ》して育った時代の子である信子は、キリスト教的倫理感を背骨としているから、少女の無垢潔癖な正義感に共鳴する。

ゆたかな詞藻《しそう》は少女のデリケートな感性をよく汲みとる。

「返らぬ少女の日の　ゆめに咲きし花のかずかず」

を、少女たちの代弁者として謳《うた》いあげる気鋭清新な、わかい書き手。それは信子を措《お》いてほかにあろうか。少女に歓迎されたのは当然だった。

花のイメージに絡ませたストーリイは、五十二篇それぞれ変化があって構成は巧みである。少女たちを魅惑する物語にみちている。

私の少女時代は昭和十年代半ばから後半であったため、国家の非常時で軍国主義の嵐のまっただ中、少女らしい色彩も情緒も感性も吹っとんでしまうような荒々しい時代だった。私たちは中原淳一の挿絵の入った『花物語』を回覧しては、わずかに精神的渇きをなだめすかしていた。周囲にあるのは軍服のカーキ色、怒号と号令、空襲を告げるサイレン、爆音、黒い焼け跡だった。そんな中で「鬱金桜」や「紅薔薇白薔薇」や「忘れな草」や「ヘリオトロープ」「秋海棠」「三色菫」の名はどんなに眩惑的であったことか。花らしいものは町から姿を消して何年にもなる。もともと、戦前の下町の庶民は、花から縁遠くて、花屋へいくといえば仏壇の花か神棚の榊《さかき》を買うばかり、わずかに〈お花〉を習う娘さんたちが花を買ったものだけれど。……

私たちは『花物語』の挿絵で花の名をおぼえ、想像した。戦時下の少女《こども》たちには未来は思い描けず、こんな花々を現実に見ることは今生《こんじょう》にもはや叶わないだろうと思いながら、それでもこの地上のどこかには在るのだろうとあこがれた。

物語の中には典雅な華族令嬢や、お侠《きゃん》な下町娘が美しい振袖をひるがえし、

「ふるさとの海辺の花に似たるかな
　君がかざせる、ぱらそるの房《ふさ》」

などと口ずさむのだ。めくらむ思いで、これはこの世のことではないと思いつつ、物語にのめりこんでゆく、その少女たちの姿は、防空頭巾にもんぺ、というでたちで、食べ盛りなのに食糧難の折からみな痩せて光沢《つや》のない顔だった。『花物語』に憑かれた時だけ眼はきらきらした。

いくつか『花物語』の花々を紹介してみたい。『白芙蓉』――子爵家の庭に白芙蓉が咲いている秋半ば。章子《あきこ》はその邸のあるじからスカラシップを受けているので、ときどきお邸へあがる。子爵家は父の藩主に当るのだった。白芙蓉の花のかげから冴えた小鼓の音が聞える。うっとりと章子が聞きほれていたとき、庭に乱れた足音がして小さな若様が白芙蓉のかげの鶺鴒《せきれい》を空気銃で射とうとする。あとに従うのは金縁眼鏡の女史風な家庭教師、そのとき小鼓の音がはた、と止んで障子があけられ、少女がすらりと縁に立つ。

「黒髪影さす額に仄かに乱れて少女にはやや過ぎると思われる濃い眉、黒い真珠の瞳、蒼白い面《おもて》に、ここのみは朱を点じた唇はきりっと締まって、優しい柔らかな憂鬱の思い淡く漂う俤《おもかげ》、沈んだ色の紫の袂長く匂うて、細やかな肩より嫋《なよ》やかな胸のあたりを黒さを含む海老茶の帯に引きしめて寂しいばかりの気品を添える」――美少女は家令の娘だった。

芙蓉の花かげの鶺鴒に空気銃の銃口がさだまるのを見ると、すずやかに言い放つ。

「いけません、私《わたし》のお庭のお客様をうっては……」

おつきの女史は呆れて、

「あの、もし若様ですよ、若様がせっかくおうちになるのですから、静かに」

美少女は前よりもりりしく、「どなたでもいけません。私の家の可愛いお客様をおうちになってはいけません」。

少年の耳には大人の応酬は入らない。引金に小さい指をかけようとする。少女はひらりと縁を下りて小鳥を追いやる。「お逃げよ、ね」

女史はたまりかね、少女を詰《なじ》る。あなたの父上もこのお邸に仕える身ではないか、それでご当家への礼儀が守れますか。若様のお遊びをさまたげて。——

少女はつつしみ深いしとやかな口調ながら凜《りん》と言い放つ。

「あの若様に小さい生き物を御同情なさるようにお知らせするのは、そんな悪い事でしょうか？」

この小さな出来ごとはしかし大きな結果を招き、家庭教師女史は退職、白芙蓉の精のような美少女は、主家への義理を重んじる父により国許のおばあさまのもとへやられたという。「白い芙蓉の花が細い雨の糸に濡れた寂しい朝」彼女はその邸を去ってゆく。

「可愛い小鳥を乙女心にかばうたばかり、災いは身にかかってお邸仕えの父を持つ義理ゆえに、紫匂う袂に小鼓一つを抱いて都を落ちて遠い西の国に、深みゆくこの秋を細りし肩に重たき鼓は、あわれ愁いの音色をたてようものを」

なよやかな少女たちでいながら、『花物語』の主人公たちは、世俗の権威と物質万能思想に全身で反発する。「ダーリア」の道子は、慈善病院で働く見習看護婦だった。友達はみな女学校の一年生として、袴に靴のいでたちで、お下げの髪に緋のリボンを飾り、派手なパラソルをさして街路をつばめのように歩いているというのに、貧家の子の道子は小看護婦として重労働に一日を過さねばならない。少女というには若すぎる道子には重い人生であったのだ。そこへ町の富豪令嬢が交通事故で担ぎこまれてくる。小学校友達の春恵だった。

道子は心こめて看護する。ことさら親しくした仲ではないけれど、不安げな春恵が顔見知りの道子を白衣の人々の中に見出して、頼りにするのがいじらしくも嬉しくて。

春恵の全快の日、道子は富豪の家へ学友として迎えようと乞われる。しかし道子は慈善病院の患者の貧しい母と子に接して、気持は変っていた。「可哀想な貧しい方達の病いの床《とこ》の前で、光となり力となってあげとうございます」と拒絶するのである。

全快祝いの日、道子に贈られた豪華なダーリアの花束を、道子は水の面に投げ捨て思う。

（ダーリアよ。
　お前は華やかで美しい、

しかし、私の友ではない――）

「燃ゆる花」という一篇。

雪国のミッションスクール。吹雪をついて逃げこんできた美しいお高祖頭巾《こそずきん》の婦人。門を開けたのは寄宿生のみどりだった。やがてそのミセス片岡も生徒の一人となった。その頃のミッションスクールには、未亡人が自活のため、または夫が洋行中にものを学ぼうという殊勝な婦人が専攻科へ入って勉学にいそしむことも多く、ミセス何々とよばれる生徒も珍らしくはなかったが、その片岡夫人は美しさの点で全校生徒の注目をあつめる。寮で同室となったみどりは嬉しくてたまらず、ミセス片岡にあこがれ、愛を捧げる。夫人はみどりの子供らしい手を握りしめ、
「いつまでも、いつまでも、そうした純な処女《おとめ》の気持でいて頂戴……大人になっては嫌、大人になってはいけません」

みどりの手にほろほろと熱い涙の雫《しずく》がこぼれる。「あわれ、この麗わしい夫人の胸の銀《しろがね》の壺の底深く沈みひそめる悲しみはなんであろうか？」

ミセス片岡は鉱山王の令夫人だった。結婚生活に絶望して邸を逃げ出してきたのだ。さまざまの女や男が恫喝的にミセス片岡を連れ戻そうと学園を訪れる。ある夜、学園は怪火に見舞われる。片岡夫人とみどりは焔の中を動かなかった。資産も世間的地位も現世の栄華も、ミセス片岡の精神の自由を侵せない。そしてみどりの片岡夫人へのあこがれや純愛

も。――

起伏あるストーリィだけでなく、信子はほんの一瞬の機微を捉え、人生と社会を示唆する。

「龍膽《りんどう》の花」という一篇。女学校の卒業生たちがクラスメートの間で一冊のノートを廻し、近況を報告しあおう、と提議する。いろは順で一番目は井上さん。これが平凡そのものの目立たぬ人ゆえ、どうせ一頁めは二、三行のつまらぬありきたりの文章が綴られるのだろう、その次の人はお茶目さんだから奇抜なことを書いて笑わせてくれるに違いない、とみな思い、

「井上さん、早くかいて、すぐ次の方へ廻して頂戴ね」

といったりする。やがて廻覧ノート第一頁にしるされた「龍膽の花」なる一文。

井上さんはクラスの中でその存在さえ忘れられるほど可もなく不可もないおとなしい人だった。その彼女がはじめて明かす、在学中の忘られぬ思い出。今後は同窓会へも出席しないつもりゆえ、「皆様方とお顔を合わすこともないという確信をもって安心して私は自分の胸に大事に守りかかえていたことをお話出来るのです」。

井上さんは同じクラスの「T様」が好きだった。「お顔がたがいに見えないと思って、こんな乱暴な言葉をいきなり投げつける私を（凡人の生涯に一度の突拍子）とお思いになって許して下さい」

「T様」の何から何まで好きだった。しかし「T様」はクラスのスターで、あこがれつつも声をかけることさえできなかった。引っこみ思案で人見知りする、平凡で取り得のない自分。廊下ですれちがっても胸とどろいて正面も見られない。

　そのままに過ぎたら卒業するまで一言も言葉を交す機会はなかったろう。ところが秋の卒業旅行、日光の中禅寺湖畔の美しい紅葉をたずねた旅の宿で、たまたま「私」は「T様」の隣の臥床に寝ることになった。

「それはあまりに幸福な偶然で恐ろしいほどでしたの――だって、私の眼はさえ胸のときめきのみ高まってなかなかに眠られればこそ、強《し》いて眼《まなこ》を閉ずればとてせんないこと――ただまぼろしの如くせまる君の御姿《みすがた》、あまりに近く我が前に――天鵞絨《びろうど》の夜具の襟ふかぶかと埋め給いし真白の頸《うなじ》よ、枕をすべる黒髪よ、かそけくも仄かにきこゆる君が優しき息のそこはかとなく……――私は胸も息づまる思いに打たれて眠りになかなか入れずにいるその時でした。ふとT様は臥床をすらりとおぬけになったのです」

　なぜか「私」は「T様」を守らねばならぬという気がして同じく臥床を脱け、あとをついてゆく。長い廊下の突あたりの洗面所で「T様」は「私」を見つけ、まあ井上さん、と呼びかける。こんなところで淋しかったけど、あなたがいらっしゃるから心丈夫だわ、と優しくほがらかに笑う「T様」。「私」はついてきてよかったと思う。虫歯が痛むという「T様」は、「あんまり切ないからおひやでうがいをしたらと思って……」。

もしこのとき「T様」が黙っていたら「私」も水を飲むふりをしただけで立ち去ったろう。自分から話しかける勇気もないから。

しかし「T様」はよく話し、虫歯のことまで打ちあける。「私」はどうかして痛みをとめてあげようと思い、部屋まで引き返し、宝丹《ほうたん》を「T様」にさし出す。「T様」は礼をいって受けとり口に含むと、あでやかに微笑み、「まあ、清々《せいせい》して、まぎれますこと！」。

その感謝と喜びがどんなに「私」には嬉しかったか。長い廊下を歩きつつ、まあ、よい月、とあこがれの君は手すりにつとより添う。美しい横顔に「私」は恍惚となる。

翌朝、「私」は洗面から帰り、部屋へ入ろうとすると、部屋の中から「T様」の花やかな笑い声。昨夜の、歯痛に悩んでひとり悄然と廊下をうなだれて歩いてゆく「T様」とはうってかわった晴れやかな、思い上った態度。

「Tさん、あなたゆうべなんだかおやすみになってから外へお出になったのね」

と取巻きの声。

「えゝ、ちょっと――」

「それにだれかまた出たり入ったり、ほんとに煩《うる》さくって安眠妨害だったわ」

「私」は入りかけた足をそのままに立ちすくむ。

「えゝ、Iさんでしょ、私の後ろを用もないのにのそのそついて来るんですもの」

「T様」の声である。「私」の血は逆流する。

「ホ、、、、、まあ、不良少年みたいね。あんな平凡人のくせに見掛けによらないのね、じゃあTさん貴女困ったでしょう」

「えゝ、だから仕方がないから、いい月ねとかなんとかお座なりを言ったのよ」

「ホ、、、、、そしたら彼女すっかり感激しちゃったってわけね、ホッ、、、、、」

「私」はどんなに怒りと屈辱感に身を揉まれたことか。今朝、かくも人々の前で嘲けるのなら、なぜ昨夜、軽侮してくれなかったのか。「私」は傷つき、「T様」を呪う。人の感情を弄んで利用して、嘲笑の種にするとは。

怒りと悲しみに山路をひとりゆく「私」の眼に、ふと龍膽の花が目に入った。地に低く咲く身のかなしさ、人目にもふれず踏まれそうなのに、

「私は可憐に深山路《みやまじ》の秋を飾るその幸を心から謝すごとくにいじらしく微笑んで咲いているのです」

――「私」は限りなき慰めを与えられる。

「愛して反《そむ》かれし者、尽して報いられざりし者、捧げて顧みられざりし者、そして慕うて嘲《あざ》けられし者、それらの悲しき人々よ、土に生う可憐の花の黙示を見よ！　人の足にふまれ、けられても、彼は静かに咲いている――こう思った時、私の瞳に涙が湧き出でました。それはけっして先までの怒り悲しみのための涙ではなく、そこに一すじの心の救いを得た感謝の涙でした」

井上さんは首をあげて大空を仰ぐ。コバルトに晴れ上った大空の美しさ。……
――信子はそのかみの〈竹森さん〉のことを思い出しつつ書く。細部におのずからリアリティがあふれ人の世の機微を衝《つ》く小篇となっている。女学生生活の、ほんのささやかなできごと。しかしそこには同じデザインで、人の世の骨組みが透けてみえる。少女たちにはまことに身近な物語であったろう。

室生犀星が『女流作家評伝』を「婦人公論」に連載しているが（「黄金の針」）その第二回が吉屋信子であった（昭和35・2）。その中で犀星は『花物語』は詩集だといっている。ことにその中の「ヘリオトロープ」の一章に出会《でくわ》して「驚いた」という。
これは大正十二年の大震災のあと「十月十四日にしるす」と唯一、制作月日を明記してある小品である。全文、美しい擬古文で、震災のショックをあからさまに表現せず、むしろ美文でかざることによって、かえって災禍の文学化を試みたかったのだろう。

友人と二人で震災に残った書舗をたずねあるき、フランスの雑誌をみつける。その中の一篇の詩――南国に城あり、姫がいた。少女奴隷の一人がこの姫に恋する。あるとき突如この国の火山に大噴火が起り、王城は倒れる。少女奴隷は城から姫を負うて救け出る。そこへ隣国の王子、姫の婚約者が姫を捜して馳せ来る。奴隷の背から姫を抱き取り、奴隷には金貨を与えて、馬を走らせて去った。

少女奴隷は金貨を投げ捨て、死灰に埋れて倒れた。いくとせ経たのち、オアシスの泉のほとりに咲き出たヘリオトロープ。花言葉は献身――。

犀星の称揚した冒頭を覗いてみよう。

「心ありてか、なくてか、あわれ知らず知らず自然の凄まじき禍いを、きびしくも蒙《こうむ》りし都のさま――昨日に変りしその面影――伝え聞く南欧ポンペイの廃墟もかくやとばかり、胸もついえるばかりに、もの悲しきその日頃、親しき友の訪れて告げるに『この度の震災のため、おおかたの書肆《しょし》の焼けたるもの多ければ、ふたたび印を起すにむずかしき書の一、二、あるいは絶版ともなる由、すでに某書舗の〈ブレークの言葉〉の如き良き書もその例なるというに、かねがね欲したる書物、いま求め置かずばのちに至りて悔ゆるのうれいあるべし』と、その友の言葉げにも理《ことわり》なりければ、思い立ちて、友と二人幸い残れる附近の大学前の書舗軒《のき》をつらねしあたり、それとおぼしき書を心あてに求め漁《あさ》りゆくほどに、ふと立ち寄りし小さき店先に捨つるが如く片隅に、積み重ねられたるまま、街路の埃《ほこり》風吹くにまかせし古書のあまた哀れなる姿にうち見えたり――もとよりさまで貴きものにあらずと思えばこそ、かかる一隅に打ち捨て置く書なれば、いずれも表紙表装いたくも破れ損じ黒ずみて塵にまぶれはてたるありさまなるを、連れなる友のたわむれに、それなる書の一、二、手に取りて改めしに『こは古き仏蘭西《フランス》の雑誌ならずや、見給えかし』と差し示したる一冊、すでに表紙は半ば破れ去りたるまま中なる頁も脱落多くして綴目の糊はこぼれ糸は断たれたるまま辛うじて形を保つのみなり、友はなお去りがたく奇を好む心にてか、ぱらぱらとその頁を繰り『君よ、この詩の題面白からずや』と友が指さし示すところLes Sables du desert と記されてありぬ、げにも友のおもしろしと言いしはその語句の『砂漠の砂』という意にこそあらむ、『求め帰りてこの叙事詩を読まんはいかに』と友は我をかえりみ微笑みてその異国の古雑誌を手に抱えつつ『価《あたい》は？』と店の奥へ声を掛くれば、この家の主ならん老人出できたりて『その書はあまりに破れて見苦しきに、いざこの棚の中には表装美しくまだ手擦《てずれ》もせぬほどの洋書あまた備えあるはいかがに』と言うもおかしく、なお小さき銀貨一つ置き捨てて我と立ち出でぬ。

それより、あちこちの書舗に望みの書冊漁《あさ》れどもあやにくに見当らで、二人はただかの古き仏国雑誌一つかかえたるまま我が家に帰りぬ、せっかく縁あればこそ、われらの手に求められしものなれば、せめてこの中のかの詩だけをも読みおかんと、ふたりは厚き辞典を力綱に読みゆきぬ」

そして、二人が読み解き翻訳したという体裁の詩は次のようである。

　南の夢多き領土
美しの城ありて佳《よ》き姫棲《す》みぬ

城園のほとり、市《いち》より購《かわ》れし奴隷三千
中に一人の少女《おとめ》あり
髪は暗黒色、瞳は憂愁の熱情
裳《もすそ》切れたる衣をまといて
靴を知らざる素足のまゝ
彼は佇《たたず》む園中の泉のほとり
日も夜も仰ぎ見る城の窓
その窓にほのかに影さすは姫の姿……

犀星はいう。

「これは彩色ある小品文ではなく、永い年代を経ながらも感動は重く、今日、私に吉屋信子が詩人であつて小説家の仲間に入つてゐることが、間違ひではなかつたかと、思はせたくらゐであつた。それほど詩人の感じ方、見方、動き方があつた。『二人はただかの古き仏国雑誌ひとつをかかえたまま、わが家にかへりぬ』等の心にくい運びには、すでに名を為すべき潜《ひそ》みが、まだ少女であった吉屋信子のすさびとなつて現はれてゐる。『古き仏国雑誌』と無関心で書いたこの一行の素晴しさは、よい言葉を生みつける頭を持つた人の、何気ないふうな時に表はれるものである」

「吉屋は当然持つてよい筈の詩の多くの章を、いたるところに捨てて顧みなかつたやうに思へた。それだけの詩を捨てたことで吉屋信子の足もとが定まつたとも、いまから見れば言へるのである。多くの小説家が自分でも知らないで書き散らした詩集の数は、何百冊になるか判らない、そしてその詩集が一冊でも多い数になるほど或る種類の作家の両翼がぴかぴかして来ることも実際である」

信子は詩集を持たなかったために「作家といふ大きな名を得た」「小説物語の中で詩のエスプリは費ひはたしてゐたので、詩集は去り手許にはない、それでいいのだ」といっている。

犀星は信子の後年の小説群を、手放しで許容しているわけではなく、「いま少しのだうだう廻りや、遊び、愉しみ、しんらつがほしい」と思っているが、『花物語』に見られる詩才を愛する。

「吉屋信子は何人分かの才華を持つてゐることは事実である」

といい、

「この少女小説で作者はあらゆる自分の中の少女らしいものをうたひ、尋常ならざる才華とその匂ひを発散し、若い読者はこれを喝采して迎へた」

といっている。詩人の濁りない直観は『花物語』の真価を洞察したのだった。

大正六年（一九一七）の春に兄の忠明は東京帝大を卒業する。就職したのは大倉組の日本皮革会社だった。〈千代年譜〉には「ソ満国境の森林調査に出発した」とある。大塚宮仲町の植木屋の離れの下宿から出たわけである。信子がそこへ一人残ることは、両親から許されなかったらしい。この時代の娘らしく、監督者のない一人住みを両親は認めなんだのであろう。

といって信子は両親の住む宇都宮へ戻りたくはない。東京にとどまっていたい。信子は、

（保母になる）

という口実で、四谷のバプテスト女子学寮に入舎し、玉成保母養成所（ベラ・アルウィン経営）に通学することになる。

それがどの程度、信子の発意であったのかわからない。大正八年に書かれた『屋根裏の二處女』というはじめての長篇小説で、かなり信子と等身大の主人公（ここでも章子という名が与えられている）も保母養成所に通わされているが、その中で主人公は、

「幼稚園の保姆になる学校だから、毎日子供達と遊んで、鳩ぽっぽや、もしもし亀よ亀さんよなどと歌いながら、綺麗な千代紙で鶴や宝船を折っていればいいのだろうと思って、ないない喜んでいたら大変だった」

という。コロンビア大学の保姆《ほぼ》科とかいうところを出たというミス・Rは大きい鼻眼鏡を光らせ、流暢な日本語、漢語、英語を巧みに使い分けて、〈そもそも、Kinder-Garten

なるものの濫觴《らんしょう》は、フレーベルが起したのでござんして、この幼稚園の保育法には、フレーベル式とモンテソリー式とありまして、そのいずれを優れたりとも劣れりともなかなかにわかち難《がと》うして云々〉などという口調で、「母と子の遊戯」というフレーベルの原書の訳読を滔々と何時間もぶっ通しで講義する。

　そのほか世界教育史、児童心理学、童話童謡研究課目、児童衛生学、玩具の歴史、人類学上に於ける幼児の発達、児童に与うる色彩感覚——ああ、もうたくさん、と信子は思う。講師は、車で他校をかけもちなさる学士さまや教授がたが、入れかわり立ちかわり……生徒はペンとノートを離さず、のべつに筆記しなければならない。しかも試験のときにはその筆記をみな暗誦するのだという。

（えーっ、どうなるの、この先）

　信子は聞いただけで意気沮喪《そそう》してしまう。信子は、自分のことを、どこか、

（人間の要《かなめ》の釘のない人間）

だ、と恥じている。刻苦精励して——ということから最も遠い人間なのだ。

　それでもわれながらずうずうしく一学期の試験を受けた。この養成所では女学校と違って成績表など出さないから安心だ。しかしミス・Rはいった。

〈皆さまは各自中等教育を完了なさってここへ特に志を持って入られたのですから、あなた方一人一人を、私は社会に立たれた一人のLady として対します。それゆえ学課の成績

を数字やその他の方法で計って示すような子供じみたことは致しませんが、そのかわり皆さまがた各々が十分な責任を持たれて試験の答案に全力をつくして頂きたいと思います〉

信子は恥じてしまう。信子は懶惰《らんだ》な学生だ。のらくら娘だ。物質的に独立できるという理由で両親を説きつけて、保母になるといって東京に居残っているけれど、空想にばかりふけって、現実的には無力で〈釘の抜けた〉人間だった。広い東京にぽつんと一人残されて、信子は恐ろしい寂莫と孤独に堪えている。

（あたしはどうしたらいいの？　幻想物語を書くしか取り柄のない、たよりない人間なのだ……）

7

保母の勉強は信子には向いていなかった。一人ぼっちで東京に抛《ほう》り出されて（それも、東京にふみとどまっていたい、宇都宮の両親のもとへ帰りたくない、という気持だけで、信子が望んだことではあるが）——今更のように自分の将来に自信がもてなくなったのだった。

『花物語』はあいかわらず書いているけれど、それだけで、とても将来、自活できると思えない。……保母養成所の毎日も信子には苦役《くえき》だった。子供の遊戯の相手を半日もつづけると髪も着物もごみだらけになった。日曜ごとに連れていかれる教会は、ごくみすぼらしい、街の裏通りの貸家で、小役人の住いそうな普通の住宅だった。これならまだしも栃木の田舎まちの教会のほうが立派だと思った。あそこは粗末ながらに、そして小さいながらに、青塗りの洋館で、入口の柱に蔦のからまっているのもいい風情で、〈教会へゆく〉というときめきがあった、と思ったりした。

それより何より、当面の信子は、一応、毎朝、学校へいくけれども〈いったい、それがなんのためであったか〉わからなくなってしまうのである。

わからない！　といえばこの頃、何もかもわからない。何もかまわずに勉強すればいいと、時々思うけれども、それは一瞬のことであとはやはり何だかわからぬ無我夢中の生活の連続である。

信子は、つまらない勉強に対しては意欲が湧かない。「人生は悪いものか善いものか知らない。社会がなんであるか知らない、哲学がなんであるか知らない」あわれな田舎ものの女学生……信子はそんなふうに自分を考えたりする。

バプテスト女子学寮の寮監は（『屋根裏の二處女』によればミス・L、中年の独身の外国婦人となっている）かたくるしい女性宣教師で、この寮での生活は信子にとって息苦しかった。

――たとえば日曜日。この日は聖《きよ》い安息日という名のもとに、朝早くミス・Lに引率されて教会へゆき、日曜学校の手伝いをして、大人の礼拝に列する。寮へ帰ったら聖書の講義に出て、夜はまた教会の集り。きびしく定められていて、日曜日は買物のための外出も、学課の自修も許されない。洗濯や針仕事ももってのほか、袖のほころびを、ちょっと針をもってもミス・Lはにがい表情になった。

堅固なミス・Lの信仰も、信子には澱んだ形式宗教としかみえず、子供のころの純な信仰心はいつか薄れてゆく。……そういう信子にはこの寮にいることは苦痛だった。

ましてや、寮の門限ときたら夏も冬も、夕食前の午後五時。石の重い門が五時には牢の如く閉じられる。手も足も出ないという感じだった。

〈千代年譜〉によれば、同じ寮にいた佐藤千夜子（のち流行歌手になる）に誘われ、新渡《にと》戸《べ》稲造博士訪問と称して浅草に映画を見にいったことがばれて、二人とも退寮したとある。

ミス・Lは信子に申し渡した。

――あなたは学生として懶惰である。

基督《キリスト》教徒として不信の者である。

故にこの寮の娘として不適当である。

信子は退寮を承知するほか、ない。讃美歌と祈禱と礼拝と学校の教室と、外国の宣教師と――信子は実をいうとこれらにはもう、あきあきしていた。もっと未知の世界を知りたかった。

以前に信子と同じくミス・Lの寮にいた友人が、

〈こんなところにいると、あんまり人間離れしてあとで困るから——〉

といって自分でさっさと神田の基督教女子青年会（ＹＷＣＡ）の寄宿舎へ移ってしまった。信子はそのすばしっこさに啞然としたけれども、こうなると否応なくそのあとを追わねばならなかった。

万事に機敏な友人は（『屋根裏の二處女』では志摩さんという名を与えられている）信子とちがい学業優秀で、このころ上野の音楽学校に首尾よく入学し、はや、そちらの寄宿舎に入っていた。信子がＹＷＣＡの寄宿舎への斡旋《あっせん》を頼むと、

〈とうとう、いたたまらないで脱走ね〉

と笑って連れてゆき、舎監に会わせてくれた。こちらの舎監は日本人の中年婦人で、洗濯をしていたとかで、禿げちょろけた浴衣を着て出て来、終始にこにこして話を聞いた。

結局、信子がありついた部屋は四階の小さい部屋だった。

大きい建物の中を、舎監に連れられ、廊下を折れ、堅い木の階段を登り、踊り場をめぐってまた登ってゆく。ここから四階です、といわれ、素直に信子は〈はい〉と答えて細長い階段をついて上った。舎監は壁のスイッチを押す。白昼の光と違う灯りが高い頭上にひろがり、光のとどかぬところは仄暗い。四階は暗いところらしい。

〈まるで塔へ登るようだわ。伝説にある古塔の頂上に棲む魔物を捕えるため、いさましく

登ってゆく甲冑に身をかためた雄々しい若者。……囚われの姫を助けにゆくために……）

『花物語』の作者らしい空想を、信子はつい描いてしまう。

もうこれで終りかしら、と思うと、また一つ階段。そしてこの広大な建物の最上階の床《ゆか》、すべての部屋の、最上部に張られた床の上にやっと立つことができた。

〈びっくりなさったでしょう。寄宿舎があんまりいつも満員なので、仕方なしに四階の物置をなおして皆さまをお入れすることになったのですよ〉

舎監はそういう。四階には正面の角柱を中央の境にして、八字形に二枚のドアが向きあっている。つまり四階には二部屋あったのだ。

その一つを舎監は開けた。

〈こちらでございます。――変ですけれど、三階よりはずっと静かでございますよ。学生さんにはかえって宜しいでしょう。階下《した》のかたは皆さんお勤めの大きいかたばかりですからね。それにこの部屋は三階より少うし、部屋代もお廉《やす》くなっています〉

信子はその部屋へはいり、ドアを閉めて見廻す。――変ですけれど、と舎監のいった通り、何とも奇妙な部屋だった。

広さからいえば四畳半、というところであるけれど、部屋の形は三角形だった。部屋は板壁で、扉と同じ青色に塗られてあった。

小さい窓が、壁のかなり高いところにぽつんと開いていた。白日の光がそこから降ってくる。一方の壁の下に二枚の戸を持つ押入れが作られている。

窓には茶色い紐が取りつけられ、壁の柱に結びつけられている。その紐によって窓のガラス戸は閉めたり開けたりできるらしい。

更によく見廻すと天井も青だった。青い帆を張ったような、または青い天幕のような三角の小部屋。

信子のあたまにふいに閃《ひらめ》いた言葉がある。がらくたの玩具《おもちゃ》箱からみつかった銀の鍵のような言葉。

……ATTIC……ATTIC!（屋根裏……）

ＹＷＣＡの建築は外国人の権威を示すごとく異国趣味で設計されている。しかしそれも三階までで、まさか突端の一隅に屋根裏部屋を造ろうとは思わなかったろうが、はしなくも日本建築にはない屋根裏部屋《アティック》が出現したのだ。

（いいわ、この屋根裏、気に入ったわ）

信子は好奇心と魅惑を感じて心がおどった。

それに、この部屋はドアを閉めれば完全に信子一人のものだ。完《まった》き孤独。小さい、青い三角の世界に、だれにも損なわれず、独りでいることが出来る。この幸わせ。田舎の家にいたころは自分の部屋があるとはいえ、母や家族にとっては通りみちにひとしく、ミス・Ｌの寮では相部屋で、どこにも信子のプライバシイはない。しかしここではどんなに歪《いびつ》な部屋であろうと、小さかろうと、自分の胸を自分で抱いて、自分を守ってやれるのだ。長い渇望だった、ひとりきりの空間。

ささやかな荷を片づけ終え、信子がふと窓をふり仰ぐと、ガラス窓の白光はいつか、たそがれのうすあかりとなり、天井の青い塗料もさみどりにけぶっていた。

（幻に浮ぶ青い船だわ……太古の水を湛えた湖水の、あたしは人魚だわ。……それとも森の妖精かしら、いや、幻の青い船の水夫？）

信子の空想ははてしなく拡がる。

そら耳か、それとも遠くの鈴か、リリ……とひびくベル。幻の船の舳先《へさき》につけられた鈴、それとも緑の森の、釣鐘草の花が鳴るのかしら。……夢は夢を誘《いざな》う。

そのとき、階段に足音がして、さっきの舎監の声がひびき渡った。

〈今日、入舎なすったかた、今から食堂へいらして下さい。あのベルは食事の知らせでございますよ〉

信子がＹＷＣＡの寄宿舎にいた期間は正確に何年何か月かわからない。大正六年（一九一七）の春に四谷のバプテスト女子学寮に入り（ここにはそのちょっとあとにロシア文学者の湯浅芳子も寄宿し、以前、吉屋信子さんがいたと聞いた――といっている。湯浅芳子は信子と同年、京都の女学校を出て上京し、津田英学塾に通っていた。吉屋信子の少女小説家としての名声はバプテスト女子学寮時代からあったという証言である）大正七年匆々《そうそう》にＹＷＣＡに移ったとしても一年数か月というところではなかったか。

それでも信子にとってはまさしく青春時代だった。いままでの人生と全くちがう、新しいタイプの女たちを見、刺激を受けた。〈千代年譜〉には、

「（ＹＷＣＡの寄宿舎で）信子は津田英学塾や女子美術その他の専門学校に学ぶ若い女性たちに接し、河井道子、渡辺百合らの清新な指導者たちにも出会った。クリスマスには『沈鐘』の劇に出演したりした」

とある。

信子の日記は大正八年からのものしか残されていないので分明ではないが、幸い『屋根裏の二處女』という、この時代の自身がモデルになっているらしき私小説（『全集』1所収）や、「秋雨の遊就館」（「新潮」昭和8・9）「三河屋」（『私の雑記帳』）などのエッセーがあるので、それらによって、二十二、三歳の信子の軌跡を辿ってみようと思う。――しかし、信子の日記や手紙は一切、補筆改竄《かいざん》を避け、原文通りに紹介するつもりである。尤《もっと》も、日記も手紙もすでに八十年の歳月を閲《けみ》してインキは薄れ、半ば消えた部分もある。それらの資料よりも、真実は『屋根裏の二處女』に結実しているかもしれない。

右の〈千代年譜〉にある河井道子は明治から昭和にわたり女子教育に貢献した人で、アメリカ留学後、津田梅子を助けて女子英学塾の教授となり、ＹＷＣＡを創設している。信

子より十九歳年長である。生涯独身で、アメリカ帰りの精力的な活躍ぶりは信子の心を打ったことと思われる。

『屋根裏の二處女』のヒロイン（信子の分身）、章子は、ひどく退嬰的でじめじめした、引っこみ思案の娘に描かれているが、信子は自分のもつ一面を戯画化したのだろう。或いはここでめぐりあい、愛した菊池ゆきえ（小説では秋津さん）の特性をより印象的に美しくするための文学的テクニックかもしれない。現実の信子はもっと果敢で激情的ではなかったか。


　信子はさっき登った階段を順々に降りてゆく。

　食堂は大きい部屋でテーブルには白い布があり、食器や食物を盛った器が並んでいた。灯は明るく、おびただしい女たちがいた。——みな若くて乱暴といっていい元気な笑い声をたて、会話が弾んでいた。たべものの匂い、彼女らの髪の匂い、さかんな食欲、濡れた唇、若い女の発するエーテル、それらが濛々と室内にみなぎる。信子は気おくれして食欲も失せた。

　舎監が信子を紹介する。

〈失礼ですが、今日お入りになったかたをご紹介いたします。吉屋さんとおっしゃって、保母の学校へいらっしゃっています〉

この声とともに箸や白い食器が一瞬、宙にとまり、若い顔がいっせいに信子に向ってあげられた。信子は狼狽と羞恥に赤くなってしまう。しかし同宿者の娘たちは新しい住人に好意的だった。信子はまわりの手によって、食器にご飯を入れられたり、汁をよそわれたり、硝子《ガラス》壺の醤油差しを廻されたり、した。信子は礼を口ごもってのべつつ、しかしあまりの喧騒と、彼女らのさかんな食欲に圧倒されて、やはり箸をとる気になれない。

この宿舎にいる女性たちにとっては夕食は唯一、みんなが顔を合せる好機であるらしく、あちこちで、喜ばしげな会話が交された。遅れて入ってくる人々は歓声のような挨拶で迎えられ、みなそれぞれ、わくわくと食事をはじめるのだった。

再び舎監が声をかける。彼女は長方形のテーブルのはるか彼方の席で箸を取っていたのだが、

〈そうそ、吉屋さん、あの四階はお部屋が二つきりですから、わからないことはお隣の部屋のかたにお聞きになって下さいね。菊池さんとおっしゃるかたです。……あ、そこにいらしたの、菊池さん、ちょっと〉

〈はい〉

とすずやかな声が信子の耳を搏《う》った。なんという澄んだ美しい声だろう。

その人は信子の次の次の椅子にいた。顔立ちも姿も静かな人で、自分の前に置かれた茶碗をみつめていたところだった。

雑音と混濁した空気のなかで、その人の周囲には孤立した静けさと安らかさがあった。

(冷いほど静かなひと。――美しい。……静かさ、というのはそれだけで完全に独立した美だわ)

と信子は思わず凝視《みつ》めてしまう。手を触れたら沁みるのではないかと思われるほど、ひんやりした感じの黒髪。それが額に淡く煙るようにかかっていた。

何より強い印象を与えるのは綺麗な眼だった。ものいわぬ唇は紅く調《ととの》っているが閉じられたまま。

〈菊池さん、吉屋さんがお慣れになるまでどうぞお気をつけてあげて下さいね――吉屋さん、菊池さんは津田英学塾に通っていらっしゃるかたですの〉

ふつうの尋常な娘同士なら、ここで、どうぞよろしく、とか、ふつつか者ですが、お役に立つことがありましたらご遠慮なく、とかしとやかにねんごろな挨拶を交すであろう。

しかし信子は、筆をとれば能弁で闊達なのに、現実次元では、人なみな挨拶さえ出来ない。自分でもあわてた間抜けた顔だ、と自覚しているのだが、紋切型の社交辞令を滑脱に操れない。世間の人が見れば、いいトシをしてみっともない女、と思われたことであろう。

しかし幸いなことに、相手の娘もまた、一風変っていた。

菊池ゆきえという娘は、その澄んだ瞳にちらと、信子の狼狽を映しながら、口を開かず、軽い会釈を与えたきり、また静かに自分の席につき、茶碗をとりあげて、紅い唇にあてた。

ものをいうために開かれなかった唇が少し開き、白い歯なみがちらとこぼれた。

茶はすこし、すすられただけで、〈菊池さん〉はすっと起つ。信子もいそいで起った。〈菊池さん〉のあとについて食堂を出れば、この人でいっぱいの室内、楽々と通り抜けられるであろうと思ったのだ。

〈菊池さん〉は動かず、信子に向いて佇んでいる。信子はどきどきする。やがて彼女は二、三歩信子に近づく。

（なにをあたしにいおうとするのだろう？　この美しい、静やかな人が）

信子は意気地なく顫《ふる》える心地だった。

〈菊池さん〉はおちついた声で低く、しかし明瞭に、いった。

〈少し、ごめん下さい〉

信子は〈菊池さん〉の通りみちにたちふさがっていたのだ。

食堂にはドアが二つある。

信子は一つとのみ思いこんで、彼方のドアから〈菊池さん〉が出てゆくと思ったのに、彼女のめざしたのは信子の後方のドアだったのだ。

（なんという間抜けたあたし――）

あの美しい人に、気の利かぬ間抜けと思われたのは辛かった。信子はとぼとぼと廊下をゆき、階段をあがる。三階の廊下の左右には、部屋ごとに欄間を洩れる灯りが長方形に揃ってみえる。整然たるたてものである。

四階へあがると全く雰囲気ががらりと違う。中央の柱の上に小さい灯が一つともって、青いドアが侘びしく並んでいる。信子は部屋へ入った。なかは真っ暗だった。天井にちかい窓は夜の闇そのものだった。信子はぺたんと坐って疲れきってしまう。

と、そのとき、しのびやかなソプラノが拡がる。

（人魚の唄声？　海の汐鳴り？）

信子はまたも幼稚な空想をそそられてしまう。はた、と声は止んで、階段に衣ずれの音がしてドアが開く。となりの住人が部屋へ戻ったのか。次に小さい、かすかな、なつかしい軋《きし》り音。籐椅子だ。あの人は部屋の籐椅子に倚《よ》ったのだ。

（柔かく、そっと、けれどもかぼそい身を投げ出して――籐椅子は佳《よ》き人の倚《よ》れば、か、いみじく可憐な音《ね》をたてて……）

信子のあたまは、すぐ美文調が繰り出すようなはたらきになっている。

しかしいつまでも闇の底にいるわけにもいかなかった。舎監は夜の灯りについて指示してくれなかった。一階下の、三階の部屋にはあんなに明るく平安な灯がともっているというのに。

またもや信子は階段を下りて、人に聞きながら舎監室をたずね、灯りの用意がないことを訴える。

〈あ、そうそう。あそこはしばらく空いていたので電球をはずしてしまったのですね。それはすみませんでしたね。今晩は間に合せに、ええっと……この提灯《ちょうちん》で我慢して頂きましょう〉

押入れの棚からおろしてひろげた提灯に舎監は火を入れて信子に渡した。黄色い提灯には墨くろぐろとＹＷＣＡと書かれてある。信子はていねいにお辞儀して提灯を提げて引き返した。

壁の釘にそれはかけられた。

白々とのべた床に信子はやすんで、壁の赤い丸い玉――提灯――を見上げていた。こんな屋根裏でひとり提灯のもとで眠っているなんて、宇都宮の両親はどういうかしら。父の具合がちょっとわるい、と母からの便りにあったけれど、でも心配するほどのことはないともあった。それよりおまえのことが気がかり、と母はいってよこした。

本当に保母になれるのかしら？　あの退屈でおそろしい猛勉強をやりとげて保母の資格を獲得できるのかしら？　小説もどっちつかず、勉強もどっちつかずになるんじゃないかしら？

それより、山田嘉吉というアメリカ帰りの先生が、四谷で英語塾を開いていられる。嘉吉先生の夫人は評論家、翻訳家のわか夫人である。山田英語塾には若い女性たちが英語を学びに集うという。あたしもいこうかしら。

……信子は将来についてまだ迷いに迷っている。そのうち、隣室の美しい〈菊池さん〉を思うと、胸に暖いものが湧いた。美しい女性《ひと》の好きな信子は、佳人にめぐりあえた、というだけで心が充たされる。いい所へきてよかった、と思った。

そういえばあのかたも美しかった……と思う。まだ信子が念願の上京を果せず、宇都宮にいたころ。

その町の師団の旅団長に梨本宮守正《なしもとのみやもりまさ》王がご赴任になった。その妃殿下、伊都子《いつこ》姫がすぐれてお美しいのは〈皇族画報〉や何かで世に有名だった。ご赴任後、梨本宮邸に県知事夫人はじめ、県庁役人の夫人たちがお招きを受けたことがある。信子の母も、白衿紋付の礼装で緊張して出かけた。そして宮家の御紋の十四弁の裏菊を銀箔で押した女持の小扇を戴いて帰ってきた母は、

〈まあ妃殿下のお美しいことといったら……〉

と口をきわめて讃えた。自分が美しくないことを自覚している信子は、母の大仰な讃辞に複雑な思いになったが、妃殿下にあこがれを抱かないではいられなかった。

それがある日、偶然にお目にかかる機会があったのだ。

宇都宮から日帰りで遊びにゆける日光は、紅葉の頃の人出が多いが、早春の日光の山には八汐躑躅《やしおつつじ》が花盛りである。しかしこちらのほうは見物にくる人は少い。素朴な鄙びた色の花が、葉のない枯木のような灌木の枝に、簪《かんざし》にも似てむらがり咲く。信子は兄の忠明、

弟の義明とうちつれて日曜日にその花盛りを眺めに出かけた。

霧降《きりふり》の滝へゆく道にさしかかると、向うからお供を従えた貴族的な紳士と夫人が、その道を静かに下って来られた。紳士はグレイのモーニングに同色の山高帽、八字髭の先ははね上っている。

夫人はみるからに気品たかき貴婦人で、日光の春寒にそなえて黒天鵞絨《びろうど》のコート、髪型は七三に分けたふんわりした束髪、まことにシックな、﨟《ろう》たけた美女、このお二人が梨本宮さまと妃殿下だとは、宇都宮の住民である信子たちにすぐわかった。

信子たちは道ばたに退いてお辞儀した。殿下はお気軽に山高帽の庇に一瞬、手をそえられ、妃殿下は軽く会釈された。皇室のかたがたは雲の上びとと思う時代の子である信子にとっては、夢のように瀟洒《しょうしゃ》な宮さまがたのたたずまいだった。

〈殿下はフランスへ留学もなさったし、妃殿下はイタリア公使・鍋島侯爵の姫で、ローマ生れ、外国へもたびたび行かれたから、お二人ともさすがにハイカラでいられるね〉

と兄は感心していった。――あのときの、妃殿下の、象牙を刻んだようなお美しいおもざしと、

（菊池さんはどこか似ているわ――）

そんなことを思いつつ、信子はいつか眠りに入った。

どのくらい眠ったか。――

ふしぎな直観で目がさめる。紅い焔がゆれ、煙が渦巻いている。提灯が燃えているのだ。

（あ……あっ）

とび起きて吹き消そうとして唇をつき出しけんめいに吹いたが、かえって煙は濃く拡がる。

（あっ。どうしたら……）

泣くだけで、手のうちようのない、現実的才覚に見放された信子だった。

ドアが軋んで白い寝衣《ねまき》の人影が立った。一瞬で事態を察知したのか身を翻し、再び現われたとき何かを手にしていた。それを焔に敏捷に掩《おお》いかぶせる。

火は消え、煙も失せた。信子が呆然としている間に人影はドアをすべり出る。

翌朝、信子は夢のつづきのように、明るい朝の光の中で室内を見まわす。板壁の一部が変色し、花柄の友禅の掻巻《かいまき》が提灯の残骸を抱きとってつくねられていた。

（菊池さんが消してくれたのだ……）

信子は涙ぐんで、掻巻を抱いた。死児を抱く母親のように。——その掻巻は中の綿まで茶色になってはみ出して、もう使い物にはならないようにみえた。どうやってそれを菊池さんに返そう。提灯も底のみ焼け残ってしまって、舎監になんと弁解しよう。引越し匆々の失態をどんなに咎められるだろうか。信子は掻巻と提灯を抱いて、泣き出しそうな顔でうろうろする。……

青いドアが軋って開いた。

菊池さんが立っていた。

信子は動転して口も利けない。お詫び……いや、それよりもお礼……呆然としている信子に、菊池さんは静かにいう。

〈わたしが頂きましょう。二つとも〉

手をのべてその〈恐ろしい二つの品〉を受け取り、階段を下りていった。信子は見送るばかりだった。

学校の時間には遅れたが、ようやく信子が学用品の包みを抱いて屋根裏から下りると、廊下で舎監にゆきあった。老婦人は微笑して、

〈ゆうべ菊池さんが、あなたに貸してあげたお提灯にいたずらなすったんですってね〉

信子はひとことも答えられず、うつむいていた。

YWCAの前の通りをゆくと電車の走る道へ出る。向う側の停留所へ着いたとき、一台の電車が通りすぎた。信子は赤くなってお辞儀した。電車の昇降台の端に菊池さんがいたのだ。焦茶の粗《あら》い太い縞の着物を着て、あの信子の忘れ得ない、澄んだ瞳をして立っていた。

（美しい人を乗せた汚ならしい電車が、秋の朝空の下を走っていった……）

信子はそう思う。

何かにつけ、手ばしこくない信子は大勢での入浴がにがてだ。ＹＷＣＡの浴室は洋風で広い。ガス風呂なので沸いたらベルが鳴る、何時から何時までに入浴をすますこと、という掲示が出ているが、信子が出かけると、いつも浴室も衣服棚も戦争のさわぎである。浴室の壁には洗面台があってシャワーがつくりつけになっているが、信子はその操作が分らない。髪を洗おうと解いたのに、と途方にくれていると、

〈あなた……〉

と綺麗な声がして、白い腕がのべられた。

〈お湯ですの？〉

菊池さんだった。シャワーの根元の銀の輪を右だか左だかに廻すと、どうと烈しい湯が金具の小穴からあふれた。注意力の乏しい信子はその輪を探し得なかったのだ。

やっと髪を洗い終えて出ると、菊池さんは水色セルの単衣《ひとえ》を着て、白い大タオルで髪の毛の雫を切っていた。

長い黒髪をどこで乾かせばよかろう……信子が菊池さんに問いかねて、もじもじしていると、

〈露台《バルコニー》にまいりましょう……〉

菊池さんはささやく。

そんな美しい場所が、この実用的なたてものの中にあったかしら。信子はうれしくなってついていく。三階の廊下の突き当りに大きいガラス窓がある。外へ出ると——そこは物干台だった。

しかし二人で立てば、まさに露台だった。

夜、三階の高みから見る都市はものみな闇に沈んで霧の流れる海だった。月光のもとに二人寄り添えば、夜の海を航《ゆ》く船の甲板にある心地がする。……

（ここは原文でみよう。いうまでもなく、信子は章子に、菊池さんは秋津さんになっている）

「ふとかたえを見ると、これも言葉なく何を思うのかかわりなくも澄んだ双《そう》の瞳に月光の流れをくんで肩に乱れる黒髪を優しい指にもてあそびつつ恍惚と欄《てすり》にすがる秋津さんの俤《おもかげ》のうつくしさ——

もしも人魚というものが月の光を恋うて渚の岩にすがって嘆いたら、こうした姿ではあるまいかと——はずかしいほど子供らしい心もちに章子はなった。

秋津さんが琥珀《こはく》色の液体のゆらぐ小さな硝子壜《ガラスびん》を掌《てのひら》にのせて壜の口の小さいゴムの球をにぎると、しゅうしゅうと香水の霧がしぶく……章子の髪にもその匂いの霧をたくさんかけた……月の光の前にその香水の霧が淡い虹色にかすんで溶けてやがて消えた、ふたりのむすめの髪の裏に……

いつまでも、いつまでも、いつまでも、ふたりはそうしていたかった――もしもこの地球に破滅の時の来るならば、その時までふたりはこうしていたいのに――と章子は心で切にねがうのだった。

同じ性のひとを恋うという――世にもあわれに、いじらしい、ひそやかにしかももの狂わしい愛慾の悩みを章子は打ちふるえながら受けねばならなかった。

あの――露台《バルコニー》に濡れた髪でふたりが月を浴びてから――あやしきばかりにその夜の美しいことを思うようになったので……」（『吉屋信子全集』1）

このちょっとあとの手紙で、菊池ゆきえは信子あての手紙に書いている。

「『屋根裏の處女』（田辺注、二が落ちている）は貴女がよく出て居る、私は唯《ただ》そのお相手に人形の様に美しく飾られてあるに過ぎませんわ」（大正9・2・5付）

（――『屋根裏の二處女』は大正八年に脱稿し、大正九年一月、洛陽堂から出版されたものである）

はじめての恋。はじめての慕わしい女《ひと》。

信子は隣室の衣ずれの音にさえ動悸はやまない。室内から洩れる光さえなつかしい。

8

朝な朝な、ゆきあう洗面所で、〈菊池さん〉と信子は隣り合わせの洗面台を使うことが折々ある。そういうとき、信子はもう胸がわくわくしてどうしていいかわからない。〈菊池さん〉はかるく、

〈おはよう〉

といってくれるのであるが、信子は咄嗟《とっさ》に返事ができない。——しかし〈菊池さん〉との仲はいつとなく近くなってゆくようであった。

ある朝、信子はあやまって自分の歯ブラシをコンクリートの床に落してしまった。身辺の小物を愛して擬人化してしまう癖のある信子は泣きたいほど悲しかった。その歯ブラシは長いこと使って馴染んだ、「口ざわりの優しい可愛い品」(『屋根裏の二處女』)だった。「象牙まがいの柄に歯型にそった白い柔らかい絹のような刷毛《はけ》をつけたもの」で、信子の好きなもちものの一つだったのに。……といって皆のスリッパで踏む床に落ちた以上、ふたたび口へもどすこともできないとさびしくあきらめようとしたとき、

〈あなた、それ捨てちまうの？〉

と誰やらの太い声がした。

〈捨てるんならわたしにくれない？　ちょうど靴墨クリームを塗るのに古歯ブラシがほしかったの〉

信子はかっとしてしまった。好きなお気に入りの歯ブラシを、見も知らぬ人の靴クリームを塗るためなんぞ、どうしてやれよう。それくらいなら水で隅の溝穴へ流してしまって、いさぎよく別れを告げたほうが、いとしい歯ブラシにとっても幸福というものだろう。信子は洗面台のゴム管をとって栓口にさしこむと、コンクリートの上の哀れな歯ブラシにざあっと水を向けた。隅の穴へ押し流すには少し水の勢いが足りなかったが、信子は憑かれたように水を流しつづける。それを欲しがった人が、どんな目で信子を見ているか、そんなことはどうでもいいのだった。

——と、もう一本の水の流れがさっと勢いよくほとばしり、信子に協力した。〈菊池さん〉がこれもゴム管をとって水を流しはじめたのだ。何の予告もない、無言の行動で、信子の気持に同調するごとく。——柔かい、匂いのいい石鹸の泡に濡れたままの〈菊池さん〉の手が、ゴム管を支え、信子の歯ブラシを押しやる。歯ブラシはとうとう溝の穴に流れ去った。

（——よかった。あの子を靴墨クリームなんかで汚さないですんだわ）

信子は万歳といいたかった。そんな心持を察してか、黙って手をかしてくれた〈菊池さん〉に、感謝とお礼の言葉がいいたいのだが、いつものように言葉を奪われてしまう。ちら、と〈菊池さん〉を見ると彼女も信子に微笑を向けていて、

（……よかったわね）

と澄んだ瞳がいった。

学校は二学期となり、数か月過ぎた。保母の学校は短い期限に多い課目を修得させるため、下校は五時頃になってしまう。九段上の乗換場では乗客が多く、それも屈強の男たちがわれがちに争って乗りこむから、信子はとても乗れない。むなしく、幾台も電車をやり過ごす。空腹と疲れでしゃがみこみたいくらいなのに。……

（ほんとうに腹がたつわ。あの無智で野蛮なあらくれ男たちが、いつかは良人《おっと》として娘たちに与えられるのだと思うと。ああ、同世代の若者たちへの共感もあこがれも消滅しちまうわ、日本の男なんてダメねえ。思いやりのかけらもない）

信子は、電車は学校の前から九段の坂上までときめ、そこからは独りで歩いて、神田の町中の屋根裏まで帰ることにした。とぼとぼ帰るとすでに食堂では信子一人、取る箸も冷く、茶は冷えている。それでも四階への階段をあがるとき、信子は活力が出てくる。侘びしいながら自分の世界がある、身も魂も安らかに投げ出せる部屋が。

しかも信子の部屋は暗いが、もう一つの部屋の、ドアの隙間からは灯が洩れている。たちまち信子は熱い動悸をおぼえる。けれど——どんなに好きでも、やがてはここを出れば別れてゆく運命だろう。〈あなたが好き〉というひとことさえ洩らせないで。信子は指で、青い板壁に名を書く。〈菊池ゆきえ〉——ゆき……そう呼ぶ日など、来はしないだろう。

——それでも信子は、この寮へ来て、いろんな友人ができた。彼女たちは日曜になると近くのF教会へゆく。ミス・Lに連れていかれた小さい会堂とちがい、F教会は堂々たる白亜のたてもので、明るい劇場のようだった。会堂の中は広々として周囲に二階三階の席をめぐらせている。

婦人席の婦人たちは着飾って指環を光らせ、膝には縮緬《ちりめん》の風呂敷に包んだ聖書や讃美歌の本を置いていた。金糸銀糸の刺繍を光らせた帯の娘が信子の隣に来る。そういえば寄宿舎の人々も相応に小綺麗な身なりをととのえ、知己と挨拶し合ったり笑ったりしている。

みすぼらしい洗いさらした着物と、粗末な袴でのこのこと出かけた信子は気がひけてしまった。

会衆は牧師の説教にうなずき、楽しげに讃美歌を歌い、それぞれかしましく語り合いながら帰ってゆく。信子はこれから日曜ごとに、社交場のように花やかで宏壮な教会へ来なければならないのかと憂鬱になった。〈菊池さん〉の姿は見えない。

しかし次の日曜の朝、〈菊池さん〉がドアを開けて外へ出るのとばったり会った。やはりこの人も教会に——と思ったら彼女は苺もようの更紗の大きな洗濯袋を肩にかけ、手には長い棒石鹸を持っているではないか。信子はぎょっとする。前の女子寮では、日曜は安息日とて自習も洗濯もきびしく禁止されたからだ。いやしくもキリスト教を標榜してたつＹＷＣＡの寄宿舎で、日曜に平然と洗濯とは。——〈菊池さん〉は静かに信子にほほえみ、足どりかるく階段を下りてゆく。レース飾りのついたエプロンをつけて。

教会の群衆の中で、信子は美しく放胆な〈菊池さん〉のことばかり思っている自分を恥じた。

それにしても信子は形ばかり敬虔《けいけん》に、神の前にあたまを垂れるものの、子供のころのような純な信仰は戻ってこない。いまの信子には神の福音を美しくゆたかな言葉で抽象されても、なんの魅力も感動もおぼえない。小さい子供のときには、真剣に祈りを捧げたものなのに。——あの信仰はどこへいった？

懐疑の黒い波が、信仰の砂上を崩しはじめている。背教者の足どりは重くよろぼいさまよって、〈ただ信ぜよ〉という声に素直に従えない。

（神の子イエスでさえ、十字架上で叫ばれたじゃないの。エリ、エリ、ラマ、サバクタニ——わが神わが神何ぞわれを捨てたまうや——人はイエスにより縋《すが》って救われたいというのに、イエスご自身はあんまり痛ましい不安なお言葉を……）

絶対無限を求め、信子は喘いでいる。信仰に陶酔できる人が信子は羨ましい。もしかして、思いきって恐ろしい目に、あるいは悲しい目にあい、それを契機に心機一転して信念を得ることができたら——懐疑の深淵をとびこえ、たよりない信子の魂にしっかり要《かなめ》の釘が打ちこまれ、信仰が生れるかもしれない。またそれをはずみに飛躍して、信子はもっと何か、充実したことがやれるかもしれない。信子の思想の背骨はキリスト教的倫理観だが、信仰者としてはあやふやな点がある。

　日曜の夜は一時間ばかり祈禱会がある。ＹＷＣＡの建物の中でいちばん美しい広い部屋、応接間というより客間《サロン》といったほうがいいような優美で家庭的な部屋に、寄宿生や舎監が集って祈禱会が行なわれる。たいていＹＷＣＡの幹部の人たちが招かれ、日曜の夕食を皆と共にして、それから祈禱会に臨み、招待客は短い講話をすることになっている。そこへ折々来たのは「この国でのＹＷＡ（田辺注、『屋根裏の二處女』ではこの表記）の事業の主脳として仰がれるＫ女史」だった（これは河井道子のことであろう。信子は女史のことを敬愛こめてこうしるす）。

「痩身《そうしん》鶴のごとく高く細やかな、けれども強い意志をおのずと示すような、いかった肩をして動作の凜々《りり》しい姿を食堂や客間に見せられた、そして眼鏡の奥に清らかな理智を静かな温情に包んだ瞳を輝かせて、〝世界の大勢と日本の若い婦人の覚悟〟などいう意味で竹の茎をすぱすぱ切ってゆくように歯切れよいきぱきぱした口調で話された。そして寄宿舎の人達の名前をいちいち覚えられて、時々愛嬌めいた挨拶などをされた」

ＹＷＣＡの関係者の外国婦人も、代る代る招かれた。寄宿舎の食堂で日本食を摂《と》り（箸をあやつって豆腐をはさむのに苦労したりする）、祈禱会で話す。日本語の上手な人もあれば通訳付きで聖書の講話をする人もあった。日本へ来て間もないというミス・Ｖも通訳を通して、〈日本のホテルへ来て、母国では一年分の白いパンを、一週間で食べました〉などと話した（欧洲戦乱のため米国に食糧節約のことがあったので、と信子は注を入れている。大正七年〈一九一八〉のこと。世界大戦は終結したが、この年の日本国内の騒擾《そうじょう》、米騒動については信子はどこにも触れていない）。――ミス・Ｖは三角のかたちをした顎をしゃくってにこやかに笑う愛嬌ある婦人だった。どんなまずしい日本食にも、いつも“Oh very nice”と讃辞を与えた。ミス・Ｖが招かれたときは、その日の席の具合でなぜかよく信子の隣にくる。三角の顎を振り立ててミス・Ｖはにこにこと信子に話しかける。信子はうろたえ、しどろもどろのブロークンな英語を操って応酬する。しかしミス・Ｖの話はあまり速くて長くて、知らぬ単語が連発されるから信子はどうしていいかわからない。さすがにＹＷＣＡの寄宿舎には、外国婦人の仕事のアシスタントをしている人や、大企業の練達な英文タイピストが多いから、通訳してくれる。しかし信子のブロークン会話の頓狂さに彼女らはしばしば抱腹する。

外国婦人が招かれて信子の席の隣へ坐ったときは、信子には針の蓆《むしろ》であるが、ほかの人々には恰好のお笑いの余興を提供することになった。そんなときでも〈菊池さん〉はひとり笑わず、また信子を助けてくれもせず、つまらなそうな沈んだ顔で、ぼそぼそと食事をつづけているのだった。

——秋も逝く名残りか冬の前知らせか、冷い雨の降る日曜日。衣《ころも》がえしたばかりの袷に綿入れ羽織を重ねてもまだひえびえする。教会からの帰り道、風が強くて傘があべこべにすぼまりそうだった。その傘はやさしい蛇の目傘ではなく、男持ちの黒い洋傘である。ミッション系女学生の流行《はや》りになっていて、彼女たちは娘らしい色気を排した、むしろ男子学生の蛮カラ趣味のほうをよしとする気風があった。信子もその流行に従っている。

午後から風がひどくなった。四階の青い三角の部屋は高いだけに、風当りは一層強い。

信子は学校の宿題をしていたが、風雨の音におびえて手につかない。階下から鈴《ベル》が鳴る。食事どきでもないのに、何かと思えば階下で誰か叫んでいる。

〈ちょいと四階のかた——臨時食堂が開かれましたから、いらっしゃい〉

信子が下りてみると、食堂には大鍋が据えられ、お汁粉が煮えていた。この寄宿舎では折々はそういう家庭的サービスがあるらしい。雀の卵のように綺麗で可愛い白玉団子が小豆のなかで躍っていた。舎監はにこにこと愛想よく信子にすすめながら、

〈吉屋さん、お隣の菊池さんはどうなさいましたの、おるすですか〉

〈わたし……知りません〉

〈お部屋へお帰りになったらちょっとお隣へお声をかけて下さい、さめますから早くいら

っしゃるようにって〉

信子は舎監のことづけを伝えるべく、階段をあがって、隣室のドアを叩いた。

〈どうぞ。お入りになって〉

静かな声がした。信子は顫《ふる》える手でドアを開ける。はじめて見る〈菊池さん〉の部屋。外は荒れ狂う嵐というのに、この小さな部屋には静寂があった。〈菊池さん〉は籐椅子の上に身を横たえ、眠っていたらしかった。隅の黒檀《こくたん》の机の上に白菊の花が一輪ある。その葩《はなびら》の一つさえ、そよともせず、ひそやかだ。

（この女《ひと》は何にも妨げられないで、霊魂のままに生きているんだわ。……静かで強いひと）

信子は心に要の釘のない、ふわふわした自分を恥じてしまう。

――そのあと、嵐をついて外出したのは信子のどういう心理だったのか、たかぶる気持のままに目的もなく暴風雨の町を歩きたくなった。

（牧水だったかしら？……

「ただに居りて居りがたき日の夕暮を外に出で来れば涙はくだる」）

雨と風にさからいつつ、いつか信子は九段の坂へさしかかっていた。雨風に打たれて坂を登るのが嬉しく悲しかった。

靖国神社の境内、大鳥居の奥には桜の大樹の梢が濡れそぼっている。その向うに遊就《ゆうしゅう》館がある（信子の記憶に従えば、青いペンキ塗の四角な明治初年風洋館だったという。現在の遊就館は昭和六年〈一九三一〉再建のものを更に昭和六十一年にリバイバルしたという。『なつかしき東京　石黒コレクション』〈石黒敬章編、講談社、平成4〉に古い遊就館の絵葉書写真があるが、これは信子の見たものよりのちの、再建されたほうだろう。遊就館は日本が経てきた戦争の記念品を展示している）。

信子がそこへ入ろうという気になったのはべつに戦争記念物に興味があったわけでもなく、ファシストだからでもない。嵐からしばらくのがれるところとして、何となく寄ってみたのだった。僅かな入場料を払って入ってみると、館内には人影一つなかった。

信子はがらんとした館内を見廻るうち、物淋しく心ぼそく、やがて怖くなってきた。ちぎれて旗竿だけ残った名誉の連隊旗、一兵卒の血染めの軍服――機関銃――戦死者の愁恨がまだ残るような。……

（まるで古城へ迷いこんで城主のいくさ語りを聞かされてるみたい――）

信子は足早に出ようとして階段を下りかかると、窓ガラス（戸外の烈しい吹き降りがみえる）より高い壁ぎわにかかった額《がく》が目に入った。大きな船の写真をまん中に、ぐるりをとりまいて何十人かの青年の顔写真が並んでいる。まるで船をとりまく花輪のように。

説明によると、その船は遠洋航海中、商船学校の練習生を乗せたまま消息を断った商船なんとか丸らしい。

信子はその固くるしいきまりきった文章にかえって詩を感じた。今まで陳列室で見た戦争記念品のどれよりも、優雅でロマンチックな写真に思えた。

そう思って見ればその商船も、どこか影うすくはかなげだった。その周囲に配された卵型の写真の中の青年たちは、眼をこらすと眉目秀でた美青年たちだった。まるで草笛吹く少年の名残りをとどめていそうな。——彼らはみな悲しみにみちたまなざしで信子をみつめる。

（誰かを見たことがあるような気がするわ。それともいつか会う運命の人だったかも）

信子が眺めるうちに、写真の商船の二本マストが動く気がする。そして写真の美青年たちはじっと信子をみつめつづけている。信子の目からも心臓からも涙が流れる気がする。戸外の吹きつける嵐は、巨大な商船がいまおもむろに海底に沈む波の音のようだった。信子は魂も抜きとられるようにじっとたたずんでしまう……そのとき。

〈もう閉館の時間だよ〉

と声をかけられた。さっき入口で観覧券を受けとった詰衿服の爺さんだった。

信子は真っ赤になって歩き出す。濡れた頰を見られるのを恥じてうつむいたまま。

爺さんは信子をじろじろ見ていたが、前方の商船の写真を見あげると、信子にやさしく聞いた。

〈ここに兄さんがいるのかね？〉

信子は思わず、

〈ええ〉

といってしまう。爺さんは限りない好意と同情の優しい眼を信子に向けた。

〈ああ、そうかね、もっともだねえ〉

いたわるようにくりかえして、ただ一人の観覧者の信子を彼は出口まで見送った。

信子はたそがれの雨風の中を歩きながら、すっかり、〈妹〉になりきり、（虚栄心を恥じながら）たかぶって戻った。

濡れそぼった姿を〈菊池さん〉に咎められて、信子は思わず、ふしぎな体験を話してしまう。

〈ふーん、それはすてきね、でもあたしだったら、その事務員に、許嫁《いいなずけ》者の人がこの写真に、っていうわ〉

と、〈菊池さん〉はこともなげにいった。

その夜の夕食にも祈禱会にも、誰も招待者の姿はなかった。司会者は、今夜は招待者のお話はないので、各自が信仰談をして共に祈って会を終りましょうといった。

〈お話のきっかけとして「わが信仰を高めんがための努力」というような題目で、短いお話をして頂ければ結構です。今夜のような暴風雨の夜の祈禱の集りは、一層意義深いものになろうと存じます〉

二つ三つの讃美歌ののち、スピーチがはじまった。どの人の話も宗教的訓練のゆきとどいた立派なものだった。聖書を毎朝一ページずつくりかえして読み、信仰を深めてゆくという人、今まではたいへん煩悶していたが、神の御名《みな》によりこのあいだ洗礼を受けると、忽然と煩悶が消え失せたと喜ぶ人、あるいは神学上のむつかしい術語で以て神の存在を説く人。――

信子はそんな抽象論よりも現実のあかしがほしい。信子こそ〈神を喘ぎ求めてやまない飢え渇ける者〉なのに。

順番がきて信子が促された。何を話していいかわからない。沈黙が落ちた。

〈どうぞ、この貴重な時間を空しく費すことのございませんように――〉

司会者が注意する。あわてるとなお信子は話が出来ない。とうとうせきこんで吃りつつ、

〈わたし……わたしは、あの、神さまの……お姿を、たしかに目の前に見ましたら……すぐ信じますっ〉

辛うじて全身の努力でいった信子の言葉に一座は花火のような笑い声をたて、椅子はがたがたと鳴った。

信子のせい一ぱいの告白だったのに。真剣で本気の言葉なのに。幼稚で単純かもしれないが、信仰に対するあらゆる心的葛藤を経ての単純なのだ。

そのあとは、信子の舌足らずの話を補って余りあるような賢明で尊い信仰談がつづいた。

そのころ嵐はいよいよ烈しく、そのなかを一人が語り出した。近頃ささやかれるキリスト再臨説。それに連想される恐ろしい地球の Catastrophe が来ること。……

風の音がその話のバックグラウンドミュージックとなった。語り手は声をふるわす。私どもは世界の終る日が来たとき、いつでも神に召される信仰深きものとして用意しておかねばなりません。……

そのときひときわ烈しい風音とともに停電となり、暗闇となってしまった。それはラストの話の効果を強めた。ピアノの台の上に西洋蠟燭《ろうそく》が二本ともされ、讃美歌が流れた。蠟燭の灯は宗教的法悦に輝く顔々を浮び上らせる。そのなかに一人、静かな〈菊池さん〉の顔がある。彼女は唇を開かない。

讃美歌がたかまり、ピアノが力強くそれに和し、感きわまったように人々の歌声が顫えたとき、〈菊池さん〉の頬がわずかに動いて、白い歯がちらと見えた。なんの微笑か。信子はわくわくする。

（なんという雄々しく強い美しい異端者！）

灯りの消えたたてものの闇の中を、信子はとぼとぼと階段を四階へあがる。深い不安と寂しさ。

（信仰も持てず、さりとて菊池さんほどの強さもなく……私はどこへゆくのだろう……）

信子は絶望している。……

そのとき、信子を追う足音がして、うしろから信子は肩を抱かれた。闇のなかのやさしい匂い。〈菊池さん〉は信子の肩をくるりとまわして柔かいその胸に信子を抱きしめてくれる。せわしい呼吸《いき》が信子の頬にあたり、〈菊池さん〉の湧きあがる言葉がちぎれつつ、ほとばしる。

〈あなたは……あなたってまあ、なんという……正直な……かたでしょう〉

信子の額のひとところに火が点じられた。熱い唇が信子の額に押しつけられたのだ。信子の涙と〈菊池さん〉の涙はまじりあい、その頭上では尖った屋根に叩きつけられる雨が、すさまじい滝となって屋根裏の窓にしぶく。……

『屋根裏の二處女』の時代、信子は二十二歳である（菊池ゆきえは一、二歳年長だったといわれる）。この作品には信子の自己形成のあとが辿れる。菊池ゆきえへの感情の推移も自然である。もってまわった表現や美文調が、風通しを悪くしている嫌いもあるが、その贅肉を落してみると、骨格はただしくつよい。周囲につどういろんな人を見、信子の人生の目が肥え、内省力も増したのであろう。

菊池ゆきえと同じ学校（津田英学塾）の、小説では〈工藤さん〉と呼ばれる人。女離れしてきりりとした女学生。菊池ゆきえと同郷（北海道）だという〈お静さん〉は裁縫学校へ通う人。生真面目《きまじめ》でおちついて気が利かず、ずんぐり肥えて、

（まるで水気が多くてまずい馬鈴薯《じゃがいも》の煮っころがしのようなひとだわ）

　と信子は思う。

〈佐々川さん〉という、体も大きく動作もおうような捉えどころのない人。日本女子大英文科の学生。

　場ちがいのように花やかな下町娘で、はにかみやの〈太田さん〉――ＹＷＣＡでアメリカ婦人の教える料理や英会話クラスに通っている。花嫁修業というところであろう。〈菊池さん〉とは東京のＦ女学校の同期生とか。同期生といえば、津田英学塾までずっと一緒だったという、あたまのいい〈森さん〉。……

　みんなで、〈菊池さん〉の郷里から送ってもらった林檎をたべる〈林檎パーティ〉をしたり、若い無名画家の、貧屋での個展を見にいき、真剣な精進ぶりに感動したりした。

　ＹＷＣＡの玄関ドアは午後十時まで開けられている。その時刻までは寄宿生たちも自由に出入りできる。ミス・Ｌの寮とは大ちがいで、信子もやっと人なみに手足がのうのうとのびる心地だった。〈菊池さん〉ともう一人、きりりと少年っぽい〈工藤さん〉と信子、この三人で秋の夜長を幸いに裏通りの露店をひやかしてたのしむ。メリヤスシャツの叩き売り、石鹸や安香水、表通りには毛皮のショールや冬帽子、色の濃いネクタイなど冬ものが並ぶ。楽器店の蓄音機から三浦環の唄う小夜曲《セレナーデ》がひびく。

　ゆうべ――はるかに――むねにきけば――こころは――かえる――いにし――むかし

……

新しい楽譜が飾窓にある。そばにつややかなヴァイオリン、クラリネット。……

隣のカフェ入口の棕櫚竹がそよぎ、店の内では白エプロンの女給が所在なげだ。絵葉書屋の店先には異国の〈活動役者〉のブロマイドが並ぶ。紺飛白《こんがすり》の青年たちが指さして、

〈アラ・ナジモアだ〉

〈こっちの、花を持ってるのはアンネット・ケラーマンだぜ……〉

などと自慢気に知ったかぶりを発揮する。四つ辻の暗い隅に太鼓を打ち鳴らし、高張提灯をかかげて讃美歌を歌う一群。袴をはいた青年や地味な身なりの女たちが聖書をふりかざして〈滅びゆかんとする魂を救わんがために……〉と叫んでいる。

〈教会の露店だわ〉

〈工藤さん〉はつまらなそうに、すぐそこを離れ、〈それより寄席《よせ》へ入ってみようよ〉と誘う。信子は女ばかりでこんな所へ入ったのははじめてだった。どてらを着て酒臭い商人風の男、ひどい煙草の煙をまきちらす職工風の男、舞台ではとっかえひっかえ咄家が出てくる。笑声が沸きかえる。眼鏡をかけて袴をはいた若い女学生たちは場ちがいな存在だ。夢見少女《おとめ》の信子はまわりの男たちの哄笑や猥雑な体臭に辟易する。（いやあね、男って。中年も若者も——卑しい享楽と無礼さのかたまりだわ——）

などと軽蔑するがその見聞がまた彼女の書く『花物語』の世界を豊かにすることは否め

ない。信子はようやく東京での女学生生活を楽しむ余裕が出てきた。……

『花物語』といえば、信子がその作者だということはいつか知れて、

〈あ、あの吉屋さんだったの。凄いじゃない、うんと原稿料を頂けるんでしょう、たまには奢るもんよ、どうせあたしたちをモデルにしてるんでしょう〉

〈へっ。あなた、あそこに書かれてるのはみな美人よ、どこがモデルだっていうの〉

とやりこめる人やら、大さわぎだった。

とどのつまり、信子は四谷見附のそばの、三河屋という大きな牛鍋屋での昼食をみんなに奢る羽目になった。牛鍋——男子学生なら知らず、女学生同士なら、お汁粉、おすし、というところであろうに、門構えの大きな料理屋へ、女ばかりであがるところに、信子の大胆な挑戦とたかぶりがあったのだ。〈男のすなること、われら女もしてみん——〉という、女書生の意気ごみだったのだ。

〈へえ、優にやさしき『花物語』の稿料が不風流な牛鍋に化けるとは、非ロマンチックだね〉

——〈工藤さん〉の諧謔にみな笑って、五、六人の女学生ははじめて三河屋の玄関に立った。日本髷にいい着物と帯の別嬪さんの女中さんたちに迎えられ、女学生たちは恐縮してよく拭きこまれた階段をあがり、こみの大きな座敷へ通された。小さい衝立で仕切ってある一つの席へ案内されたが、若い娘たちとしてはそんなことも人生の一つの冒険の心地

だった。みな口ほどもなく物馴れぬお嬢さんで、女中さんが手際よく鍋に盛ってゆくのをかたくなって見ていた。

一組の客がどやどやと足音たかく階段を上って来、信子たちのすぐ隣の席に坐った。男四人に女が一人、男たちはみな中年親爺で、商人風だった。席につくなり酒を注文した。

〈やれやれ、これでまずまず首尾よく、万事うまくいった〉

〈ところで、一つ祝盃とゆこうか、ハハハ〉

と高笑いする男（信子は『私の雑記帳』「三河屋」で、この一行《いっこう》のセリフをそのまま書いたといっている。「バカなことにもの覚えのいゝ私は、十幾年を経た今も、その人たちのいつた言葉を、きちんと記憶してゐるから、以下彼等のこの言葉に間違ひはない」）。

一行の中のただ一人の中年女は、信子たちの母親ぐらいの年輩で、小さい丸髷を結い、地味な着物を着て、物悲しげに沈んでいた。男たちの浮き立っているのと反対に、

〈だけど、おきみのことを考えると、わたしは可哀そうで……可哀そうで……〉

わっと泣き出した。

信子たちは顔を見合せ、箸を止めてしまった。男のだみ声が叱るようにひびく。

〈そんなこと今更いったって仕方ないよ、困るなあ、酒がまずくならァ〉

べつの男が、やや穏やかになだめた。

〈何もおきみさんが死んじゃったわけじゃなし、年季を無事にすませれば、ちゃんと母ち

ゃんのところへ戻れるんだからな。さあ、くよくよせずに一杯〉と中年女に盃をさした。小さい衝立だから人々の顔も姿もよくみえる。女は肩をふるわせ、すすり泣いた。信子たちはもう胸がいっぱいになって、鍋に箸を入れる気もおこらなかった。また別の男がどなった。

〈ともかくいい具合に運んだんだ、新宿でもあすこはいゝ大店《おおみせ》だし、わしたちの骨折甲斐のあったわけさ。――姐さん銚子お代りだ〉

信子たちは何だか憂鬱になってそろって立ってしまった。その気配に女の人は泣き濡れた眼をあげ、年のいった女学生たちのグループをみとめると、また涙にむせかえった。

〈おきみも、あんなお嬢さんみたいに……〉

信子たちは気味わるくさえなって、先を争うように階段を下りた。世間知らずの娘たちには事情がのみこめない。四谷のお濠端《ほりばた》を歩きながら言いあう。

〈へんな感じだったわねえ。牛鍋食べにいくと、いろんな目にあうものねえ〉

〈いったいあれ、なんでしょう……〉

信子には不思議な悲劇の意味が解《げ》せない。

そのときまでじっと黙って歩いていた〈菊池さん〉が口を開く。

〈わたしはわかったわ。あの泣いていた女のひとの、おきみって娘を、新宿の遊廓へ今日売ったのよ。その帰りに、世話した親類の男の人か何かと、三河屋へ寄って牛肉食べて祝

盃あげてるんだわ、きっとそうよ、新宿にそんなところあるもの〉

〈信じられない。……娘を売って祝盃なんて〉

誰かがつぶやく。

〈――娘の肉を売ったかえりに、牛《ぎゅう》の肉を食べたってわけさ〉

皮肉屋の〈工藤さん〉がジョークをとばすが、今日ばかりは誰も笑えなかった。

〈いやだなあ。あさましい……〉

〈森さん〉が汚ないものを払い落すように体をふるわせ、やさしい下町娘の〈太田さん〉が、

〈あの祝盃のなかでお母さんだけ泣いていたわね、そして売った娘と、わたしたちをくらべたのねえ……〉

涙声でいったので、みなは沈んで涙ぐみ、胸がいたくなった。

〈娘を売る……女を買う、なんて――日本の社会なんて、まだ駄目ね〉

――社会。そんな言葉が若い娘たちの会話に出てくる時代になっている。

その夜――屋根裏の信子の部屋を〈菊池さん〉が訪《おとな》った。

〈お紅茶を淹《い》れたのよ、ビスケットもあるから、いらっしゃらない？〉

信子はくぐもった声で返事して顔をそむける。涙を見られまいとして。――

〈どうしたの？〉

〈わたし……わたし、今日の三河屋で見たこと日記に書いていたの。そしたら泣けてきてしまって……心に誓ったことがあるの〉

涙を拭く信子の前に、小さな日記帳がひらかれてある。学生っぽい堅い字で、とりわけ大きく、二行分ずつにはみ出して書かれてある文字が、〈菊池さん〉の目にとびこむ。

〈神よ。われに、ハリエット・ストウ夫人の奴隷解放に献《ささ》げし『アンクル・トムス・ケビン』の如き、力強き廃娼小説を書かしめ給え！〉

〈ああ、あなたってほんとに、すてきなかたねえ……〉

〈菊池さん〉は信子の手を握った。

〈まっすぐな気持のひと。美しい心のひと。――信子さん、わたし、あなたが好きだわ。まえから好きだと思ってたわ。かわいくて、純粋なひと。……〉

――〈菊池さん〉はいま、菊池ゆきえになった。

〈あたしも、よ〉――やっと信子はいう。

〈ゆき、と呼んでもいい？　あなたを。わたし、まえから、あなたが好きだった。ゆき、とこっそり呼んでたわ〉

〈吉屋さんじゃなくて信子さん、のんちゃん、いいえ、のん、と呼んでいい？〉

ゆきえは瞳のきらめきを一そう強くして、

〈のん、ふたりのお部屋、いっしょにしましょう。一つを書斎、一つを寝室にきめていっ

しょに暮すの〉

雨だれのふた雫《しずく》がいつか一つの雫になるようだ……と信子は嬉しかった。

9

ゆきえの部屋は二人の書斎に、信子の部屋は二人の寝室になった。

ゆきえの部屋は同じようなつくりといいながら、信子の部屋よりずっと「巧みな上品な装飾がしてあった」（『屋根裏の二處女』）。現代《いま》風にいえば、ゆきえにはインテリアのセンスがあったのであろう。装飾といっても金目のかかった仰山なものではなかった。質素だけれどどことなく住む人の高雅な情操が匂うようなもの。……

まず信子のいちばん好きなのは、板壁に掲げられた画である。額縁は神代杉《じんだいすぎ》の柾目《まさめ》のような渋い木のもの、画は泰西名画の印刷であろうか、黒衣の尼僧が屋上の露台《バルコニー》にたたずんでいる。遠く仄かに望まれる市街を見やって、月光を浴びて立ちつくす「尼様」――信子は一目見たときから、この絵がむやみと好きになってしまった。

その額の横には、褐色のニス塗りの本箱、観音開きのガラス戸の内には、オリーブ色のカーテンが掛かっていて、内部《なか》は見えない。信子は何となく、立派な美しい本が並べられているように想像するが、ゆきえが本箱の戸を開けることもべつにないし、改まって読書をしている姿を見たこともない。

黒くて重々しい文机《ふづくえ》。

その上に茶色の陶器の壺。ゆきえは白菊の葉を取り除いて花ばかりを投げこんでいる。

机の前には美しい座蒲団《ざぶとん》。まわりを黒で縁《ふち》取りし、中は黒と赤の元禄模様のつぎ合せという、目のさめるような綺麗なもの。

〈ほんとに、ゆきの感覚って、すてきね〉

と信子は感動してしまう。座蒲団もべつに買い求めたのではなく、ゆきえが縮緬の端《は》ぎれをあつめておいて、丹念に縫い合せただけ、というのだから。……それに、例の籐椅子。家具調度、みなセンスがいい。

信子の使っていた立ち机は、古道具屋で買ってきた中古品で、キズだらけでただ頑丈なだけというしろもの、椅子もまた古道具屋の小僧が、机の高さに合せて店の奥から引っぱり出してくれた、埃だらけの古椅子だった。信子はよく拭きこんで使っていたが、いくら何でもゆきえの部屋に並べるには似つかわしくなく、それはもとの部屋に置いてゆき、ゆきえが物置き台に使っていた一閑張《いっかんばり》の小机を信子は借りることになった。——といっても二人とも、ろくすっぽ机に向うことはなかったのだけれど、昼間はいつでも二人は書斎にいた。

信子の部屋は寝室にされた。厄介ものの古ぼけた机には、ゆきえが持ってきた白レースの細長いテーブルクロスが掛けられた。その上にゆきえの卵形の鏡、信子の長方形の鏡が、それぞれニッケルの柄を支えにして立てられると、古テーブルはたちまち、好もしい鏡台に変身した。信子の化粧品は少いけれど、ゆきえはいろんな美しい、しゃれたものを持っていた。香水や香油、匂いのいい化粧水を入れた綺麗な形の硝子壜。壜の胴に貼られた銀のレッテル（外国語で書かれたもの）。壜の口にネクタイのように結ばれた赤いリボン。

それらが鏡に映っていよいよ花やかな雰囲気になる。

〈あの古テーブルが、ほんとに芸術的なテーブルになっちゃったわ！〉

信子が手を叩いて歓声をあげると、ゆきえも珍らしく、声たてて明るく笑った。

しかし何よりも美しく〈芸術的〉なのはゆきえの持ちこんだ蒲団だった。

かけ蒲団は白い羽二重《はぶたえ》である。大きな紗綾形《さやがた》の模様が織り出されてあって、裏は同じ地の真紅、その真紅が表のぐるりにも折り返されてあって、紅いふちどりが白地をいっそう、あざやかにみせる。敷蒲団二枚もやはりお揃いの、真紅の裏に白い表。ただ掻巻《かいまき》はこのまえ信子が焦がしてしまったので、そのまま戸棚の奥にしまわれている。掻巻の代りに薄くて軽い白い毛布を、広いシーツに包んでかけている。そしてゆきえの枕は大きな白い羽根枕である。

二人が同室で暮すようになってからは、もう信子は日曜日に教会へいかなくなってしまった。七日に一度のありがたいお休みの一日である。あだやおそろかに過せないと思った。

白い上等のお砂糖とパンとバター。バターはゆきえの家から送ってきた北海道の牧場のバターである。これも同じ、故郷から送ってくれる林檎。ゆきえが銀座から買ってきた紅茶。つましいそれらが、日曜の午後をすっかり豊かにする。そんなとき、工藤さんや森さんを呼んで小さなティー・パーティを開くこともある。

〈北海道って、おいしいものがいっぱいあるのね、バターに林檎……〉

信子は大きなバターの塊をただそのまま皿に盛ったのではつまらないので、信子は何かの形にしたかったのだ。保母の学校では幼稚園の手技課目の一つとして粘土細工を教えられるので、それを応用した。粘土細工の竹べらで一心に作っている。

〈ええ、おいしいものも綺麗なものも、どっさりあるわ。鈴蘭も黒百合もアカシアもミルクも。——わたしのうちは札幌よ、ぜひいらっしゃい。両親も弟や妹たちもよろこぶわ〉

ゆきえは舌軽にリップサービスする人ではないので、静かなその言葉にも実意があった。

〈北海道——そうね、ちょうどあたしの三番目の兄も池田にいるのよ。行ければいいわね……〉

兄を訪ねるという口実で、ゆきえと北海道旅行ができる……。そう思うと信子はまた新しい楽しみの目標が出来た気がする。『花物語』はずっと書き続けており、稿料で東京生活のすべてが賄えるわけではないものの、時々は貯金もし、母にも時折、頼まれるまま不時の送金をすることもあった（末弟の義明に金が要るのだという。義明はこのころ宇都宮中学の中学生である）。だから交通費も父にねだることはなくてすむし。……そんなことを考えながら一心にバターを彫っていて、

〈出来た！　出来た！〉

信子は飛びあがる。バスケットから紅茶茶碗をとり出してハンケチで拭いていたゆきえも飛んできた。小皿の上に、不出来ながらにたしかに馬の首が出現していた。つやつやと琥珀《こはく》色に光って。

〈あらっ。のん、あなたって彫刻の天才ね、小説の天才だけじゃなくて〉

ゆきえは目を見はる。信子がいつも魅了される、あの澄んだ目を。

〈天才じゃないけど、ちょっとしたものでしょ、いいでしょう。みなびっくりすると思うわ！〉

信子は嬉しくてたまらず、夢中でつかんだままの竹べらをさしあげて、万歳をしようとした。その拍子に竹べらの先が馬の首の口へさしこまれ、いっぺんに馬は口を開けていまにも泡をふきそうな、間抜けた顔になってしまった。

信子はしょげかえって、たちまち涙ぐむ。感情の振幅の烈しい信子は、まだそれを自分でコントロールするすべを知らないのだ。

〈のん、気にすることないわ、平気、平気。わたし、いまいいこと思いついたの。ごらん

なさい、こうしたらいいと思わない？〉

ゆきえは本箱の下の小抽出《ひきだし》から、小さい緑色の天鵞絨《びろうど》の小箱をとり出す。紅玉《ルビー》を抱いた細い黄金の指環があらわれた。

ゆきえは指環をつまみ出し、バターの馬の首の開いた口へはめこんだ。紅玉《ルビー》の指環をくわえた馬の首は、たちまち前以上に幻想的な美しい神話の中の馬になる。

〈ゆき。あなたこそ天才だわ！〉

ともに芸術品を創造したように昂奮して、二人は思わず、〈ラララ……ララ……〉と踊り出す。パーティ招待客の工藤さんがちょうど、ドアをあけたところだった。

〈何してるのよ、二人とも。肩揚のとれた、いい年のレディが、何てざまだ、こりゃ〉

男のように乱暴にいう。

この大正七年（一九一八）、信子は菊池ゆきえと知り合って人生の悦楽を知る。もちろん『花物語』ほかの小説を書いているときも信子は幸福だったが、幸福にもいろんなタイプがあるとはじめて知ったわけである。

この年は日本国内では米騒動があり、社会不安はたかまっていたが、先述したように信子はそれについて書き残していない。それより彼女の心を捉えたのは、「島村抱月氏逝く」というニュースだった。十一月五日。急性肺炎で、数日の病臥ののち病勢急変したのである。妻子はあったが女優松井須磨子との恋愛は天下周知の事実で、そのことで因襲的な世間の攻撃に曝された。しかし抱月は芸術座を興して松井須磨子を最高の女優に仕立てようという夢に賭けたのである。日本の新劇を樹立するという大理想に抱月は愛を重ね合せていた。「須磨子は故人が半生の愛人であり、芸術品であつた」と薄田泣菫《きゅうきん》は毎日新聞に書いている（大正8・11・10）。

　抱月が人に乞われて短冊に書いた歌がある。

「セリセツト死にぬ哀れの妻なれど妻に代へたる恋も尊し」

　セリセットはメーテルリンクの作中の人妻の名である。信子は芸術座が好きで「モンナ・ヴァンナ」や「カチューシャ」の舞台にのぼせ、夢中で見たものだった。松井須磨子も好きだった。教養たかく端正なインテリである島村抱月も敬愛していた。しかし抱月と須磨子の恋は若い信子を複雑にとまどわせた。栃木の古い町で堅苦しい官吏の子として育った信子には、抜きがたい硬直した倫理観がある。

（「家《うち》のお父さんがもしあんな事になつたら、お母さんはどうなるだらう？」）

と思った、と後年の信子は述懐している（「話」文藝春秋社、昭和12・5）。「女といふものは何につけてもお母さんに同情するものだ」と（これでみても信子はお母さんっ子で、この母と娘の紐帯は強く結ばれている。愛すればこその背反で、単純にこの母娘の関係を割り切るわけにいかない）。

――しかし、抱月が「妻に代へたる恋も尊し」と書いたという話を読んだとき、信子の心に涙があふれた。人間の真実に触れた気がした。妻・夫という社会軌範を超えるものがあると知ったのだ。

その抱月が須磨子を残して逝ったのである。芸術倶楽部の一室で、「苦しい」の一語を残したのみで。――突然の臨終で、須磨子も間に合わなかった。最後を看取ったのは、医師、看護婦、事務員だけという淋しさだった。棺側に泣き崩れる須磨子の写真に、信子はまた涙を誘われる。

愛人であり師であり、創作者としてのパートナーである人を失ったあと、須磨子はどう生きるのだろうと思いやらずにいられない。

いま一つのショッキングなニュースはその秋の田村俊子の渡米である。信子は秋の薄曇りの朝、食堂のテーブルに新聞を拡げて呆然としていた。

かなりのスペースをとって写真が掲載されている。それは外套に身を包み、鍔《つば》の広い帽子をかぶった中年婦人が一人さびしげに船の甲板に立つ姿だった。

（田村俊子さんが故国を捨ててゆく……あんなに人気たかく、もてはやされた女流作家が……）

なんという、いさぎよく思い切ったことを――と信子は悲壮感さえおぼえる。

「豫《かね》て渡米の噂のあつた佐藤俊子女史は、昨日秋雨のそぼ降る内を、墨西哥丸《めきしこまる》船上に僅か數人の見送人に送られつゝ、寂しく日本の土地を出發されました。渡米の目的はとお伺ひ致すと、『新しい生活に入《い》る爲めです。無論筆を執る仕事は一生廢《よ》しません。私は色々の意味で、全く新しい生涯を此れから築きたいと思ふのです。歸朝は先づ五十位になつたらと思ひますが、それとも歸りたくなつたら――』と、大きな瞳を記者に向けて微笑《わら》はれました。バンクーバーに到着の上、其所の親しい御友達と相談の上、宿をお定《き》めになるさうです。汽船がいよ〳〵鎖を巻上げる時、よくお似合になる黒地の外套の上に、雨は強く降り出し、茫と霞んだ丘の方を、女史は感慨深さうに凝《じ》つと眺めて居られました」（読売新聞、大正7・10・12）

瀬戸内晴美氏の『田村俊子』（文藝春秋、昭和36）によればこの時「俊子は三十四歳の女盛りであった。作家というより女優のような美しさであった」とある。現実に俊子は女優として舞台に立ったこともある。佐藤になっているのは、夫の田村松魚《しょうぎょ》と別れたので旧姓の佐藤にかえったため。バンクーバーの「親しい御友達」というのは愛人鈴木悦のことで、悦は朝日新聞社員だったが、バンクーバーの邦字新聞大陸日報の社長山本礁波《しょうは》から招聘されたため、三か月前、単身渡米していた。悦には妻子があったが俊子との恋がジャーナリスティックに騒がれ、また俊子の浪費癖で経済的に二人とも逼迫し、にっちもさっちもいかなくなったらしい。起死回生のチャンスとして渡米したのであった。

尤《もっと》もその内情はずっとのちに信子が知ったこと。二十二歳の信子はただ、花形女流作家がいさぎよく筆を折って文壇と故国に別れを告げ、海を渡ってゆくという悲壮な運命に感動したのだった。

（信子は田村俊子によほど強烈な印象を与えられたらしく、『私の見た人』にも『自伝的女流文壇史』「上海から帰らぬ人〈田村俊子と私〉」にもとりあげている）

信子は栃木の女学校にいた時から田村俊子に眩惑されていた。俊子の文壇デビューは明治四十四年（一九一一）、大阪朝日新聞の懸賞に一等で当選した長篇小説『あきらめ』である。信子はまだ十五歳の投稿少女だったが、女流の進出に胸を弾ませたものだ。

俊子はたちまち流行作家となった。当時の文壇で女流が少なかった物珍らしさのせいもあるが、俊子の才能が凡百の文学青年や文学少女からぬきんでた特異なものであることが、誰の目からも認められたからだった。『木乃伊《ミイラ》の口紅』は「中央公論」（大正2・4）に、『女作者』は「新潮」（大正2・1）に花々しく載った。権威のある両誌に載ることは作家の栄誉だった。

「当時の〈中央公論〉の創作欄は文壇檜舞台の観があり、新聞広告に大きく題名と作者の名がずらりとならび出るのを、わたくしは地方の女学校に居た頃から胸とどろかして息を詰めて喰い入るように眺めたものだった。その広告面で〈木乃伊の口紅。田村俊子〉という大きな活字が燦然《さんぜん》と光を放つごとくわたくしの眼を射ったのをいまも忘れない。それは〈木乃伊《ミイラ》の口紅〉という題名が当時としては新鮮な妖しい感覚を与えたことと、その作者が女流作家だったからだろう」

と信子は『自伝的女流文壇史』に書いている。当時の信子は少女小説をもう書きはじめており、自分でも少女小説を書くのは好きだったのだが、内心ではいずれは大人の読む本格的小説をどんどん書いて活字で発表できる作家になりたいと期していた。だから田村俊子から目が離せなかったのだった。

『木乃伊の口紅』ほか田村俊子の代表作といわれる作品についての、信子の批評は書かれていない。田村俊子は文壇的ゴシップやスキャンダルの多い女で、関取・両国を贔屓《ひいき》して羽織を投げたとか、銀座を散歩中、ふっと大阪鮨が食べたくなるとそのまま東京駅から急行列車に乗って大阪へ向ったとか、贅沢好きでいくら稼いでも笊《ざる》で水を掬《すく》うような浪費家だとか、……そんな噂を信子は面白く思い、その自由奔放な生きかたを痛快に思ったが、若い潔癖な心から、俊子に反発する心理もあった。先輩の女流作家であるのに田村俊子に会おうとは思わない。当時俊子には崇拝者の青年や娘がおびただしくいた。信子が上京した大正四年頃はまだ俊子の文運隆盛の時代であった。しかし十九歳の信子が、上京してすぐ、赤い帯を締めてまっ先に会いにいったのは野上弥生子のほうだった。師事したいのは野上さんのほうだ、と信子は択んだのだ。

「これはわたくしの年少ながらの自らの性格が選択させたのである」（『自伝的女流文壇史』）。資質が違う、と信子は知っていたのだ。

（——ついでにいうと筆者の私も、若くて田村俊子の作品を読み、感銘を受けた。明治末期、それはちょうど「青鞜《せいとう》」が興ったときなのだが、女の自我が自立心が、それを圧えようとする男と〈——ということは社会という言葉と同義語だ〉白刃で挑みあう血まみれの戦いになる、そのすさまじい渡り合いに深く共感した。その中でも女の狡さ男の老獪が冷く見すえられている。作家の冷徹な観照がゆきとどき、男も女も赤裸々に剔抉《てっけつ》される。息づまるような小説で、若い私は文学の香気に酩酊し、ながく〝『木乃伊の口紅』田村俊子〟という数文字を忘れることはできなかった。私個人の矮小な文壇私史のなかでいえば田村俊子はかなり高い位置に掲げられている作家である。その点、信子と同様である。そして、好もしいけれど、私はこのあとを踏まない、と若いときに決意した点も、信子に似ている。もとより吉屋女史と私では懸隔がありすぎるけれども。——）

田村俊子の作風では行き詰りは目にみえていた。蛸がわが手足を食うように、人生的蓄積をたちまち蕩尽《とうじん》してしまうであろう。俊子の終生、熄《や》むことのなかった浪費癖のように。文学者の眼をいよいよ磨きすまし、魂を強靭に育ててゆくという修業をせずに、せっかくの才を、足もとの穴を掘って掘って掘りつくすことだけにかかっている。……信子は直観でそう思ったにちがいない。

果して、数年のち——それは信子が上京して三年ばかりのうちに、田村俊子は書けなくなっていた。書けないと自分ではわかっているが、注文もあり、生活がかかっているから無理にでも搾《しぼ》り出すよりなかった。書けない作家ということすらモチーフの一つになった。

「この女作者の頭脳のなかには、今までに乏しい力をさんざ絞りだし絞りだし為《し》てきた残りの滓でいっぱいになつてゐて、もう何《ど》うこの袋を揉み絞つても、肉の附いた一言も出てこなければ血の匂ひのする半句も食《は》みでてこない。暮れに押詰つてからの頼まれものを弄《いじ》りまはし持ち扱ひきつて、さうして毎日机の前に坐つては、原稿紙の桝のなかに麻の葉を拵へたり、立枠を描いたりしていたづら書きばかりしてゐる」（『女作者』）

　そのくせ、いつも濃く白粉をつけて舞台化粧のように顔を粧《よそお》わずにいられぬ女。——信子は〈書けない〉ことをまだ知らない。しかし田村俊子の渡米が作家としての見聞をひろめるためではなく、故国をあとに国外に逃亡の旅立ちだったのだということを、

「当時のわたくしさえ生意気ながらほぼ想像できた」（『自伝的女流文壇史』）

　書けなくなっていつか消えてゆく人々は多い。しかし俊子のように、

「こうして書くだけさっさと書いてやがて行き詰ると未練気もなく国外に去るこの女流大家が勇ましくも堂々たる人物に思えた」（同）

　信子はメキシコ丸の甲板に立つ俊子の写真を美しいと思った（俊子の夫・田村松魚やその他、俊子と同時代の演劇界、文壇の男や女は、みな田村俊子を不美人と思っていた。しかし瀬戸内さんのいわれる所では、俊子は美しかったという人も多く、かつ残された写真で見ても俊子は美人だ、と断じていられる。明治や大正、昭和初期の人々の審美眼なんか

アテにならない。彼ら彼女らの美意識はごく狭く、弾力性を欠き、皮相で蒙昧だ）。

信子は田村俊子の出発のニュースに感傷的な気分になる。——感じやすい信子はほろほろと涙をこぼしてしまう（信子は一人になるとよく泣く。日記には「何か知らないけど泣けてきた」という文句が散見する）。

しょんぼりして部屋へあがればゆきえの姿はない。工藤さんが悪性感冒にかかって、かなり具合がよくないというので、森さんとヒヤシンスの鉢など持って郊外の工藤さんのうちへお見舞にいったのだ。信子は病床を見舞うほどの深いつきあいでもないので、遠慮をして、ことづけだけを托した。

夕方ちかくゆきえは戻ってきた。田村俊子のことを告げようとしたら……ゆきえの顔も暗かった。

〈のん、工藤さんがもう、いけないの。熱がたかくて意識不明なの、肺炎になって。……わたしたち、花の鉢だけお母さんに渡してきて帰ったのよ。……〉

その二日のちの夜、森さんからゆきえに電話がかかった。工藤さんは逝ったのだ。世界的に大流行したスペイン風邪の犠牲者の一人と、工藤さんはなった。あの少年のようにりりしく、皮肉屋で面白かった工藤さん、彼女がこの屋根裏部屋を訪れることは二度とないのだ。

工藤さんの葬式は若い娘たちの悲しみをなぐさめ、鎮めるどころか、不快にさせるような茶番めいたものだった。柩は白木のおみこしのようなものに載せられ、仏頂づらの人足たちに荷物のように担がれた。金色銀色の紙でつくられた造花。酒太りの中年のお坊さんが読みあげる長たらしいお経。村の寺院の庭では参列の村人たちが世間話をして笑い声さえたてている。

――信子やゆきえ、それに森さん、佐々川さん、太田さん、……らが、工藤さんを悼む気持と、その葬式とはどんなにかけはなれていたことだろう。みんなは黙りこくって、葬儀がすむと、とぼとぼと駅までの長い道のりを歩き出した。太田さんやお静さんが疲れたから少し休みたいという。ちょうど通りすがりの店に小さいミルクホールのような、安い西洋料理も出すらしい店をみつけた。そこでコーヒーでも飲もうということになった。

暖簾《のれん》をくぐって娘たちが入ってみると、そこは田舎町の安キャバレーといった感じで、正面の棚にはビール壜や清酒の壜詰が並べられ、古い型の蓄音器があった。壁には女のポスター。そして店のなかの二、三人の女たちは貧弱なエプロンを麗々しく肩へかけ、よじれた紐を背中で結んでいた。

とんだ店へとびこんでしまったのだ。娘たちはすくんでしまったが仕方なく、がたがたの椅子に腰かけ、汚れた丸テーブルを囲んだ。女の一人がまだらな白粉の顔をふりたて、学生らしき娘の一団にあらわな反発を浮べながら、注文を聞きにくる。運ばれてきたコーヒーはなまぬるく溝《どぶ》のような色だった。茶碗と皿はちぐはぐで、信子たちは手もつけず呆然とする。疲れを慰め、工藤さんを失った悲しみをみんなでわかちあう時間を持とうとしたのに、この店へ入ったのは失敗だった。

そこへカーキ色の軍服に短剣をつけた兵士が靴を鳴らしてとびこんできた。彼が入ると女たちはにわかに活気づき、いらっしゃい！　と声を合せる。兵士は腰をおろすかおろさぬかのうちにどなった。

〈おい、ライスカレー！〉

そしてあわただしく煙草《たばこ》を出す。女給の一人が走りよってマッチを摺ってやる。信子はその態度に品のない媚びをみつけて、神経質に眉をひそめる。兵士は運ばれてきたライスカレーを大匙でどっぷりすくって口へ投げこむ。山盛りの米は湯気が立っている。淡黄の液に染まったそれを、兵士は夢中ですくう。大きな咽喉ぼとけの骨が動く。たちまち皿はなめたように綺麗になり、〈もう一つ！〉と兵士は叫ぶ。二枚目の皿もみごとにさらえられた。あっという間だった。兵士は口の中で舌をぐるりと廻転させ、やっと唇を閉じた。服のボタンをはずしてシャツのかくしから蟇口《がまぐち》を取り出し〈いくら！〉とどなった。彼の言葉は簡潔で、しかもつねに！がつく語気である。代価をテーブルに置き、ついでに大きな腕時計を見ることも忘れない。彼は口笛を吹き愉快そうに店を飛び出した。

まじまじと彼を見ていた信子たちは、何ということなく目を見合せて微笑を浮べ、立ちあがった。コーヒーに手をつけぬまま金を払い、店を出たが、心は和んでいた。あの若い兵士のさかんな食欲と無邪気なたたずまいを、誰も卑しんだり不快に思ったりしなかった。いや、工藤さんの虚礼の葬いに不愉快な淋しさを感じていたのがすっかり拭われた。なぜだろう？　信子は考えてみて、

〈そうだわ、あの兵隊さんの、生命力だわ！〉

　といった。

〈あの兵隊さん、生きてるってことの、元気のすばらしさを、あたしたちにふりまいてくれたんだわ。そう思わない？〉

〈然《しか》り、わたしもそう思うな〉

　森さんがいった。

〈何となくもやもやと考えていた気分を、吉屋さんは的確に表現してくれたわね。そうなんだ、生命力をわかち与えてくれたんだ〉

工藤さんを失った傷手は消えないが、みんなはやっと明るい眼になる。

〈のん。あなたはやっぱり、ほんとうに小説家だわ〉

　その夜、臥床のなかでゆきえはやわらかくいう。白い羽二重の蒲団に身を横たえ、羽根枕にあたまをのせて。羽根枕はふわりと凹んで、黒髪も白い片頬も埋もれてしまう。綺麗

な眺めだった。

信子は書生っぽい縞の蒲団。青い三角の部屋に二つの寝具をならべると、もう隙間もなかった。それぞれ蒲団へ入って今日一日のことを語り合いながら眠りに落ちるのが二人のたのしい日課だった。ゆきえはやさしくいう。

〈あなたが言い当てた生命力ってことば。ほんとうにそうだと思った。あなたは小説が書ける人よ〉

〈そうかなあ。海のものとも山のものともわからないから不安よ。何か書きたいものが心の中に渦巻いているのだけれど、どう手をつけていいかわからない。ちっとも形を成さないうちに、田村俊子さんみたいに書けなくなって異国へ逃げてゆく……なんてことになったらどうしよう……〉

〈のんはそんなことは決してないわ、きっとたくさんの人に愛読される作家になってよ〉

〈あたし、ゆきにそういってもらうのがいちばんうれしい。いつも自信がないから〉

〈あんなにすばらしい『花物語』を次々に書いていて、自信がない、なんて〉

〈でもやっぱり少女小説ってひとくちで片付けられてしまうから、いつかは大人の男も女も、読み出したら本から手が離せないような面白い大人の小説を書いてみたいわ〉

〈大丈夫、あなたはそれができるひと〉

〈やさしいわね、ゆきは。……甘えてしまいそう〉

〈甘えさしてあげるわ。のん、こっちへいらっしゃい〉

信子が白羽二重の蒲団に身をすべりこませると、ゆきえは信子の耳にささやく。

〈明日からこの部屋に、お蒲団ひとつでいいんじゃない？　これを二人で使いましょう……〉

〈いいの？　ゆき、はみ出さない？〉

〈こうやって、だっこしたげるから大丈夫よ〉

――ここは信子の美しい原文に拠ろう。秋津さんと章子の世界はそのまま、菊池ゆきえと信子に重ね合せても不自然ではないであろう。

「……秋津さんのリンネルの寝衣は淡い木犀《もくせい》のような匂いがした……いつとしはなく、その木犀の花の香りが章子のネルの寝衣の袖にも移った……かくて木犀に似てなつかしく薫《かお》れる夜の臥床に……ふたりの腕は搦《から》むように合わされた……やさしく刻《きざ》む心臓を包むふたつの胸も……始めもなく、また終りえしらぬ優しい夢に二つの魂の消え入るごとく……柔らかく嫋やかな接触……潤《うるお》う赤い葩《はなびら》のわなないて溶け入るごとき接吻……柔らかに優しく流れて沈みかつ浮かび消えゆき溶け入りて溢るる緩き波動。……」（『屋根裏の二處女』）

クリスマスも過ぎ、新年には信子は家へ帰らなければいけない。ゆきえは家が遠い上、氷と雪で閉じられる北海道だから帰らないという。

信子の日記、私の入手し得た大正八年の分は前半分のみである。信子は一月四日に上野を発《た》って宇都宮へ帰っている。菊池ゆきえのように家に帰らない寮生も多かったようで、彼女らと新年の祝宴を開いている。六日には早や東京へ戻るつもりだった。病い勝ちで叱言の多い父、それに弟・義明の愚痴をいう母、帰省した兄たちのための雑用など、信子には煩わしいばかりで東京の空がただ恋しく、ゆきえが慕わしかった。ところが風邪をひいてしまい、出発を延期しなければいけなくなった。

近くの医院で診察してもらい、家へ戻って新聞をひらき、あっと思った。

松井須磨子が芸術倶楽部の楽屋で緋縮緬の扱帯《しごき》をかけて縊死《いし》していたのだ。大正八年一月五日。愛人のあとを追うて。「芸術に活きて芸術に死せるこの健気なる女優の同情すべき生涯畢《おわ》る」と新聞にはある。信子は日記に、

「美しき恋の死よ。……菊池さんはどんな気持で東京の空で読まれたことだらう」

と書いた。一刻も早く、と思うのに発熱と頭痛は去らず、県立病院で診てもらうと蓄膿症で手術を要するといわれた。信子は日記に歌を書いた（平板で巧くはないが、恋する気持は俳句より歌が向いていると思ったのだろう）。

「君思ひあゆめばさびし寒しぐれ　音のかそけき田舎街かも
　うつそみの夜はわびしも離れ来て　獨《ひとり》を暮すこの山の町」

結局この病気が永引いて二月十二日まで帰京は叶わなかった。あの都会の屋根裏部屋に

もう灯がついただろうかと思うと信子はやるせなくて耐えられない。ゆきえに手紙を書こうとした。生れてはじめてといっていいような、心からの叫び、魂を打ちこんだ手紙。言葉ははじけ飛び、ペンはそれに追いつかない。しかし奇怪な熱狂や陶酔の言葉を書き連ねた手紙は、ペンを置いて読み返してみると羞ずべきたわごとに思え、信子は狼狽して、いそいで消してしまった。ペンで何度も線を引き、紙面を塗り潰してしまった。最後の一行のみが残った。

〈……貴女《あなた》を愛します……〉

信子の命をかけた一行だ。そこに夢も熱狂も「吐息も心臓も瞳も唇も」こめられている。けれども信子は泣きながらそれも消してしまう。手紙や文字ではとてもこの思いを伝えられない。……

10

さて、私たちは小説『屋根裏の二處女』の〈秋津さん〉と、実在の菊池ゆきえのイメージが、この先、次第にズレてゆくのに気付かされるであろう。〈秋津さん〉はやはり、信子のあらまほしい理想の、久遠《くおん》の女性で、ゆきえは血の熱い現実の娘だった。当時の二十四、五歳はもう結婚適齢期を過ぎて、人から〈縁遠い〉といわれるような年頃である。ゆきえはその年頃と、ものにならぬ学業をもてあましていた。新しい時代の風に吹かれて女の自我にめざめながら、現実では無力だった。東京は限りない可能性を示唆するようにみえながら、女の自立するみちはけわしく、所詮は実家の親からの送金をたよりに遊学中の、薹《とう》の立った老《ひ》ね女学生に過ぎない。ゆきえは自分の現在位置を確認できる知性も客観性も持っていたであろう。

自我を育てながら、それを貫き通す気力にも才能にも恵まれない女たち（それは大正昭和はじめだけではない、現代でもいるわけだが）……その一人がゆきえだった。彼女からみれば溢れる才能に恵まれた信子はうらやましかった。その信子に熱っぽい憧憬を寄せられ、まつわりつかれ、それを姉さんぶってあしらうのもたのしかった。

それはあたかも信子の書く物語《おはなし》の幻そのままだ。物語のおつきあいをしているうちはいい。しかし自分の生きられる道を現実に、必死に捜しているゆきえにとっては旺盛な生命力にみちた信子の存在は魅力的である反面、ねたましい。これが異性であれば男の優越を伝統的に受容できるであろうに、同性の愛は複雑だった。ゆきえは信子の卓越した才能をひそかにみとめつつ、それが消しにくいわだかまりとなり、またそれゆえに信子に惹かれ、信子の心を独占したいと希《のぞ》み、心身とも傷ついてゆく。

『屋根裏の二處女』では、〈秋津さん〉と章子は一時の誤解から背反するが、やがて心が溶けて二人手をとって寮を出、新しい人生の首途につく、というところで終っている。実際の信子とゆきえはどうなったろう。

菊池ゆきえの手紙及び葉書は、私の入手し得たのは六十数通である（吉武輝子氏『女人吉屋信子』には八十数通とあるが、資料はその後、散佚《さんいつ》したものか）。

信子が蓄膿症の手術で上京できずにいる間、――信子はいちずにゆきえを慕っていた。大正八年（一九一九）一月二日の日記には「大雪の中を俥にて病院へ行く」などの記事にまじって、

「菊池さん何の返事もないのが寂しくてならない。今更にあの人に自分の愛着を感じた」

「菊池さんのおとづれを待てども空しかつた」

という文字が散見する。このこまやかな慕情に対して「東京神田北神保町・女子青年会寄宿舎」からきた菊池ゆきえの葉書はそっけない。

「あなたは気がよわい。今頃はどんなにしてかと案じられます。あなたは半分以上神経で病気を拵《こしら》へる、どうぞしつかりして早く治つて下さい、気一つですから。病気なんか吹きとばすつもりで。

少女画報も婦人界もまだきません。たかね（田辺注、少女投稿者の会報）はお送りします」（大正8・1・16）

これに対して信子は「菊池さんからぶつきらぼうな手紙がきた。あんまりひどい様な気

がして嫌だつた」と書いている。信子の家でも何かと憂鬱なことが多い。次兄の妻が亡くなり、まだ一歳の赤ん坊があとへのこされた（それが澤子さんである）。母は赤ちゃん用蒲団をつくって送り、信子も次兄の不幸に涙しながら香奠《こうでん》を送った。折も折、弟の義明の素行について父は母を怒るばかり。

「あゝ家庭の悲哀。犠牲の母」

と信子は日記に書くが、彼女のおかしいところはすぐ次の行につづけて、

「過食で苦痛おびたゞしい。今晩は何ものも口にすべからず。勇気をコブ（鼓舞）して絶食！」

などと書くところで、屈託ない信子の青春は輝やかしい。

義明は三、四日して帰ってきた。

「義明帰る。呆れた不良少年。同情も何も消え失せた」

と信子が怒るところをみると、義明は家族の心配と腹立ちをよそに、しゃあしゃあとして、〈腹へった〉とでもいいながら帰宅したのかもしれない。母は末弟の義明が可愛いらしく、気をつかって父にとりなす。

（ああいやいや、早く東京へ帰りたいなあ。お母さんを見捨てるようだけど……）

と信子は思い、日記に歌を書きつける。

「はゝといふさびしきひとをよそにして　なほ思ひやるきみの上かな」

しばらくぶりにゆきえから手紙がきた。ゆきえは母の病気で札幌へ帰っていたのだ。ゆきえはそのころのインテリ婦人らしく達筆で、字の崩しかたも正規に習ったものらしく的確である。ただ鉛筆の走り書きやら、時に文脈が乱れて飛躍の多い文章に、やや違和感を強いられる。もとより信書というものは発信人と受信人の間に、特別な雰囲気を共有するものであるから、客観性は拋棄《ほうき》される。しかしゆきえの手紙は行を逐《お》うにつれ、激越になるというタイプである。自分で自分の言葉に煽られてしまうらしい。

それはしみじみと心打つ愛の手紙、というのではなくて、どの手紙にも猜疑と強迫と、一転して哀訴、また反転して恫喝がある。信子の愛を強要し、自分の愛を誇示する。囈言《うわごと》のように饒舌かと思うと、終りは暗鬱に結ばれる。

恋文というものは一般的にそういう躁状態を呈するものであろうけれど、安定した恋人たちの間にうまれる、ユーモアややさしみが、ゆきえの手紙にはない。信子の日記の、ゆきえに関する文章には、恋のやさしみがにじんでいるのに。――

ゆきえはこのころから「神経が疲れて」いたらしい。医者は彼女に転地して静養せよとすすめていた。彼女に与えられた診断は「脳神経衰弱症」だった（大正8・6・6付のゆきえの手紙による）。

信子がはからずも長く帰郷しているのがゆきえには不安で、信子の愛を疑いはじめたのではなかろうか。札幌の実家からゆきえは手紙を書く。

「私は今日意外なことを耳にしました。貴女が足利の原田様の幼稚園にいらつしやるとか、もし貴女が今も私を信じてゐて下さるなら、まさか一言のお話もなくそんなことをなさる筈がないと思はれます。それは何かの話の間違ひだらうと思はれます。でも万一それがほんと《ママ》うであるとすれば、私はほんと《ママ》うに大きなかなしみを感じます。でも行くべき所にやはりいらしつたのだと、もしさうであれば私は無理にも思ひあきらめねばなりません。貴女と私の間は、今まで何も冷えたことはないと思はれます。私も自分の動静について今まで貴女に御相談しないで勝手にきめることもない様に思はれます。私は何をかいてゐるのか私はそれを信じない筈だつたのに、いやこれからも信じないのに。

嘘ですわね、全く。もしほんと《ママ》うであるとすればよくないよ。貴女はやはり原田さんに行くんだから、又たんとおふざけなさいましよ。私の様な者、到底、貴女とは御一緒に行けないのですからね、私の方が少くとも真実であつたことをうれしく思ひます、心から。

さよ《ママ》うなら。

ゆきえ

のぶ子さま」

手紙はノートの一枚を乱暴に引き破り、その表裏に鉛筆の走り書きという蕪雑《ぶざつ》な書きぶりである。こういう手紙まで大切にとりのけておいた信子の純情を思わずにいられない。信子がこの手紙にどんな返事を与えたのかそれは残っていないし、日記にも書かれていない。

ただ私たち、『屋根裏の二處女』の〈秋津さん〉に親しんだものからみれば、現実のゆきえの手紙の調子が低いことに意外の念をもつであろう。なま身のゆきえは、あの小説にあるように孤高清麗な佳人ではなく、美しくはあるが、汗くさい煩悩にまみれる凡婦なのだった（そういうゆきえを信子は愛したのだろうし、またそれを素材として〈秋津さん〉を造型した信子の表現力にも驚かされる）。

信子はその手紙に対し、はっきりとゆきえを愛していることを書き、愛人を信じないで他人の無根の噂を信ずる軽はずみを責めたのかもしれない。返事は再び東京へ戻ったゆきえからもたらされた。

「今は何を書く勇気もありません。お疑ひは御もつともです。吉屋様、私は正直です。あく迄。

これ迄幾度も手紙をかきましたが、出す勇気がありませんでした。私の犯したある罪悪、（おわびします）それによつて得たある発見。それから実は私は苦しみ通しでした。その苦しみの中から私はいゝ加減な言葉を手紙にかくことが出来ませんでした。私は貴女を心から愛してをりました。貴女の為には身もたまも、と。

それを貴女はいゝ加減に考へてはいらつしやいませんでしたか。私は貴女に愛を懇願強《ママ》請してい《ママ》たのではないでせうか。貴女が全然それを否定することの出来ない事実を私は知つてしまひました。私の心はおの《ママ》ゝき、悲しみ苦しんでゐます。吉屋様、私は自分のたましい《ママ》のあまり幼く純であるといふことにおどろいてゐます。貴女はどんなにお疑ひになつてもかまはない、その疑ひを受くるに足る私ではありません。欺かれしものゝ悲しみ、それを悟つてすむとはなれて平気な私なら平気で貴女に手紙をかいたでせう。遠いところから貴女に美しい言葉をさし上げたでせう。もし私にそれが出来たら所謂《いわゆる》（不見転《みずてん》）……情熱の切り売り、そう《ママ》した言葉に当て嵌《はま》つたでせう。しかし私は尚貴女の足元にだまつて泣いてゐました。やつぱり私は貴女に可愛がつて欲しかつたのです。貴女からはなれることが出来なかつたのです。吉屋様、私のした罪悪、お眼にかかつた上でなければ申しあげられません。こう《ママ》して弱い私はもだえてゐます」（大正8・2・4付の封筒）

小さい粗末な便箋三枚に、これも鉛筆の乱れた筆蹟、宛名も署名も日付もない。ゆきえは時折り仮名遣いを間違うが、それをかえりみるゆとりもないのであろう。

手紙は信子を当惑させる。

「二月五日。日光浴をしてゐるとゆきえさんから手紙が来た。罪の結果の発見、煩悶！私は笑ふ様な気分になつた。あまりにあの人は拘泥しすぎると私は思つたから」

——何に拘泥するのか（田辺注、吉武氏の『女人吉屋信子』には「性に拘泥しすぎると私は思つたから。性欲は、人間の根源的な欲求、はじることなく、素直に認めたほ《ママ》うがいいのに」とあるが、「性に」の言葉は日記にはなく、「性欲」以下の文章も、この日の日記にはない。あるいは信子の性欲観を示すこの一節がどこかの日記にあって、理解の一助にこの部分へ援用されたのであろうか。——たしかに、右の文章を挿入するとわかりやすい）。

しかし信子のいう拘泥は〈性〉にかかわらず、ゆきえの、何かに捉われて融通のきかぬ、事大的な発想に対する拒否反応であろう。

（そんなに大げさにいうことじゃないのに。あたしはゆきが好き、ゆきもあたしを、という、その気持だけでいいのに。……）

信子は日記に書く。

「返事を出した。私にとつて唯一の恋人、愛人！　ゆきえさんの胸にまで届けてほしい！」

そしてふっと思う。ゆきえが犯した罪悪って何だろう、もしかしてあの部屋に置いてきてしまった私の日記を読んだことかしら。

何にしても上京がいそがれた。寮の舎監からは、一か月以上外泊すると退舎させられるという葉書もくる。信子は母に付き添ってもらい、病院へいき、上京してもいいかと診てもらうと、東京の耳鼻科医院で洗ってもらえるならいいと許可が出た。二月十二日の一時十六分、上野行きの汽車で宇都宮を発《た》つ。「母上送りたまふ。あゝ母よ母よ」と日記にある。

上野に着いたのは四時十分、ホームにはちょうど社用で帰京していた忠明が病後の身の妹を気遣って出迎えてくれた。かぞえ二十四歳の信子だが、やっぱり箱入娘と母は思っていてくれるのだろうか。

兄妹は世田谷へまわって牛鍋を囲み、久しぶりの再会を喜びあった。

〈信子、北海道へいちどおいでよ。お父さんやお母さんには、ぼくから頼んであげる〉

社会人になった忠明は、ひとまわり体格もよくなり、やや老けてどっしりしてみえた。信子にはいつも、いちばん頼もしい、そして気の合う兄であった。

〈ほんと？　いってみたいわ。……池田ってどんなところ？〉

〈札幌からまる一日かかるけれどね、とにかく雄大な眺めだよ。社宅は広いし、まわりは花の咲く野原で、隣の牧場でしぼりたての牛乳を一升壜でもらってくるんだ。ぼくの顔色、おかげでいいだろう？〉

〈ほんとうだわ〉

信子はすぐ小説のことを考える。新しい環境のところでは、また新鮮な『花物語』のヒントを得られるかもしれない。……ゆきえがいつかいっていたように、いっしょに北海道へ発つことができれば、どんなにいいだろう。

店を出ると、やさしい兄は、体にはくれぐれも気をつけるように、といい、俥を呼んでくれた。

さよならもそこそこに信子は俥を走らせる。ああ神田の灯だ！　なつかしい屋根裏部屋よ。

信子は舎監への挨拶ももどかしく、矢のように四つの階段をかけ登る。部屋の扉に鍵はかかっていない。勢いこんで開けると、電灯がともっているばかりで、ゆきえの姿はない。黒檀《こくたん》の机の上の花瓶には白い水仙。ゆきえがいないと知ると、どっと体じゅうの力がぬけてしまう。と、階段をあがってくる足音、信子の耳はさとくそれを捉える。ゆきえの足音をまちがえるはずはない。

戸をあけたゆきえが、あら帰ってたの？　とやさしい声をあげた。

〈お茶を淹《い》れましょうね。いま熱いお湯を食堂でもらってきたの〉

ふだん着の、青い太縞の銘仙の羽織に、髪をふっさりと束ねたゆきえは、離れて思い出していたよりも綺麗な目を信子にあてて、

〈お具合どう？〉

——やっぱり、あたしはあなたが好きよ、と信子はいいたかったのだが、手術のあと鼻汁が出てとまらない。くしゃくしゃと洟紙を使い、はんかちを使い、

〈これ、泣いてるんじゃないのよ、病気のせいなの、ロマンチックじゃないわねえ〉

二人で笑ってしまった。ああ、ここは東京の神田。そして二人の屋根裏部屋。

〈今日は浴室《バスルーム》の開く日よ〉

信子を、帰るべきところへ帰ったというふうに迎えてくれるゆきえの好もしさ。信子は母の膝下より、やはり東京の、この屋根裏部屋こそ、自分のいるべきところのような気がする。ゆきえに会えば、どうしても〈秋津さん〉とゆきえをダブらせないではいられない。

しかし帰舎して二日めの日記に、ぽつんと二、三行。

「菊池さんはやはり私の想像してゐた様に、日記を読んだのだ。愚《おろか》な不注意よ」

信子は自分を責めるのみでそのことについては、ゆきえを譴責《けんせき》していない。ただそれも二人の間に将来する不協和音の一つになったかもしれない。

〈千代年譜〉にはその頃、津田英学塾在学中のゆきえが、英文欄を読むために取っていた大阪朝日新聞に、長篇懸賞小説の募集記事をみつけ、信子に応募をすすめた、とある。大阪朝日創刊四十年記念として文芸創作を募集するものだった。

「小説、時代は現代、新聞連載に適する家庭の読物、約百五十回、一回は一行十五字詰百行内外」というから一回四百字詰原稿用紙四枚弱、六百枚前後、というところか。

賞金は一等二千円、二等千五百円、期限は大正八年七月末。信子がいちばん気になる選者は徳田秋聲、内田魯庵《ろあん》、幸田露伴、いずれも五十前後、当代文壇の長老連である。すでに立派な業績をあげている老練の文学者たちにはちがいないが、現代の家庭の読物、という清新な新聞小説を選ぶには、ちと渋すぎるメンバーではなかろうか。信子は「がつかりした」と正直に書いている（「改造」〝交友録〟昭和7・3）。

「其頃の田舎女学生の私には比《ママ》の人達がひどく古風なお爺さんで渋すぎて、とても私の書いたものなどわかつて貰へないと、いちづに思ひ込んでしまつた」（同）

いちばん困るのは秋聲だわ、と信子は思う。信子は東京朝日新聞に連載された彼の小説『黴《かび》』を読んでいた。これは自然主義作品の傑作として秋聲の文壇的地位を確立した作品だが、若い信子にはただ「じめじめした」陰気くさい小説、としか思えないのであった。

露伴も信子にはピンとこない〈偉い先生〉である。明治期に文名をほしいままにした露伴はすでに文学博士の学位ももち、いまでは評論や史伝に手を染めている鬱然《うつぜん》たる大家だ。古雅な文士的風韻に富む露伴に、『花物語』のハイカラな、軽燥な風味が理解されるであろうか。

しかし秋聲よりもまだしも一抹の救いがあるというのは、露伴が樋口一葉を推輓《すいばん》したという実績があることだ。だから女の作品だとて、むやみにしりぞけることはしないだろう、と信子は思った（実をいうと露伴は一葉を推賞するあまり、女弟子を一葉の亜流に仕立ててしまうという癖を、信子は知らない）。

信子がいちばん望みをつないだのは内田魯庵だった。第一級の読書家、文明批評家として名声があるが、信子の判断はぐっと即物的である。魯庵は丸善に勤めていると聞いたからである。丸善なら外国の本を売る店だから、「その点ハイカラで望みあり」と思って、魯庵に望みをつないだ（しかし魯庵は紅葉と硯友社が嫌いなリアリストで、信子の作風と相容れないとは、信子は知らない）。

〈あなたの書きたがっていた大人の読む小説を、試みるべきよ。のんならきっと書ける〉

　ゆきえに強くすすめられて信子は次第にその気になった。まだ学校へも通っており、『花物語』も執筆して忙しいのだが、ぼつぼつに小説の腹案を立てはじめる。病院の治療からもなお解放されず、ついくさくさして学校をエス（エスケープ）して浅草のキネマへ出かけたりした。信子のように学校をサボって若い人がたくさん来ていた。信子はインスピレーションを受ける。

（三人姉弟の人生行路……姉はやさしくて中の妹は利かぬ気の理屈屋さんで、男みたいに活発で……）

　と思う信子の心には、スペイン風邪で死んだ工藤さんの面影がある。それに東京での自分の女学生生活を織り込もう。末の弟は気のいい美少年。——おのずと義明が思い出させられるが、あんなに母を心配させる不良ではなくて、姉思いの、心やさしい気弱な子にしよう。……信子の想像はどんどんふくらむ。腹案に夢中のせいかその春、信子の日記は空白である。

信子は五月、ゆきえと一緒に北海道へ発つことにした。ゆきえの札幌の家で数日滞在し、そこから兄忠明の社宅へ向い、夏の間じゅういることになる。応募原稿をそこで書きあげるつもりだった。

ここに封筒も日付もない、ゆきえの手紙、一枚の原稿用紙に書かれたものがある。私の推察では大正八年の五月はじめ、東京から宇都宮の実家へ帰った信子あてであろう。信子は北海道ゆきの準備に四月末、寮を出て家へ帰る。寄宿舎も学校も戻らないかもしれない。

「暫くは見ずとちかひて去る都　車の窓に雨のしぶきぞ
かへり来ぬあゝかへり来ぬ母のもと　湯舟に浸り泪湧き出づ」

――小説が書きあげられるかどうか、それが当選するかどうか、将来《さき》のことがなんでわかろう、渾身《こんしん》の力でやりぬくまでだ。時は五月。信子は日記に書く。若い体力を誇示するように、やや乱暴な字である。

「五月一日。帰つた朝、せまい庭の面に若葉が茂つて土のしめりが気持を落ちつかせた。五月よ。比《ママ》の年のひと月はどんな歴史を私に描かせてゆくのだらう。若々しい私の二十四の五月よ。

私の胸は明るくお前の持ち来らすものを待ち受けてお《ママ》のゝいてい《ママ》るのだ」

「行李開《あ》けて取り出だす品のそれぞれに　ありし都の日を思ひ出づ

弟の机なつかしよりて見る　みな珍らしき家の中かな」

そういう信子に、ゆきえからの手紙である。

「今朝御手紙拝見いたしました。何もかもが順当に運んでうれしう御座居ます、よく御両親様御承知下さいましたね、うれしくてわくわくして居ます。

実は昨日医者へ行きましたら非常に神経がつかれてるから、しばらく近くの田舎に転地して静養してみたらどうかといはれました。いらいらして我儘言つて貴女を困らしたのも病気の故だといしや（医者）が申しました。それで今到底学習には堪へられないから少し休学せよと申しましたので、家からはすぐに電報かはせ（為替）と『二等客車で帰れ』といふ電報と続いて来ました。（中略）それで本当は今日帰るつもりでしたが、学校の片がまだつかないので日曜までかかります、それで月曜日にすまして午後一時四十分上野発の列車でかへります。（中略）宇都宮着は四時五十分だとたしか思ひます。五日午後四時五十分宇都宮着」

ゆきえの手紙で、その年の春の二人の同居生活が暗示されている。ゆきえは疲れていたのだ。東京での学生生活にも、信子との暮しにも。信子にとってはゆきえとの同居は安定をもたらすが、ゆきえは同性を愛するということは、まるで世間に叛逆の狼煙《のろし》を上げるほどにも身構えることだったのかもしれない。

ともあれ、五月の北海道へ旅立てるのだ。人生の新しい局面が期待できよう。ゆきえの手紙も、暗い内容なのに口吻《こうふん》は明るい。

五月三日の日記は「柳行李《やなぎごうり》在中品目録」。信子は兄の所へ送り出す着物の品名を書きつられている。大正中期の未婚の娘（当時の世俗でいえば二十四は嫁《ゆ》きおくれのオールドミスだが信子自身はそんなことは鼻にもかけていない。「若々しい私の二十四」と呼んで自分の青春を抱きしめている）――が、どんなものを着ていたのか、服装史の上からも興味を持たれる向きがあるだろうと思われるので書きうつしてみよう。

「一、黒瓦斯《ガス》一枚。（田辺注、――以下同じ――木綿糸の表面をガスの炎で焼いて光沢《つや》を出した糸で織ったもの。ふだん着である）

一、銘仙《めいせん》長着二枚。（銘仙は私の子供時分などよく着せられた絹物。縞や絣が多いが、柄ものもあった。絹の常着というべく、ちょっとした外出にも愛された。戦後すたれたのは惜しい。絹なのでよく身に添い、そのくせ、しゃっきりした風合もあって着ごこちよかった。信子に縞の着物の写真があるが、これが銘仙かもしれない）

一、双子《ふたこ》袷（元禄）一枚。（ふたこ織り、もめん着物で、元禄袖、袖が短く丸い。信子の仕事着だろうか）

一、ねまき、単衣《ひとえ》二枚。

一、高貴お召《めし》、単衣一。（お召はよそゆきの絹もの）

一、絽の長襦袢。（右のお召の下に着たのであろう。絽は絹織物で透き目があって、夏用の見た目も涼しい生地。花やかな柄に染められるので、私の子供時分、夏祭の晴れ着は袂《たもと》の長い絽を着せられた。信子は水色絽の涼しげな長襦袢であったかもしれない）

一、明石《あかし》単衣、一枚。（明石縮《ちぢみ》、盛夏用の、うすくて軽くて、涼しく、透ける、蟬の羽のような感触。『大正のきもの』〈財団法人民族衣裳文化普及協会、昭和55〉に「幻の明石」として近藤富枝氏の書かれるところに拠れば、「誰でも大正人なら、簞笥に、明石の一枚や二枚ひそませてないひとはなかった」ということだが、いまはもう織る人はなく、「ついに幻の布地となってしまった」）

一、ちりめん長襦袢。（明石は透けるので、下の長襦袢も美しいものが望ましい）

一、帯、織もよう《ママ》、二本。

一、竹模様、帯、一。（織物の帯と染めの帯、晴着用と常着用であろう）

一、紅帯締《おびしめ》、一本、

　白〃　一本。（帯締）

一、メリンス帯。二本。（メリンスはモスリンのこと、私たちはモスといっていたが、秋冬の子供の着物地で、友禅柄があった。毛織物なので虫がつきやすいが、銘仙の裾廻しはモスの無地にきまっていた。この帯は軽くて締めやすい）

一、銘仙袷、羽織、一対《つい》。（着物と羽織を同じ柄で仕立てるのは学生っぽいが、おしゃれでいいものである。信子はずっとあとでもお対を好んで着ている）

一、平常襦袢、冬、夏、二枚。
一、裾除布。二枚。
一、黒絣。一。
一、白地肌襦袢。」

着物はかさばらないとはいえ、――行李にこれだけのものが入ったのだった。

ゆきえが宇都宮で合流して、二人が出発したのは五月七日、宇都宮発青森行き急行は午後三時二十三分だった。半日と夜通し走って青森着が翌八日の午前六時。青函連絡船で函館へ、函館から札幌へ着いたのが午後十一時三十五分だったと信子は日記に時刻だけしるす。

ゆきえの実家の番地、それにメモを書きちらしている。

「兄上に話すこと」

というのは忠明に会ったときの心おぼえであろう。

「義明の行跡。父上の病気。お金。二十四日までに母上に別に拾円。家へ送りやるもの。雲丹、昆布、鮭」

ゆきえの家での起居はどうであったか、日記は空白だが、ゆきえの弟たちにも慕われ、実家にかえって精神も安定したゆきえとアカシアの道を散歩したりして相応に楽しかったろう。

五月十八日の日記に突如、

「大阪、八回」

という一行がある。

信子は書き出したのだ。大阪は大阪朝日のことであり、八回書いたというのは三十数枚となっていようから、その日に書いたとは思えぬ。たぶんゆきえの家に一週間ほどいてすぐ、兄のいる池田に一昼夜かかってやっと来、来るなり書き出したのではないか。

大倉組の「日本皮革株式会社池田精渋所」は、巌谷大四氏の「吉屋信子略伝」(『全集』月報)によれば「広大な敷地を持っていて、まわりは柏、楢にかこまれ〈工場ではこの柏、楢を伐って蒸溜したものを、皮を磨くのに使用した〉、季節によって色とりどりの花のさく野原もあるという、素晴らしい環境のところであった」と。社宅は小高い丘の上にあり眺めがことによい。玄関の右手が台所、その前に四畳半、八畳の部屋、廊下から庭が見渡せる。ほかに囲炉裏のある六畳。

信子は四畳半をもらって机を置くなり、書きはじめた。

春藤《しゅんどう》　緑《みどり》

ヒロインの名がきまったのだ。ボーイッシュで理屈屋のところはたしかに工藤さんの一部がモデルになっているけれども、それでも大元は信子自身であった。理想主義者でいさぎよく、「暗い否定から明るい肯定へ」生命力にあふれて生きる道を模索する姿は信子自身にほかならない。青春が凝《こ》って雫となったような美しい名、春藤緑。

十勝《とかち》平野は鈴蘭の季節になっていた。苺とミルクがふんだんに食べられた。食事の支度は工員の娘で、十六、七の少女がやってくれるので、信子はひたすら書いていられた。時折り兄が心配して信子を連れ出し、果もない曠野へつづく林の中を散歩させてくれた。

信子の胸に題が浮かぶ。神田の灯や、宇都宮の町の中にいては、とても考えつけなかったタイトル。

「地の果まで」

ヒロインの名はタイトルにたすけられてイメージを多彩にし、タイトルはヒロインの行動を触発する。書けるわ、書ける、きっと、と信子は野生の鈴蘭が咲きつづく野のまん中にたち、十勝平野の蒼い空気、甘い鈴蘭の匂いを存分に吸いこむ。

11

長篇『地の果まで』は東京郊外の巣鴨を舞台にはじまる（『全集』2所収）。

早春の小雨が侘しく降りそそぐ日の灯《ひ》ともし頃であった。

東京市外の巣鴨のほとり——電車を大塚の終点で降りて王子電車の方へ進む路の角を奥へと行く貸家建《かしやだて》のならぶ前通りを、黒い男持の洋傘《こうもり》をさして朽葉色の袴《はかま》の裾《すそ》を濡らして歩いて行く二十《はたち》ばかりの齢《とし》に見える女学生がいる。

通りからすぐに格子戸のある、中古の平屋の前に止って、彼女は今その大きな男持の洋傘をつぼめながら、

「麟《りん》ちゃん、私よ」

と低い綺麗な声で呼ぶ。

けれども、家の中からなんの答もない、彼女はそれなり格子戸を開けて入口の土間へ入ってしまった。

格子戸を開ける時、鈴《ベル》が鳴ったので家の中で気が付いたのか、奥から人の出る気配がした。

真中に細長く硝子《ガラス》を入れた障子をがたりと開けて、薄暗い入口を覗《のぞ》いて出たのは、紺《こん》飛白《かすり》の対《つい》の綿入《わたいれ》を着て、その袖がまだ筒のままで可愛らしいように見える姿の青年で——十七、八かと思われる、色の白い眼の大きく澄んでいる美しい優しい顔立である。

「あっ、姉さんか、なんだ」

と青年はちょっとませた舌打ちをした。

――いかにも読み手をやさしく誘《いざな》う、とっつきやすい冒頭である。書き手の心はずみと思い入れが、この姉と弟に読者を寄り添わせてゆく。信子は日常茶飯事の描写が巧みな作家で、私は若いときにこの『地の果まで』を読んだのだが、以来、長いこと、この早春の一夜の描写を記憶していた。

二十の女学生は春藤緑、しっかり者で理想主義者で激しやすい娘である。その弟が麟一、純粋だが気弱で内省的な若者。長姉が直子、これは結婚している。緑たちが休日に寄宿舎を出て泊るのは、この直子と夫の浩二が世帯をもっている貧しい小家だった。三人姉弟には両親はなく、直子が母代りになって緑や麟一を見守っている。平凡な主婦だが善良でやさしい。

直子の夫も温和で、緑たちににいさんにいさん、と慕われているが、雨のそぼ降る早春の夜、彼は会社の宿直で不在である。久しぶりに姉弟三人だけで夕食を摂《と》る。支度をするのは料理のうまい麟一で、緑は不器用である。直子は体調をくずして「紅入《べにいり》友禅の搔巻《かいまき》」をかけて寝ていたのだが、御飯ができたよ、という弟の声で起き上り、「人妻らしいもの優しい中にどこかやつれた風情《ふぜい》」で、長火鉢を脇に食卓につく。小鍋立ての食事の愉しい雰囲気が伝わってくる。

「姉さん、こんな春雨の晩に、孤児《みなしご》の三人がかたまって、晩御飯を食べるなんて、何か歌になりそうだね」

麟一はそんなことをいって眼を潤《うる》ませるような柔媚な青年である。歌よりも、麟一宗匠、一句ひねって下さい、と緑がからかう。緑の句は、「春雨や鳥鍋つつく三人《みたり》かな」というもの、みな笑いころげ、麟一は、

「いやな俳句だなあ、いったい女らしくない着想だな」

と呆れる。じゃ、宗匠のお手並拝見、と緑につめよられて、

「麟一はちょっと澄んだ眼で向うの壁の灯影を見つめていたが、やがて唇を開いた。

『僕のはねえ、こうなの。〈春寒し親なし雛の餌をあさる〉――』」姉妹は感じ入る。

のちに俳句でもなかなかの才を示した信子は小説に俳句を好んで挿入している。

私は最近『地の果まで』を読み直してみて、何十年来、麟一の俳句までほぼおぼえていたのには感慨があった。しみじみした情趣ある口吻、小市民の日常感覚のリアリティが読者の共感を誘ったのであろう。

姉弟の父は外務省の通訳だったが若死にした。緑には大望がある。弟の麟一をぜひ一高、帝大と進ませ、外交官にしたいというのである。母方の叔父が中学までは渋々出してくれたのだが、あと数年の学資を支えてくれるかどうか、緑もまだ英学塾在学中で、弟の面倒までは見られない。叔父に嘆願して、せめてあと三年援助してもらおう、それにつけてもまず麟一に第一高等学校に入ってもらわなければ、と弟を鼓舞激励する。

麟一は過剰な期待を息苦しく思っている。入試の圧迫感で絶望している。姉弟と浩二は

叔父とかけあったが、案の定すっかり叔父を怒らせてしまい、援助は期待できなくなる。麟一はさるお邸《やしき》に書生として住み込み、かたわら入試勉強に励む、ということになるが、これも緑の描いた青写真であった。運命に流されるままの気弱な麟一はその邸の美しい令嬢（といっても離婚経験者で、麟一より年上である）に思われ……という、何とはなき小市民の生活の一こまからはじまった物語は、人生的波乱の渦に登場人物を捲きこむ。緑は「努力さえして行けば、行く手の路は開かれる」と信じる娘である。そんな彼女には、浅草オペラの歌をすぐおぼえて上手に歌ったりする弟が歯がゆく、じれったい。田舎まちで菓子屋をしている叔父が、麟一に跡を継がせようと期待しているのも、緑が弟の未来に、一高、帝大、外交官という夢を見ているのも、煎じつめれば同じようなものなのだが、緑は自分の夢の正統性を疑っていない。明治青年の立身出世主義に捉われて、緑は意志薄弱な弟を鞭打ちつづける。しかし麟一は新しい運命に待たれていた。令嬢の嫂《あによめ》にあたる若夫人を恋して人生に意欲を持ちはじめたのである。心弱い弟を誘惑したと激昂する緑。その間に挟まれて進退きわまった麟一の家出。やがて夫の赴任先の北海道で若くして病死した直子の死をきっかけに、人々の心がまた暖く結ばれる。

緑は、姉の遺骨を抱いて青函連絡船・比羅夫《ひらふ》丸で北海道を去る。麟一の将来は彼の選択に任せようと思い、満天の星を仰いで涙する。——

人間の心の聖性と俗性の相剋、それは信子のもつ文学的テーマの一つであるが、この初長篇では端的にそれがあらわれる。

　そしてもう一つ、男権社会への反発もかなりナマな形で出てくる。先述したけれども、緑は弟の気弱に舌打ちしたい気でいながら、姉の直子がそれを案じると、

「心配なことはないわ、男は優しいからって、今の世になんで悪いことがあるものですか、それよりも今までのように男子が乱暴で婦人を虫螻《むしけら》同然に思っているのを、誇《ほこ》りになんかされてはたまらないんですもの」

という（そのくせ、弟に絶えず、しっかりせよ、自信をもて、と鼓舞しつづけているのは矛盾しているが）。

　ラッシュアワーの電車では男たちは女子供を押しのけて恥じない。体力にものいわせ、傍若無人にふるまう。緑は袴をつけ、靴をはいているから、男たちに負けないで飛び乗りをしたり、押されると靴の先で蹴ってやったりするのである。

　この果敢なヒロインがもっともいきりたったのは、縁談がもたらされたときの、男の結婚条件であった。相手の男が緑を候補者にあげたのは、第一に頭の善いこと、気性の勝れたこと、健康、これは優生学上の見地からだという。第二に自分と同じような信仰の観念に生きてゆく婦人という（相手の青年は新進気鋭の牧師なのである）。第三には処女で二十ぐらいの年齢《とし》、というのである。

「――馬鹿なッ何を――

緑は、たまりかねて、心の中で叫んだ。

馬鹿、馬鹿。

誰が、誰が。

誰が、お嫁になんて行ってやるものか、人を犬か猫の子だと思っている」

緑はその青年、坂田に以前、いっとき、好もしい印象を抱いたことがあったのだが、それだけによけい憤激は増した。

「何という青年らしくない、小老成《こましゃく》れた理智によって、形作られた結婚の条件だろう」

「どこまで高慢ちきな小怜悧《こりこう》で、冷血な利己主義者だろう！」

緑が歯ぎしりするほどくやしがっているとも知らず、仲人は満足そうにいう。

「それでねえ、春藤さん、この第一、第二、第三の条件に貴女はみな合格した資格のある娘さんなんだ、どうです――そこで私どもがまず、最初に口をきいてあげるという役なので――」

緑は腹立ちのあまり、目の前も暗くなる思いである。

「合格とは！

資格とは！

誰が私に対して、そんな言葉を許した。

礼儀知らず！」

緑は、弟が一人前になるまでは結婚なんぞ考えられないといって拒絶する。そして心のなかで思う。

こんな利己的打算的な青年と結婚したらどんなことになるか、もし妻と共に乗った舟がひっくりかえりでもしてみるがいい、彼は自分が溺れる恐れがあれば妻を見殺しにするだろう、そしてかたい口調でこういうに違いない。

「『私は生きて行かねばならない、お前を救えば私も溺れる、私は私の将来の栄達と仕事のために、私は生きて行かねばならない』と」

男たちの高慢やエゴを抉《えぐ》る信子の筆はおのずと鋭くなるが、美しい人を描くときはあくまで柔かい。麟一が思いを寄せる美しい若夫人は夏の山荘の簾《すだれ》を捲き上げている。ためらった麟一は思いきって立ち上って捲くのを手伝う。ありがとう、と素直な静かな、佳人の声。

〈たをやめの巻けば悲しき青簾〉

麟一の句である。……

――信子は五月、六月、必死に書き続けていた。

札幌の菊池ゆきえからほとんど毎日のように手紙がくる。札幌へ遊びにきてほしい、と。

「私は何かをやらずに居られない様な、又出来そう《ママ》な落付かない気持でゐます。やはり、私は貴女なしでは何も出来ません。今私はとにかく一生懸命病気治療につとめます。（中略）

のんはどこまでもやさしいお人、皆から異端視される我《わが》ままな意地つぱりのゆきをのんは労《いたわ》つてくれる。でも私だつていつまでもぐずぐずしちやゐません。『たつた一人を見出すために全き人生をなげうてよ』文章世界にあつた。何かしませうよ。出来るだけのことを。……二人に与へられたあらゆる力の果の一粒迄使はなくちや。十四日にはきつといらつしやると誓つて下さい。お手紙をどうぞ。何故まだかいて下さらないんですか、わかりませんね」（大正8・6・5消印）

　十四日には札幌で何かの祭があるようだった。信子は十四日にはゆけないという伝言を、折から社用で札幌へ出る兄に托したらしい。

「只今兄上様おいで下さいました。

　七月一杯北海道で暮して八月に内地へお帰りの由、唯もう小説をおかきになるばかりにこちらへお出でになつていらしつた。それさへすめば何時でも御帰国になれる方だつたとわかりまして、今更に涙なしで考え得ません。それに何故私はあんな厚かましいことがかけたのでせうか。うぬ惚れのひどいことに吾乍《なが》ら呆れ果てます。私も非常な我儘です。しかし私は心底から貴女のみを愛します。慕ひます。たとへ死ぬ程のくるしみがあつても私はちつともいやではありません。その為の苦しみのみは私は生命を賭けてもとめます。人を慕ふことは苦しい、いろいろな妨げが這入《はい》る。痩せる程の憧れの情は私の心に燃えてゐる。貴女を決して恨みもにくみもしない、貴女が貧しい私をすて去つても、狂ほしい思ひをじつとこらへて居なければならない。（中略）大阪朝日も恨みますまい。それが貴女を北海道へ引つ張つて来て、それの終了が再びあなたを永遠に奪ひ去る、それが事実であつても。（中略）貴女はもうお手紙も下さいませんね。おつよい方。今日医師の診断書をもらつたら、『脳神経衰弱症』のため暫時静養を要す、とかいてありました。依然食欲不振です。御大切に遊ばして下さい」（大正8・6・6付）

信子がゆきえに冷淡になったというのではなかったであろう。信子はゆきえの、それこそ断簡零墨に到るまで取りのけている。日通で何々を送ったという二、三行の葉書まで現存している。ゆきえの存在を重んじていたといってよい。

しかし信子はただいまのところ、『地の果まで』の緑や麟一や直子と生きて彼ら彼女らと小説宇宙の脈搏を共有しているのだ。緑の喜びや悲しみ、憤りに没頭して浸りきっているのだ。いまの時点では信子の現実は緑たちの世界にあり、ゆきえの現実感覚とずれてゆく。

それでも時には天来の妙音のようなゆきえの手紙も舞いこむ。六月十六日付の巻紙に墨の手紙、墨は色も褪せず、自由暢達に書かれていて、見た目も快く、内容も放恣だ。

「のんが可愛く又のんをだつこする　甘へ《ママ》て頂だい　そ《ママ》うそう　わたしは幸福だ　のんははなれちやいけない　そ《ママ》うすれば　ゆきのいきの　ねが止まる　あんまりのんがなつかしくて　又泣きたくなつた　だつこだよ〳〵　身体中の力をすつかり落して　そしてゆきにだつこするんだよ　じつたりだつこされるんだよ　ゆきは今夕ノンダ　皆学校から帰つて来たからもうかゝない　又明日かく　ゆきはゐばつてゐない冷たくない　いぢつぱりでない　全《まる》つきり反対だ　のんちやんや！　二三日中に何か送つて上げる　手紙かいて〳〵〳〵」

実際の手紙を見ると、巻紙に書かれた筆跡が美しいので、猥雑な感じはなく、「じつたりだつこ」などという語感も面白いのだが、多分これを活字で読むと、女の経血のような、一種キナ臭い凄愴味が漂うことだろう。文才に恵まれないゆきえは修飾や婉曲とは無縁であった。その上、のちに世に公開されるなど思いも染めない私信ではあるし。

それからいえば、公開は心ないわざかもしれないが、個性と個性が対等に理解と愛を共有しようとすればこの時代、女と女が結ばれるほうが男と女よりも適切だった。そういう時代の匂いを知るためにゆきえの手紙を読みたいのである。——男と女とでは、対等になり得ず、社会的な従属関係を精神面でも強いられやすい。

信子はそれに反発する。男から選ばれるという立場に立ちたくない（『地の果まで』の緑が男性偏重の縁談に憤激したように）。

女同士の恋愛についてはすでに「青鞜《せいとう》」に先進的な示唆がある。「青鞜」は明治四十四年（一九一一）に平塚らいてうが発刊した女性だけの文芸雑誌だが、文芸誌として出発しつつ、啓蒙的な社会評論や女性評論を発表するうち、必然的に婦人運動の拠点になってゆく。大正三年（一九一四）四月号には『女性間の同性恋愛』（エリス著、野母訳）の抄訳が載っている。「新しい女」を主唱したらいてうは、女性間の同性恋愛という、日本古来の道徳習俗に含まれない関係を視野に入れている。

らいてう自身、尾竹紅吉《こうきち》（のちの富本一枝、本人はべによしと号していた）と同性愛の関係だと噂された。紅吉は女性画家で、自由奔放な行動で新しい女の体現者のように見られているが、〈らいてうの少年〉とらいてうに書かれている。少年のように颯爽《さっそう》と青鞜社に出入りしていた娘だった。らいてうは書く。

「紅吉を自分の世界の中なるものにしやう《ママ》とした私の抱擁と接吻がいかに烈しかつたか、私は知らぬ。知らぬ。けれどあゝ迄忽《たちまち》に紅吉の心のすべてが燃え上らうとは、火にならうとは。

雨戸の隙から、朝の光が幽かに差込《さしこん》で来ると、紅吉は両手で顔をかたく蔽つて久しく動かなかつた。其日から紅吉は私の顔を真面《まとも》に見るのを避けるやうになつた。私の眼を恐れるやうになつた。私の眼がたとへ遠くからでも紅吉の顔に止《とま》る時、彼は一種の光を眼の前に見る様になつたのだ。……さうぢやない、さうぢやない、私が紅吉の頭と心とを愛する先きに彼は私を思つてゐたからなのだ」

紅吉はらいてうを恋するあかしに、らいてうの短刀で、ある夜ひそかに我とわが柔かな肉を裂き、細い血管を破った。らいてうはそれを見たい。紅吉の左腕を摑《つか》んで、強いて繃帯を取ろうとする。

〈見せて、見せて。ね、見たい〉

長い繃帯が一巻きずつ解けてゆく。二寸ばかり真一文字に透明な皮膚の切れ目からピンクの肉が覗き、血は出ていない。らいてうは刀身と熱い血の色を目に浮べる。

〈なぜこんなことをした?〉

〈もう、しまいます〉

〈愛してるから?　いや、私を呪って、だろう?〉

〈呪う?　呪うなんて〉

〈血はどうしたの?　すすってしまった?〉

〈とってあります〉

らいてうは傷口を石炭酸で消毒し、もとのように心を入れて繃帯する。

「いつまでも〳〵その腕を離したくない。いや、腕としてかうして置くことが既に堪へられない」

この紅吉は吉原に登楼したり五色の酒を飲んだりと、話題をふりまいていたので、その

ため「青鞜」がスキャンダルまみれになる原因を作ったように自責していた。らいてうは慰めて、

〈新聞の記事なんかなんだい、私は何も信じやしない、無料広告してもらったと思えばいいじゃないの〉

らいてうは紅吉の若々しいフレッシュな、大胆な心と行動を愛している。彼女の自由を抑制して、詩も書き絵も描く紅吉の才能を枯らしたくない。しかし紅吉は「青鞜」が誤解されるような記事を書かれたのは自分が軽率だったと思う。

「『退社してお詫びします』

『馬鹿』

私の少年よ。

らいてうの少年をもつて自ら任ずるならば自分の思つたこと、考へたことを眞直に発表するに何の顧慮を要しや《ママ》う。みづからの心の欲するところはどこまでもやり通さねばならぬ。それがあなたを成長させる為でもあり、同時にあなたがつながる青鞜社をも発展させる道なのだ。

私の少年よ。らいてうの少年よ。

私の為にあなたの身体の何処かに赤色を只一点つけることを忘れてはいけない。

あなたは或夜私の胸でから囁いた。

『私はね、人の言ふことは聞かないけれど、らいてうの言ふことなら何でもきく』と」
（「青鞜」明治45・8）

紅吉には「青鞜」に寄稿する田村俊子も興味を持っていたらしく、初対面のあとこんな詩を紅吉に与えている。大正元年の正月号なのでこのとき紅吉十八歳、俊子二十七歳、らいてう二十五歳（いずれも満年齢）。

逢つたあと　　田村俊子

紅吉、
おまいはあかんぼ――――だよ
この――――の長さは
おまいの丈の高さと、
おんなじ長さ、さ。

紅吉、
おまいの顔色はわるいね。
まるで、すがれた蓮《ママ》の葉のやうだ。
Rのために腕を切つたとき、

それでもまつかな、
赤い血がでたの、紅吉。

紅吉、
おまいのからだは大きいね。
Rと二人逢つたとき、
どつちがどつちを抱き締めるの。
Rがおまいを抱き締めるにしては、
おまいのからだは、
あんまり、かさばり過ぎてゐる。

紅吉、
おまいの声はとんきよだね。
けれど、金属の摺れるやうな声だ。
おまいの、のつけに出す声は、
火事の半鐘を、
ふと、聞きつけた時のやうに人をおどろかせる。

紅吉、
でも、おまいは可愛い。
おまいの態のうちに、
うぶな、かわ《ママ》いいところがあるのだよ。
重ねた両手をあめのやうにねぢつて、
大きな顔をうつむけて、
はにかみ笑い《ママ》をした時さ。

田村俊子は倒錯的な同性愛者ではなかったと思われるけれど、強い自己愛のために同性の好もしさにも敏感だった。元来、俊子は「青鞜」とは無縁の文学地盤で活動をしているのだが、硬化した社会倫理の拘束から自由に解放されているところは「青鞜」と同じ気分である。

信子やゆきえたちよりちょっと先輩にあたる女たちの、こういうかぐわしい吐息が、人しれず世の中の底に瀰漫《びまん》しはじめている。そんな時代の空気の中に、信子もゆきえも生きている。

信子の小説は大団円に近付いていた。今は寝るひまも惜しい。苺を食べ、ミルクを飲み、ほっこりした馬鈴薯のふかしたのにバターをつけて食べ（信子は北海道の馬鈴薯の美味を知ってから、内地のは口にできなくなったとのちにいっている）、ひたすら書き継ぐ、そこへつるべうちにゆきえの手紙がくる。手紙によれば、ゆきえは池田まで信子を訪ねていったこともあるようだ。

ゆきえの処遇に、彼女の家族は困っていたようだ。

「昨夜ふと父が母に今度東京へいつたら英学塾と青年会館にいつて、幸枝の今迄の生活をこまかく問ひただしてくるのだと言つてゐるのを聞きました。どうせ長く親の側に居やう《ママ》とは思つてをりませんし、何をし（知）られたつて大した打撃を受けるわけのものでもないでせうが、又森木の婆さん何をしやべるかわからない。今の中に二階堂さんにでも頼んで森木先生に頼んで、おやぢが行つてもあの一條だけは言はずにくれとたのみませうか。私はそんなことかまはないけれど、だまつてて、又貴女にあとで叱られるといけないから」（大正8・6・20付）

――あの一条、というのは思わせぶりだが、何となく恫喝めいた響きがあり、ゆきえの次第にたかまる焦燥が感じ取れる。信子の返事は残されていないので不明だが、ゆきえの思わせぶりや恫喝につきあっている心のゆとりはなかったであろう。

早くも翌日、ゆきえはまたペンを取る。安物らしい薄手の便箋に六枚、字はやはり美しいが、いつも走り書きだ。ペンが思いについていけないように。

「今日からやさしく書きませうね、のんはやさしい人だから今迄のかき方乱暴で許して頂戴ね、今、たつた今のんの手紙よんで泣いたとこ。（中略）

やつぱりのんはゆきとゐるのが一番いゝのよ。ゆきももうそんなに腹立てなくなるから、病気が治れば屹度《きつと》ね。ゆきものんが居ないのが死ぬ程さみしいの。わかつてる？ゆきは変な女でせう。貴女をたまらなく好きなくせにすぐ貴女に腹立てゝ拗ねて怒つて、自分でも悲しくて仕様がない、だけどのんがわかつてゝ呉れるからいゝの。ゆきが拗ねるとのんがそばへ来て身体をきつちり抱いて、キスして呉れる、そ《ママ》すると何だか恥ず《ママ》かしくてまだ拗ねた様にしてる、けど心の中はくすぐつたい様な喜びが一杯になつてゐる。ア、〳〵だけどのんは遠いところにゐる。淋しい池田にゐる。あの八畳間の大きな机の上で書いてゐる。じれつたい〳〵。どうしたらいゝのかわかりません。とにかく逢ひたいのが一等先でいつもその後の考へに到るのがなか〳〵困難なのです。のんちやん札幌へ来て下さい、ポプラーが高く〳〵天までとゞいてゐます。アカシヤがさみしい花をつけて甘ひ《ママ》にほひを漂はしてゐます。アカシヤのにほひはまるで恋の香ですね。そりや可憐なにほひですよ。秋津さん、ゆきの大好きな名ね、涼ちやんはいやだ、けどあの子、わたしみたいね、ものさ（裂）いたりして。きつと神経衰弱なんでせう。札幌へ来て下さい。電報うつてゆきが迎へにいつて二人で歩いて家へきて、それからすぐ植物園へ行つて農園に行つてポプラやアカシヤの街道へ行つて、夜は狸小路へいつて帰つて来て、一所にねてだつこしてキスしてそれから……? うれちい〳〵早く来て頂だい、早く〳〵。(中略) それからゆつくりしつかりした将来の相談、それからでなければ到底出来ませんからね」(大正8・6・21付)

右の〈秋津さんと涼子〉は『屋根裏の二處女』の話ではなく、「少女画報」連載中の『花物語』の中の「露草」のことである。信子は『地の果まで』を書くかたわら、ずっと『花物語』も書きつづけていた。「露草」は女学校の寮に身を寄せる上級生と下級生の話。みんなに慕われる美しい〈秋津さん〉は親なし子の薄幸な少女、涼子と同室で、朝夕姉妹のように親しむ。しかし涼子は親代りの伯父が商売の手違いから学費を援助できなくなったとの便りを受けとる。遠い北国へ帰らねばならない。秋津さんは両親に頼んで涼子を援助すると申し出る。涼子ははじめは喜んだが次第に荒んでゆく。秋津さんが涼子の心をなだめようと買い与えた美しいノートも、涼子は裂いて投げ捨てたりするのである。秋津さんの留守の間に、涼子は一通の手紙を残して去ってゆく。〈心から慕えばこそ、お姉さまの重荷になる存在であってはいけないと思って――生きている限り、どこにいてもお姉さまの幸福を祈っています〉。秋津さんは露草の上に泣き伏してしまう。そんなお話である。

ゆきえは自分が秋津さんであり、同時に涼子であると思ったのであろう。

ここで「将来の相談」とある一行に注意したい。このあとでも「いろんな計画立てても実現しなくちゃ駄目ですよ」という言葉も出て来る。ゆきえは、このころ自活の道を必死に捜していた。アメリカで農業をしようかといったり、帯広にいる伯父に商売でもやってみようかと相談している。ゆきえの父は健康を回復次第、再び東上して学修を了《お》えるように、といい、母は内地の海岸へでも暫く転地したら、という。ゆきえには縁談も起きていた。真実のところ、ゆきえは信子と二人で世帯を持つことを夢想していたのかもしれない。ゆきえはその夢のために信子にある枷《かせ》を加えようとしたのかもしれない。信子とのことは、信子のほうは美しい秘めごととして誰にも打ちあけないのに、ゆきえは人に洩らしていたのかもしれぬ。信子がそれを咎《とが》める手紙を出したらしく、ゆきえの返事は、

「貴女のためにならぬことを何で私は他人に話しましたか。くだらぬ杞憂《きゆう》はおすてなすつたがよろしいでせう。（中略）貴女のことなんか今後一切人に話しませんから御安心下さいまし」（大正8・6・22付）

信子の手紙さえ、ゆきえは信子を拘束する武器にしたらしい。信子はたまりかねて書く。

「私の手紙は誰の前に公開しても恥じ《ママ》ない」

ゆきえはそれに対し、

「少し対世間的態度がほの見えて、又ちときびしすぎる様に思へます。（中略）大変いろんな事を考へて居ります。以後のことについても色々御相談致したく存じますが、何せ貴女方は大阪朝日に没頭、詮方《せんかた》なきことと存じます」（大正8・6・30付）

歯痛、頭痛、憂鬱、ゆきえは節度なく信子に愁訴してくる。粗末な紙片の走り書き。

「限りもない憂鬱にどうすることも出来ません。自分で恐れてゐる非常なはげしさでおそつてくる病的なものです。唯くらい〳〵厭《いや》な〳〵気分にとざされてゐます」（大正8・6・27付）

「昨日も夢をみた。思ひつづけてゐるせいだらう。毎晩きまつてのんを夢みる。昨夜床の中でじつとのんを抱いてる様な気持になつてねむつたのだつた。唯何ともなしにそんな事のみ思つてゐる。そしてその時が一番幸福だ、あの柔かい腕の感触が私をうつとりさせる。こう《ママ》して二三日大変つよくなつてのんをしつかり、かい抱く様な気持がつづいている《ママ》」（大正8・6・28付）……

「待てどもお便りはなく又言ひ知れぬ不安と焦燥とにかられ初《そ》めました。御病気ですか、お忙しいのですか、それとて葉書の一枚位かけないことも御座いますまいに。おつよい方だつたと又思はずにゐられません。さみしいといふよりはむしろ私には世の中がいやなのです」（大正8・7・3付）

　信子は『地の果まで』を脱稿しようとしていた。百五十五回を終回ときめて、あと数回残すのみとなっていた。ラストシーンを、夜の青函連絡船上で、姉の遺骨を抱く緑の、あふれる涙、と思い描いていた。ゆきえの躁狂や焦《い》ら立《だ》ちに同情はもてるが、こちらのことも考えてほしい、と悲鳴をあげそうになった。思いきって手紙を書いた。

（あなたの愛って、いったい何なんですか、こちらを理解して、大らかに見守ってくれる、

安らぎを与えてくれるというのが本当の愛じゃないの。どうかもっとプライドを持って下さい)

たちまちうちしおれた手紙が返ってくる。

「かかることになりても尚筆とる意気地なき私を先づ御笑ひ下されたく候。(中略)かくなりし今はもはや何事も申すまじく唯、何人にもにくまれ、うとんじられて吾は遂に悲しき捨て犬にて候。いまは限りなき恥と悔恨にせめられ居候。(中略)御手紙誠に恐れ入り候共今迄にさし上げし手紙を一まとめにし何とぞ至急御送還下されたく願ひ上げ候　のぞみとなれば貴女様よりの御手紙も直ちに御かへし申す可く候。御身お大切に遊ばされたく候。匆々、　幸枝。信子様」(大正8・7・6付)

追伸がある。

「怒りもなく悲しみもなく唯かすかなる寂寥のみ胸底に漂ひて居候」

信子はいまはゆきえの手紙を卓上に置いたままだった。六百枚近い原稿をもう一度読み返し、最後のチェックをしなければならぬ。

ようやく「完」と入れた原稿は、工場の工員さんが作ってくれた木箱におさめられた。祈るような気持で大阪朝日に送り出した。七月も二十四日になっていた。十勝の野は見わたすかぎり青葉だった。

そのすぐあと、宇都宮から電報がとどいた。

父の危篤を知らせるものだった。兄の忠明とともに信子はいそいで宇都宮へ向う。信子のいない池田の社宅に、事情を知らぬゆきえからの手紙は毎日のように届けられ、机上にうずたかく積まれてゆく。……

（中巻につづく）

❖付録…吉屋信子のアルバム①

栃木高等女学校３年の夏（1910年）　左から、弟義明、祖母タカ、信子、母マサ。

『少女画報』 大正5年(1916)7月号に「花物語」の連載第1回が掲載された。

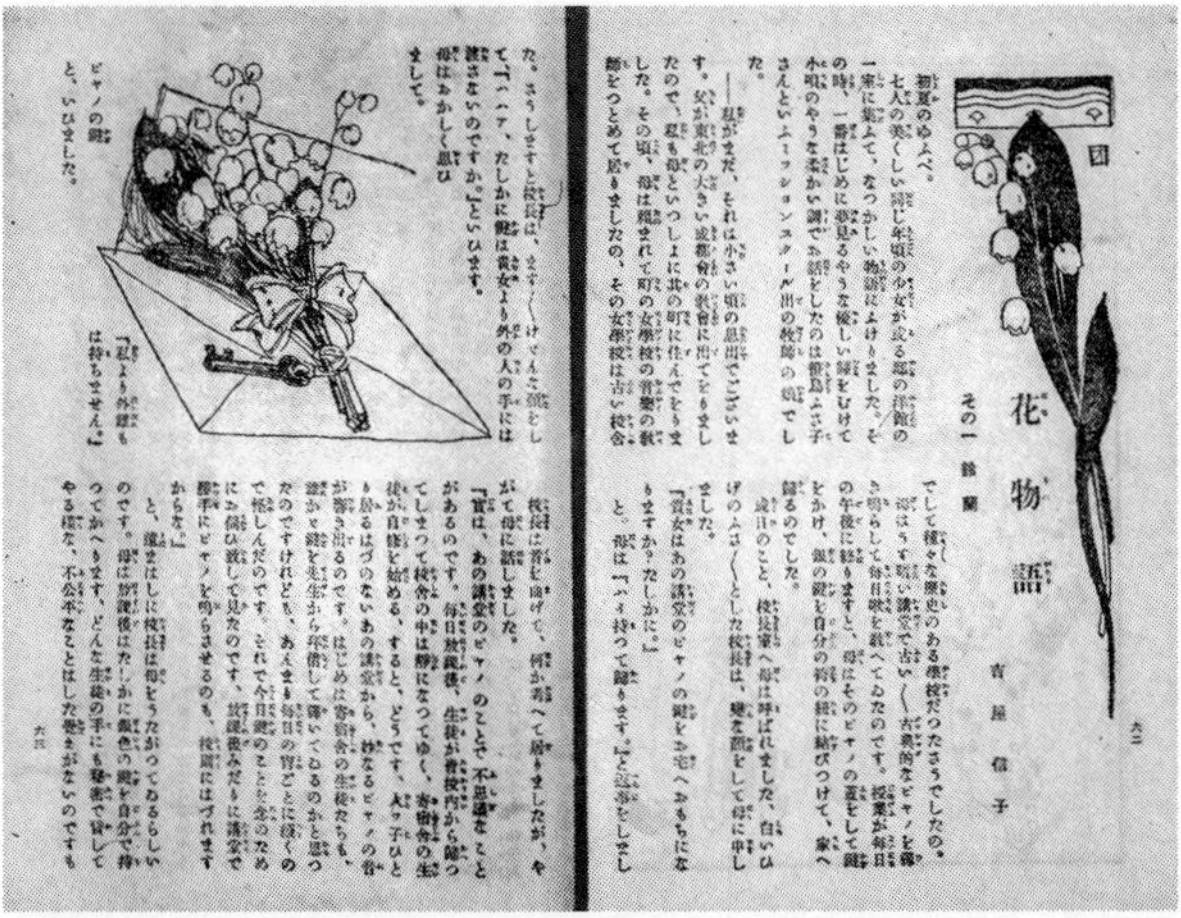

花物語

その一 鈴蘭

吉屋信子

初夏のゆふべ。

七人の美しい同じ年頃の少女が或る邸の洋館の一室に集ふて、なつかしい物語にふけりました。その時、一番はじめに夢見るやうな優しい瞳をむけて小唄のやうな柔かい調でお話をしたのは笹島ふさ子さんといふミッションスクール出の牧師の娘でした。

——私がまだ、それは小さい頃の思出でございます。父が東北の大きい或都會の教會に出て居りましたので、私も母といつしよに其の町に住んで居りました。その頃、母は招かれて町の女學校の音樂の教師をつとめて居りましたの、その女學校は古い校舎でして種々な歴史のある學校だつたさうでしたの。

母はうす暗い講堂で古い／＼古典的なピヤノを弾き鳴らして毎日歌を教へてゐたのです。授業が毎日の午後に終りますと、母はそのピヤノの蓋をして鍵をかけ、銀の鍵を自分の袴の紐に結びつけて、家へ歸るのでした。

或日のこと、校長室へ母は呼ばれました。白いひげのふさ／＼とした校長は、變な顔をして母に申しました。

「貴女はあの講堂のピヤノの鍵をお宅へおもちになりますか？たしかに。」

と。母は「はい持つて歸ります。」と返事をしました。さうしますと校長は、ます／＼けゞんな顔をして「ハア、たしかに鍵は貴女より外の人の手には渡さないのですか。」といひます。母はおかしく思ひまして、

「私より外誰もピヤノの鍵は持ちません。」

と、いひました。

校長は首を曲げて、何か考へて居りましたが、やがて母に話しました。

「實は、あの講堂のピヤノのことで不思議なことがあるのです。毎日放課後、生徒が皆校内から歸つてしまつて校舎の中は靜になつてゆく、寄宿舎の生徒が自修を始める、すると、どうです、人ッ子ひとり居るはづのないあの講堂から、妙なるピヤノの音が響き出るのです。はじめは寄宿舎の生徒たちも、誰かゞ鍵を先生から拝借して彈いてゐるのかと思つたのですけれども、あんまり毎日の宵ごとに續くので怪しんだのです。それで今日鍵のことをお念のためにお伺ひ致して見たのです、放課後みだりに講堂で勝手にピヤノを鳴らさせるのも、校則にはづれますからな。」

と、遠まはしに校長は母をうたがつてゐるらしいのです。母は放課後はたしかに銀色の鍵を自分で持つてかへります、どんな生徒の手にも秘密で貸してやる様な、不公平なことはした覺えがないのですも

六三

六四

上：日記（1914 年 8 月 7 日）
竹久夢二から挿絵を送ってもらったとの記述がある。翌年には夢二と書簡を交わし上京。

右：1917 年頃　三兄忠明の下宿先を出てバプテスト女子学寮に入った頃か。

ギャザー帽をかぶって（1922年頃）

〔写真提供・所蔵〕
p449下：日本近代文学館
上記以外：神奈川近代文学館

『ゆめはるか吉屋信子――秋灯机の上の幾山河』

初出誌　「月刊Ａｓａｈｉ」一九九三年十月～九四年三月
「アサヒグラフ」一九九四年四月八日～九八年十二月十八日

単行本　上下巻、朝日新聞社、一九九九年九月

文　庫　上下巻、朝日文庫、二〇〇二年五月

編集付記

一、本書は朝日文庫版を底本とし、三分冊にしたものである。巻末に新たに「吉屋信子のアルバム」を収録した。

一、底本中、明らかな誤植と思われる箇所は訂正し、難読と思われる語には新たにルビを付した。

一、本文中、今日の人権意識に照らして、言い換えるべき語句や表現が見受けられるが、著者が故人であること、刊行当時の時代背景と作品の文化的価値を考慮して、底本のままとした。

中公文庫

ゆめはるか吉《よし》屋《や》信《のぶ》子《こ》

——秋《あき》灯《とも》机《しつくえ》の上《うえ》の幾《いく》山《さん》河《が》（上《じょう》）

2023年6月25日　初版発行

著　者　田《た》辺《なべ》聖《せい》子《こ》

発行者　安部順一

発行所　中央公論新社

〒100-8152　東京都千代田区大手町1-7-1

電話　販売 03-5299-1730　編集 03-5299-1890

URL https://www.chuko.co.jp/

DTP　平面惑星

印　刷　三晃印刷

製　本　小泉製本

Published by CHUOKORON-SHINSHA, INC.

Printed in Japan　ISBN978-4-12-207378-4 C1123

各書目の下段の数字はISBNコードです。978－4－12が省略してあります。

中公文庫既刊より

た-28-12
道頓堀の雨に別れて以来なり 川柳作家・岸本水府とその時代（上）
田辺聖子
大阪の川柳結社「番傘」を率いた岸本水府と川柳に生涯を賭けた盟友たち……上巻は、若き水府と、柳友たちとの出会い、「番傘」創刊、大正柳壇の展望まで。
203709-0

た-28-13
道頓堀の雨に別れて以来なり 川柳作家・岸本水府とその時代（中）
田辺聖子
川柳への深い造詣と敬愛で、その豊醇・肥沃な文学的魅力を描き尽す伝記巨篇。中巻は、革新川柳の台頭、水府の広告マンとしての活躍、「番傘」作家銘々伝。
203727-4

た-28-14
道頓堀の雨に別れて以来なり 川柳作家・岸本水府とその時代（下）
田辺聖子
川柳を通して描く、明治・大正・昭和のひとびとの足跡。川柳への深い造詣と敬愛でその豊醇、肥沃な文学的魅力を描く、著者渾身のライフワーク完結。
203741-0

た-28-15
ひよこのひとりごと 残るたのしみ
田辺聖子
他人はエライが自分もエライ。人生はその日その日の出来心――七十を迎えた「人生の達人」おせいさんが、年を重ねる愉しさ、味わい深さを綴るエッセイ集。
205174-4

た-28-19
大阪弁ちゃらんぽらん〈新装版〉
田辺聖子
「あかん」「わやや」……。大阪弁に潜む大阪人の気質と、商都ならではの心くばり。大阪弁を通して、大阪人の精神を考察するエッセイ。〈解説〉長川千佳子
206906-0

た-28-20
大阪弁おもしろ草子
田辺聖子
「そこそこ」「ぼつぼつやな」。短い言葉の中にも多様な意味やニュアンスが込められている大阪弁を通して、大阪の魅力を語るエッセイ。〈解説〉國村 隼
206907-7

は-54-5
掌の読書会 柚木麻子と読む 林芙美子
林 芙美子
柚木麻子 編
「おフミさん」のふてぶてしさに何度も元気づけられた――作家・柚木麻子が、数多く残された短篇・エ
イから一二篇を選び、魅力を語る。〈解説〉